KB006024

〈김광순 소장 필사본 고소설 100선〉

미인도 · 길동

역주 박진아朴鎭我

대구에서 태어나 줄곧 대구에서 학업을 쌓았다. 경북대학교 동양어문학부(국어국문학 전공)를
졸업하고 같은 대학교 대학원에서 고소설을 전공하여 석사 학위를 받고 박사 과정을 수료하였다.
경북대학교, 안동대학교 등에서 비정규교수로 교양과정의 글쓰기와 고전문학을 강의하였고,
방과후학교(중등)에서 논술을 가르쳤으며, 현재 택민국학연구원 연구교수이다. 『군위의 구비문
학』,『합천의 구비문학』의 제작에 참여하였고, 논문으로 석사학위논문인 「〈진성운전〉의 구성원
리와 그 의미」(2001) 및 「〈스타대전 저그 초반러시 대목〉을 통한 창작 판소리의 가능성 고찰」
(2006), 「진가확인구조의 양상과 그 역할 연구-쥐둔갑설화와 〈옹고집전〉을 중심으로」(2009),
「환몽구조로 본 〈조신전〉 연구」(2010), 「설화에 나타난 태아 실해의 양상과 역할」(2014)
등이 있다.

택민국학연구원 연구총서 42
〈김광순 소장 필사본 고소설 100선〉

미인도 · 길동

초판 인쇄 2017년 12월 5일
초판 발행 2017년 12월 10일

발행인 비영리법인택민국학연구원장
역주자 박진아
주 소 대구시 동구 아양로 174 금광빌딩 4층
홈페이지 http://www.taekmin.co.kr

발행처 (주)**박이정**
　　　　대표 박찬익 ┃ 편집장 권이준 ┃ 책임편집 조은혜
주 소 서울시 동대문구 천호대로 16가길 4
전 화 02) 922-1192~3 ┃ **팩스** 02) 928-4683
홈페이지 www.pjbook.com ┃ **이메일** pijbook@naver.com
등 록 2014년 8월 22일 제305-2014-000028호

ISBN 979-11-5848-361-6 (94810)
ISBN 979-11-5848-353-1 (셋트)

* 책값은 뒤표지에 있습니다.

택민국학연구원 연구총서 42

김광순 소장 필사본 고소설 100선

미인도 · 길동

박진아 역주

(주)박이정

　21세기를 '문화 시대'라 한다. 문화와 관련된 정보와 지식이 고부가가치를 지니기 때문에, '문화 시대'라는 말을 과장이라 할 수 없다. 이러한 '문화 시대'에서 빈번히 들을 수 있는 용어가 '문화산업'이다. 문화산업이란 문화 생산물이나 서비스를 상품으로 만드는 산업 형태를 가리키는데, 문화가 산업 형태를 지니는 이상 문화는 상품으로서 생산 · 판매 · 유통 과정을 밟게 된다. 경제가 발전하고 삶의 질에 관심을 가질수록 문화 산업화는 가속도가 붙을 것이다.

　문화가 상품의 생산 과정을 밟기 위해서는 참신한 재료가 공급되어야 한다. 지금까지 없었던 것을 만들어낼 수도 있으나, 온고지신溫故知新의 정신으로 오랜 세월에 걸쳐 그 훌륭함이 증명된 고전 작품을 돌아봄으로써 내실부터 다져야 한다. 고전적 가치를 현대적 감각으로 재현하여 대중에게 내놓을 때, 과거의 문화는 살아 있는 문화로 발돋움한다. 조상들이 쌓아 온 문화유산을 소중히 여기고 그 속에서 가치를 발굴해야만 문화 산업화는 외국 것의 모방이 아닌 진정한 우리의 것이 될 수 있다.

　이제 고소설에서 그러한 가치를 발굴함으로써 문화 산업화 대열에 합류하고자 한다. 소설은 당대에 창작되고 유통되던 시대의 가치관과 사고 체계를 반드시 담는 법이니, 고소설이라고 해서 그 예외일 수는 없다. 고소설을 스토리텔링, 영화, 드라마, 애니메이션 CD 등 새로운 문화 상품으로 재생산하기 위해서는, 문화생산자들이 쉽게 접하고 이해할 수 있게끔 고소설을 현대어로 옮기는 작업이 선행되어야 한다.

고소설의 대부분은 필사본 형태로 전한다. 한지韓紙에 필사자가 개성 있는 독특한 흘림체 붓글씨로 썼기 때문에 필사본이라 한다. 필사본 고소 설을 현대어로 옮기는 작업은 쉽지가 않다. 필사본 고소설 대부분이 붓으 로 흘려 쓴 글자인 데다 띄어쓰기가 없고, 오자誤字와 탈자脫字가 많으 며, 보존과 관리 부실로 인해 온전하게 전승되지 못하는 경우가 많다. 그뿐만 아니라, 이미 사라진 옛말은 물론이고, 필사자 거주지역의 방언이 뒤섞여 있고, 고사성어나 유학의 경전 용어와 고도의 소양이 담긴 한자어 가 고어체로 적혀 있어서, 전공자조차도 난감할 때가 있다. 이러한 이유로, 고전적 가치가 있는 고소설을 엄선하고 유능한 집필진을 꾸려 고소설 번역 사업에 적극적으로 헌신하고자 한다.

필자는 대학 강단에서 40년 동안 강의하면서 고소설을 수집해 왔다. 고소설이 있는 곳이라면 주저하지 않고 어디든지 찾아가서 발품을 팔았고, 마침내 474종(복사본 포함)의 고소설을 수집할 수 있게 되었다. 필사본 고소설이 소중하다고 하여 내어놓기를 주저할 때는 그 자리에서 필사筆寫 하거나 복사를 하고 소장자에게 돌려주기도 했다. 그렇게라도 하지 않았다 면 지금쯤 벽지나 휴지의 재료가 되어 소실되었을 가능성이 크다. 본인이 소장하고 있는 작품 중에는 고소설로서 문학적 수준이 높은 작품이 다수 포함되어 있고 이들 중에는 학계에도 알려지지 않은 유일본과 희귀본도 있다. 필자 소장 474종을 연구원들이 검토하여 100종을 선택하였으니, 이를 〈김광순 소장 필사본 고소설 100선〉이라 이름 한 것이다.

〈김광순 소장 필사본 고소설 100선〉 제1차본 번역서에 대한 학자들의 〈서평〉만 보더라도 그 의의가 얼마나 큰 지를 알 수 있다. 한국고소설학회 전회장 건국대 명예교수 김현룡박사는 『고소설연구』(한국고소설학회) 제 39집에서 "아직까지 연구된 적이 없는 작품들이 다수 포함되어 있어서 앞으로 국문학연구에 크게 기여할 것"이라 했고, 국민대 명예교수 조희웅박사는『고전문학연구』(한국고전문학회) 제47집에서 "문학적인 수준이 높거나 학계에 알려지지 않은 유일본과 희귀본 100종만을 골라 번역했다"고 극찬했다. 고려대 명예교수 설중환박사는『국학연구론총』(택민국학연구원) 제15집에서 "한국문화의 세계화라는 토대를 쌓음으로써 한국문학에 크게 기여할 것이라"고 했다. 제2차본 번역서에 대한 학자들의 서평을 보면, 한국고소설학회 전회장 건국대 명예교수 김현룡박사는『국학연구론총』(택민국학연구원) 제18집에서 "총서에 실린 새로운 작품들은 우리 고소설 학계의 현실에 커다란 활력소가 될 것"이라고 했고, 고려대 명예교수 설중환박사는『고소설연구』(한국고소설학회) 제41집에서 〈승호상송기〉, 〈양추밀전〉 등은 학계에 처음 소개하는 유일본으로 고전문학에서의 가치는 매우 크다"라고 했다. 영남대교수 교육대학원 교수 신태수박사는『동아인문학』(동아인문학회) 31집에서 전통시대의 대중이 향수하던 고소설을 현대의 대중에게 되돌려준다는 점과 학문분야의 지평을 넓히고 활력을 불어 넣는다고 하면서 "조상이 물려준 귀중한 문화재를 더 이상 훼손되지 않도록 갈무리 할 수 있는 문학관이나 박물관 건립이 화급하다"고 했다.

  언론계의 반응 또한 뜨거웠다. 매스컴과 신문에서 역주사업에 대한 찬사가 쏟아졌다. 언론계의 찬사만을 소개해보면 다음과 같다. 조선일보(2017.2.8)의 경우는 "古小說, 일반인도 쉽게 읽을 수 있도록"이라는 제하에서 "우리 문학의 뿌리를 살리는 길"이라고 극찬했고, 매일신문(2017.1.25)의 경우는 "고소설 현대어 번역 新문화상품"이라는 제하에서 "희귀·유일본 100선 번역사업, 영화·만화 재생산 토대 마련"이라고 극찬했다. 영남일보(2017.1.27)의 경우는 "김광순 소장 필사본 고소설 100선 3차 역주본 8권 출간"이라는 제하에서 "문화상품 토대 마련의 길잡이"라고 극찬했고, 대구일보(2017.1.23)의 경우는 "대구에 고소설 박물관 세우는 것이 꿈"이라는 제하에서 "지역 방언·고어로 기록된 필사본 현대어 번역"이라고 극찬했다.

물론, 역주사업이 전부일 수는 없다. 역주사업도 중요하지만, 고소설 보존은 더욱 중요하다. 고소설이 보존되어야 역주사업도 가능해지기 때문이다. 고소설의 보존이 어째서 얼마나 중요한지는 『금오신화』 하나만으로도 설명할 수 있다. 『금오신화』는 임진왜란 이전까지는 조선 사람들에게 읽히고 유통되었다. 최근 중국 대련도서관 소장 『금오신화』가 그 좋은 근거이다. 문제는 임란 이후로 자취를 감추었다는 데 있다. 우암 송시열도 『금오신화』를 얻어서 읽을 수 없었다고 할 정도이니, 임란 이후에는 유통이 끊어졌다고 해야 할 것이다. 그럼에도 『금오신화』가 잘 알려진 데는 이유가 있다. 작자 김시습이 경주 남산 용장사에서 창작하여 석실에 두었던 『금오신화』가 어느 경로를 통해 일본으로 반출되어 몇 차례 출판되었기 때문이다. 육당 최남선이 일본에서 출판된 대총본 『금오신화』를 우리나라로 역수입하여 1927년 『계명』 19호에 수록함으로써 비로소 한국에 알려졌다. 『금오신화』 권미卷尾에 "서갑집후書甲集後"라는 기록으로 보면 현존 『금오신화』가 을乙집과 병丙집이 있었으리라 추정되며, 현존 『금오신화』 5편이 전부가 아닐 가능성이 높다. 귀중한 문화유산이 방치되다 일부 소실되는 지경에까지 이르렀으니, 한국인으로서 부끄럽기 그지없다.

이런 문제를 해결하기 위해서는 필사본 고소설을 보존하고 문화산업에 활용할 수 있는 '고소설 문학관'이나 '박물관'을 건립해야 한다. 고소설 문학관이나 박물관은 한국 작품이 외국으로 유출되지 못하도록 할 뿐 아니라 개인이 소장하면서 훼손되고 있는 필사본 고소설을 체계적으로 관리하는 데 크게 기여할 수 있다.

현재 가사를 보존하는 '한국가사 문학관'은 있지만, 고소설의 경우에는 그와 같은 시설이 전국 어느 곳에도 없으므로, '고소설 문학관'이나 '박물관' 건립은 화급을 다투는 일이다.

고소설 문학관 혹은 박물관은 영남에, 그 중에서도 대구에 건립되어야 한다. 본격적인 한국 최초의 소설은 김시습의 『금오신화』로서 경주 남산 용장사에서 창작되었음을 상기할 필요가 있다. 경주는 영남권역이고 영남 권역 문화의 중심지는 대구이기 때문에, 고소설 문학관 혹은 박물관을 대구에 건립하지 않으면 안 된다. 고소설 문학관 혹은 박물관 건립을 통해 대구가 한국 문화 산업의 웅도이며 문화산업을 선도하는 요람이 될 것을 확신하는 바이다.

2017년 11월 1일

경북대학교명예교수 · 중국옌볜대학교겸직교수
택민국학연구원장 문학박사 김 광 순

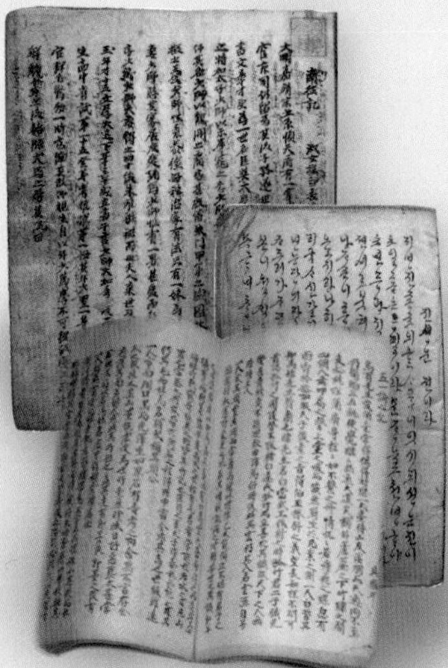

일러두기

1. 해제를 앞에 두어 독자의 이해를 돕도록 하고, 이어서 현대어역과 원문을 차례로 수록하였다.

2. 해제와 현대어역의 제목은 현대어로 옮긴 것으로 하고, 원문의 제목은 원문 그대로 표기하였다.

3. 현대어 번역은 김광순 소장 필사본 한국고소설 474종에서 정선한 〈김광순 소장 필사본 고소설 100선〉을 대본으로 하였다.

4. 현대어역은 독자들이 쉽게 이해할 수 있도록 한글 맞춤법에 맞게 의역하는 것을 원칙으로 하고, 어려운 한자어에는 한자를 병기하였다. 낙장 낙자일 경우 타본을 참조하여 의역하였다.

5. 화제를 돌리어 딴말을 꺼낼 때 쓰는 각설却說·화설話說·차설且說 등은 가능한 적당한 접속어로 변경 또는 한 행을 띄움으로 이를 대신할 수 있도록 하였다.

6. 낙장과 낙자가 있을 경우 다른 이본을 참조하여 원문을 보완하였고, 이본을 참조해도 판독이 어려울 경우 그 사실을 각주로 밝히고, 그래도 원문의 판독이 불가능한 경우에만 □로 표시하였다.

7. 고사성어와 난해한 어휘는 본문에서 풀어쓰고, 그렇지 않은 경우에는 각주를 달아서 참고하도록 하였다.

8. 원문은 고어 형태대로 옮기되, 연구를 돕기 위해 띄어쓰기만 하고 원문 면수를 숫자로 표기하였다.

9. 각주의 표제어는 현대어로 번역한 본문을 대상으로 하였다.

　　예문 1) 이백李白 : 중국 당나라 시인. 자는 태백太白, 호는 청련거사青蓮
　　居士 중국 촉蜀땅 쓰촨[四川] 출생. 두보杜甫와 함께 시종詩宗이라 함.

10. 문장 부호의 사용은 다음과 같다.

　　1) 큰 따옴표(" ") : 직접 인용, 대화, 장명章名.

　　2) 작은 따옴표(' ') : 간접 인용, 인물의 생각, 독백.

　　3) 『 』: 책명冊名.

　　4) 「 」: 편명篇名.

　　5) 〈 〉: 작품명.

　　6) [ ] : 표제어와 그 한자어 음이 다른 경우.

목차

제1부 미인도

제2부 길동

미인도

I. 〈미인도〉해제

〈미인도〉는 김광순 소장 필사
본 한국고소설 전집에 수록된 474
편 중 100편을 정선한 〈김광순 소
장 필사본 100선〉의 하나이다. 단
권으로, 138면(68장)에 면당 13
행, 행당 평균 20자의 한글 붓글
씨로 기록되어 있다. 글씨가 능숙
하고 부드러워, 필사 경험이 많은
여성이 쓴 것으로 여겨진다.

〈미인도〉

〈미인도〉의 이본으로는 국문
활자본 5편과 국문필사본 8편이 있다. 이 중에서 김동욱본과
정문연본에 필사연도가 있으니, 각각 '계해癸亥'과 '갑자甲子'이
다. 연구자들은 이를 1923년과 1924년으로 보는데, 국문활자본
으로 〈미인도〉가 처음 간행된 해는 1913년이다. 그렇다면 〈미
인도〉는 필사본이 모본이고 그것을 활자로 출간한 것이 아니라,
반대로 활자본이 먼저 간행되었고 그것을 어느 독자가 필사한
것일 가능성이 매우 크다.

〈미인도〉의 줄거리는 다음과 같다.

여주인공 김춘영은 부친 김진사의 친구인 윤사간의 아들 윤경열과 혼인을 기약한 사이이다. 그러나 혼인날 전에 윤사간 부부가 병으로 구몰하는 사건이 벌어지고, 상을 마친 후에는 병마절도사(이하 박병사)가 춘영의 미모를 탐내어 후처로 삼으려고 혼인을 강요한다. 경열은 자신의 박명함을 한탄하며 기약 없이 떠나고, 춘영은 어려서부터의 친구인 화영1)의 희생으로 혼인 전날 남자 옷으로 변장하고는 경열을 찾아 집을 떠난다.

춘영은 그녀를 남자로 여긴 노파 황소사의 집에서 신세지게 되는데, 그 집의 딸인 장옥심과 거짓 혼약을 맺고는 과거 공부를 한다는 핑계로 여승암인 유마사에 들어가 자취를 감춘다. 그때 유마사의 여승으로 화공인 양법사가 춘영을 보고는 남자라고 믿으면서도 자기가 그리던 미인도의 얼굴 모델로 삼아 여자의 모습으로 그렸다. 양법사는 미인도의 의뢰자인 박병사를 찾아가다가 김진사 부부의 집에 들렀는데, 미인도를 본 김진사 부부는 그림의 미인이 딸 춘영과 똑같은 것에 놀라 천금을 주고

---

1) 춘영의 출생 다음날에 태어난 노비의 딸로, 서로 용모와 태도가 꼭 닮아서 자매와 다름없이 자랐으며 김진사가 그 생모와 함께 속량시켰다. 다른 곳으로 출가하였는데, 남편이 죽고 청상과부가 되자 그곳 현령이 그녀를 첩으로 삼으려 했다. 화영이 거절하자 현령은 거짓 죄를 씌워 관비官婢로 만들었고, 화영은 죽음을 각오하고 김진사의 집으로 도망쳐 왔다가 목을 매어 죽기 직전의 춘영을 구하게 된다. 사정을 알게 되자 화영은 춘영을 도망시키고 자신이 춘영 행세를 하다가 박병사의 집으로 우귀于歸하는 중도에서 자결한다. 모두가 화영을 춘영으로 여겨 '만고열녀춘영지묘'라고 비석을 세웠는데, 사연이 밝혀진 후 진사 내외와 어사 내외가 제사를 지내고 글자를 '만고열녀화영지묘'라고 바꾸었다.

그 미인도를 산다.

박병사는 양법사를 통해 춘영이 죽지 않고 도망쳐서 유마사에 숨어 있음을 알게 된다. 박병사는 병사들을 파견하여 유마사의 춘영을 잡아오게 하는 한편으로 김진사 부부와 장씨 모녀(황소사와 딸 장옥심)까지 잡아와서는, 타인을 내세워 자기를 기망하고 혼인 전에 춘영을 도망치게 했다는 혐의로 온갖 악형을 가한다. 유마사에 있던 춘영은 죽은 윤사간 부부의 현몽으로 간신히 몸을 빼어 달아나고, 윤사간의 장인이었던 정부사에게 거두어진다. 정부사는 김진사 부부를 구하려고 찾아가지만 도리어 박병사의 명령으로 포박되고 만다.

이때 경열은 공부에 매진하여 과거에 합격하고, 암행어사가 되어 내려와서 박병사의 만행을 지켜보고 있었다. 경열은 박병사가 네 사람을 죽이려는 순간에 출도하여 그들을 구한다. 이로써 박병사는 제주도로 종신 유배되고, 경열은 춘영을 부인으로, 옥심은 부실副室로 맞이한다. 그 후 경열은 높은 벼슬에 이르고 행복한 삶을 누린다.

한국문학사에서는 이해조의 『혈血의누淚』를 기준으로 하여 고소설과 신소설의 경계를 설정하고 있다. 곧 1906년 이전의 소설은 고소설, 이후의 소설은 신소설인 것이다. 그러나 실제로는 그렇게 쉽게 나뉘지 않는다. 『혈의누』 이후에도 출판사들은 독자들에게 익숙한 〈춘향전〉, 〈심청전〉 등의 고소설을 구활자본으로 바꾸어 출간하는가 하면, 전형적인 고소설의 전통을 그대로 답습하는 소설도 계속 창작되었다. 특히 후자를 '신작新作 구소설舊小說'이라 하는데, 〈미인도〉는 내용상 '신작 구소설'의 한 작품일 가능성이 크다.

〈미인도〉는 신소설의 스타일을 흉내내어, 서두에 주인공의 가계와 탄생 경위를 서술하는 대신 작중에서 한참 뒤에 나올 사건인, 유마암에서 춘영이 박병사가 보낸 관채와 장교들을 피해 탈출하다가 지쳐 쓰러지는 장면을 실감나게 묘사하였다. 『혈의누』 이후로 이런 기법은 상당히 인기를 끌었는지, 신작 구소설뿐 아니라 분명히 고소설에 속하는 작품들도 구활자본으로 출간되면서 서두에 사건을 묘사하는 형태로 개편되었다.

예를 들어 〈김인향전〉의 경우, 필사본인 『인향전』 77장본은 다음과 같이 시작한다.

> 개성부 시절의 평안도 곽산 땅에 한 사람이 있었으니, 성은 김이요 이름은 석국이라. 누대에 걸쳐 향족으로 이름이 사방에 진동하였다. 양씨 집의 사위가 되었는데 부부의 금실이 좋은지라, 아들을 낳아 인형이라 하였다. 이어서 딸을 낳아 인향이라 하였고, 또 딸을 낳아 인함이라 하였다. (현대어역 필자)

분량이 빈약하지만 때와 장소를 밝히고 부모의 내력에 이어서 주인공이 탄생하는, 전형적인 고소설의 도입부이다. 그러나 구활자본인『김인향전』32면본(중흥서관판)에서는 다음과 같이 시작한다.

힘업시 써러지는 오동나무 입희 평안도 안주성 내 김셕곡 집 후원 인향당 압헤 써러지니 나히 십이삼세 가량이 될락말락한 처녀 두리 오동입사귀을 집어들고 형님 발셔 어마님 도라가신 지가 반 년이 되엿구료 하며 한숨 한 번을 길게 쉬고 눈물리 비 오듯 하는지라 엽헤 잇든 처녀는 위로을 하다가 셔름이 복밧처 셔로 붓잡고 우이 두 처녀는 별사람이 안이라 평안도 안주성내 김셕곡의 쌀 인향과 인함소져라 됴션 태종황뎨 즉위 초에 국태민한하고 시화풍년이라 그때에 김셕곡은 (후략. 띄어쓰기 필자)

〈미인도〉가 신작 구소설일 가능성은 이뿐이 아니다. 제목이 주인공의 이름을 딴 〈○○○전〉이 아니고 작품 내용을 상징적으로 대표하는 〈미인도〉인 것, 작가가 개입하여 사건을 평가하는 부분이 모두 근대적 사고와 법질서가 확고한 사회를 기준으로 한다는 것, '신공기', '신지식', '신식 혼인' 같은 개화기 용어와 '문명文明', '진보進步', '치안治安', '국가國家', '국민國民', '법률法律' 같은 근대적 개념어가 사용되는 것 등, 〈미인도〉가 신소설 등장 이후에 창작된 신작 구소설일 가능성은 더욱 깊어진다.

〈미인도〉의 작가는 형식면에서 이렇게 신소설의 스타일을

〈미인도〉

따랐으나, 내용면에서는 전형적인 관탈민녀 이야기이다. 사건의 해결 또한 종적을 감추었던 윤경열의 과거 급제와 암행어사 출도라는 진부한 끌리셰로 이루어지고 말았다. 이는 고소설이 신소설로 넘어가면서 고소설이 사라질 수밖에 없었던 문학적 한계인 동시에, 고소설적 발상으로밖에는 이야기를 상상하고 그 내용을 소설의 형태로 풀어낼 수 없었던 작가의 한계라 할 것이다.

춘원 이광수의 『무정』에서는, 작가의 나레이션으로 다음과 같은 부분이 있다.

독자 여러분 중에는 아마 영채의 죽은 것을 슬퍼하여 눈물을 흘리신 이도 있을지요, 또 고래로 무슨 이야기책에나 나오듯, 늦도록 일점 혈육이 없던 사람이 아들 아니 낳은 자 없고, 아들을 낳으면 귀남자 아니 되는 법 없고, 물에 빠지면 살아나지 않는 법 없는 모양으로, 영채도 아마 대동강에 빠지려 할 때에 어떤 귀인에게 건짐이 되어 어느 암자의 승이 되어 있다가 장차 형식과 서로 만나 즐겁게 백년가약을 맺어, 수부귀다남자하려니 하고, 소설 짓는 사람의 좀된 솜씨를 넘겨보고 혼자 웃으신 이도 있으리다.

〈미인도〉는 춘원의 이와 같은 지적에서 벗어날 수 없다.

요약하면, 〈미인도〉는 신소설 등장 후 새로운 소설 기법에는 눈을 떴으나 내용은 기존의 고소설에서 벗어나지 못한 신작구소설이다. '관탈민녀' 또는 '부탈빈녀富奪貧女'로 요약할 수 있는 이야기는 고소설에도 근대 이후의 소설에도 등장하는데, 〈미인도〉는 그 사이에 위치한다. 고소설이 신소설로 교체되는 과도기에서 '소설 짓는 사람의 좀된 솜씨'가 변화하는 모습을 보여주는 한 표본이라는 점에 〈미인도〉의 가치가 있다 하겠다.

Ⅱ. 〈미인도〉 현대어역

쓸쓸한 가을바람은 매화 가지 아래에서 기별을 전하고, 초초한 성긴 빗방울은 단풍 잎사귀를 떨어트린다. 어제까지도 무성하던 만산초목이 일시에 번화繁華하던 흥취를 잃어버리고 모두 황량하고 초췌한 빛을 띠는 가을 9월 보름의 한밤중이었다. 사위가 고요하고 달빛이 빈 산에 가득한데, 천리만리에 짝을 잃어 울고 가는 외기러기 소리가 전라도 동북 유마사 후원 별당 안에서 책상을 의지하여 졸고 있던 한 이팔공자의 얕은 꿈을 놀래켜 깨게 하였다. 그 공자가 눈썹을 찡그리고 입맛을 다시다가는 혼잣말을 하였다.

"이것이 웬일인가? 아무리 생각하여도 반드시 내 몸에 이롭지 못한 징조로다."

그러더니 무엇이 그리도 급한지, 공부하던 서책도 치우지 아니하고 무엇이 그리도 두려운지 손발을 모두 떨며, 가만히 문을 열고 사면을 이리저리 휘휘 둘러보고는 자취 없이 떠나갔다.

공자가 후원 동산 고목나무 아래쯤에 이르러 몸을 숨기고 이윽히 무언가 소리를 듣더니, 두 눈이 졸지에 둥그래지고 전신을 사시나무 떨듯 하였다. 그러다가 간신히 손발을 움직여 돌벽을 더위잡고[1] 유마산 깊은 골로 구덩이도 골짜기도 분간하지 않고 그저 당황하여 서둘러 도망치는 것이었다. 관음봉 지장암까지 와서 바위 아래 펄썩 주저앉더니 공자는 그제야 한숨을 깊게 쉬는데, 서리 맞아 병든 나뭇잎이 그 한숨 소리에 뚝뚝 떨어질 정도였다. 공자는 지치기도 하였거니와 정신이 아물아물하여, 그 자리에 그대로 푹 엎드러지더니 소리없이 흐느끼며 눈물을 흘리다가 인하여 기절하고 말았다.

슬프도다. 이 공자는 다름아닌 전라도 순천부 동부원 김진사 태진의 무남독녀 외동딸 춘영 소저였다. 자고로 군자와 숙녀의 초년 명운이 대체로 기구하고 험난한 것은 면하기 어려운 일인데, 그렇다고는 하나 이 같은 귀공녀가 남자 옷을 입고서 깊고 험한 유마산 승방(僧房2))에서 외로이 세월을 보내다가 이 지경에 이르렀으니, 춘영 소저의 내력을 모르는 사람에게는 궁금함이 적지 않을 것이다.

춘영 소저의 부모인 김진사 내외는 여러 대에 걸친 명문거족이요 가산도 부유하였는데, 다만 자식이 없어 한탄으로 지내다가 마흔이 넘어서야 겨우 한 딸을 두었다. 내외가 불면 날까 쥐면 꺼질까 금지옥엽같이 여기며 열 아들에 못지않게 그 딸을 사랑하였는데, 열 살이 지나자 용모가 절묘하고 총명이 뛰어나 이야기책도 열녀전도 모르는 것이 없었다. 이리하여 김진사 내외가 딸을 더욱 사랑하여 이름을 춘영이라 하고, 어떤 사위를

---

1) 더위잡다 : 높고 험한 곳에 오르려고 무엇을 끌어잡다.
2) 승방僧房 : 대체로 여승들이 있는 절을 말한다.

맞이할지 은근히 염려해 왔는데, 춘영의 나이가 이팔에 이르자 그 용모와 재주가 비할 데 없어 청혼하는 매파媒婆가 밤낮 그치지 않았다. 그러나 그 부모는 함부로 허락하지 아니하고, 오직 춘영과 같은 봉황 같은 짝을 구하여 만년의 기쁨을 보고자 하였다.

하루는 하인이 고하되,

"노성운 사간이 찾아와 외당에 이르렀습니다."

진사가 급히 나아가 사간을 맞이하였다. 주객이 자리를 정하고 앉아 서로 손을 잡고 반가워하는데, 어떠한 수자 하나가 앞으로 나와 공손히 절하고는 단정히 도로 앉았다. 진사가 그 수자를 보니 늠름한 풍채와 영발英發3)한 기상이 있어서 짐짓 절세기남자絶世奇男子라 할 만함이 보던바 처음이었다. 진사가 마음속으로 탄복하고 사간을 돌아보며 물었다.

"이 어찌한 공자인가?"

사간이 대답하였다.

"소제의 자식이로소이다."

진사가 크게 기뻐하며 공자의 손을 이끌어 가까이 앉히고는 다정한 음성으로 물었다.

"명가의 자손이라 고상한 교육을 받았으니 문필이 어떠할지는 응당 짐작하거니와, 방년 얼마이며 이름을 무엇이라 하느

---

3) 영발英發 : 재기가 특이하고 뛰어남. 뛰어나게 영리함.

냐?"

공자가 가만히 대답하였다.

"소동小童의 이름은 경열이옵고, 나이는 열여섯 살입니다."

진사가 고개를 끄덕이고는 사간을 향해 다시 말했다.

"우리가 서로 뵈온 지 여러 해가 지났건만, 형장이 오늘 누추한 곳에 왕림하실 줄은 실로 꿈에도 생각지 못했던 일이로소이다. 게다가 저렇게 훌륭한 아들을 두었으니 형장은 세상에 여한이 없을까 하나이다."

윤사간이 대답하였다.

"광양 죽림동 정부사가 소제의 빙장어른이라, 이달 18일이 빙모어른의 회갑이었는데 외손자를 보시고자 하여 수차 기별이 있기로, 자식을 데리고 빙가聘家에 갔다가 돌아오는 길이오이다. 형장이 이곳에 계신 줄은 이미 아는 바라, 사람의 마음에 그저 지나갈 수가 없어 잠시 문후나 하고자 존문에 찾아왔소이다. 옛일을 생각하니 참으로 옛일이라, 우리가 서로 경사에서 머물던 일이 어제 같은데, 벌써 백발이 성성하니 어찌 한심하지 않으리오?"

두 사람이 담소자약談笑自若하는 중에 술상이 나오자 서로 권하였다. 진사가 다시금 묻기를,

"공자의 혼인은 정한 곳이 있나이까?"

사간이 대답했다.

"청하는 곳은 많사오나 아직 정한 곳은 없소이다."

진사가 마음속으로 크게 기뻐하여 사간의 손을 잡고 길게 한숨지으며 말했다.

"소제의 팔자가 기박하여 슬하에 다른 자식이 없고 다만 여식女息을 하나 두었는데 또한 십육세요. 요조숙녀窈窕淑女의 태도는 없으나 족히 군자의 건즐巾櫛을 받들4) 만은 하니, 저와 같은 배필을 정하고자 하여 사면으로 알아보았으나 마땅한 곳이 없어 염려하였소. 천행으로 오늘 공자를 보았는데 탈속한 태도와 총명한 기상이 있으니, 소제의 여식이 감히 공자를 따르지는 못할지라도 언약을 맺는 것이 공자에게 과히 욕되지는 않을 것이오. 바라건대 형장은 옛 정을 생각하여 소제의 구구한 희망을 저버리지 말고, 두 집이 융융融融한 화기를 떨치게 하옵소서."

진사가 다시 잔을 들어 술을 권하니, 사간이 대답하였다.

"용렬한 자식을 이렇게 좋게 보시고 존형의 영애令愛로 하여금 아름다운 연분을 맺고자 하시니 어찌 감사하지 아니하겠소? 엄격한 가정에서 절조 있는 교육을 받아 유한정정幽閑淨淨5)한 명행明行과 숙덕淑德이 있을 것은 보지 않아도 분명하니, 이 기약이 영애로 하여금 도리어 욕이 될까 두렵소이다."

말을 마치자 서로 흔연히 웃었다. 진사가 내당으로 들어가니 그 부인 홍씨가 진사를 바라보고,

---

4) 건즐巾櫛을 받들다 : 건즐巾櫛은 수건과 빗. 아내가 남편의 시중을 드는 것을 말한다.
5) 유한정정幽閑淨淨 : 여자의 인품이 조용하고 그윽하며 맑고 점잖다.

"오늘은 무슨 좋은 일이 있기에 얼굴에 희색이 저렇게도 현저하오니까?"

진사가 웃으며 대답하였다.

"우리 춘영이의 백년가우百年佳偶[6]를 오늘 결정하였으니 어찌 기쁘지 아니하리오?"

진사가 윤공자에 대해 말하니, 소저는 얼굴이 붉어지며 자리를 피하고 부인은 온 마음에 흡족하여 기뻐하면서 윤공자를 한번 보고자 하는 뜻을 진사에게 알렸다. 이에 진사는 껄껄 웃으며,

"혼인은 인륜의 가장 큰일이라. 비유하건대 임금만 신하를 가리는 게 아니라 신하도 또한 임금을 가린다 하였으니, 이는 성현의 떳떳한 말씀이라. 우리가 비록 고인만은 못하나, 우리 춘영이의 평생가우平生佳偶될 사람을 어찌 한번 보지 아니하겠소? 윤사간의 부인인들 또한 어찌 이런 마음이 없으리오?"

진사가 다시 외당에 나아가서는 저녁을 서로 권하였다. 시간이 이윽히 지나자 진사가 사간을 향해,

"소제는 이미 공자를 보았으니, 형장은 어찌 소제의 여식을 한번 친견親見치 아니하리오?"

하고는 사간과 공자를 인도하여 중당으로 들어와 자리를 정하고는, 시비에게 명하여 부인과 소저를 나오게 하였다. 소저가

---

6) 백년가우百年佳偶 : 반려자.

아무리 부모의 명이라도 차마 부끄러워 나오지 못하고 거짓말로 병이 있다 하니, 진사가 딸을 꾸짖어 말하였다.

"네가 평일에 부친의 명을 거역함이 없더니, 오늘은 불효함이 어찌 이다지도 심한고?"

진사가 성화같이 재촉하니 소저는 하릴없이 겨우 일어나 나와서는 모부인의 옆에 이르러 부끄러움을 이기지 못하였다. 진사가 명하여 사간에게 두 번 절하고 다시 앉게 하였는데, 윤공자가 잠깐 눈을 들어 소저를 보니 정숙한 이마와 백옥 같은 귀밑이며 깎은 듯한 어깨와 가는 허리가 일만 가지 고운 태도를 자아내는 것이, 동정호의 가을 달이 맑은 물결에 뜬 듯하고 수호의 밤빛이 선체를 부끄러워하는 듯하였다. 처음 보니 동영 東瀛[7]에서 해가 뜨는 듯하고 두 번 보니 가을 하늘의 구름 같으며, 가벼운 거동은 옥경玉京의 선녀가 구름 위를 걷는 듯하고 정정貞靜[8]한 기상은 옥나무가 바람 앞에 선 듯하며, 수괴羞愧[9]한 태도는 맑은 물에 뜬 붉은 연꽃이 태양을 실은 듯하고 연연娟娟한 모습은 봄바람에 모란이 맑은 향기를 날리는 듯하였다. 아름다운 화용월태花容月態를 숙인 모습이 요지연瑤池宴의 선녀들 중에서도 으뜸일 만하니, 공자가 마음으로 경탄하여 마지않았다.

---

7) 동영東瀛 : 동쪽 바다 너머의 해 뜨는 곳.
8) 정정貞靜 : 여자의 정조가 바르고 성격이 안온한 모습.
9) 수괴羞愧 : 부끄러워하다.

소저도 또한 추파秋波[10]를 잠깐 흘려 공자를 얼른 엿보았는데, 관옥冠玉 같은 풍채와 청수淸秀한 기상이 옥경선관玉京仙官이 진세塵世에 내려온 듯하고 북해의 황룡이 풍우風雨를 일으키는 듯하며, 봄바람처럼 화려한 것은 호걸의 기상이요 가을 달처럼 청신淸新한 것은 군자의 기개였다. 소저도 심중에 놀라 마지않았다.

이때 진사가 공자와 소저를 대하여,

"두 사람이 비록 육례六禮[11]는 행하지 아니하였으나, 오늘부터 공자는 나의 여식의 가군家君이요, 나의 여식은 공자의 가인家人이라. 두 사람의 고락苦樂과 영욕榮辱이 다만 두 사람의 마음에 달렸으니, 장부는 모름지기 가인을 사랑하고 가인은 반드시 장부를 공경하여 일생에 그침이 없게 할지어다."

이어서 시비에게 명하여 지필묵을 가져오게 해서는 공자와 소저 앞에 놓아, 각각 친필로 생년월일시 사주를 쓰게 하였다. 공자와 소저가 진사의 명을 받아 사주를 써서는 시비로 하여금 진사와 사간 앞에 올렸는데, 서로 받아 보니 종이 위에서 비바람이 일어나는 듯하고 용사가 비등비등하여, 공자와 소저의 솜씨에 서로 차등이 없었다. 다시 시비에게 명하여 공자의 사주를 소저에게 전하니 기묘년 춘삼월春三月 오일 묘시라 하였고, 소저

---

10) 추파秋波 : 여자의 은근하고 아름다운 눈길.
11) 육례六禮 : 혼인의 여섯 가지 예법. 납채納采, 문명問名, 납길納吉, 납폐納幣, 청기請期, 친영親迎이다.

의 사주를 공자에게 전하니 기묘년 하사월夏四月 십오일 묘시라 하였다. 두 사람이 서로 사주 바꾸기를 마치자 진사가 소저에게 명하여 사간과 공자에게 계례하는 뜻으로 두 번 절하게 하고, 사간은 공자에게 명하여 진사 내외와 소저에게 계례하는 뜻으로 두 번 절하게 하였다. 인하여 술상이 나오자 진사와 사간이 서로 권하며 희희낙락하는 모습은 짐짓 천하태평의 기상이며 요지瑤池의 선관仙官이 하강한 듯하였다.

인간 부부는 생민生民의 비롯됨이요 만복萬福의 근원으로, 생전영욕生前榮辱과 평생고락平生苦樂이 모두 이에 달려 있으니, 어찌 남자가 장가가고 여자가 시집가는 것을 경솔히 하리오? 그런 까닭으로, 근래에는 조선에서도 문명이 진보되고 풍조가 새로워진 후 신공기를 마시고 신지식을 취하여, 가인재자佳人才子[12)는 신식 혼인을 주창하여 남녀가 서로 보고 면혼面婚[13)하는 일이 종종 있다. 아직도 구습舊習을 개혁하지 못한 사람은 면혼하는 것이 예의에 어긋난다고 비웃음이 적지 아니하나, 이 세상을 한번 돌아보라. 그저 교활한 매파의 감언이설甘言利說만 곧이 듣고 남녀의 혼인을 경솔히 하다가 필경에는 오뉴월에도 서리가 내릴 만큼 한을 품게 되는 일이 이루 손가락을 꼽아 헤아리기도 어렵지 않은가? 그러므로 옛사람들도 지혜 있는 명문가에서는 지금의 신식 혼인과 같이 서로 보고 면혼함이 종종 있었던

---

12) 가인재자佳人才子 : 아름다운 여자와 재능 있는 청년.
13) 면혼面婚 : 혼례 전에 서로 얼굴을 보는 것.

것이다.

그런 까닭으로, 김진사 집의 혼인 언약은 김진사 내외와 윤사간만 그 사위와 며느리가 될 새사람을 보았을 뿐 아니라 신랑신부까지도 서로 보고 모두 만족한 마음으로 이처럼 언약하였으니, 백 년이 지나도 무슨 유감이 추호라도 생기리오? 밤이 늦어감을 깨닫지 못하고 서로 즐기며 옛일과 지금의 일을 이야기하는 동안에 시간은 사람의 사정을 위하여 머물지 아니하고 닭이 울어 새벽을 고하는지라, 각각 침소로 돌아와 밤을 지냈다.

이튿날 진사는 사간 부자를 만류하여 하루를 더 쉬었다 가라고 권하며, 일변 길일吉日을 찾으니 이듬해 삼월 삼일이라, 혼례가 늦어짐을 서로 민망히 여겼다. 그리고 이튿날 서로 작별하니, 탐탐耽耽14)한 정회와 섭섭함은 떠나는 사간 부자의 마음으로나 보내는 진사 내외의 마음으로나 누가 더하며 누가 덜하다 하리오? 사간이 공자를 데리고 수십 일만에 집으로 돌아와서는 그 부인 조씨에게 아들 경열의 혼인 정한 말을 이르고 서로 즐거워하니, 빠른 세월도 오히려 더딤을 민망하게 여겼다.

슬프다, 인간의 모든 일이 호사다마好事多魔요 흥진비래興盡悲來라. 사간이 우연히 몸이 피곤하여 신음하다가 병이 점점 골수에 드니, 세상에 오래 머물지 못할 줄을 짐작하였다. 사간이 한 손으로 부인의 손을 잡고 또 한 손으로 경열의 손을 잡으며

---

14) 탐탐耽耽 : 썩 마음에 들어 즐겁고 좋다.

말없이 눈물을 흘리더니 추연惆然히 탄식하였다.

"사람이 도망하기 어려운 것이 목숨이라. 경열의 혼사를 보지 못하고 속절없이 황천객이 되니, 어찌 여한이 없으리오? 오직 바라건대 부인은 마음을 너무 상하지 말고, 아들의 혼인을 무리 없이 이루어 말년의 기쁨을 누리시오. 구천九泉에서 다시 만나 은혜를 갚으리다."

겨우 말을 마치고 인하여 명이 진盡하니, 부인과 공자가 호천 망극呼天罔極하며 절절이 애통해하였다. 슬프다, 경열의 전생 죄악이 아직 다하지 않았던지, 화가 홀로 오지 않아 그 모친 조씨마저도 또한 애통해하다가 명이 진盡하여 다시 일어나지 못하게 되었다. 열여섯 살의 윤경열은 일시에 부모가 구몰俱沒하니, 하늘이 무너지고 땅이 꺼지는 듯한 변을 당한 것이라 어찌 절통하지 아니하리오? 하늘을 우러러 부르짖고 땅을 두드리며 애통해하는 소리에 눈물 흘리지 않는 사람이 없었다. 먼 곳 가까운 곳의 친척과 이웃들이 모여 호상護喪[15]하고 예禮로써 내외를 선산先山에 안장하였다. 김진사에게는 부모가 구몰하신 사연을 편지로 보내고 아침저녁의 상식上食을 극진히 하였는데, 문득 김진사가 찾아와 사간의 영위靈位 앞에 엎드려 통곡함을 마지아니하고 또한 공자를 위로하였다.

"양친이 구몰하시고 또한 다른 주장主掌[16]이 없으니, 미성년

---

15) 호상護喪: 호상차지護喪次知. 초상의 여러 일을 주장하여 보살핌.
16) 주장主掌 : 어떤 일을 책임지고 맡아 하는 사람.

자인 혈혈단신子子單身의 공자가 혼자 몸으로 어찌 부지하리오? 이제 나와 함께 가는 것이 어떠한가?"

"이 같은 죄인을 불쌍히 생각하사 거두고자 하시니 감사함은 무지하오나, 부모의 영위를 버리고 어찌 멀리 가오리까?"

경열이 굳이 사양하니, 진사는 마지못하여 상을 치른 후에 데려가기로 약속을 정하고 돌아갔다. 공자는 다만 비복을 데리고 3년상을 지내면서 언제나 그 부모를 그리워하여 눈물을 흘리지 않는 때가 없었다.

상갓집의 세월은 별나게도 빠르니, 어언간에 삼 년이 흘렀다. 가산은 자연히 피폐疲弊해져 몸 하나 의지하기가 어려울 뿐더러, 진사가 또한 사람을 보내어 공자를 청하였다. 공자는 얼마간 남은 가산家産을 노복에게 전하고 장차 고향을 떠날새, 사당에 들어가 절하고 부모 양위 산소에 찾아가 망극애통罔極哀痛으로 고별한 후, 데리러 온 사람을 따라 여러 날만에 진사의 집에 당도하였다.

그런데 진사의 집에서는 안에서 곡성哭聲이 들리는가 하면 여러 비복들이 분주히 다니며 매우 산란한 기색이었다. 그렇지 않아도 액운이 태산 같은데 설상가상이니 공자는 가슴이 덜컥 내려앉아,

"이것이 또 웬일인가? 반드시 이 집에 상서롭지 못한 일이 일어났구나."

하고 외당으로 들어가니, 여러 사람들이 둘러앉아서는 김진사

를 이리 떠밀고 저리 떠밀며 위협을 무수히 하고 있었다. 공자가 황급히 방에 들어가 진사를 뵙고 연고를 물으니 진사가 대답했다.

"세상에 이런 일이 어디 있으리오? 달포 전에 전라도 병사의 편지가 왔기에 받아 보니, 병사가 중년에 상처한 후 속현續絃[17]을 하지 못해 사방으로 적당한 신붓감을 구하고 있었는데 마침 들으니 우리 여식이 연기과년年紀過年[18]하고 아름다운 태도도 있다 하여 청혼한다, 이러기에 이미 정한 곳이 있다고 답장을 보냈네. 그랬더니 병사가 화를 내어 사람들을 보내어서 나를 잡아오라 하는데, 막중한 병마절도사兵馬節度使의 명령이라 사세부득事勢不得으로 잡혀가고야 말 터이지만, 내가 아무리 죽기로서니 자식을 어찌 두 사람에게 허혼許婚하며 여식인들 어찌 순순히 따르겠는가?"

그리고는 병사로부터 왔다는 전일의 편지와 이번의 통지를 진사가 공자에게 보여 주었다.

지금은 문명이 차차 진보되고 인지도 차차 개발되어 법률이 빠른 시대라 경찰이 엄밀하며 재판이 공평하여, 공후작록公侯爵祿을 가진 귀족이고 권세 있는 집안이라도 법 밖의 행동을 하지 못하고 여항閭巷의 보통 사람이라도 억울하고 원망스러운 일을 당하지 않는다. 그러나 그때로 말하자면 고작 미관말직微官末職

---

17) 속현續絃 : 거문고나 비파의 끊어진 줄을 다시 잇다. 부부의 화락함이 금실琴瑟인데 그 줄이 끊어졌다는 것은 한쪽이 죽은 것의 비유이고, 끊어진 줄을 다시 잇는 것은 남은 사람, 특히 남자가 재혼하는 것의 비유이다.
18) 연기과년年紀過年 : 여자가 시집갈 나이를 넘었음.

이라도 권리를 남용하여 백성을 학대함이 적지 아니하였다. 더구나 병마절도사라 하면 한 도에 하나씩 배치하여 절엄切嚴[19] 한 병권兵權을 위임하고 사생死生[20]의 권리까지 쥐고 있었다. 본래 이는 국가의 위난危難을 방어하고 민간의 폭도暴徒를 징치懲治하여 국민의 질서와 안녕을 유지하기 위해서였지만, 어떤 병사는 본직의 책임을 아는지 모르는지 다만 세력만 포장하고 한갓 권리만 남용하여 병마절도사의 위풍을 일도一道에 떨치며 크고 작은 백성을 학대하는 것만 능사能事로 생각했다. 자기 좋아하는 일과 즐겨하는 것만을 제 마음대로 하고 제 뜻대로 욕심을 채우느라 학정虐政을 무소불위無所不爲로 하며, 그 아래에 있는 이른바 병방兵房이니 호방戶房이니 수교首校, 장교將校 등등 허다한 불량배 무리를 거느리고 영문금포營門禁捕[21]했다. 게다가 별별 이름을 갖다붙여 민간에 온갖 행패를 부리지 않음이 없으나 누가 감히 금지하리오? 능력도 없거니와 이들은 안하무인眼下無人이라 형문刑問[22]과 장차將差[23]가 한번 지나간 곳에는 사람은 고사하고 심지어 개와 닭과 소 같은 가축까지도 해를 입었다. 아무리 죄 없는 사람이라도 형세가 어지간히 가난하여

---

19) 절엄切嚴 : 지엄至嚴. 매우 엄함.
20) 사생死生 : 문맥상 '대상을 죽일 것인지 살릴 것인지 결정하는 권리'이므로, 살생殺生이나 생살生殺이라고 함이 옳다.
21) 영문금포營門禁捕 : 관아로 잡아감.
22) 형문刑問 : 잡아와서 매우 때리며 심문함.
23) 장차將差 : 장교와 차사.

아침저녁 끼니거리가 없는 지경에 이르지 않고 재산이 두둑하다 싶으면 밤이라도 단잠을 자지 못하고 마음대로 행동하지도 못하니, 이는 솔개 지나가는 곳에 병아리 사라지는 것과 다름없었다. 이렇게 마음을 놓지 못하는 중에 조금이라도 허물이 있으면 물론이요, 죄가 없는데도 영문에 잡혀가고 장교와 차사들에게 뇌물을 주어야 하며 법에도 없는 매질을 당하고 근근이 혼자 힘으로 알뜰히 모은 재산을 기둥뿌리가 쑥쑥 빠지도록 톡톡 털어 바쳐야 하는 일이 이루 손꼽아 헤아리기도 어려운 것이 그 시절의 일상다반사日常茶飯事였다.

　김진사의 일 또한, 자기 딸의 혼인을 자기가 주장主掌하는 것인데다 혼인하기로 언약까지 하였다면 그만인데, 그럼에도 불구하고 간사하고 교활한 협잡배들이 병사에게 아첨하여 김소저의 자태가 아름다운 것과 윤공자의 혈혈하고 고단한 신세를 일러바쳤다. 그런 이야기를 귀가 아프도록 들은 병사의 마음은 불 같은 욕심을 걷잡지 못하여, 죄도 없는데 초달楚撻24)을 내어 편지를 보냈다가 급기야 김진사의 거절을 당하니, 도리어 화를 내고 분기가 충천하여 뱀 같고 전갈 같은 차사들을 보내어 김진사를 결박하여 오라고 성화하는 것이었다. 그러니 무지한 장차들은 큰 수나 생긴 듯이 억지바람에 흥을 내어 오라25)를 차고 백구타령을 부르며 서슬이 시퍼렇게 달려들어서는, 역적죄인

24) 초달楚撻 : 죄인을 매로 때림.
25) 오라 : 죄인을 묶을 때 쓰는 붉은 색의 밧줄.

이나 잡아가듯이 강도죄수强盜罪囚나 만난 듯이 김진사의 집 사면으로 비바람 치듯 달려들어 김진사를 잡아내어 손발을 오라로 묶고는 자기네 신발값을 우려내느라고26) 이리 치고 저리 치며 무수히 난동을 부리는 중이었다.

윤공자가 이 광경을 보니, 아무리 궁리해도 묘책은 없고 김씨와의 인연은 이미 끊어졌다는 생각뿐이었다. 모두가 자신의 박명薄命한 탓이라고 진사를 위로하며 간절히 권했다.

"이제 병사의 혼인을 거절하려 하시거니와, 당금當今 병마절도사의 분부를 누가 감히 거역하오며, 만일 거절하실진대 반드시 독한 형벌이 이르러 중대하신 생명까지 위태해질 것입니다. 자식을 위하여 부모가 어찌 죽사오며, 부모가 죽은 후에는 소생이 어찌 혼인을 이루오리까? 모두가 소생의 박명한 탓입니다. 아무리 생각해도 달리 방법이 없사오니, 깊이 생각하시어 병사에게 혼인을 허락하는 뜻으로 글을 지어 보내옵소서."

윤공자는 또한 장차들에게도 말했다.

"그대들은 병사또27)의 엄명으로 진사님을 잡으러 왔다 하는데, 만일 지금 진사님에게 폭행을 가하면 일후에 진사님이 병사

---

26) 신발값을 우려내느라고 : 무슨 일로 멀리 왔을 때 돈을 우려내려고 대는 핑계의 하나.

27) 병사또 : 병마절도사는 줄여서 '병사兵使'라 하고, 이들은 군사에 대한 일을 맡아 볼 뿐 행정을 다스리는 사또(員)가 아니다. 작중에서는 병마절도사를 가리켜 등장인물들이 계속해서 '병사또'라 부르는데, 이는 『춘향전』의 '변사또[변학도]'를 연상시킨다.

의 장인이 되었을 때 너희들에게 반드시 보복이 있을 것이다. 알아서 조처하여라."

윤공자가 어르고 달래며 일장연설—場演說을 하니, 장차들의 생각에도 진사를 잡아가는 것보다 혼인을 허락한다는 글을 받아가는 것이 더 공로가 있을 것이었다. 진사 또한 사세事勢를 생각하니, 만일 잡혀가서 혼인을 거역하면 필경은 독한 형벌이 미칠 것이고 끝내 거역하면 응당 죽을 것이며, 형벌에 못 이겨 혼인을 허락하면 이 또한 남에게 손가락질당할 것이었다. 그러다가 죽는다 해도 윤공자와 어찌 온전하게 혼인할 수 있으리오? 생각할수록 무가내無可奈[28]라, 마지못하여 혼인을 허락한다는 글을 써서 장차들에게 주었다. 장차들은 욕심껏 우려내지는 못했지만 그래도 여간 돈냥은 얻어냈고 진사의 허혼서許婚書도 받았으니 머지않아 진사가 병사의 장인이 되리라 여겨, 벌써부터 권위에 눌려 허리를 굽실굽실하면서 하직하고 돌아갔다.

그로부터 열흘도 못 되어 순천부사가 진사의 집에 찾아와 병사의 서간을 내놓았다. 받아 보니 전일前日에 실례했음을 변명하고 또한 사주와 택일을 보내온 것인데, 날짜가 다음 달 열여드레였다. 진사가 서간을 다 읽고 부사를 대접하여 보낸 후 내당에 들어가 사세의 이러저러함을 말하고 혼인을 준비했다.

---

28) 무가내無可奈 : 어떻게 조처할 방법이 없음.

불쌍하구나, 윤공자여! 아무리 진퇴유곡進退維谷이 되었으나 상황이 이러한데 일시인들 그 집에 머물러 있을 수가 없었다. 진사의 강권함을 물리치기가 어려워 아직 머물러 있기는 하나, 천지天地로 집을 삼고 사해四海로 방을 삼아 정처 없이 떠돌지언 정 미구未久29)에 진사의 집을 떠나기로 결심하였다.

이때 김소저는 이런 일을 당한 이후로 먹고 자는 것마저 불편한 와중에 이리저리 아무리 생각해도 죽는 것밖에는 아무런 방법이 없었다.

"사람이 세상에 생겨남에 어찌 여자가 되었으며, 불행히 여자가 되었기로 일부종사一夫從事를 못하고 일신양역一身兩役30)은 웬일인가? 윤공자는 만 리를 떠나더라도 나의 가군이요, 나는 죽어 혼백이 되더라도 윤공자의 가인이라, 내가 살아 있으면서 병사의 혼인을 거역하면 우리 부모에게 화가 미칠 것이요, 만일 죽는다 해도 자식까지 잃은 우리 부모에게 무슨 욕이 또 미칠 것인가? 슬프구나, 우리 부모는 무남독녀로 나 하나를 금옥같이 귀하게 길러 만년에 영화를 볼까 바라시더니, 조물이 시기했는 가, 귀신이 작해作害했는가? 당상에 계신 학발鶴髮31) 양친을 영영 이별하고 죽게 되다니, 나도 서러우려니와 불쌍한 우리 부모

---

29) 미구未久 : 멀지 않은 미래.
30) 일신양역一身兩役 : 한 사람이 두 가지 일을 동시에 맡음. 문맥에 어울리지 않으니, 작가가 잘못 넣은 듯하다.
31) 학발鶴髮 : 나이가 많이 들어 학의 깃털처럼 머리가 희어짐.

는 그 아니 절박한가? 가련한 윤공자도 혈혈단신 의지할 곳이 없는 터에 이 광경을 목도했으니 마음이 온전할까? 미구에 이 집을 떠나 종적이 망연할 것이니 그 아니 분하리오? 그러나 내 곧은 마음을 윤공자가 알지 못하고 박병사의 혼인을 순종할 줄로만 생각하여 우리 부친에게 권고하였으니, 만일 내가 죽기 전에 유공자가 떠난다면 공자는 내가 죽은 줄을 알지 못하고 분명히 박가의 혼인에 순종한 줄로만 여길 것이니, 죽은 혼인들 어찌 원통하지 아니하리오?"

김소저가 벼루를 찾아 먹을 갈고 섬섬옥수纖纖玉手로 붓을 잡아 종이를 펼쳐드니 눈물이 먼저 떨어져 앞을 가렸다. 대강의 사정을 기록하고 시비侍婢 계향을 불러서는 가만히 일렀다.

"이 편지를 초당草堂에 가져가서 공자께 드려라."

계향이 편지를 받아 품에 넣고 삼경 깊은 밤에 초당으로 나아 갔다. 문틈으로 바라보니 공자는 홀로 촛불을 밝히고 초연히 앉아 있었다. 계향이 가만히 문을 열고 공자에게 여쭈기를,

"소비小婢는 이댁 소저의 시비인 계향입니다. 소저의 명으로 이에 이렇듯이 이르렀나이다."

계향이 품에서 봉서를 내어 주자 공자가 황망히 받아 읽었다.

"규중처녀閨中處女의 신분으로 외람히 먼저 글월을 올리오니, 예의에 손상됨이 이렇게 심하오나 조그만 허물에 얽매여서 어찌 대의에 유감을 끼치리이까? 바라옵건대 광연廣衍32)하신 기개와 너그러운 마음으로 무례함을 용서하소서. 소첩은 본디

용렬한 아녀자로 성현의 도를 배우지 못하여 명행숙덕明行淑德함이 없으나, 약간의 고서古書33)를 보아 신의를 짐작하는 터라, 충신은 두 임금을 섬기지 아니하고 열녀는 두 지아비를 섬기지 않는다 하였으니, 소첩이 비록 고인의 절개를 효칙效則34)하지는 못하오나 어찌 두 번 몸을 언약하리오? 삼 년 전 중당에서 비로소 부모의 명을 받아 서로 면약面約35)하였을 때 밝게 비추었던 달빛이 지금도 오히려 변치 아니하였습니다. 시부모의 상사喪事를 당하매 천리만리 먼 길이라 분상奔喪36)은 하지 못하였으나, 삼 년 거상을 치르며 소복을 벗지 아니하였습니다. 아무리 권문세가에서 위협하고 강박한들 여자의 일편단심一片丹心을 어찌 바꾸오리까? 사세에 백 가지 생각을 해도 한 가지 묘책이 없으니, 하릴없이 잔명을 끊어 이비二妃37)의 자취를 따르고자 결심하였사오니, 여자가 절개를 위하여 생명을 칼날에 부치는 것은 자고로 상사常事38)이옵니다. 바라옵건대 유유悠悠한 세월에 귀체를 보중保重하시고, 다음 생애에나 다시 만나 이 생애에서 미진한 여한을 풀까 하오니, 이만 그치나이다."

---

32) 광연廣衍 : 넓고 힘차 거리낄 것이 없음.
33) 고서古書 : 사서삼경四書三經 및 기타 유학의 가르침을 담은 책을 말한다.
34) 효칙效則 : 본받아 법으로 삼음.
35) 면약面約 : 얼굴을 보고 약속함.
36) 분상奔喪 : 먼 곳에서 부모의 부음訃音을 듣고 급히 돌아옴.
37) 이비二妃 : 순임금의 왕비였던 아황蛾黃과 여영女英. 순임금이 천하를 두루 살펴보던 도중에 죽자 둘이 함께 뒤따라 죽었다.
38) 상사常事 : 흔히 있는 일.

공자가 편지를 읽으며 문득 눈물이 흘러내리는 것을 깨닫지 못하였다. 인하여 지필묵을 꺼내 회답을 써서 계향에게 주어 보냈다. 소저가 공자에게 편지를 보내고는 비월한 심회가 다시금 솟아올라 창연愴然히 눈물을 흘리는데, 계향이 돌아와 답서를 올렸다.

"중당에서 멀리 앙모仰慕[39]하옵던 화용花容을 다시 뵈온 듯하여, 심회가 반가운 중 또한 놀라고 두려움을 이기지 못하였나이다. 아름다운 인연이 끊어짐은 윤생의 박명한 죄악이 심중深重한 탓이요, 요악妖惡한 인연이 들어오는 것은 사람의 힘으로 가히 면하기 어려운 일입니다. 이제 낭자께오서 비루한 윤생을 위하여 천금 같은 목숨을 끊고자 하시나, 위로 부모 양위의 신세를 생각하시고 다시 김씨의 후사를 돌아보아, 한 조각 붉은 마음을 너그럽게 돌이켜서 옥 같은 귀한 몸을 천만보중千萬保重하시면, 이 세상에서 깊은 한이 남더라도 후생後生의 다른 날에 서로 만날 것입니다. 우리 부모의 삼 년 거상에 마음으로 집상執喪[40]하신 하늘 같은 은혜는 풀을 맺어 갚을[41] 것이며, 세세에 다시 만나 부부가 되어 원을 풀까 바라나이다. 할 말은 많사오나 붓을 들어 소회所懷에 임하니 흉중胸中이 답답하여 이만 그치나이다."

---

39) 앙모仰慕 : 우러러보며 사모하다.
40) 집상執喪 : 부모의 상사에 예절을 지킴. 또는 예절에 따라 상제 노릇을 함.
41) 풀을 맺어 갚을 : 결초보은結草報恩의 고사.

소저가 다 읽지 못하고 스스로 쏟아지는 눈물을 참지 못하여, 수건으로 얼굴을 가리고 이불에 엎어져서 소리 없이 흐느끼다가, 그만 수건으로 목을 매어 죽고자 하였다. 계향이 이를 보고는 소저를 붙잡고 만단으로 위로하고 또한 흐느꼈다.

"만일 아씨가 죽으시면 소비도 또한 죽을 것입니다. 귀체를 안보安保하시고 우리 둘이서 도망하여 화를 면함이 어떠하오리까?"

"내가 만일 도망하면 목숨은 보존한다 할지라도 우리 부모에게 악인의 화가 미칠 것이니, 아무리 생각하여도 죽는 것 외에는 다른 묘책이 없구나."

계향이 일시도 소저의 곁을 떠나지 않으니, 죽고자 하여도 능히 할 수 없었다.

세월은 점점 흘러 박병사의 혼인이 하룻밤으로 다가왔다. 그 사이에 윤공자는 진사의 집을 떠나 멀리 가고자 하다가 다시 생각하여,

"내가 이 근처에 몸을 숨겼다가 박병사의 혼인을 그 다음까지 살펴보리라."

하고는 근처에 머물렀다. 김소저는 아무리 생각하여도 계향을 떼어놓고 죽을 틈을 얻지 못하여 지금까지 살아 있으나, 만일 날이 밝으면 하릴없이 몸에 욕이 미칠 것이라, 천만 번 생각하여도 오늘 밤에는 기어이 목숨을 끊고 말리라고 결심하였다. 그리하여 계향을 불러,

"내가 오늘까지는 목숨을 끊기로 결심하였는데, 다시 생각하니 백발양친이 나 하나를 사랑하시어 애지중지하였거늘 절개만 생각하고 내 목숨이 죽으면 우리 부모의 정상情狀[42]이 장차 어떠하리오? 도리어 큰 불효죄를 면치 못할 것이니, 한갓 절개만을 위하여 어찌 부모를 저버리리오? 이제 마음을 다시 정하여 죽을 뜻은 그만두었단다. 그래도 내일은 혼인이라, 한번 가면 이곳에 다시 돌아오기가 용이容易하지 않을 것이니, 너는 나를 위하여 저 동산 너머에 사는 화영이 모친을 잠깐 데려다 주겠느냐? 부탁할 말도 있고 또 화영이 소식도 듣고 싶구나."

계향이 듣고 십분十分 의심하나 소저가 평일에 허언虛言한 적이 없었던 까닭으로 믿고 기뻐하며, 잠깐 다녀오기를 고하고는 문을 열고 나갔다.

슬프다, 소저의 일생에 말 한 마디 허언함이 없었으나 사세가 급하니 하릴없음이라, 거짓말로 계향을 속여 보내고 급히 일어나서는 부모가 계시는 방을 향하여 네 번 절하여 하직하였다. 섬섬옥수로 수건을 들고 한 끝은 문고리에 잡아매고 한 끝은 옥 같은 목에 매어 늘어져 죽으려 하니, 밤은 적적한 삼경이요 인적은 고요한데, 후원 별당의 깊은 방에서 딸이 목을 매어 죽으니 그 부모에게 감응感應함이 있었을 터였다. 그러나 온종일 혼례 준비에 분주하다가 인하여 첫잠이 깊이 들었을 뿐 아니

---

42) 정상情狀 : 인정상 차마 볼 수 없는 가엾은 모습.

라 소저가 거처하는 방과 서로 거리가 멀고 평일에 소저의 기색이 슬퍼 보이기는 하나 그다지 근심하는 모양은 나타나지 않은데다, 겸하여 계향이 있었으니 무슨 염려가 있었으리오?

그러나 숙녀가인의 운명은 하늘에 있는지라, 어찌 천도天道가 무심하리오? 소저의 실낱 같은 목숨이 거의 진할 지경에 하늘이 소저의 불쌍한 목숨을 가련히 여기사 살아날 길을 마치 예비하여 둔 것처럼, 어떠한 여자가 문을 열고 들어오다가 소저의 모양을 보고는 대경실색大驚失色하여 급히 달려들어서는 목맨 수건을 끄르고 소저의 코를 빨며 손발을 주물렀다. 이윽하여 소저가 회생回生하여 그 여자를 바라보더니, 얼마나 반갑던지 와락 달려들어 목을 끌어안고 흑흑 느끼며,

"생전에 다시 만나다니, 참으로 꿈만 같구나."

미처 말이 끝나기도 전에 계향이 천방지축 들어와서는, 먼저 그 여자의 손을 잡고 일변으로는 소저에게 고했다.

"소비가 과연 아씨의 말씀을 종내 믿지 못하였으니, 죄를 용서하소서. 소비가 처음에는 아씨의 말씀을 믿고 행하려다가, 마침 동산에 올라가려는데 문득 가슴이 놀라고 마음이 떨리어, 아씨에게 속은 줄을 깨닫고 길을 돌이켜 급히 돌아왔으니 죄를 용서하옵소서."

소저는 계향의 말에 대답하지 아니하고 그 여자가 소저의 광경을 이르니, 계향이 눈물을 흘리며 소저를 원망하고 그녀에게 고마워했다.

그 여자는 다른 이가 아니고, 소저의 모친 홍씨부인이 김진사에게 출가할 때 데리고 온 몸종 금년이의 딸 화영이었다. 홍씨가 소저를 잉태했을 때 금년도 또한 수태하였는데, 홍씨는 사월 십오일에 소저를 낳고 금년은 사월 십육일에 화영을 낳았다. 하루가 다른 동갑일 뿐 아니라 그 얼굴과 자태와 거동이며 심지어 목소리까지도 서로 꼭 닮은 까닭에, 진사 내외가 사랑하여 이름을 춘영이 화영이라 하고 친자매와 다름없이 공부를 시켰을 뿐 아니라 화영의 모녀를 속량贖良[43]하여 형님아 동생아 부르며 지내게 하였다. 화영은 열다섯 살에 화순으로 출가하였는데 그 명운이 기박하여, 남편이 세상에 다시 돌아오지 못할 머나먼 황천길을 가고 말았다. 화영이 청상과부가 되었어도 가을 비 봄 바람과 꽃피는 아침 달 뜨는 저녁에 눈물을 뿌리며 일편단심으로 송죽松竹 같은 절개를 지켜 오던 차였는데, 오늘 밤 천만뜻밖에도 소저의 방에 이르러 소저를 구원함은 무슨 연고인가?

　소저가 화영의 손을 잡고서 그간의 일을 위로하고 자기가 당한 일을 이야기하니, 화영이 듣고 눈물을 흘리며 말했다.

　"소제가 가군을 사별하고 근근이 지내옵는데, 마침 본읍 현령이 나의 소문을 듣고 잉첩媵妾을 삼고자 하여, 여러 차례 사람을 보내어 달래옵기로 그저 꾸짖어 돌려보냈더니, 현령이 노하여

---

43) 속량贖良 : 대가를 받고 노비를 풀어주어 양인이 되게 하는 것.

나를 모함하고 관부官府에 잡아다가 관비官婢의 이름을 박고 수청守廳을 들라 하였습니다. 거짓 허락하고 마음을 돌린 후에 즉시 죽기로 결심하였다가 생전에 형님을 뵙지 못하고 죽으면 혼백이라도 원혼이 될 것이라, 즉시 몸을 도망하여 이곳에 이르렀습니다. 지금 사세를 들은즉 화가 박두하였으니, 형님은 지금 곧 남자 옷으로 변장하고 즉시 몸을 피하여 목숨을 보존하였다가, 윤공자를 찾아 생전의 한을 풀고 원수를 갚게 하옵소서. 소제는 형님의 옷을 바꾸어 입고 여기에 있다가 혼인을 대신하고 목숨을 끊어 후환이 없게 하오리다."

"네 말은 기특하나 만만불가萬萬不可하구나. 어찌 형의 죄를 아우를 대신 받게 하리오?"

"나의 형편을 생각하소서. 이제 형님을 보고 이 문 밖에만 나가면 더러운 세상에 일시도 머물지 못하고 속절없이 목숨을 끊을 것이라, 이미 죽을 목숨이니 형님을 대신하겠습니다."

화영이 죽기로써 권하니, 소저가 하릴없어 옷을 벗어서 화영에게 주고 전날 윤공자를 위해 지어 두었던 남자 옷으로 갈아입었다. 서로 작별할 새 정처 없이 떠나는 춘영 소저의 마음은 얼마나 비창하며, 소저를 한번 이별하여 생전에 다시 보지 못할 화영의 마음과, 소저와는 생이별하고 화영과는 사별하게 될 계향의 마음은 얼마나 창망悵惘하였으리오?

화영은 계향과 말을 맞추어 약속하고는 금침衾枕을 뒤집어쓰고 누워서, 밤 사이 몸이 불편하다는 핑계로 얼굴을 드러내지 않았다. 진사 내외가 황망하여 딸의 옆에 앉아서 근심하였으나, 화영의 얼굴을 보아도 알아보지 못하려니와 하물며 얼굴을 드러내지 아니하였으니 어찌 알아보리오?

해가 오정이 될락말락한데 박병사의 행차가 들어왔다. 위의를 엄숙히 차리고 권마성勸馬聲44)과 맑은 풍류에 동부원이 진동하였다. 김진사의 집에서는 백포차일白布遮日을 둘러치고 구경하는 빈객이 구름 모이듯한 가운데, 병사는 사모관대紗帽冠帶를 차리고 초례청醮禮廳에 이르렀으나 신부는 종시 거동하지 않고 고통스러워 신음하는 소리뿐이었다. 진사 내외가 민망하여 딸의 방에 들어와서 만단萬端으로 달래는데, 화영이 입속으로 웅얼거리며 겨우 말했다.

"육례라 하는 것은 한낱 예절에 지나지 못하니, 그럴 만한 사정이 있어서 예절을 감당하지 않은들 무슨 큰 허물이겠습니까? 또한 오늘 시집감은 떳떳한 정도로 하는 것도 아니니, 무슨 낯으로 여러 빈객 앞에서 대례大禮45)를 행하겠습니까? 내일이라도 조금 차도가 있으면 서둘러 우귀于歸46)하라 하옵소서."

진사가 마지못하여 병사에게 그 뜻을 전했다. 병사의 생각에 소저의 절행이 송죽 같다는 말에 사실 근심이 없지 않았으나,

---

44) 권마성勸馬聲 : 말 등을 탄 벼슬아치가 행차할 때 앞길을 비키도록 소리지르는 것. 또는 그 소리.

45) 대례大禮 : 혼인을 치르는 등의 큰 예식.

46) 우귀于歸 : 신부가 친정에서 첫날밤 등을 지내고 처음으로 시가에 들어가는 절차.

속히 우귀하라고 청한다 하니 이를 십분 다행히 여겨 대충 전안례奠雁禮를 마치고는 진사의 인도를 따라 소저의 방에 들어갔다. 진사가 화영을 흔들며,

"몸이 아파 혼례는 그만두었다 해도 신랑이 들어왔으니 잠시만이라도 일어났다가 다시 누우려므나."

말이 간절하니 화영이 하릴없어, 이불을 젖히고 겨우 몸을 일으켜 앉아서는 고개를 숙이고 외면하니 과연 잠시도 지탱하기 어려운 것만 같았다. 병사가 화영을 살펴보니 비록 단장하지 않았고 병중에 있으나 화용월태가 선연작약嬋娟綽約[47]하여, 만단추수萬端秋水에 한 송이 부용꽃이 반쯤 피어나서 맑은 향기를 풍기며 이슬을 머금은 듯하고, 삼오양소三五良宵[48]에 둥근 달이 뜬구름에 가려 맑은 광채를 감추는 듯하며, 복숭아꽃 같은 두 뺨에는 봄빛이 가득하고 팔자 눈썹은 열열한 기운을 띠어 짐짓 천향자색天香姿色[49]이었다. 듣던 말보다 오히려 더하여 병사는 마음속으로 그저 기뻐하는데, 화영이 다시 이불을 뒤집어쓰고 계향이 말했다.

"병든 몸이라 능히 인사를 차리지 못할 뿐 아니라, 홀로 편히 병을 치료함이 좋겠습니다."

---

47) 선연작약嬋娟綽約 : 몸맵시가 날씬하고 아름다움.
48) 삼오양소三五良宵 : 음력 15일 보름의 달구경하기 좋은 밤.
49) 천향자색天香姿色 : 천하에서 제일가는 향기와 빛깔. 모란꽃의 별명으로 미인을 가리키기도 한다.

병사가 마음 같아서는 아무리 병중이라 하나 잠시도 곁을 떠날 생각이 없었지만 염치를 돌아보아, 무슨 큰 생색이나 내는 듯이 돌아나와서는 외당에 침실을 정하였다. 그날 밤을 그대로 지내고 화영은 병이 조금 나은 체하며 그날로 우귀于歸하였다. 화영이 나삼羅衫[50]으로 얼굴을 가렸으니 진사 내외도 화영인 줄을 모르는 터에 하물며 초면初面인 병사가 어찌 알았으리오?

화영은 계향과 함께 치행治行하는데, 슬프도다. 춘영 소저는 규중에서 곱게 자라 문 밖이라고는 나가 보지 못하였으니 어찌 걸어서 멀리 떠날 수 있으리오마는, 사세가 위급한데다 맵찬 마음에 발이 부르트고 다리가 아픈 줄도 모르고 밤새도록 쉬지 않고 새벽달이 뜨도록 한없이 도망하였다. 날이 밝아오자 큰길을 버리고 샛길을 골라 지향 없이 발길 가는 대로 마음 당기는 대로 가다가, 지치기도 하였거니와 배가 고파 걸음을 옮기지 못할 지경이라 반송정자盤松亭子 아래에서 잠시 쉬려고 앉았다.

그때 어떠한 여인이 차환叉鬟[51] 하나를 데리고 지나가다가, 소저를 보고는 또한 곁에 앉았다. 소저가 자세히 보니 그 여인은 전일에 본 적이 있는 방물장수였다. 소저는 그 여인을 짐작하였으나 그 여인은 남자 옷을 입은 소저를 어떻게 알아보리오?

그 방물장수는 진부역 근처에 사는 황소사라는 여인으로, 일찍 가군을 여의고 다만 딸 하나를 의지하여 지내고 있었다.

---

50) 나삼羅衫 : 전통혼례에서 신부가 활옷을 벗고 입는 예복.
51) 차환叉鬟 : 주인을 가까이에서 모시는, 머리를 얹은 여종.

그 딸의 이름은 장옥심인데, 나이는 이구 십팔에 얼굴이 절색이
고 재질才質이 민첩하며 시서백가詩書百家[52]를 통달하였다. 황
소사는 일구월심日久月深[53] 옥심과 같은 사위를 얻고자 하여
방물장수로 가가호호 방방곡곡을 돌아다니면서 순천 동부원
김진사의 집에도 자주 다녔다. 소저는 여자라도 바깥 사람 대하
기를 자주 하지 않았기에, 노파는 소저의 얼굴을 자세히 알지
못하나 소저는 노파를 알아보는 것이었다.

지금 황소사가 소저를 보니, 화려한 용모와 청수淸秀한 태도
가 보던바 처음이었다. 속으로 생각하기에 꼭 그러한 공자를
얻어 사위를 정하였으면 여한이 없으리라 하여, 가까이 앉아
친근히 묻기 시작했다.

"공자는 어디에 계시며 어디로 행하나이까?"

소저가 남자 목소리를 지어 대답하였다.

"나는 팔자가 기박하여 일찍 부모를 여의고, 남은 목숨을
의지할 데가 없어 사해팔방에 정처 없이 다니나이다."

노파가 내심 크게 기뻐 점점 가까이 앉으며 더욱 다정하게
말했다.

"말씀을 들으니 가긍可矜한 일이로소이다. 내 집이 이곳에서
멀지 않으니, 며칠 있다가 감이 어떠하오?"

소저는 노파의 말이 이처럼 온화하고 다정함을 은근히 다행

---

52) 시서백가詩書百家 : 『시경』과 『서경』 및 제자백가의 학설.
53) 일구월심日久月深 : 날이 갈수록 더함.

으로 여기며 다시 물었다.

"부인은 무슨 일로 어디로 가는 길이오니까?"

"동부원 김진사의 딸 춘영 소저의 혼인하는 날이 오늘인데, 소문이 하도 굉장하기로 구경하러 가는 길이로소이다."

소저가 그 말을 듣고 생각하였다.

"화영이 죽기를 결단코 권고함을 마지아니하여 내가 도망은 하였으나 그 후 어떻게 되었는지 몰라 궁금하였는데, 저 노파가 우리집 혼인 구경을 간다 하였으니, 내가 이제 노파의 집에서 머물면 우리집 소식을 듣겠구나."

그리하여 소저가 노파의 제안을 받아들이고 치사하였다.

"정처 없는 사람을 이같이 머무르게 하시니 감사무궁하오이다."

노파는 이를 벌써 허락하는 뜻으로 알아듣고 얼굴에 희색이 나타나며, 데리고 가던 차환을 불러 소저와 함께 가라 하였다. 소저가 차환을 따라 노파의 집에 이르니, 그곳은 진부역 말리산 아래인데 주위가 조용하고 집 또한 번화한 객실이 아니라 다만 큰방과 건넌방뿐이었다.

차환이 건넌방을 청소하고 거처로 정해 주었다. 소저는 이처럼 조용한 곳이 돈을 주고 구하려 하여도 심히 어려운 터이라 십분 다행으로 생각하였으나 마음속으로는 첩첩이 근심이 일어났다. 자기가 남자 옷을 입고 남자 행세를 하건만은 눈치 빠른 세상에 본색이 탄로날까 염려가 되고, 동서남북 지향 없는 신세에 어디 가서 무슨 욕을 당할런지 이러한 근심도 적지 아니하지만, 그보다도 제일 큰 근심은 화영의 일과 자기 부모의 형편이었다.

"박병사가 지금쯤이면 우리집에 당도하였을 것이니, 화영의 행색이 요행 탄로나지 아니하였더라도 화영은 꽃다운 목숨을 원통히 끊을 것이니 어찌 절통切痛하지 아니하랴? 우리 부모는 화영인 줄 짐작하였어도 원통히 생각하련만, 하물며 내가 화영과 더불어 서로 바꾸었음을 모르시니 우리 부모는 분명히 내가 죽은 줄로만 짐작하여 가슴은 얼마나 에일 것이고 마음은 얼마나 애통하실꼬? 그러나 일이 그처럼 된다면 오히려 다행이지만 만일 화영이라는 것이 드러나면 불쌍하신 우리 부모는 박병사에게 혹독히 위험을 당하실 것이니 분명히 몸을 보존하지 못할 것이로구나. 슬프다, 화영은 제가 죽는 것도 괘념치 아니하고 나를 대신하여 죽을 곳에 들어갔으니, 죽어도 편히 죽지 못하고 본색을 감추면서 제 마음은 얼마나 괴로웠으며 화영의 모친인들 오죽이나 불쌍한가? 세상에 팔자 기박한 사람도 없지 않을 것이지만 내 신세와 같은 사람은 다시 보지 못하리라."

이같이 근심하느라 춘영이 간간히 놀라고 간간히 두려워하는 모양은, 만일 누가 옆에서 본다면 의심할 정도였다. 춘영 소저가 지금 이렇게 놀라고 두려워하는 것은 다른 이유에서가 아니라, 지금이면 혹시 화영의 본색이 탄로되었는가, 지금은 화영의 목숨이 끊어졌는가, 그런 생각을 할 때 가슴이 덜컥덜컥하며 놀라고 전신이 문득문득 떨림을 깨닫지 못했다. 그러나 그날이 지나가고 다음날이 되어도 노파는 돌아오지 않고, 이틀이 되고 사흘이 되어도 노파의 소식은 적막하니, 소저의 마음은 근심걱정 가운데 더욱 근심과 걱정이 깊어가는 것이었다.

춘영 소저는 이같이 일시일각─時─刻[54]이라도 마음을 놓지 못하고 근심과 걱정에 싸여 있으니 얼굴인들 오죽 초췌憔悴하였으리오마는 그래도 옥 같은 화용월태는 감추지 못하여, 어느 틈에 소저의 고운 용모는 벌써 집 안방 아랫목에서 바느질하고 있는 한 낭자의 눈동자 속에 그 색이 바래지 않는 사진으로 역력히 박혀 있었다.

그 낭자는 주인 노파의 딸 장옥심이니, 나이는 당금 열여덟 살이고 얼굴은 천하절색이었다. 열다섯에 부친을 여의고 모친을 위로하며 지냈다고 하면 처음 듣는 사람은 아무것도 배우지 못했으리라 생각하겠지만, 옥심 낭자는 일곱 살부터 부친을 통해 학문을 공부하였고 총명이 하나를 들으면 열을 알아, 열 살 전에 이야기책이나 열녀전, 소학小學 등에 통달하고 열다섯 에는 칠서七書[55]를 능히 익혔다. 옥심 낭자의 아름다운 태도와

---

54) 일시일각─時─刻 : 짧은 시간. 각刻은 시간의 단위로 15분이다.
55) 칠서七書 : ① 삼경(三經)과 사서(四書). 곧, 주역·서경·시경·논어·맹자·중용·대학.
　　② 중국의 병법에 관한 일곱 가지 책. 곧, 손자(孫子)·오자(吳子)·사마법(司馬法)·울요자(尉繚子)·육도(六韜)·삼략(三略)·이위공문대(李衛公問對).

꽃다운 이름이 자연히 원근에 널리 알려짐은 마치 아름다운 작약꽃이 잡풀 사이에 감추어져 있어도 그 향내는 감추지 못하는 것과 같았다. 소문이 차차 퍼져 청혼하는 사람이 끊이지 않았으나, 그간은 부친의 삼 년 거상이 있었고 지금은 상을 벗었으되 낭자의 마음이 다만 그 모친을 생각하여 출가할 뜻이 꿈결에도 없었다. 그러나 모친은 방방곡곡을 두루 다니면서 옥심과 같은 짝을 구하던 터였다.

모친이 김진사 집 혼인을 구경하러 떠난 후 차환이 도로 와서 앞뒤 사정을 이르고는 어떠한 공자를 인도하여 건넌방에 머물게 한 것을, 옥심 낭자가 처음에는 별로 의심하지 않았다가 차차 생각하니, 같은 여자도 아니요 이팔 공자를 데려다 둠은 무슨 뜻인고 이리저리 생각하였다. 그러다가 공자가 출입할 때 잠시 틈을 얻어 추파秋波를 열어 공자를 잠깐 보았는데, 낭자는 일곱 살 이후로 바깥 남자의 얼굴을 본 적이 없지만 여자라도 그 자태와 거동은 가히 따르지 못하리라고 탄복하였으니, 자연히 그 얼굴은 눈에서 떠나지 아니하고 마음에까지 닿았다. 이런 생각을 만일 다른 사람이 알면 옥심 낭자에 대해 비루鄙陋한 평가가 있을지도 모르지만, 다만 옥심 낭자가 공자를 사모함은 풍정風情에서 나오는 마음이 아니라 스스로 생각하기에 따른 것이었다.

"저 공자가 저와 같이 화려하니 문장재질文章才質은 응당 짐작할 만하려니와, 전날 차환이 전하는 말을 듣건대 부모를 여의고

정처 없이 사해를 두루 다닌다 하였으니, 내가 만일 평생대사平生大事[56]를 저 공자에게 의탁할진대 내 집에서 평생을 함께 살며 우리 모친을 모실 것이나 혼처로는 가장 마땅하구나. 그러나 사람의 운명은 알지 못할 것이라, 저러한 풍채로 어쩌다가 조실부모하고 무의무탁無依無托[57]하여 방황하게 되었는가? 내 집에 이른 것은 하늘이 시키심인가?"

이렇게 황소사 집의 두 방 안에 각각 있는 절세가인 춘영과 옥심 두 소저는 첩첩이 수심이 마음속에 가득하건마는, 춘영의 마음은 남을 대하여 말할 수 없고 옥심의 근심도 또한 누구를 대하여 설화하리오?

춘영 소저가 집에 온 지 벌써 나흘이 지났다. 춘영 소저가 우연히 문을 열고 후원을 산책하다가 옥심 낭자가 홍도화 한 가지를 꺾어 손에 들고 지나가는 것을 보니 진정 천향국색이었다. 자신의 변장은 생각하지 않고 두어 걸음을 나아갔다가 옥심 낭자와 서로 눈이 마주치니, 옥심 소저가 부끄럽게 여겨 고개를 숙이자 춘영이 그제야 자기 행색을 생각하고 뒤로 물러나 마음속으로 생각하였다.

"저러한 숙녀가인淑女佳人이 어찌 이 집에 있었는가? 그 여자가 나를 남자로 알고 부끄러워하는 것을 보니 일변 우습구나.

---

56) 평생대사平生大事 : 혼인.
57) 무의무탁無依無托 : 몸을 의지하고 맡길 곳이 없음. 매우 가난하고 곤궁한 처지를 말한다.

그 여자의 자태와 거동이 유한정정有閑淨淨하고 온화안순溫和安順하니, 만일 내가 본색을 드러내어 여자로서 대했더라면 응당 반기며 서로 친구가 되었겠구나. 그러나 내가 지금 남자 옷을 입었을 뿐만 아니라 윤공자를 찾아 깊은 한을 풀고 원수를 갚고자 함이니, 어찌 본색을 드러내어 이곳에 오래 머무르리오?"

춘영이 그런 생각을 하고 있는데, 문득 방문이 열리고 차환이 들어오더니 봉서 한 장을 드리며 말했다.

"이 글은 우리 댁 소저가 지은 바입니다. 우리 댁 소저는 일찍이 문자를 배웠사오나, 매양 시를 지어도 높은 선생의 평판을 얻지 못함을 언제나 한탄하던 바라, 오늘도 춘흥春興을 따라 시 한 수를 지었기로 소비가 소저를 속이고 가져왔사옵니다. 공자는 오죽 고명高明하신 문장으로 한번 평하기를 아끼지 말아 주소서."

그 말을 춘영 소저가 곧이들었는지는 모를 일이거니와, 실상 시비가 옥심 낭자 몰래 가져온 것이 아니라 옥심 낭자가 일평생 대사[58]를 공자에게 의탁하고자 하는 뜻으로 글을 지어 차환으로 하여금 보낸 것인데, 차마 남자에게 글을 보내는 것은 여자의 떳떳한 행실이 아니라 여겨 차환에게 그런 말을 하라고 미리 시킨 것이었다.

그러나 춘영은 주인 집 낭자를 보고 같은 여자라도 말 한

---

58) 일평생대사 : 혼인.

마디 해 보지 못하고 돌아온 일이 섭섭하고 애달프던 차에, 마침 낭자의 글이라 하며 올리니 어찌 반갑지 아니하리오? 받아서 열어 보니,

"원유園柳는 풍정록風靜綠이요, 장화薔花는 우후개雨後開라. 원근은애願君恩愛하사 이수향양재而受香向陽哉[59]하소서."

라 하였다. 소저가 다 읽지 못하여 웃음기가 잠깐 두 볼에 비치더니, 차환에게 그 필법筆法이 정묘精妙함과 문장이 탁월卓越함을 칭찬하였다. 춘영 소저의 가슴에 쌓여 있는 근심은 잘 드는 칼로도 능히 끊지 못할 것이요 맹렬한 불로도 능히 사르지 못할 것이어늘, 장소저의 글을 보고 어찌 즐거워 웃음빛을 띠었던가?

"내 본색을 알아보지 못하고 남자로 생각하여 일평생 대사를 돌이켜 나에게 의탁하려 하는구나."

이런 생각을 할 때 자기 가슴 속의 근심이 변하여 웃는 얼굴을 지었던 것이다.

"처음에는 옥심 낭자의 심상尋常[60]한 시부詩賦로 여겨 그 수단을 한번 보고자 하는 마음으로 차환이 주는 글을 반가이 보았는데, 지금은 그 뜻을 짐작하매 근심 가운데 근심을 더하였으니 이른바 설상가상雪上加霜이 아닐까? 그러나 내가 거절하면 주인 소저가 낙심할 것은 물론이요 오죽 부끄러워하겠는가? 그러나

---

59) 정원 버들은 바람이 그치니 푸르러지고, 장미꽃은 비가 온 후 피어나는구나. 원컨대 그대는 사랑하고 아끼는 마음으로, 그 향기를 받아 햇빛을 보게 하오.
60) 심상尋常 : 대수롭지 않고 평범함, 예사로움.

만일 허락한즉 그때는 조처할 도리가 없으니 어찌 근심이 아니리오? 내가 지금 거짓 허락을 하고 몸을 옮겨 다른 곳으로 가서 종적을 감출진대, 나는 잊어버린다 하려니와 저 소저는 어찌 잊으리오? 내가 지금 윤공자를 위하여 고생하는 것과 같이 저 소저도 또한 나를 위하여 오뉴월에 서리가 내릴 만큼 원망하고 한스러운 눈물을 뿌릴 것이니, 이것도 피하기 어렵고 저것도 피하기 어렵구나."

춘영 소저가 이같이 근심하다가 무엇을 활연히 깨닫고는 곧바로 묘한 계책을 생각하였다.

"내가 지금 허락하여 후일後日을 정한 후에, 아무쪼록 윤공자를 찾아 저 소저와 가연佳緣을 맺게 함이 상책이겠구나."

춘영 소저는 그렇게 작정하고 즉시 차운次韻하여 글을 지어서 차환에게 주어 보냈다.

이때 옥심 낭자는 이리저리 생각하다가 부득이 글을 지어 보내고는 근심을 이기지 못하고 있었는데, 차환이 들어와 회보回報를 전하는 것이었다. 반갑게 받아서 열어 보니,

"화류花柳가 시상조時相助하여 함춘구비含春具備에 일치재一致哉라."[61]

하였다. 낭자가 이를 읽고는 공자의 수단이 고명함을 탄복하며 생각하였다.

---

61) 꽃과 버들이 때맞춰 서로 도우니, 봄을 가득 머금고 같은 것을 기다리는가.

"허락하는 뜻으로 후일을 정하였으니 어찌 반갑지 아니하리오? 그 공자를 잠깐 보았는데 풍정風情[62]이 많다 해도 신의 없는 사람은 아니더라. 그러니 모친이 오시면 이 말을 고하고 언약을 굳게 하리라."

닷새 만에 황소사가 동부원에서 돌아왔다. 먼저 춘영 소저가 거처하는 방으로 들어와서,

"주인이 손님을 대접함이 이같이 너절하였으니 무례함을 용서하소서."

다시 그간의 적막함을 위로하고는, 김진사 집 혼인 일을 묻기도 전에 먼저 이야기하기 시작했다.

"세상에 불쌍하고 참혹한 중에 갸륵한 일은 오십 평생에 처음 보았나이다. 김진사 댁 소저는 나도 간혹 보았사온바 진실로 요조숙녀라도 그 소저에게는 미치지 못할 만큼 비길 데 없이 현숙하던 터이옵더이다."

그 말을 들을 때 춘영 소저의 고개가 점점 수그러지고 노파를 바로 보지 못하였는데, 노파는 춘영 소저의 행동은 유심히 보지 않고 입에 침이 마르게 이야기만 하였다.

"그 댁 소저가 열여섯이 되었을 때 노사가 윤사간의 아들과 정혼하였다오. 그 후로 윤공자가 부모상을 연이어 당하느라 혼인이 자연히 늦어졌는데, 전라병사가 권력을 끼고 위세를

---

62) 풍정風情 : 풍류를 즐기는 마음. 남자의 바람기.

내세워 노사에게 강제로 혼인을 시켰다오. 그 소저는 송죽 같은 절개를 지키고 대례석에 나오지 아니하더니, 다음날로 치행하여 보내는데 그 소저는 흔연히 교자를 타고 가는가 했다가 중로 中路에서 빙설氷雪 같은 마음으로 윤공자를 위하여 목을 매고 교자 안에서 죽었다오. 박병사는 윤가를 위하여 죽은 시체가 나와 무슨 관계가 있으리오, 하고 교자에 시신을 넣어 즉시로 돌려보냈더이다."

소저가 그 말을 채 듣지 못하여 더운 눈물이 앞을 가리는 것을 억제하지 못하고 소리 없이 흐느껴 눈물만 흘리며 말했다.

"그 소저의 신세가 참으로 가긍可矜하나이다. 남의 일에 말만 듣고도 이같이 가슴이 비창하거든, 하물며 목도目睹한 사람은 오죽이나 비창하였으며, 그 부모 되는 김진사 내외는 더구나 얼마나 애통하였으리이까?"

노파는 이야기를 마치기도 전에 소저가 우는 것을 보고는 도리어 칭찬하였다.

"공자는 다정한 남자로소이다. 남의 일에 어쩌면 그렇게도 슬퍼하시니까? 공자가 이르던 바와 같이 그 부모 김진사 내외는 죽은 딸의 시체를 붙들고 실성통곡失性痛哭하며, 구경하는 사람들도 모두 눈물을 흘렸다오. 교자 안에서 죽은 그 소저의 혈서血書가 있었는데 내용인즉 부모 양위에게 부탁하는 것으로 다만 만고열녀萬古烈女 윤경열지처之妻 김춘영지구之柩,라고 영정影幀에 써 달라는 부탁인고로, 그 부모는 죽은 딸의 부탁대로 그와 같이 영정에 쓰고 삼일장을 지냈는데 묘 아래에도 비를 세워 열녀춘영지묘, 라 하였으니 허다許多한 사람이 모두 동정하며 슬피 눈물을 뿌리더이다."

소저가 노파의 이야기를 들으니 화영의 불쌍한 모습이 눈으로 보는 듯하고 부모의 애통함이 귀로 듣는 듯하여 아무리 참고자 하여도 참지 못하고 진진히 흐느끼며 눈물 흘리기를 마지아니하였다. 노파는 자기 눈으로 김진사의 딸의 시신을 보았을 뿐 아니라 분명히 장사를 지내는 것까지 보았으니, 흐느끼기는 고사하고 대성통곡을 하더라도 어찌 소저의 본색을 의심하리오? 다만 위로하고자 할 뿐이었다.

장낭자는 그 모친을 보고 공자와 서로 글을 내왕하던 이야기를 하였고, 노파도 또한 길에서 만나 유의하여 데려온 이야기를 풀어놓았다. 이어서 소저의 방으로 건너와서는 희색이 만면하여 소저의 손을 잡고 분분히 치하하였다.

"하늘이 공자를 인도하여 오늘 이에 이르렀사오며, 겸하여 금수문장錦繡文章으로 훗날의 약속을 정하였으니, 여식의 백년대사百年大事와 이 늙은이의 만년晩年은 모두 공자에게 달려 있나이다."

노파가 극진히 공대하니 소저도 흔연欣然히 허락하여, 감사한 뜻으로 사례하며 이듬해 봄에는 혼인을 이루기로 하였다.

소저가 아무쪼록 몸을 빼어 다른 곳으로 떠나고자 궁리하는데, 하루는 마침 여승 하나가 노파의 집에 이르렀다. 용모가 청신하고 행동거지도 비상하여 소저가 여승에게 물었다.

"존사尊師[63]는 어느 절에 있나이까?"

여승이 합장배례合掌拜禮하고 대답했다.

"천생은 동북 유마사에 있삽나이다."

소저가 다행이라 생각하고 여승에게 청하였다.

"절 안에 조용한 방 하나를 빌려주시면, 이 사람이 미진한 공부를 마치고자 하나이다. 존사는 한번 생각하여 보소서."

소저가 간절히 청하니, 노파와 여승은 마침 안면顏面이 있는 정도가 아니라 매우 친한 사이였다. 소저의 말에 노파도 그러기를 권하며 자기 사위라 소개하였다. 여승이 그 말을 듣고 소저를 살펴보니 짐짓 남중호걸男中豪傑이면서 행동이 유순柔順하고 말에 법도가 있었다. 그리하여,

"우리 절은 다만 여승뿐이라, 남자가 머무르기는 피차에 불편할 듯하오나, 공자는 아직 어리시고 또한 주인의 사위라 하니 어찌 괄시하리오?"

하고 부득이 허락하였다. 그리하여 소저가 얼마간의 서책을 준비하여 노승을 따라가니, 노파는 아무쪼록 자기 사위가 평안히 유숙하게 해 달라고 노승에게 부탁하며 은자를 후하게 주어 보냈다. 노파와 소저가 헤어지는 것도 섭섭하였지만 성례하기 전이라 장낭자는 그저 은근히 멀리서 바라보았으니, 연연한

---

63) 존사尊師 : 승려를 공대하여 일컫는 말.

마음을 측량할 수 없었다.

소저와 노승은 황소사의 집을 떠나 사흘 만에 유마사에 당도하였다. 후원 별당을 청소하고 소저가 공부를 시작하니, 여승들이 모두 황소사의 사위라고 짐작하고 소저의 본색本色은 의심하지 않았다. 소저는 유마사에 온 후로 주위가 번화繁華하지 않으니 더욱 안심하였으나, 윤공자와 만날 기한은 정한 날이 없고 정한 곳도 없어, 적막한 공산空山 가운데 솔바람과 비낀 달과 구름 낀 산과 흘러가는 물로 벗을 삼아 무정한 세월을 훌훌이 시름없이 보낼 뿐이었다.

화설.

윤공자는 김진사의 집을 떠나 근처에 머무르며 다음 일을 기다렸다. 대례를 치르지 못했다는 말을 듣고는 마음속으로 생각하되,

"소저가 만일 고집을 부린다면 그 부모에게 화가 미치리라."

하고 근심하였는데, 다음날 우귀于歸하는 것을 따른다고 하니 십분 다행이라 생각하였다. 그러나 오래지 않아 소저가 중로中路에서 목매어 죽고는 혈서血書로 유언하였다는 말이 들려오니 공자는 그저 체읍한탄涕泣恨歎[64]하며, 구경하는 사람들 틈에서

---

64) 체읍한탄涕泣恨歎 : 눈물을 흘리며 몹시 슬퍼하거나 원망함.

그 장사 지내는 것을 멀리 바라보고 떨어지는 눈물을 금치 못할 뿐이었다. 그날 밤을 틈타 윤공자가 소저의 무덤을 찾아 원혼을 위로하고 다시 생각하니, 분기가 탱천하여 그 길로 바로 병영에 뛰어들어 단칼에 병사를 죽여서 소저의 원수를 갚고만 싶었다. 그러나 이른바 독불장군獨不將軍이요 강하고 약함이 같지 않으며, 높은 관직에 있고 국가의 중임을 맡은 사람을 일개인이 사사로운 원수를 갚느라고 살해하면 나라의 죄인이 될 것이었다. 마땅히 전후 사정을 나라에 상소하여 소저의 원통함을 밝히리라 작정하고는 그 길로 바로 경성으로 향하였다.

슬프다, 춘영 소저는 남자 옷으로 변장한 그날부터 이름도 바꾸어 김만수라 하고 아무쪼록 남자의 태도와 목소리를 지어 내었지만, 그 요조窈窕한 아름다움과 태도가 어찌 없으리오? 그러나 장낭자 모녀는 분명히 남자로만 알고 종종 하인을 유마사에 보내어 지필묵과 의복 등의 절차를 극진히 공대하니, 이는 혈혈단신으로 지내는 소저에게 고생 중 위로가 될 뿐 아니라 또한 남자라는 증거가 되어 아무도 여자라 의심할 사람이 없게 되었으니 어찌 천행天幸이라 하지 않으리오?

소저가 공부하는 별당 안에 하루에도 서너 번씩 으레 다녀가는 사람이 있었는데, 유마사 유마암의 양법사라 하는 여승이었다. 대관절 양법사가 소저의 행색을 수상하게 여겨서 이처럼 자주 다니며 비밀리에 동정을 살펴보려 하는가? 소저의 외로운 회포를 알고 위로하려 함인가? 매양 소저의 방에 들어올 적마다

소저를 유심히 살펴보니, 소저는 근심이 적지 아니하여 만일 양법사가 들어오면 더욱 남자 같은 태도를 강조하였다.

그러나 양법사가 소저를 자주 찾아오며 유심히 살펴보는 것은, 소저를 여자로 의심해서도 아니고 소저의 회포를 위로하려는 것도 아니었다. 법사는 본래 그림을 잘 그리는 일등 화공畵工으로, 절에 있을 때는 양법사라 하지만 속가에서는 모두가 이르기를 양산수山水라 하였다. 소저가 별당에 든 후 양법사는 하루에도 너덧 번 정도씩 가서 소저의 얼굴과 태도를 유심히 보는 것은 족자에 그림으로 그리기 위해서였다. 그런데 순전한 남자로 그리지 않고 여자로 바꾸어 그리는 것이었다.

그 화상을 볼진대 양법사는 춘영의 본색을 아는 모양이라고 할 것도 같지만, 양법사가 춘영의 근본을 알고 남자 아닌 여자로 그린 것이 아니었다. 굳이 여자로 그린 것에는 이유가 있었는데, 그 이유인즉 춘영 소저에게는 백년의 한을 품게 하였고 화영에게는 원귀가 되게 하였으며 윤공자에게는 원한을 품게 하고 김진사 내외에게는 살아서도 죽어서도 원수인 박병사의 부탁이었다. 춘영 소저가 동북 유마사에 있음을 박병사가 알아서 양법사로 하여금 그 화상을 그려오라 한 것은 아니고, 양법사가 그림을 잘 그린다는 말을 듣고 양법사를 청하여 수복壽福으로 현現65)이 있는 지본紙本을 주면서,

---

65) 현現 : 종이에 넣은 비침무늬.

"이 지본에 미인도美人圖 하나를 그려 오라. 천향국색天香國色으로 기절氣節[66]이 절묘한 태도가 있게 그려 온다면 천금千金으로 갚으리라."

하고는 우선 비단을 많이 주어 보냈다. 양법사가 유마암에 돌아와서 옛날과 지금의 화보畵譜를 찾아보고 승속僧俗의 인물들을 많이 만나면서 진심으로 애쓰고 밤낮을 가리지 않으면서 다녔지만 박병사의 마음에 흡족할 만한 미인을 찾지 못하여 근심하던 차였다. 그러다가 춘영 소저를 보니 아리따운 용모와 수려한 태도가 남자로든 여자로든 보던바 처음이었다. 양법사가 생각하기를,

 "저 공자를 보고 그리되 여자로 바꾸어서 그리면 가히 천하절색이 되겠구나."

그래서 매양 동별당으로 다니며 소저를 위로하기도 하고 칭찬하기도 하면서 모쪼록 친근해지려고 애쓰는 것이었다. 그러는 동안에 춘영 소저의 교태화용嬌態花容이 벌써 양법사의 족자 가운데로 옮겨 왔다. 양법사가 미인도를 완성하여 벽상壁上에 걸고 보니, 비록 자기 솜씨로 그린 것이나 붉은 치마와 초록색 저고리에 백옥패를 차고 계수나무를 의지하여 한 손에는 반도蟠桃[67]를 쥐고 천연히 서 있는 모습은 맑은 물가에서 부용꽃이 또한 맑은 향기를 토하는 듯하고, 가을 하늘의 밝은 달이 구름을

---

66) 기절氣節 : 기개와 절도.
67) 반도蟠桃 : 삼천 년에 한 번씩 열매를 맺는 선계의 복숭아.

헤치는 듯하며, 붉은 입술을 열어 향기로운 말을 할 듯하고 연보蓮步[68]를 옮겨 향기로운 바람을 일으킬 듯하였다. 춘영 소저와 함께 걸어 놓고 본다면 어느 미인이 사람이고 어느 미인이 그림인지 분별할 수 없을 정도였다.

만일 그 미인도를 춘영 소저가 보았더라면 자기 본색을 양법사가 아는가 하여 두려운 생각이 들 것이고, 김진사 내외가 본다면 자기 딸이 환생還生한 것으로만 여겨 반길 것이며, 박병사가 본다면 김진사의 딸이 지금 되살아났는가 의심할 것이고, 황소사가 본다면 자기 사위가 둘인 줄로 의심할 것이며, 윤공자가 본다면 춘당春堂에서 면약面約하던 자기의 백년가우百年佳偶를 다시 만난 듯 즐거워할 것이고, 장낭자가 본다면 이듬해 혼인 약속을 두고 문장을 화답하던 자기 남편 될 공자를 다시 본 듯 부끄러움을 마지아니할 것이었다. 그 정도로 이 미인도는 여러 사람의 소망을 응應하여 환영을 받고 위로를 받고 사랑하여 애지중지함을 받을 것인데, 하필이면 사람들 가운데 제일 원망하는 박병사에게 가게 되었다. 만일 박병사가 이 미인도를 보고 춘영인 줄을 몰라본다면 다행이지만, 박병사는 화영을 처음 본 그때 이후로 비록 죽어 없어졌으나 지금까지도 그 아름다운 태도를 잊지 못하며 제 욕심을 채우지 못한 것을 한탄하고 있었다. 만일 박병사가 마음에 의심을 품고 그림의 내력을 뒤쫓

---

68) 연보蓮步 : 여인의 아름다운 걸음걸이.

는다면, 아무 것도 모르고 있는 춘영 소저가 불측한 화를 당할 것이었다.

양법사는 미인도를 비단 보자기에 싸서 행장行裝에 간수하고 유마사를 떠났다. 처음에는 바로 병영으로 가려 하였으니 다시 생각하니, 순천 송강사 반야암에 있는 자신의 스승 월강대사를 찾아보고 자기 솜씨를 한번 자랑하고 싶어져서 곧바로 순천으로 향하였다.

슬프도다, 춘영 소저는 백발양친을 이별하고 혈혈단신으로 유마사 깊은 절에서 무정한 세월을 속절없이 보내며, 꽃 피는 아침과 달 밝은 밤에 슬피 우는 두견새 소리에 혼은 거의 사라지고 애간장이 거의 끊어질 듯하였다. 생전에 부모를 다시 보지 못하고 윤공자의 거취도 망연하여, 뼈에 새긴 원통함과 절치부심切齒腐心하는 마음으로 천신만고千辛萬苦를 겪게 된 것은 모두 박병사로 말미암은 것이니, 마음에 한을 품고 어찌 원망하지 아니하며 어찌 분개하지 아니하리오? 오뉴월에도 서리가 내리도록 사시장천四時長川[69] 원망하는 박병사가 춘영 소저의 화상을 얻어, 더러운 손으로 그 화상을 만지게 된다면 비록 그림 속의 말 못하는 미인이지만 모골毛骨이 송연竦然[70]하고 손발이 떨려 연꽃 같은 입을 벌리고 크게 소리쳐 꾸짖으리라. 그러나

---

69) 사시장천四時長川 : 언제나 끊이지 않고. '장천長川'은 '주야장천晝夜長川'의 준말이다.

70) 송연竦然 : 무엇이 몹시 두려워 몸을 움츠리다.

양법사는 춘영 소저와 박병사 사이에 어떤 원한이 있는지 어떻게 알았겠으며, 춘영 소저도 양법사가 이와 같이 자기의 화상을 그려서 박병사에게 간 줄을 어떻게 알았으리오? 양법사가 미인도를 가지고 바로 병영으로 갔다면 이미 거의 당도하였을 것인데, 춘영 소저의 사정을 짐작하기라도 한 것처럼 길을 멀리 돌아 순천으로 간 것이었다.

양법사가 미인도를 가지고 반야암으로 찾아가는 길에, 하늘이 인도함이었는지 자기 마음의 이끌림이었는지 동부원에서 딸을 잃고 주야장천 울고만 있는 김진사의 집을 지나가게 되었다. 김진사 내외는 금옥같이 사랑하던 무남독녀 외동딸을 잃고는 시시때때로 딸의 무덤을 향하여 손으로 땅을 치고 춘영을 부르며 미친 듯 취한 듯하는 그 거동은 목석木石이라도 눈물을 흘릴 지경이었다. 세월은 흐르는 파도와 같아 딸을 잃은 지 벌써 6개월이 흘렀는데, 때는 가을이라 뜰 앞의 국화 떨기는 맑은 향기를 토하고 담 아래의 매화는 꽃봉오리를 움직이는 것을 김진사 내외가 유심히 보고 문득 딸 춘영 소저를 생각하여 눈물을 흘리며 내외가 서로 한탄했다.

"슬프다, 지각知覺 없는 초목도 때를 잃지 아니하고 낱낱이 옛 가지와 옛 뿌리에 그 얼굴을 나타내는데, 우리 딸 춘영이는 효성도 남다르고 신의도 있었건만, 황천으로 가는 길은 몇 만 리 몇 천 리이기에 한번 가고는 아니 오니, 부모 사정을 생각하면 꿈에라도 오련만은 형용이 망연하니 가련하고 슬프구나."

이같이 탄식하는데, 어떠한 노승이 두 손으로 합장하며

"나무아미타불, 소승 문안드립니다."

하고 허리를 구부리며 공손히 절을 하였다. 김진사 내외가 노승을 보니 과히 마음을 상할 것도 없고, 본래 수심이 많은 사람은 여승을 보면 으레 반겨서 무슨 재미있는 이야기라도 들을까 하고 좋아하는 법이었다. 그래서 김진사 내외가 노승에게 청하여 자리로 인도하니, 양법사가 들어가서 다시 절하고 행장을 옆에 놓으며 하룻밤 묵어 가기를 청하였다. 진사 내외는 노승이 만일 가겠다고 하여도 만류할 생각이었는데 더구나 묵어 가기를 자청하니 어찌 허락하지 않으리오?

홍씨 부인이 물었다.

"보살菩薩은 어디에 계시며 어디로 가는 길이니까?"

전라도 풍속에 양반의 부인은 여승을 보면 으레껏 하대하는 법이지만, 홍씨는 원래 마음씨가 겸손하고 더욱이 누구라도 존숭尊崇[71]하는 성격이어서 노승에게 이처럼 공대恭待[72]하는 것이었다. 양법사가 고개를 숙이고 대답하였다.

"천생은 동북 유마사에 있삽고 이름은 양법사라 하옵니다. 소승이 약간 화법을 아는 고로 시속에서는 이르기를 양산수라 합니다. 지금 가는 길은 박병사를 찾아가는 길이옵니다."

김진사 내외가 노승을 보고 반긴 것은 자기 서러운 일도 하소

---

71) 존숭尊崇 : 존중하고 존경하여 높이 우러름.
72) 공대恭待 : 공손히 대접함.

연하고 노승의 재미있는 이야기도 들으며 잠깐 마음을 달랠까 해서였는데, 일상 원망하는 박병사를 찾아간다 하니 졸지에 얼굴이 변하고 박병사를 원망하는 마음이 불쑥 올라와, 처음 보는 노승까지도 미운 생각이 걷잡을 수 없이 일어났다. 잠시도 그 얼굴을 보기가 싫었지만 무슨 일로 박병사의 영문을 찾아가는지 알고 싶은 마음도 없지 아니하여 다시 물었다.

"박병사에게는 무슨 급한 일이 있기에 먼 길을 가는 수고를 생각지 아니하고 가오며, 병영으로 간다면 바로 가지 않고 왜 길을 순천으로 돌아오시니까?"

양법사가 대답했다.

"박병사가 미인도 하나를 나에게 부탁하옵기로 이제야 그려 가는 길이오며, 중강사 반야암에는 소승의 스승인 월광대사가 있삽기로 잠시 만나고 갈까 하여 가는 길이로소이다."

김진사는 원래 그림을 좋아하는 성격이라, 한번 보기를 청하였다. 양법사는 김진사가 청하지 않더라도 한번 구경을 시켜서 자기 솜씨를 자랑하고 싶은 마음이라, 진사가 보기를 간청하니 어찌 마다하리오? 양법사가 즉시 행장을 끄르고 미인도를 내놓았다.

김진사와 홍씨 부인이 미인도를 보더니, 처음에는 눈이 둥그래지다가 와락 달려들어 미인도를 껴안고,

"춘영아!"

한번 부르짖더니 말을 잇지 못하고 대성통곡하였다. 양법사

는 어떤 영문인지도 몰라 눈이 또한 둥그래져서, 달려들어 화상을 잡아당기며 말했다.

"여보시오, 남의 족자에 눈물이 떨어지면 귀중한 보물이라도 허사가 될 터이니, 어서 이리 주십시오."

양법사가 아무리 사정을 하여도, 진사와 홍씨는 양법사의 말을 들었는지 못 들었는지 도무지 대답하지 않고 그저,

"춘영아, 춘영아, 우리 춘영이가 어찌 여기 있느냐?"

통곡하기만 하면서 양법사를 꾸짖었다.

"여보시오, 대사는 우리와 무슨 원수라도 졌소? 우리 춘영이가 박병사로 인하여 불쌍히 죽었는데 우리 딸 화상을 그려다가 박병사에게 준다고 하오? 천금이라도 내가 살 것이고 만금이라도 내가 살 것이니, 나는 우리 춘영이를 다시 대사에게 주지는 못하겠소. 어찌 박병사에게까지 보내겠소?"

김진사 내외가 서로 화상을 안고는 얼굴도 대어 보며 통곡하는 모양은, 아무리 사정 모르는 양법사라도 차마 보지 못할 것이었다. 양법사는 어이가 없어 간절히 애걸했다.

"여보시오, 말이나 좀 자세히 하시고, 화상을 보고 춘영이라 하는 곡절을 좀 알려 주시오."

진사 내외는 겨우 울음을 진정하고, 울음 반 말 반으로 자기들이 딸 춘영을 사랑하고 귀애貴愛하던 일과, 윤공자와 정혼하였던 일과, 박병사가 위협하고 강박하여 늑혼勒婚[73]을 하였다가 중로中路에서 죽은 일 등을 대강 설명하고는, 미인도의 모습이

자기 딸 춘영과 조금도 다르지 않음을 말하고 값을 후히 줄 터이니 팔고 가라고 청하는 것이었다. 양법사가 진사의 말을 들으니 사정이 매우 불쌍하고 일이 된 형세도 그럴 듯한데, 족자를 그린 지본이 보통 그림 족자에 쓰는 지본이 아니어서 일이 어렵게 되었다. 값을 많이 주더라도 살 수 있는 지본 같았으면 미인도를 다시 그려 박병사에게 주고 무사히 타협이 되겠지만, 그 미인도를 그린 지본은 은현隱現[74]으로 수복壽福이라 새긴 것의 한 장을 절반으로 나누어 왼쪽 것은 병사가 가지고 오른쪽 것을 주면서, 그 지본에 미인도 하나를 기막히게 그려 온다면 그 솜씨를 시험하여 왼쪽 편에는 천하호걸天下豪傑 남자를 그리겠다고 한 것이었다. 그러니 미인도를 진사에게 팔고 간다면 박병사에게 있는 왼쪽 지본은 쓸모없게 되고 또한 어떻게 변명할 말도 없었다. 팔자 하여도 팔지 못할 것이나 김진사의 거동을 보니 아무래도 미인도를 내놓을 것 같지 않았다. 양법사가 생각하기를,

"이 일을 장차 어찌하면 좋을까? 하지만 이상스러운 일도 많도다. 내가 미인도를 그릴 때 옛날 그림을 모방한 것도 아니고 내 생각으로 자작自作한 것도 아니라, 우리 절에서 공부하는 황소사의 사위를 보고 그린 것이었는데, 그 공자가 어찌 김진사 내외의 딸인가? 말을 들으니 자기네 딸은 아주 죽었다고 하는

---

73) 늑혼勒婚 : 억지로 결혼함. 또는 그런 결혼.
74) 은현隱現 : 종이에 넣은 비침무늬.

데, 내 생각 같아서는 춘영 소저가 죽지 않고 남자로 변장하여 종적을 감춘 것인가? 하지만 곡절이 그럴 수도 없는 것이, 여자 였다면 어찌 황소사의 사위가 되었으리오? 지금 김진사 내외의 거동을 볼진대 이 집 딸은 죽은 게 분명하고, 그 공자의 용모자 질容貌資質이 춘영 소저와 흡사하다니 김진사의 친척인가? 그 공자의 이름은 듣기에 김만수라 하였는데, 차차 자세히 물어보 리라."

양법사가 김진사 내외에게 가만히 물었다.

"춘영 소저는 이미 죽어 없어졌으니 하릴없거니와, 이런 자녀 가 몇이 있나니이까?"

"우리 딸 춘영은 무남독녀라 다른 자식이 어찌 있으리오?"

양법사가 다시 곰곰이 생각하였다.

"세상에 닮은 사람이 아주 없다고만은 할 수 없지만, 지금 김진사 내외의 거동을 보고 말을 들으니 정말로 털끝 하나 다름 이 없는 모양이로구나. 그러나 미인도를 찾지 못하고 그냥 간다 면 박병사에게는 무슨 말로 대답할꼬?"

양법사가 근심하다가 애걸복걸하며 온갖 말로 사정했지만, 김진사 내외는 미인도를 더욱 깊이 간수하면서 그 값으로 천금 을 내주는 것이었다. 양법사가 하릴없이 족자 값을 받고는, 다음날 아침 일찍 길을 떠나 반야암으로 향하다가 생각하였다.

"미인도가 없으니 스승을 찾아뵌들 무엇하랴? 박병사에게 돌아가 이 일을 잘 해결하는 것이 급선무이겠구나."

양법사가 박병사에게 대답할 말을 이리저리 궁리하면서, 여러 날만에 병영에 당도하여 박병사에게 문안하였다. 박병사는 양법사를 보고 미인도를 가져온 줄로 여겨 반갑게 영접하였는데, 양법사는 병사가 묻기도 전에 미리 변명부터 늘어놓기 시작하였다.

"소승이 미인도를 그려 가지고 오는 길에 도적을 만나, 행장을 모두 빼앗기고 이 목숨조차 위태할 뻔하였사온데, 요행으로 몸이 살아났습니다. 지본을 다시 주시면 한 달 안에 미인도를 다시 그려 바치오리다."

병사가 처음은 그럴듯하게 여겼다가, 이윽히 다시 생각하더니 무슨 의심이 있는 듯이 한참 동안이나 말이 없다가 양법사를 노려보는데, 눈에서 불이 뚝뚝 떨어질 듯 부릅뜨고는 호령을 추상같이 하는 것이었다.

"그대의 말이 분명히 허언虛言이로다. 저러한 여승이 무슨 재물을 가지고 있다고 도적이 침해侵害하느냐? 분명히 다른 사람에게 비싼 값을 받고 팔았으렷다. 그렇지 않다면 분명히 무슨 곡절이 있는 것이니, 바른말을 하면 그러려니와 만일 하나라도 속일진대 그대에게 이롭지 못한 일이 있으리라."

양법사가 거짓말로 꾸며대려다가 병사의 거동을 보니, 자기가 하고 온 일을 아는 것같이 묻는 그 서슬에 눌려, 생각해 두었던 대로 대답하려 하였으나 자기 양심에서 솟아나는 두려움에 어름어름하면서 대답이 점점 분명하지 못하게 되었다.

박병사는 벌써 눈치를 알아보고는 하인에게 명하여 형구刑具[75]를 차리는데, 그 모습이 매우 위험하였다. 양법사가 생각하기를,

"만일 내가 조금이라도 속이다가는 필경 악형惡刑[76]을 당하겠구나. 그저 이실직고以實直告하는 것이 살아날 길이로다."

양법사가 미인도의 내력을 자세하게 설명하기 시작했는데, 아무쪼록 용서를 받고자 하느라고 병사가 묻지도 않은 말까지 절절히 풀어놓았다. 당초에 공자를 보고 미인으로 바꾸어 그린 것부터 자기 스승을 찾아가는 길에 동부원 김진사의 집에서 있었던 일에 이르기까지 앞뒤 사정을 일일이 자백하였다. 박병사는 양법사의 말을 들으며 눈살을 찌푸리고 고개를 기울이며 한참 동안이나 생각에 잠겨 있다가, 주먹을 들어 서안을 치며 소리쳤다.

"간흉姦凶한 김진사가 자기 자식을 도망치게 하고 다른 사람으로 혼인을 대신하게 하였구나. 그 딸이 변장하고 유마사에서 숨어 지내는 모양인데, 양산수가 미인도를 그려와서 나에게 보이면 제 딸의 종적이 드러날까 염려한 것이로다. 그런 간흉한 인물이 어디 있으리오?"

철통 같은 호령이 추상같이 내렸다. 집사와 수교를 부르라는 한 마디가 뚝 떨어지자 좌우에서 긴 대답이 이어져 끊어지지

---

75) 형구刑具 : 고문이나 형벌에 쓰는 도구.
76) 악형惡刑 : 잔인하고 혹독한 처벌.

않더니 사람들이 일시에 몰려들었다. 병사는 얼굴이 붉으락푸르락하며 화가 머리끝까지 난 모습으로 엄중히 분부하였다.

"수교는 장교 몇 사람을 거느리고 사령 수십 명을 영솔하여 동복 유마사 후원 별당에서 공부하는 사람을 남녀를 물론하고 결박해 오너라. 병방은 장교 여럿과 군로 십여 명을 영솔하고 순천 동부원 김진사 내외를 결박해 오면서 미인도 족자를 같이 가져오너라. 발이 땅에 닿을 겨를도 없이 다녀올 것이니, 만일 수행함이 더디거나 죄인의 사정을 봐 주는 일이 있으면 너희들에게 물고처참物故處斬[77]이 나리라. 각별히 행하여라."

분부가 떨어지니 수교와 병방이 벌떼 같은 사령들을 영솔領率하여 두 패로 나뉘어서 밤낮으로 달려갔다.

이때 춘영 소저는 그러한 연고를 도무지 모른 채 유마사 별당에서 밤이 깊도록 지난 일을 생각하고 앞날을 궁리하다가 삼경이 지나서야 비로소 잠깐 잠이 들었다. 그런데 비몽사몽간에 윤사간이 들어와 흔들어 깨우면서 말했다.

"오늘 밤에 이 절에서 큰 변이 날 것이니, 급히 도망하여 동쪽으로 가면 자연히 너를 구해 줄 사람이 있을 것이다."

소저가 듣고 크게 놀라 다시 물으려 하다가, 맑은 달 서리친 바람에 울고 가는 외기러기 소리에 놀라 깨어났다. 꿈이라 하기에는 중당中堂에서 뵈었던 윤사관의 얼굴이 눈에 암암暗暗[78]하

---

77) 물고처참物故處斬 : '물고物故'는 죽거나 죽임당함의 속어. '처참處斬'은 목을 베어 죽인다는 뜻이다.

고 간절히 말하던 음성이 또한 귀에 그저 쟁쟁錚錚하였다. 소저
가 급히 문을 열고 동산에 오르니 벌써 절 문에 사람들이 이르렀
다. 소저가 이를 보고 즉시 도망하여, 관음봉 지장암 바위 아래
에 이르러서는 기진氣盡하여 누워 있는 터였다.

소저가 이윽히 다시 정신을 진정하고 앞길을 생각하니, 동서
남북 어디를 가리오? 장낭자의 집으로 가자 하니 자신의 간
길을 뒤쫓아 벌써 사령들이 이르렀을 것이고, 산 밖으로 나가자
하니 아무리 남자 옷을 입었어도 어찌 염려가 없으리오?

"이 일이 웬일인가? 박병사가 나의 종적을 알고 잡으려 함인
가? 다른 사람이 나의 본색本色을 알고 겁탈劫奪하려는 것인가?
만일 시부모님께서 꿈에 나타나 지시하지 않으셨다면 장차 어
찌 되었으랴?"

아무래도 시부모가 꿈으로 가르쳐 주신 것이 분명하니, 소저
는 동쪽으로 가라고 한 것을 따라 동쪽으로 걸어가기 시작했다.

배고프고 목마름이 심한 사람이 좋은 음식을 보면 더욱 배고
픔과 갈증이 심해지는 법이다. 김진사 내외는 그 딸 춘영을
못 보아 한탄해 왔는데, 딸의 화상을 보니 그리운 생각이 더욱
간절하였다. 두 내외가 비둘기처럼 마주앉아 눈물이 듣거니
맺거니 하고 있는데, 시비 계향이 들어와서는 소저의 화본을
보고 화상을 안고는 자취를 물으며 방성통곡하니, 그 슬픔이

---

78) 암암暗暗 : 잊혀지지 않고 눈앞에 아물아물하는 상태.

진사 내외보다도 덜하지 않았다. 그래도 계향은 마음속으로 짐작함이 있었다.

"우리 아씨가 분명히 유마사로 갔기에, 양산수가 보고 그려내었구나. 그러나 남자 옷은 어디에 두고 이와 같이 채복彩服79)을 입으셨을까?"

이렇게 생각이 마음속에 어지럽고 진사 내외는 서로,

"이것이 무슨 일이오?"

"양산수가 전날에 우리 춘영이를 자세히 보았을까요?"

"설혹 보았다 할지라도 이렇게나 똑같게 어찌 그렸을까?"

"보지 않고 무심중無心中에 그린 화상이라면 어찌 이렇게 천연天然80)할까요?"

"양산수는 아마 도승道僧이라, 우리가 딸을 잃고 눈물로 지내는 줄을 미리 알고 그려다 준 것이 아니오?"

이런 말을 주고받아 서로 묻고 또 물으며 자는 것도 잊고 끼니도 잊은 채 일희일비하였다.

그러던 어느 날 하루는 밤이 삼경에 이르렀는데, 김진사 내외와 계향과 화영의 모친까지 모여앉아 미인도를 벽상에 걸고는 이리저리 이야기를 나누는 중이었다. 동네 인근에서 개 짖는 소리가 요란하고 온 동네가 뒤끓는 듯하더니, 이윽고 문 두드리는 소리가 벼락치듯 나고 여러 사람이 불문곡직不問曲直 내당內

---

79) 채복彩服 : 빛깔이 고운 여자의 옷.
80) 천연天然 : 아주 비슷함. 꼭 닮음.

堂으로 뛰어들어왔다. 진사는 도적이 들어오는가 하고 손발이 황망하여 두서頭緖를 차리지 못하고 그저 망지소조罔知所措[81]하는데, 여러 사람이 안방 문을 열고는 진사 내외를 결박하더니 미인도 화상까지 찾아내고는 비바람 치듯 몰아가는 것이었다. 슬프다, 김진사 내외는 백수풍진白首風塵[82]에 딸을 잃고 슬픔에 넋없이 지냈는데, 천만몽매千萬夢寐에 이 지경을 당하였으니 어찌 아니 가련한가?

잡혀간 지 대엿새만에 강진 병영에 당도하였다. 사령들이 김진사 내외를 문간에 머물러 있게 하고 관차가 안으로 들어가 고하더니, 긴 대답 소리가 이어서 들리고는 여러 사령이 달려들어 불쌍한 김진사를 멱살도 잡아끌고 등도 떠밀며 발이 땅에 닿을 새가 없도록 몰아 구정 뜰 너른 마당에 휘둘러 끌어다가 계하階下에 엎드리게 하였다.

이때 박병사가 자기 부모를 죽인 원수라도 본 듯이 장지문을 열어제치더니, 동헌이 쩌렁쩌렁 울리도록 추상같이 호령하였다.

"너는 소위 대인명색代人名色[83]으로 막중한 병마절도사를 속여, 네 딸을 유인해서 다른 데로 보내고 엉뚱한 년으로 대신하게

---

81) 망지소조罔知所措 : 매우 당황하거나 위급하여 어찌할 줄을 모르고 허둥지둥함.
82) 백수풍진白首風塵 : 늘그막에 겪는 고난과 고생.
83) 대인명색代人名色 : 상관없는 사람에게 대신 무엇을 시킴.

끔 흉계를 부려 양반을 우세[84]시키고도 그저 앉아서 살기를 바랐느냐? 사실을 이실직고以實直告할 것이어니와, 만일 하나라도 기망欺罔함이 있으면 당장에 물고를 낼 것이니 바른 대로 아뢰어라."

병사의 입에서 이와 같은 말이 뚝 떨어지니, 층계에 선 형이집사와 청영급창이며 좌우로 늘어선 삼백 명의 나졸들이 일시에 "아뢰어라" 하는 소리에 선화당이 진동하는 듯하였다. 김진사 내외는 이러한 광경이 평생에 처음일 뿐 아니라 천만 부당한 말로 이같이 위협을 하니, 분기가 탱천하고 어안이벙벙하여 이윽히 말이 없다가 간신히 입을 열었다. 김진사는 아무리 병마절도사라도 두렵거나 대하기 어려운 생각은 추호도 없고, 박병사의 얼굴을 대하니 자기 딸이 원통히 죽은 일이 더욱 분하여, 당장 죽인다 하여도 눈 하나 깜짝하지 않을 각오가 되었는데 어찌 대답이 공손하리오?

"여보시오, 당신은 우리와 무슨 원수가 졌기에 금옥 같은 우리 딸을 원통히 죽게 하고, 그것조차 부족하여 자식 잃은 늙은 몸을 이다지도 위협하며 생트집이 웬 말이오? 이제 내게 하는 말을 나는 진정 모르니, 죽이려거든 죽이고 살리려거든 살리고 마음대로 해 보시오."

박병사가 이 말을 듣더니 주먹으로 서안을 내리치며, 장교가

---

84) 우세 : 남의 비웃음을 크게 당함. 창피를 크게 당함.

가져온 미인도를 받아 진사 앞에 던지면서 다시 호령하였다.

"네 자식이 죽었다면 이 화상은 누구를 보고 그렸느냐?"

이어서 하인을 호령하여 형구를 차리고 당장에 죽일 듯 좌불안석坐不安席이었다.

이런 차에 유마사에 갔던 장차와 나졸들이 돌아와 아뢰었다.

"소인 등이 유마사로 갔던바 후원 동별당에는 서책제구書冊諸具만 벌여 놓고 사람은 간데없기로, 사방으로 수색하였으나 종적이 망연하였습니다. 여승들에게 물으니 진부역 아래 사는 황소사의 사위라 하옵기로, 그리로 쫓아가 황소사를 잡아 대령하나이다."

이어서 반백의 노파를 끌어 뜰 아래 꿇려 놓으니, 박병사가 김진사의 형벌을 중지하고 황소사를 향해 꾸짖었다.

"유마사에서 공부하는 이른바 네 사위라 하는 아해는 분명 여자가 변장한 것이 아니냐? 네가 김진사의 부탁을 받고 데려다 놓은 것이 아니냐? 자초지종을 이실직고할 것이어니와, 그렇지 아니하면 죽어 목숨이 남지 못하리라."

황소사는 영문營門에 잡혀올 때 장차의 말을 듣고 자기 사위가 무슨 큰 죄나 지었는가 의심하였는데, 천만뜻밖에 여자가 변장한 것이 아니냐고 묻는 것이었다. 황소사가 정신을 차려, 김진사의 집 혼인을 구경하러 가던 중 길에서 공자를 만나 데려다가 자기 딸과 정혼한 일과 유마사로 공부하러 보낸 일을 차례로 고하였다. 박병사가 듣고는 크게 노하여, 즉시 김진사 내외와 황소사에게 주리를 틀며 국문鞠問[85]하였으나 어찌 다른 말이 있으리오? 다만 이를 북북 갈며 어서 죽여 달라는 말뿐이었다. 병사가 오히려 분을 이기지 못하여, 크고도 큰 칼을 세 사람에게 씌우고 엄히 가두고는 다시 장차를 보내어 황소사의 딸 옥심 낭자까지 잡아오게 하였다.

화설.

춘영 소저는 지장암에서 동쪽을 바라보며 한없이 걸어가다 보니 문득 한 곳에 당도했는데, 그곳은 학구정이라는 곳이었다. 언제나 소저는 번화한 곳에 들어서면 큰길을 버리고 샛길로 다녔는데, 학구정은 본래 유명한 도방道傍일 뿐 아니라 뒤로는 태산이 누르고 앞으로는 압록진으로 흘러가는 물이 있어서 달리 지나갈 길이 없었다. 하릴없어 학구정 한복판을 지나면서 소저가 행색은 태연했으나 마음은 조마조마하였는데, 문득 귀에 들어오는 말이 아무래도 이상하였다. 여러 시정잡배가 모여 앉았다가 춘영 소저를 보고 공론公論하는 것이었다.

"공자가 잘도 생겼다."

"붙잡아 이름이나 물어볼까?"

"걸음걸이와 눈매 생긴 것이 남자 같지 않은데."

---

85) 국문鞠問 : 중대한 죄인을 신문하는 일.

"아무렴, 한번 시험해 보자."

시정잡배市井雜輩들이 춘영 소저를 부르며 뒤를 쫓아오는데 수십 명이나 되니, 춘영 소저는 하늘에서 벼락이 떨어진 듯 놀랐다. 남자로 변장하고 객지에 나선 지 벌써 일고여덟 달은 되었으되 천행으로 한 번도 욕을 당하지 않았는데, 이제는 움치고 뛸 수도 없는지라 손발이 벌벌 떨릴 뿐이었다. 둘러댈 말을 생각하던 중 얼핏 생각난 것이 있었다.

"옳지, 이곳은 광양 땅이다. 윤공자의 외조부인 정부사가 계시는 곳이지. 아무렇게나 그 댁을 빙자憑藉[86]하면 정부사는 사부士夫[87]의 집안이니 저 사람들이 어찌 함부로 덤비리오?"

그리하여 소저는 곧바로 서서 말했다.

"무슨 일로 급히 가는 사람을 만류하나이까?"

쫓아온 사람들이 물었다.

"너는 어디에 사느냐?"

"무슨 일로 어디를 그리 급히 가느냐?"

"나는 이 고을 정부사 영감의 외손자로, 노성 윤사관의 아들이오. 급한 편지가 왔기에 지금 정부사 댁으로 가는 길이오."

소저가 대답하자 어떤 사람들은 손을 홰홰 저으며 말했다.

"그만 놓아 보내라."

"일전에 정부사가 곡성으로 가셨는데, 이제 오실 때도 되어

---

86) 빙자憑藉 : 남의 이름을 내세워 말막이를 하거나 화를 피함.
87) 사부士夫 : 사대부.

간다."

그들이 다른 사람들을 말렸으나 어떤 이는 그저 너털웃음을 웃었다.

"이 아해가 정부사의 외손자라 한다고 누가 무서워할 사람이 있느냐?"

"그 아해 잘도 생겼구나."

그들이 와락 달려들어 소저의 섬섬옥수를 덥석 쥐니, 소저가 발끈하여 안색이 변하며 손을 뿌리치고 준절히 꾸짖었다.

"아무리 무지막지한 상놈들인들 어찌 이같이 무례한가?"

소저는 노기가 등등하나 손을 붙잡던 사람은 도리어 껄껄 웃을 뿐이었다.

"사내끼리 손 좀 만져보기로 무슨 큰 허물이 될 것이냐?"

"아마도 새색시인 게로다."

"목소리도 천생 여자 같은데."

소저가 이 말을 듣고는 가슴이 덜컥 내려앉았다. 방금 당당하게 말하던 것은 금세 바람에 날아가고, 얼굴이 차차 붉어지면서 공손한 말로 사정하니, 잡배들은 벌써 수상함을 알아보고 더욱 달려드는 것이었다. 어떤 놈들은 팔을 하나씩 붙잡고 어떤 놈은 등을 떠밀면서 소저를 학구정 주점으로 몰아갔다.

그때 문득 북쪽에서 사람과 말 소리가 분분하더니 권마성이 들렸다.

"정부사 행차 이르신다."

그 소리에 잡배들은 모두 정신을 잃은 것같이 뿔뿔이 흩어지고, 구경하던 사람들도 자기가 무슨 책을 잡힐까 두려워 뒤로 점점 물러나는 것이었다. 소저가 이때를 당했으니 어찌 그저 있으리오? 냉큼 정부사가 지나가는 행차 옆에 가서 엎드렸다.

정부사는 비록 시골 양반이지만 벼슬도 많이 하고 형세도 유여有餘하여, 정부사의 말이라면 감히 거역하는 자가 없었다. 게다가 그 아들이 그때 곡성에서 현감 벼슬까지 하고 있어서, 정부사의 분부에 항복하지 않을 사람이 없는 터였다. 마침 곡성에 갔다가 돌아오는 길에 학구정에 당도하였는데, 허다한 사람들이 어떤 공자를 떠밀고 잡아당기며 실랑이하는 것이었다. 정부사가 그 모습을 멀리서 바라보니 마음에 이상한 느낌이 들어, 한번 물어 볼 생각이었는데 소저가 먼저 와서 앞에 엎드렸다. 정부사가 소저를 가까이 앉히고 자세히 물었다.

"너는 어디에 살며, 어찌하여 여러 사람들에게 곤란을 당하였느냐?"

"자세한 말씀은 댁에 돌아가서 상달上達88)하겠습니다. 지금 소동小童은 피하고자 하나 어찌할 수가 없으니, 부득이온즉 소동을 구원하여 같이 가게 해 주시기를 바라나이다."

정부사가 더욱 이상하게 생각하여 급히 말 한 필을 내어 소저를 태우고 본댁으로 돌아오니, 춘영 소저는 거의 위태한 욕을

---

88) 상달上達 : 윗사람에게 말이나 글로 여쭈다.

볼 뻔하다가 천행으로 피한 것이었다.

정부사가 소저를 여자로는 생각하지 못한 바라 외당外堂으로 인도하였다. 이에 소저가 생각하였다.

"이 곳은 곧 나의 시외가이구나. 어찌 본색을 속이리오?"

소저는 곧바로 내당內堂으로 들어와 버렸다. 이에 정부사가 십분 괴이하게 여겼으나, 마침 아들 내외가 곡성에 부임하여 본댁에는 다만 두 늙은 내외뿐이었으니 별로 허물이 될 것이 없다고 생각하였다. 소저가 서슴지 않고 내당으로 들어와서는 땅에 엎드려 통곡하였다.

"이몸은 과연 남자가 아니옵니다. 순천 동부원 김진사의 무남 독녀이오며, 노성 윤사간의 며느리이옵니다."

소저가 자기 본색을 밝히고 자신이 당한 고초를 절절히 고하는데, 옥 같은 얼굴에 눈물이 흘러 옷깃으로 점점이 떨어졌다. 정부사 내외가 한편으로 놀라고 또 기뻐하며 소저의 손을 잡으니 외손자를 다시 만난 듯하였고, 딸과 사위를 생각하니 흰 수염 위로 눈물이 흘렀다. 그간 소저가 고생한 것을 생각하고 박병사의 불법행위를 무수히 통탄하다가, 급히 남자 옷을 벗게 하고 여자 옷으로 갈아입힌 후 정부사 내외가 만단으로 위로하면서 집에 머물게 하였다.

"너의 종적이 탄로나면 너의 부모가 말년에 박병사의 독한 해코지를 다시 당할 것이니, 아직은 몸을 삼가고 종적을 감추어서 은신하고 있어라. 나는 이 길로 동부원을 찾아가서 너의 부모에게 몰래 소식을 전하겠다. 너의 부모는 화영의 죽음을 모르고 지금까지 네가 죽어 없어진 줄로만 생각하실 것이니, 그간 오죽이나 슬퍼하였겠느냐?"

정부사가 즉시 인마人馬를 재촉하여 동부원으로 찾아갔는데, 오래지 않아 돌아와서는 소저에게 알렸다.

"너의 부모가 거의 죽게 되었더구나."

그 말에 춘영 소저는 가슴이 찢어지는 듯 혼백이 흩어지는 듯하여, 소리 없이 진진히 흐느껴 울기만 하다가 겨우 진정하였다.

"말씀이나 자세히 일러 주옵소서. 우리 부모가 돌아가시게 되었으면 이몸은 살아 무엇하오리까?"

정부사가 소저를 달래며 자세한 일을 다시 설명하였다.

"너의 집에 가 보았더니 너의 부모는 어디로 가시고 다만 비복婢僕들만 남아 통곡하기에 자세히 물었더니, 미인도라 하는 족자로 인해 너의 부모가 박병사에게 잡혀가서 무수한 악형을 당하고는 머지않아 사형을 당한다 하더라. 내가 곧바로 병영에 가서 너의 부모를 구원할 것이니 그 동안 안심하고 있어라."

부인에게 소저를 단속하여 맡기고, 정부사는 사인교四人轎를 타고 병영으로 향하였다.

"나 같은 불효한 딸이 어디에 또 있으리오? 자식의 덕으로 부모가 영화를 보시기는 고사하고 자식으로 인해 악독한 형벌을 당하시고 비명에 객사하시게 되었으니 세상에 나는 살아

무엇하리오리까? 나도 이제 영문으로 들어가서 부모와 함께 죽어 부모의 혼백을 따라갈까 하나이다."

"아직은 안심하여라. 머지않아 무사히 방면放免되어 서로 다시 만나리로다."

넋이 끊어지도록 통곡하는 춘영의 모습을 사람이 어찌 차마 보리오? 부인이 여러 말로 춘영을 위로하며 정부사의 돌아오기를 기다렸다. 춘영과 부인은 시시각각으로 마음이 두렵고 떨리는 중에, 오늘은 어떤 악형을 당하셨을까, 오늘은 사형을 당하지나 않으셨을까, 하고 주야장천 울고 있는 소저의 모습을 보며 정부사의 부인도 간장이 모두 녹는 것만 같았다.

시절은 하필 춘삼월이라, 둘러선 산에는 향기로운 풀이 곳곳에 피어나 푸른 광채를 띠었고 만 줄기 수양버들은 척척 늘어졌으며, 나비는 편편이 꽃 사이로 춤을 추고 뻐꾸기는 몰래 숨어서 빈 산에 슬피 울었다. 그때 순천부 동부원 건너편 소나무 숲속에는 '만고열녀춘영지묘'라 새긴 비석 아래에 어떤 젊은 소년이 있었다.

의복도 남루하고 행색이 수상한데, 새 소반에 한 잔 술을 놓고는 엎드려 통곡하고 있는 그 청년은 누가 보더라도 거지가 아니면 남의 집에서 찬밥이나 신세지는 과객過客이라 할 것이었다. 이 소년은 다름이 아니라 이미 작고하여 황천객이 된 윤사간의 외동아들 귀동자요, 병영 옥중에서 명이 경각에 달한 김진사의 사위이며, 정부사의 집 뒷방에서 애원처창으로 탄식하는 춘영 소저의 백년가우인 윤경열이었다.

혈혈단신으로 의지할 곳 없는 경열은 김진사의 집을 떠난 후로 당연히 행색이 초췌하고 옷이 남루해졌는데, 박병사의 혼인 결과가 순탄치 못한 것과 소저가 원통히 죽은 것을 보고는 바로 북쪽으로 가서 경성에 당도하였다. 그때가 마침 영조대왕의 즉위 초라 인재를 널리 구하고자 하여 별과를 열었는데, 윤공자가 또한 참석하여 글을 올렸더니 다행히도 참방參榜[89]하여 한림으로 제수되었다. 사은숙배하고 한림원에 들어와서는 진심갈력眞心竭力으로 임금을 섬기니, 전하가 또한 사랑하여 매양 윤한림을 불러들여서 나랏일을 의논하고 성군의 치세治世를 말하였다. 이때 한림은 박병사의 불법행정을 통분히 생각하여 엎드려 고하였다.

"옛날에 제왕이 나라를 다스리는 도를 맹자께 물으셨는데, 맹자께서 말씀하시기를, 어진 정치를 널리 베풀되 백성을 사랑함을 먼저 하라 하셨고 또 말씀하시기를 백성이 나라의 근본이라 하셨습니다. 자고로 현명한 임금과 성군은 백성을 자신같이 사랑하셨고 폐하께옵서도 백성을 지극히 사랑하시니, 나라를 다스리는 방법에 어긋남이 없사옵니다. 그러나 제일 유감스러운 것은 각도각읍의 방백과 수령이 임금의 뜻을 받들어 행하지 아니하고 스스로 권력만 남용하는 것이옵니다. 이들이 백성의

---

89) 참방參榜 : 과거에 급제하여 자신의 이름이 급제자를 알리는 방에 들어감.

재산을 침해하고 불쌍한 창생蒼生90)을 더욱 괴롭히며 사람 죽이기를 초개草芥91)같이 여기오니, 서로 원망하는 소리가 연연히 이어지며 끊어지지 아니하옵고 참담한 광경은 가히 형언할 수 없사옵니다. 성은이 어찌 민간에까지 내리며, 백성이 어찌 살아가겠습니까? 가증스러운 것은 방백과 수령의 학정虐政이요, 불쌍한 것은 도탄塗炭에 든 백성이라 하겠습니다. 국가의 급선무는 오로지 조정이 강직하고 밝으며 정직한 사람으로 방백 수령을 골라 뽑아서 불쌍한 창생을 건짐이니, 그리하면 나라가 공고鞏固하여 위아래 원망이 없는 태평성대를 이룰까 하나이다."

윤한림이 우선 박병사의 불법한 짓을 구구절절 상주하니, 전하가 들으시고 이윽히 생각하다가 황연히 깨달았다. 그리하여 조정에서 강직하고 지혜로운 사람을 가려 뽑아 팔도로 암행어사를 보내는데, 전하께서는 전날 들은 박병사의 불법행위를 통분히 생각하여 윤한림에게 전라도 어사를 제수하고 봉서를 내렸다. 어사가 사은하고 마패와 수의를 받은 후 하직숙배하고 궐문 밖으로 나와 봉서를 떼어 보았다.

'전라 병사는 봉고파직封庫罷職한 후 임의로 처단하라.'

어사가 즉시 서리와 중방과 청배, 역졸 등을 지휘하여 전라도로 출발하였다.

남대문 밖으로 돌아 동작강을 얼른 건너 수원에 와서 숙소를

---

90) 창생蒼生 : 세상의 모든 사람.
91) 초개草芥 : 지푸라기. 아주 하찮은 것의 비유.

정해 떡전거리에서 요기한 후 진위역에서 말을 갈아타고 철원과 평택을 얼른 지나 천안의 객주에 묵었다가 천안 삼거리를 얼른 지나 정의역에서 말을 갈아타고 광정궁원을 얼핏 지나 공주 금강을 얼른 건너 산성에 묵었다가 노성에 당도하니, 이곳은 어사의 옛집이었다. 선산先山에 소분掃墳[92]을 지내고 부모 양위의 묘하墓下에서 통곡하며 두 번 절하고는 다시 길을 재촉하였다. 논산 강경에 당도하니 이곳에서 전라도 초읍은 지척인데, 길이 두 갈래였다.

함열 임매 김제 만경으로 가면 박병사가 있는 곳으로 통하는 큰길이고, 여사 전주 임실 남원으로 가면 김진사 댁으로 가는 탄탄대로였다. 분하고 급한 마음으로는 곧바로 병영에 출도하여 박병사를 봉고파직한 후 김진사의 한을 풀고 김소저의 원수를 갚을 마음이 불같이 일어났지만, 그 동안 김진사가 귀애하던 딸을 잃고 얼마나 애통하게 지냈을지 마음이 조급하여, 서리와 역졸을 단속하여 약속을 정하고는 각자 병영으로 보냈다.

어사는 걸인의 꼬락서니로 변장하고는 천천히 길을 가면서 관장官長[93]이 잘 다스리는지 아닌지, 사람들이 어떤 질곡桎梏에 처해 있는지를 역력히 탐문하였다. 여러 날만에 삼산에 당도했는데, 이곳은 순천 초입이었다. 주암장과 쌍암장을 지나고 두평 신절에 당도하니 이곳에서 동부원은 지척이었다. 어사가 옛일

---

92) 소분掃墳 : 경사가 있을 때 조상의 무덤에 찾아가 제사지내는 것.
93) 관장官長 : 시골 백성이 고을 원을 높여 부르는 명칭.

을 생각하니 슬픈 마음이 가득하여 춘영 소저의 무덤을 찾아가니, '만고열녀춘영지묘'라고 쓴 글씨가 어제 본 듯 완연하였다. 일편단심에 썩은 간장이 구비구비 끊어지는 듯한데, 점점이 떨어지는 눈물은 동풍에 불리는 가랑비인가? 어사는 쓸쓸히 앉아 있다가 제물을 마련하고 제문을 지어 소저의 혼백을 위로하였다.

"유세차維歲次 기해 삼월 십사일에 박명한 윤경열은 한 잔 술로 춘영 소저의 혼백을 위로하노라. 아름다운 연분은 일장춘몽一場春夢이 되었고, 계향을 통해 보내던 한 장 서찰은 영결종천永訣終天94)이 되었다는 말인가? 한 조각 붉은 마음이 절개를 좇음이여. 화려한 옥안玉顏을 다시 보지 못하리로다. 박명한 윤경열을 위하여 아름다운 생명을 칼날에 부치고 영발英發한 문장으로 혈서를 씀이여, 차생차시此生此時에 남은 한이 면면綿綿하도다. 근근이 흐르는 물이 밤낮을 쉬지 아니함이여, 이 한은 저 물과 같도다. 이 목숨을 한번 버려 소저의 원혼을 따르지 못함이여, 지기를 저버리는 박정한 남자를 면치 못하리로다. 청산 푸른 풀에 백골만 남아 슬퍼하는가? 두견의 슬픈 소리가 때마다 호상護喪하는구나. 버드나무에 동풍이 궂은 비를 뿌림이여, 두 사람의 슬픈 원한을 동군東君95)이 감응하였도다. 울음

---

94) 영결종천永訣終天 : 죽은 사람과 산 사람이 영원히 헤어져 다시 만날 수 없는 것.
95) 동군東君 : 태양 또는 동쪽을 다스리는 신령.

섞인 목소리로 수행제문을 지었으나, 마음속이 답답하여 진진한 애정을 모두 이르지 못하였노라."

어사가 제문 읽기를 마치고는 슬프게 눈물만 흘리다가, 박병사의 악행을 생각하니 통분한 마음을 걷잡을 수가 없었다. 급히 일어나 소저의 무덤에 이별하고 동부원 김진사 댁을 찾아갔다.

김진사의 집은 텅 비었는데, 다만 시비侍婢 몇몇이 가사家事를 살피고 있었다. 어사가 크게 놀라 시비들을 불러서 집이 이렇게 된 연유를 물으니, 미인도로 인하여 김진사 내외의 목숨이 경각에 있다는 것이었다. 시비들이 어사를 붙들고 소저를 생각하여 대성통곡하며, 진사 내외에게 있었던 일을 자세히 늘어놓았다. 어사는 분기가 충천하고 마음이 급해져, 좋은 말을 구해 타고서 밤낮을 가리지 않고 달려 병영에 당도하였다.

삼문 밖에는 사람들이 여럿 모여 있었다. 어사가 이 구경꾼들에게 물었지만, 뒤에 있는 사람은 무슨 일인지도 모르면서 구경하러 왔을 뿐이었다. 어사가 구경꾼들 틈을 헤치고 보니, 안에서는 어떠한 젊은 여자를 장하杖下[96]에 꿇리고 문초問招[97]하는 중이었다. 그 여자는 비록 죄인의 신세가 되었지만 안색이 태연하고 하는 말이 똑똑하며 미모가 천하절색인데 문장의 탁월함이 말마다 드러났다. 어사는 기일이 시급하여 다른 사람의 억울한 일을 살필 여가가 없었으나, 박병사의 학정을 생각하니

---

96) 장하杖下 : 장형杖刑을 행하는 그 자리.
97) 문초問招 : 죄나 잘못을 따져 묻거나 신문함.

"저 여자도 필경 춘영 소저와 같이 원억冤抑[98]한 처지가 아닌가?"

하는 생각이 들어 박병사가 하는 말에 귀를 기울였다.

"소위 네 남편이라 하는 사람이 분명히 춘영이렷다?"

"소녀의 가군家君이 춘영 소저라 가정하올진대, 소녀가 아무리 무식하오나 여자로 어찌 가장家長을 정할 리 있사오며, 여자인 춘영이 어찌 소녀로 실내室內[99]를 정하리이까? 춘영 소저가 죽은 일은 사또께서만 본 것이 아니라 그때의 남녀 빈객들이 목도한 바이며, 소녀의 모친도 눈으로 똑똑히 보았습니다. 자고로 사람이 한번 죽으면 다시 살지 못하는 것은 만고의 당연한 이치가 아니오니까? 김진사 내외로 말할 것 같으면, 딸과 같은 화상을 보고 반기는 것은 당연한 일이요 귀애하더라도 간섭할 일이 아니거늘, 딸을 잃고 다 죽어가는 김진사에게 무수히 악형을 하며 사형을 의논한다 하오니, 잘못 생각하심이 어찌 이같이 심하시나이까? 미인도 화상이 춘영 소저와 같다 할지라도 세상에 흡사한 사람이 없다고 단언할진대 이는 아무 것도 모르고 하는 소리에 지나지 못하는 바입니다. 옛적에 공자님 같은 대성인도 얼굴이 양화[100]와 닮은 까닭에 양화의 액厄을 공자님께서

---

98) 원억冤抑 : 원통하고 분한 상태.

99) 실내室內 : 남의 아내를 점잖게 이르는 말.

100) 양화 : 춘추전국시대의 범죄자. 용모가 공자와 닮아서, 사람들이 양화인 줄 알고 공자를 체포하려 했던 일이 있다.

입은 일을 병사님은 알지 못하시나이까? 세상에 같은 얼굴이 있음은 당연한 일이어니와, 죽은 사람이 살아 있다 함은 듣지 못한 바입니다. 설령 춘영 소저가 살아 있고 혼인을 거역할지라도, 병사또는 만민萬民의 부모인데 약속이 된 혼인을 위협하고 강박하여 자기 욕심만 채우려 하시니, 어찌 옳다고 하오리까? 병사라 하는 책임은 일개인의 욕망에 있지 아니하고 국가 전체에 있는데, 오늘 병사는 자기 욕망만 채우고자 하십니다. 나라에서 병사를 보내시는 본뜻은 그것에 그치지 아니하니, 나라의 위난危難을 방어하고 국민의 치안治安을 아니 하면, 생민生民을 사랑하고 생민을 건져 어지신 임금의 거룩한 뜻을 백성에게 전하라 하심이요, 병사의 욕심만 채우고 사사로운 일로 백성을 죽이라 하심은 결코 아니옵니다. 춘영 소저가 혼인을 거역한 일이 국가와 무슨 관계가 있으며 법률에 무슨 저촉이 되옵니까? 일개인의 일에 지나지 못할 뿐 아니라 만고 열녀로서 절개를 포상함이 옳거늘, 그 부모를 악형하여 죽기에 이르게 하오며 소녀의 모녀를 악형하오니, 백성은 누구를 믿고 삽니까? 우리 임금께서는 백성을 자식처럼 사랑하시거늘 병사는 백성을 사갈蛇蝎[101]같이 박멸하니, 어리고 약한 백성이 누구를 믿고 삽니까? 떳떳한 신의와 밝고 밝은 의리를 지킨 춘영 소저에게 무슨 죄가 그다지도 무겁습니까? 이제 병사또께서 백성을 사랑하지 아니

---

101) 사갈蛇蝎 : 뱀과 전갈. 혐오스러운 대상 또는 남을 크게 해치는 사람.

하고 정치를 선으로 베풀지 아니하시면, 이는 곧 나라를 속임이니 기군망상欺君罔上[102]은 대역부도大逆不道라는 말이 두렵지 아니하십니까? 이제 소녀가 거짓말로 자백할진대 김진사 내외가 죽는 것도 불쌍하지만 소녀의 모친도 죽을 것이니, 어찌 저승의 갚음이 두렵지 아니하오리까? 소녀가 지금 고하는 말은 병사또를 위하고 백성을 위하는 충고이오니, 오뉴월에도 서리가 내릴 원한을 짓지 마시고 죄없는 백성을 속히 살려 보내소서."

이와 같이 폭포수가 떨어지듯 일시도 쉬지 아니하고 꾸짖으니, 문 밖에서 구경하던 사람들은 남녀노소 없이 모두가 혀를 홰홰 내두르고 좌우의 나졸들도 정신없이 듣다가 간담肝膽이 서늘해졌다. 병사는 아무 말도 하지 못하다가 영장을 불러 분부하였다.

"내일 남장대에 올라 김진사 내외와 장낭자 모녀를 죽일 것이니 그대로 준비하라."

그리고는 장낭자를 옥에 가두니, 이 광경을 보고 있던 어사의 마음이 얼마나 분하고 얼마나 원통했으리오? 장낭자의 말을 듣고 그제야 미인도의 곡절을 대강 짐작하게 되었다. 분한 마음만 같아서는 바로 출도하고 병사를 봉고파직封庫罷職하여 분을 풀고 싶으나, 다음날까지 동정을 살피다가 출도하는 것이 나으리라 하고는 성 안팎으로 다니며 살펴보았다. 서리와 역졸들은

---

102) 기군망상欺君罔上 : 임금을 속임.

벌써 등대하여 여기저기 흩어져 있었는데, 눈치 빠른 이들이 어찌 어사를 몰라보리오? 저녁 무렵에 어사는 중방에게 신호하여 조용한 곳으로 데려가서는 은밀히 분부하였다.

"너희들은 멀리 가지 말고 모두 대기하고 있다가, 내일 모두 남장대에 모여서 눈치를 보아 거행擧行하여라."

"예, 그렇게 하오리다."

어사는 돌아와 객관客館에 유숙留宿하고, 날이 밝자 모양을 더욱 굳게 하고 남장대로 나아갔다.

이때 박병사는 역적죄인逆賊罪人이나 죽이는 듯이 준비하고 남장대에 올라앉았다. 층계에는 스물 네 명의 집사가 들어서서 군영채를 손에 들고 명금이하 대취타大吹打를 부르니, 급창형의 청영한 소리가 산을 진동시켰다. 기치창검旗幟槍劍은 남장대의 너른 터에 팔공산 초목같이 빈틈없이 벌어 서고, 100명의 나졸은 주장과 곤장을 둘러잡고 앞뒤로 늘어섰다. 당상에서는 위풍 있는 박병사가 호랑이 가죽으로 도듬한 안석을 준비하여 한가운데 앉으니, 왼편에는 중군이고 오른편에는 영장이었다. 각방의 비장들이 둘러서고 육방관속이 시위하여, 위풍이 늠름하고 호령은 추상 같았다. 절엄切嚴한 숙정패를 좌우에 벌여 세우고 백모황월白矛黃鉞과 용정봉기龍旌鳳旗는 해와 달을 희롱했다.

방포放砲 소리 한 번에 고각이 진동하였다. 죄수들이 끌려나와 뜰 앞에 앉자, 각각 다짐을 받은 후에 사형대에 올려 앉히니 망나니가 검을 번뜩이며 춤을 추었다. 슬프다, 김진사는 홍씨를 붙잡고 가련한 옥심 낭자는 황소사를 부여잡아, 정신은 멀리 떠났고 혼백은 하늘에 있었다. 병사가 또 분부하였다.

"쇠북 소리가 세 번 나거든 일시에 처참處斬하라."

이때 이어사는 인산인해人山人海하는 구경꾼 틈에 서서 김진사 내외와 황소사 모녀를 관찰하고 있었다. 열기 있는 서리와 역졸들은 육모방망이를 허리에 차고 여기저기 거미줄처럼 뻗어 있었다. 가깝고 먼 읍의 백성들과 성 밖에 성 안에 사는 백성들은 사람 죽이는 구경이 보기 좋다고 모인 바는 아니지만, 김진사 내외와 황소사 모녀의 참혹한 죽음이 남의 일 같지 않아 서로 면면히 돌아보며 서로 눈물을 뿌리며 인산인해를 이루었다.

그때 어이한 백발노인이 구경하는 사람들을 헤치고 숨이 턱에 닿아 들어오더니, 곧바로 대상臺上을 향해 소리쳤다.

"불쌍한 사람을 죽이지 말아라!"

병사가 좌우를 호령하여 등을 밀어 내쫓았는데, 이때 어사가 의심스러운 마음이 들어 가까이 가서 보니 그 노인은 광양에 계시는 자기의 외조부 정부사였다. 어사가 반가운 마음으로 하자면 앞으로 나가 외조부를 모시고 자기 본색을 말하겠지만, 일이 또한 경각에 있는지라 몸을 피하여 동정을 살폈다.

대상 위에 있는 도집사의 군영채가 한번 번뜩하니 방포 소리가 울렸다. 구경하는 사람들이 그 소리를 듣고는 깜짝 놀라 소름이 쭉쭉 돋아나는데, 김진사 내외와 황소사 모녀의 마음은 과연 어떠하리오? 그러나 죽음이 눈앞으로 다가왔을 뿐 아니라

분한 마음과 원통한 마음이 터지듯 솟아올라, 무서운 마음은 하나도 없고 어서 죽여 주면, 맑은 혼이 둥둥 떠서 옥황상제께 원통함을 고하여 하늘님의 능력으로 원수를 갚게 하리라는 생각뿐이었다.

정부사는 밤낮을 가리지 않고 달려왔건만 이처럼 늦게 도착하고 말았는데, 만일 여러 날 앞에 도달하여 병사에게 간청을 했다 하더라도 병사가 들을 리 만무했다. 하물며 이 지경에 이르렀으니 어찌 정부사의 말을 따르겠는가? 박병사는 정부사를 아예 모르는 바가 아니었지만, 윤공자의 외조부인 것을 짐작하는 터라 도리어 미운 마음이 들어서, 하인을 시켜서 밀어쫓아낸 것이었다. 그러나 정부사는 방포 소리를 듣고 또다시 달려오니, 미처 말을 못하고 취한 듯 미친 듯하는 그 모습은 다 죽어가는 네 사람도 이상하게 생각하였고 수많은 구경꾼도 모두 그 노인의 행동을 유심히 보았다. 박병사는 화를 내며 장교에게 호령하여, 정부사를 결박해서 대 아래에 꿇어앉게 하였다.

대 위에서 집사가 군영채를 또 한 번 번쩍이며 휘두르니 방포 소리가 또 한 번 들렸다. 이에 마음이 약한 구경꾼은 돌아서는 사람도 있고 혹은 흩어지는 사람도 있었다. 네 사람의 실낱 같은 목숨은 이와 같이 박두하였는데, 춤추는 칼빛은 여러 사람의 눈을 놀라게 하였다. 이때 어사는 또한 구경꾼 가운데로 뛰어들어가서는 죽어가는 김진사 내외의 옆으로 갔다. 남장대에 모여 있던 수만 명 사람들이 이상하게 생각하였지만, 대 위에서 호령이 추상같이 떨어지니 겁이 난 장교가 어사를 쫓으려고 달려오는 것을 보고는 모든 구경꾼이,

"무죄한 사람이 또 하나 죽는구나!"

라고 생각하였다. 황망한 그 순간에 어사는 가지고 있는 마패를 오른손에 단단히 쥐고 있다가, 비바람치듯 거세게 쫓아오는 장교를 한번 바라보고는 달 같은 마패를 해같이 드러내어 벼락같이 소리쳤다.

"암행어사 출도야!"

호령이 뚝 떨어지고 좌우에서 동정만 살피던 서리 역졸들이 천둥 같은 호령으로 암행어사 출도야 소리를 반복하니 산천이 진동하는 듯하였다. 남장대에 진을 치고 모여 있던 구경꾼들도 정신을 차리지 못하였는데, 대 위에 있던 병사는 장차 어떤 지경이 되었으리오? 황급중에 도망가려 하였지만 좌우에 거미줄처럼 늘어서 있던 서리와 역졸들이 육모방망이로 병사의 등을 치며,

"병사는 도망치지 말아라!"

하는 소리에 병사는 혼비백산하여 땅에 엎어졌다. 기품 있고 열기 있는 서리와 역졸이 이리저리 도망하는 중군영장과 육방관속을 어느 사이에 붙잡아서 죄다 결박하고, 어사를 모시어 대사에 앉혔다. 금고함성金鼓喊聲으로 육방관속과 삼백 명의 나졸을 부르니, 그 소리에 부중이 뒤끓고 산천초목이 모두 쓰러지

는 듯하였다. 어사는 급히 역졸을 호령하여 정부사의 결박을 끄르게 하고, 김진사 내외를 붙들고 부르짖으며 통곡하였다.

"정신을 진정하고 이 윤경열을 보옵소서."

이때 김진사 내외와 황소사 모녀는 이 세상에 다시 살기를 어찌 바랐으리요? 정신이 혼몽昏憬하여 죽기만 기다렸는데, 막막한 귓가에 암행어사 출도 소리가 들리는 바람에, 깜짝 놀라우면서 반가워 눈을 떠 보니 춤추던 칼빛은 간데없고 마패가 휘황하며, 관속은 간데없고 서리와 역졸뿐이더니, 천만뜻밖에 윤경열이 왔다는 것이었다. 염라대왕의 꿈에서 깬 듯 김진사 내외가 벌떡 일어나 어사를 붙들고 말했다.

"이것이 꿈인가, 생시인가?"

미친 듯 취한 듯한 와중에 황소사 모녀가 또한 어사를 붙들고 소리쳤다.

"다 끝난 줄 알았는데 나타나시니, 땅에서 솟았나이까? 하늘에서 내리셨습니까? 죽음이 경각에 달한 목숨을 이같이 살리시고 또한 박병사를 결박하였으니, 천신이 오셨나이까, 귀신이 오셨나이까?"

이렇듯 반가워할 적에, 구경하던 만백성도 춤추고 노래하여 만세를 부르니 그 소리가 천지에 진동하였다. 어사가 급히 옥문을 열어 죄없는 백성을 무죄방면無罪放免하고, 정부사와 김진사 내외와 황소사 모녀까지 모두 당상에 모시고는, 병사를 결박하여 당 아래에 꿇어앉혔다. 중군영장과 육방관속도 모두 결박하고 무수한 서리 역졸이 좌우에 늘어서서 지키는 위풍이 늠름하니, 경각에 사생死生이 뒤바뀌는 이런 광경이 또한 어떠하리오? 남장대에 모여 있던 사람들의 마음에서는 모두 제각각의 생각와 소원을 따라 기쁨과 슬픔, 근심과 즐거움이 교차하였다.

김진사 내외와 윤어사의 마음속에서 첩첩이 쌓인 묵은 근심과 새 걱정이 뒤엉켜 바윗돌처럼 막혀 있던 주먹만한 불덩이가, 청보명단이라도 먹은 것처럼 그 답답함이 금세 풀어지고 정신이 상쾌해졌다. 이같이 상쾌한 일은 다시 보기 어려울 것이다. 울고 있던 얼굴빛이 금세 기쁨이 되어 웃음빛을 띠었다.

황소사 모녀는 그 처지가 마치, 어두운 밤에 길을 가다가 깊은 물에 빠져 온몸이 잠기며 발이 땅에 닿지 않는데, 간신히 물가 언덕의 풀을 더위잡았으나 뿌리가 약하여 점점 끊어져 가는 순간에, 문득 동쪽 하늘에 명월이 교교히 빛나며 은인이 나타나 그 손으로 구원한 것 같았다. 꿈결 같은 마음에 정신이 암암暗暗할 정도였다.

정부사는 미친개에게 쫓기다가 사생이 경각에 달했는데, 다행히 활을 가진 사람을 만나 미친개를 때려잡고 자기 목숨이 살아난 것만 같았다. 한숨을 훅훅 쉬며 두근거리는 마음을 아직도 안정하지 못했다.

구경하던 백성들은 청천백일에 먹구름이 하늘을 덮고 벽력이 천지를 흔들어 모두가 정신을 잃고 발을 멈추고 눈이 휘둥그레지나 몸을 의탁할 곳이 없는데, 명랑한 바람이 먹구름을 쓸어

버리고 청천백일이 드러나며 정신이 상쾌해져 다시 몸을 움직일 수 있는 것 같았다.

병사는 뜻밖에 일어난 일에 마치 머리를 몽둥이로 때리고 천근 철퇴로 몸을 누른 것만 같아, 아무 정신이 없고 사생을 판단하지 못하는 꼴이었다. 중군영장과 육방관속이며 무수한 나졸들은, 녹음방초綠陰芳草가 무성한 만산초목滿山草木이 그 번화한 모습을 자랑하다가, 하룻밤 만에 독한 서리가 내려 일시에 병들어서 풀기 없이 황량한 것처럼 힘없고 처량한 모양이었다.

옥중에 갇혀 있던 죄수들은 한겨울 서리치고 눈 내리는 추위를 견디지 못하여 앙상하던 초목이, 가는 비와 동쪽 바람을 만나 청춘시절의 활기를 되찾는 모습이었다. 모든 사람의 마음이 이처럼 변하고 바뀌니, 하늘을 가득 덮었던 먹구름은 웃는 얼굴처럼 상쾌한 바람으로 몰아 일시에 쫓아 버리고 명랑한 날씨가 되었다.

어사가 역졸을 호령하여 병사를 꿇어앉히고 분부했다.

"너는 소위 병마절도사로서 나라의 본의를 어기고 네 욕심만 채우고자 무죄한 창생을 이같이 어육魚肉[103]이 되게 하였다. 김진사 내외와 황소사 모녀를 죽이려 하였으니, 병사라는 벼슬은 네 욕심만 채우라고 내린 것이 아니다. 죄를 따지건대 마땅히 죽일 것이나, 아직은 임수任守하거니와 일후에 조정의 명을 받

---

103) 어육魚肉 : 짓밟고 으깨어 아주 결단을 낸 모습 또는 그런 상태.

아 처치하리라."

어사가 분부하고는 곧바로 인신병부印信兵符를 거둔 후에 봉고파직封庫罷職하여 옥중에 가두고, 이어서 중군영장도 수죄하여 돌아볼 일을 마쳤다.

어사 일행은 객사에 둘러앉아 옛일을 이야기하였는데, 사람의 욕심이 끝이 없는 법이라 김진사 내외는 모든 근심을 다 쓸어 버린 그때에도 자기 딸 춘영이 죽은 일이 원통하여 눈물을 흘렸다. 이에 정부사와 황소사 모녀가 위로하며 춘영 소저의 자초지종을 낱낱이 이야기하니, 김진사 내외와 어사는 기쁘고 또 기뻐 하늘에 닿을 정도가 되어 야밤중이라도 당장 달려가 딸을 다시 만나고만 싶었다.

그러나 황소사 모녀는 항상 그리워했던 사위가 바뀌어 춘영 소저가 되었으니 낙심천만하였다. 옥심 낭자는 눈물을 뿌리며, 춘영 소저를 남자로 알고 자기 평생의 뜻을 의탁하고자 일생에 결심했던 자기 남편이 분명한 춘영 소저가 되었으니, 황소사의 낙심보다도 한층 더 간절하였다. 춘영 소저를 만나 지난일을 이야기하고 싶었으나 면괴面愧[104]한 마음을 측량할 길이 없어 그저 입을 다문 채 아무 말도 하지 않았다.

이튿날 어사는 앞뒤 사연을 기록하여 나라에 장계하고, 인마人馬와 교군轎軍을 갖추어 일행을 모시고 순천 동부원 김진사

---

104) 면괴面愧 : 면구스럽다. 타인과 얼굴을 마주 대하기가 부끄러움.

집에 도착하였다.

이때 춘영 소저는 광영에 있었는데, 정부사가 병영으로 간 후 마음이 조마조마하여 하인을 병영으로 보내 알아보게 하였다. 그랬더니 미구未久[105]에 돌아온 하인이 어사출도한 이야기를 하고, 뒤이어 정부사의 편지가 왔다. 윤공자가 어사가 되어 부모를 모시고 순천고택으로 돌아갔다는 이야기가 있으니, 소저가 어찌 일시라도 지체하리오? 팔인교八人轎를 타고 정부사의 부인과 함께 순천 동부원 소저의 본가로 돌아왔다. 어쩌면 그렇게도 기회가 맞았는지, 소저의 일행과 황소사 일행이 한날한시에 진사의 집에 당도하여, 서로 붙들고 통곡하는 모양이 만고萬古의 희한한 일이었다. 면면히 돌아보며 지난일을 이야기하는데, 옥심 낭자는 소저의 손을 붙들고 말했다.

"소저는 나를 보소서. 이전 일을 생각하오니 또한 면괴面愧하오니다. 어쩌면 그리도 태연하게 남자의 모양을 하고 사람을 그다지도 속이었나이까?"

소저 또한 옥심 낭자를 붙들고 이전에 글을 지었던 이야기를 하였다.

"나도 역시 사람을 속이고자 했던 것이 아니라 사세부득事勢不得하였고, 내 마음에 이미 정한 일이 있기로, 떳떳이 혼인을 결정한 것이며 일호一毫[106]도 낭자를 속인 것이 아니나이다."

---

105) 미구未久 : 오래지 않아.
106) 일호一毫 : 한 가닥의 털. 아주 작은 것.

소저가 미인도 화상과 전날에 지은 글을 내놓고는 다시 말했다.

"만일 내가 황소사 댁으로 가지 아니하였으면 유마사로 어찌 갔겠으며, 유마사로 가지 않았으면 미인도는 어찌 있으리오? 미인도가 우리 모두를 한 곳에 모으고 소원을 이루었나이다."

미인도를 벽상에 걸고 보니, 천연한 태도가 말은 아니할지언정 김진사의 딸이 둘이라 해도 과하지 않을 정도였다.

김진사가 불복일로 택일擇日하여 자기 딸의 혼인을 지냈다. 천향국색天香國色 춘영 소저와 일세기남一世奇男 윤경열이 서로 교배석에 나아가 앞뒤로 움직이며 허리를 굽혀 절하는 모습은 서왕모 요지연에 반도를 진상하던 모습인들 어찌 비교하겠는가? 신랑신부가 교배를 마치고 신방에 들어가 동방화촉洞房華燭에 근근한 이야기로 운우雲雨를 꿈꾸니, 아름다움이 무궁하고 만세에 처음이었다.

또한 춘영 소저가 부모께 고하여 옥심 낭자를 어사의 부실副室로 삼고자 하니 모두가 허락하였다. 다시 택일하여 옥심 낭자를 성례成禮[107]하니, 월태화용月態花容 춘영 소자에게도 미모가 뒤떨어지지 않고 또한 정이 밀접하여 춘영 소저에 못지 아니하였다.

진사 내외와 어사 내외가 모두 화영의 무덤을 찾아 영혼을

---

107) 성례成禮 : 혼인 의식을 지냄.

위로하고, 비문을 고쳐 '화영지묘'라 하였으니 '춘'자를 '화'자로 고쳤을 뿐 '만고열녀萬古烈女'라 한 것은 그대로 두었으니, 화영 또한 열녀의 반열에 부끄럽지 아니하였다.

어사가 다시 돌아와 사흘간 큰 잔치를 베풀고 모두를 편안케 한 후, 국가에 매인 몸이라 자기 사정으로 한 곳에 오래 머물지 못함을 설명하고는 즉시 발행하여 전라도 오십삼관을 두루 다녔다. 어사가 관민의 억울함을 풀어 주고 다시 상경하여 전하께 현알見謁[108]하니, 전하께서 칭찬하시고 또한 박병사는 베어 죽이고자 하였는데, 어사가 다시 간諫하여 제주도로 종신終身 귀양을 보냈다.

그 후로 어사가 전하를 진심갈력하여 받드니 명망이 조야朝野[109]에 진동하고, 벼슬이 날로 높아져 원만한 즐거움이 무궁하더라.

---

108) 현알見謁 : 높은 사람을 찾아뵙고 말씀을 드림.
109) 조야朝野 : 조정과 민간.

Ⅲ. 〈미인도〉 원문

P.3

슬슬한가을바람은미화가지아리서리긔별을전하고체체한성긴
비방울은단풍입사귀을쓸드리난듸어졔갓치무성하든만산초목
이일시예변화한흥취을이러바리고모다황양소쇠흔빗을씌여인
난추구월십오일자야반이라만리난구적흐고월싴은 만공산흔듸
텬의말이에싹얼일코울고가난위기력이소리가전라도 동북유마
사후원별당안의칙상을의지흐야조을고잇난엇더흔이팔공즈의
겨우든쇠잔한숨을놀늬여씌엿더라그공즈난팔즈아미을씽그리
며임맛을적적다시다가속으로혼즈말이라이겻이웬일인가아모
리싱각흐야도반다시늬몸에리롭지못할중조로다흐고무엇이그
리급흐든지공부흐든서칙도겻우지아니흐고무엇시그리두러운
지

P.4

수각이모다황망흐야지며가만이문얼열고스면을이리저리회회
둘너보드니자최업시후원동산고목나무아리쯤을언신흐고이억
히듯쎠니두눈이졸지의둥그리지며전신을사시나무쓸듯흐더니
간신히수족을운동하야석벽을더우잡고유마산깊은골노구학을
분간치아니흐고천지도지흐야한읍늬도망흐다가관음봉지장암
바위아리필석주저안지며비로소한숨흔변을셔리긔운에병드러

잇난나무입ᄉ귀가쑥쑥쓰러지게쉬이더니긔진도하거이와정신
이아묵ᄒ와그자리익그딕로푹업들러소릭업시늑기며쳬업ᄒ다
가인하야기절ᄒ얏드라슬푸다이공ᄌ난별ᄉ람이아니라졀나도
순천부동부원김진ᄉ틱진의무남독여외쌀춘영소(영)소져라ᄌ
고로군ᄌ숙여초연명운이틱반미긔험함은가장면키어려운일이
나그러나이갓튼

P.5

귀독녀로남복을변측하고깁고흠한유마산승방에서이와갓치외
로온세월얼보닉다가이지경에이러러시니춘영소져익지나오난
력ᄉ을드르보지못혼사람은의심이젹지아니ᄒ리로다춘영소져
의부모김진ᄉ닉외난누뒤명문거족이요가산도유여하것마넌한
갓ᄌ궁이부족ᄒ야한탄으로지나더니사십후익야비로소혼쌀을
두엇난뒤불면날가쥐면쩌질가금지옥엽갓치남익열아달못지아
니ᄒ기사량ᄒ드니십셰가지닉민얼골이졀묘ᄒ고총명이과인ᄒ
야닉칙과열여젼얼무불통지ᄒ(야)니김진ᄉ닉외더옥사랑하야
일홈을춘영이라ᄒ고틱서ᄒ기을언건히염여ᄒ드니춘영이방연
이팔익이름익릭님익둑과장강익싴이잇서쳥혼ᄒ난민파주야로
굿치지아니하나그부뫼허락지아니ᄒ고춘영과갓튼봉황익쌱을
구하야만연익직미을보려ᄒ고국가흔랑

P.6

자를ᄉ면으로듯보더니일일은ᄒ닌이고ᄒ되노성운ᄉ간이와당

익이러럿다ᄒ난지라진ᄉᆡ급피나아가사간얼마자좌을졍ᄒ후이
서로손을ᄌ분밋쳐ᄒ혼을과치못ᄒ야엇드한수ᄌ진ᄉ압히나아
와공손히졀하고단졍히안년지라진ᄉᆡ그수ᄌ을바라보니넘넘ᄒ
풍치와영발한긔상이진짓졀시기남ᄌ요보든바쳐엄이라진ᄉᆡᄂᆡ
렴에탄복ᄒ고사간을도라보며이엇드한공ᄌ잇가ᄉ간이ᄃᆡ답ᄒ
되이난쇼졔이ᄌ식이로소이다진ᄉᆡᄃᆡ열ᄒ야공ᄌ의손을익그러
갓가이안치고다졍ᄒ음셩어로문난말이라명가ᄌ손이라고샹한
교육을밧아문필잉여ᄒ음은엉당짐작ᄒ려이와방연이얼마나되얏
시며일홈을무엇시라ᄒ난요공지염이ᄒ드니소동의일홈은경열
이옵고난흐닙육셰로소이다진ᄉᆡ졈두ᄒ고사산을향ᄒ야갈아ᄃᆡ
우리

P.7

피ᄎ뵈온지젹년이라형장이오날폐ᄉ의왕님ᄒ실줄은실노쑴박
기오며저러ᄒ영ᄌ을두웃시니형즁은세상예여한이옵실가ᄒ나
이다윤ᄉ간이답왈광양죽님동졍부ᄉ난쇼졔이빙즁이라금월십
팔일은소졔이빙모회갑이든바외손ᄌ을보시고져ᄒ와수ᄎ기별
이잇습기로자식을다리고빙가이갓습다가회졍하난길이옵더니
형즁이이곳에기신줄은임이아난바라졍의ᄎ마과문치못하압
고즘시문후코져ᄒ와존문이져달ᄒ엿ᄉ오나왕ᄉ을싱각ᄒ오니
쏘ᄒ녯일이라우리피ᄎ경ᄉ에셔머무든일이어졔갓튼ᄃᆡ발셔빈
발이셩셩ᄒ얏시니엇지ᄒ심치아니ᄒᆞ이요ᄒ고담소가약ᄒ다가
문득주ᄇᆡ을나와서로권ᄒ더니진ᄉᆡ문왈공ᄌ의혼닌은졍ᄒ곳이

III. 〈미인도〉 원문 **117**

인난잇가사간왈청흔곳은만ㅅ오나아직릭정흔곳은업나이다진
식닉렴이

딕희흐야사간이손을줍고길리흔숨지며왈소제팔ㅈ기박흐야실
하이다른ㅈ식업고다만일긔여식을두웃난딕쏘흔심육셰요요조
흔틱도난업ㅅ오나족히군ㅅ의건지을밧들만흔고로저와간튼빅
필을정코ㅈ하와ㅅ면으로광문흐오나가합흔곳시업서주소염여
흐압드니천힝으로오날공자을보오니탈속한용강과총명한긔상
이소졔이여식은감히공자을짜르지못홀지나진진의언약을믹짐
이공ㅈ의기과히욕되지아니할지라바라옵근딕형장은고의을싱
각흐시고소졔이구구흔희망을저바리지말ㅇㅅ량가이융융흔화
긔을쑬치기흐옵소서흐고다시즌을드러술을권흔지라사간이답
왈용열흔식을이갓치기리시고존형이영이로흐야곰진진의아름
다온연분을밋고ㅈ흐시니엇지감ㅅ치아니흐오며음법한가정

에졀조잇난교육을바다유흔정정한명힝숙득이잇실줄은보지아
니흐야도반다시긔약할지라영이로흐야곰도리어욕될가져어흐
나이다흐고언필이서로흔연즘소흐드라진식닉당익드르가그부
인홍씨진ㅅ을바라보고오날은무숨조흔일이잇써안면익히식이
저와갓치현져흐온잇가진ㅅ는운난낫흐로딕답흔다우리춘영이
빅연가우을오날이야완정흐얏시니엇지깃부지아니흐오릿가흐

고윤공주의젼후말을이른디소졔난얼골이불건조수가으러며주
리를피ᄒ고부인은만심디희ᄒ야윤공주을흔변보고져ᄒ난뜻을
진ᄉ의게고ᄒ니진ᄉ썰썰우시며혼인은인윤의가장큰일인이비
큰디임군만신ᄒ을가림이아니라신ᄒ도또한임군을가린다ᄒ난
말이셩현의뜻뜻흔말슘이라우리비록고인만못ᄒ나우리츈영이

평싱가우될ᄉ람을엇지흔변보지아니ᄒ며윤ᄉ간부주인들엇지
또흔이와갓튼마음이업시리요ᄒ고다시외당의나아와셕반을셔
로권ᄒ고이역ᄒ와진ᄉᄉ간을향ᄒ야이러되소졔난임의공주을
보왓ᄉ오나형즁은엇지소졔이여식을흔변친견치아니ᄒ리요ᄒ
고사간과공주을인도ᄒ야즁당의이러러좌를정흔후의시비을명
ᄒ야부인으로ᄒ야곰수져를명소ᄒ니소졔아모리부모의명이나
차마븟거러나오지못ᄒ고거짓칭병ᄒ그날진ᄉᄉ지져왈너의평
일의부명을거역ᄒ미업드니오날은불효홈이엇지이다지심흔고
ᄒ시고나오기를셩화갓치지쵹ᄒ난도다쇼져할일업셔계우이러
나연보를옴기고모부인아의엽희이러러수괴홈을이기지못ᄒ디
진ᄉ명ᄒ야사간의기지빈후의다시안지라명ᄒ엿드

라윤공주잠간눈을드러소져럴보니졍숙흔미우와빅옥갓튼귀밋
치며싹근억기와가는허리일만가지고은틱도동졍추월이명랑을
사양ᄒ고수호야광은셔치을붓거리며쳐엄봄믹셔일이동령의솟

난닷두변볼식경운이츄공에이난듯펀펀흔거동은옥경선여구름
을명애ᄒᆞ며정정흔긔슝은옥남기바람압히선난듯수괴흔틔도난
록슈이홍연이틱양을실흐ᄒᆞ며연연흔모양은춘풍에모란이몰은
향최을토흔듯아릿짜온화용월틱숙여이영수요진렴의제일이라
공진마음에경탄흠을마지아니ᄒᆞ며소저도쏘흔추파을잠간흘여
공ᄌᆞ을얼넌보니관옥갓튼풍치와청수한긔샹이옥경선관이진세
에나린듯북히황용이풍우을지을듯춘풍이화러흠은호걸이긔샹
이요츄월이청신흠은군ᄌᆞ의지기라소저심중에놀ᄂᆞ임을마져

아니ᄒᆞ드니문득진싀공ᄌᆞ와소저을딕ᄒᆞ야서서이하난말이라양
인비록륙예난힝치아니ᄒᆞ야시나오날붓터공ᄌᆞ난나의여식에가
군이요나이여식은공ᄌᆞ의가인이라양인의고락과양인의영욕이
다만양인심사에달엿스니장부난모로미가인을ᄉᆞ랑ᄒᆞ고가인은
반다시장부을공경ᄒᆞ야부무을일싱에간단흠이업게홀지어다ᄒᆞ
시고시비로ᄒᆞ여곰지필을나와공ᄌᆞ와소저압페노흐며각각친필
노싱연월일시ᄉᆞ쥬을쓰기ᄒᆞ니공ᄌᆞ와소제진ᄉᆞ의명을밧아ᄉᆞ쥬
을써시비로ᄒᆞ야곰진ᄉᆞ와ᄉᆞ간젼에올인딕셔로보니지면에풍운
이이러나고용ᄉᆞ비등ᄒᆞ야공ᄌᆞ와소저의수단이셔로차등이업더
라다시시비로ᄒᆞ야곰공ᄌᆞᄉᆞ주난소저의계견ᄒᆞ니기묘연춘ᄉᆞ월
오일묘시라ᄒᆞ엿고소져의ᄉᆞ주난공ᄌᆞ의계견ᄒᆞ니기묘년하ᄉᆞ월
십오일묘시라ᄒᆞ엿더라양인이셔로ᄉᆞ주를밧구기을맛치믹진사
난소저을명ᄒᆞ야ᄉᆞ간과공ᄌᆞ의계례흔난쯧으로두번졀ᄒᆞ계ᄒᆞ고

사간은공

ᄌᆞ를명ᄒᆞ야진ᄉᆞ닉외와소겨의계례ᄒᆞ난뜻으로직비케한후에인ᄒᆞ야쥬빈을나오더니진ᄉᆞ와사간이셔로권ᄒᆞ며희희낙낙ᄒᆞ난거동은진짓텬모틱평의긔상이오요지션관이ᄒᆞ강흔듯ᄒᆞ더라인간부부난싱민에비롯이요만복에근원이라싱젼영욕과평싱고락이모다이에달이여잇스니엇지남가여혼을경솔이ᄒᆞ리요그런고로근릭조선에도문명이진보되고풍조가유신흔이후로신공긔를흡수ᄒᆞ고신지식이섬부ᄒᆞ가인직ᄌᆞ난신혼식을주창ᄒᆞ야남여가서로보고면혼홈이종종잇시나아직도구십을긔혁치못한인ᄉᆞ난면혼함이례의를손상흔다ᄒᆞ야비소홈이적지아니ᄒᆞ나이세상을흔변도라볼진되다만교활한민파의감언이설만신쳥ᄒᆞ고남흔여가를경솔이힝ᄒᆞ다가필경은오월비샹에홈원ᄒᆞ난일이일부손까락을꼽아혜아리기어럽도다그럼어로고인도조곰지혜인난명문되가에서난지금에신혼식과갓치

서로보고면혼홈이종종이잇섯드라그런고로김진ᄉᆞ집혼인연약은김진ᄉᆞ닉외와윤ᄉᆞ간만그ᄉᆞ외와며나리될신인을보왓실분아니라신랑신부싱지서로보고모다만족한마음으로이갓치면약ᄒᆞ얏신이빅연을가기로무슨유감이추호나슴기리요밤이느저감을씬닷지못ᄒᆞ고서로질기여고금ᄉᆞ람담소홀싟시간은사름의사정

을위ᄒ야며물지아니ᄒ고금계시별을보ᄒ난지라인ᄒ야각각침
소로도라와밤을지닉고잇튼날진신ᄉ간부ᄌ를말류ᄒ야하로을
더쉴신길일을퇴ᄒ니익연습월습일리라혼례ᄯᄒᄂ졈을서로민
망이역이드라잇튼날서로작별ᄒᆯ신탐탐ᄒᆫ졍회와섭섭한마음을
가난ᄉ간부ᄌ의마음이나보닉난진신닉외의마음이나뉘가더ᄒ
며뉘가덜하다ᄒ리요사간은공ᄌ을다리고수십일만익집익도라
와그부인

조시와경열의호인졍ᄒᆫ말을이르고셔로즐기여쌜은셰월이오히
려더듸임을민망이역이드니슬푸다인간만ᄉ가호ᄉ다마요홍진
비리라사간이우연이몸이곤ᄒ야신음하다가병이졈졈골수익드
니세상에오릭머무지못할줄을짐즉ᄒ고흔손으로부인익손을쥽
고ᄯ한손으로경열익손을쥽으며삼연이눈물을ᄂ리더니추연탄
식왈사람이도망키어려운것은목숨이라경열의혼ᄉ을보지못ᄒ
고속졀업시황쳔의긱이되니엇지여한이업시리요오즉바라근듸
부인은마음을과상치말으시고아ᄌ의혼인을순셩ᄒᄉ말연직미
을보실진듸구쳔익서다시만나언히을갑흐리다계우말을맛치고
인하야명이진ᄒ니부인과공ᄌ호쳔망극ᄒ며졀졀익통ᄒ드니슬
푸다경열은죄악이미진ᄒᆮ든지화불단힝으로그모친조씨도ᄯ한
익통ᄒ다가명이진ᄒ야회싱치아니ᄒ시니십육셰윤경열은일시
익부모구몰

P.16

ᄒᆞᄉᆞ하날이문으지고싸이ᄭᅳ지난듯ᄒᆞᆫ변을만나쓰니엇지절통통
치아니ᄒᆞ리요하날을부러지지고ᄯᅡᆼ을두다리며ᄋᆡ통ᄒᆞ난소ᄅᆡ락
루치아니리업드라원그닌족이모와호상ᄒᆞ야례로써선ᄉᆞᆫᄋᆡ안ᄌᆞᆼ
ᄒᆞ고김진ᄉᆞᄋᆡ게부모구몰ᄒᆞ신사연으로편지ᄒᆞ야보ᄂᆡ고조석상
식을극진이집ᄉᆞᆼᄒᆞ드니문득김진사이러러사간의영위전에업ᄃᆡ
서통공함을마지아니ᄒᆞ고공ᄌᆞ을위로ᄒᆞ야왈양친이구몰ᄒᆞ시고
ᄯᅩ한다른주장업서니미장전혈혈공ᄌᆞ가엇지홀노부지ᄒᆞ리요이
제나와한가지로감이엇드하요공ᄌᆡ고왈이갓탄죄인을불ᄉᆞᆼ이ᄉᆡᆼ
각ᄒᆞ사것우고저ᄒᆞ시니감ᄉᆞ무지ᄒᆞ오나부모영위을바리엇지멀
이ᄀᆞ오릿가ᄒᆞ며구지ᄉᆞ양한ᄃᆡ진ᄉᆞ마지못ᄒᆞ야히상후에다리려
가기언약을정ᄒᆞ고도라가니라공ᄌᆞ난다만비복을다리고삼연초
토를지ᄂᆡᆯ식ᄆᆡ양그부모을ᄉᆞ모ᄒᆞ야눈물

P.17

을아니흘일ᄃᆡ업드ᄅᆞ상가세월언별노히빠른지라어언간삼연상
을지나니가산은ᄌᆞ연영치ᄒᆞ야일신도안보하기어려울ᄲᅮᆫ아니라
진사ᄯᅩ한인마를보ᄂᆡ여공자을청ᄒᆞᆫᄃᆡ공ᄌᆞ바야흐로여간남은가
산은노복ᄋᆡᄶᅵ전ᄒᆞ고장ᄎᆞ고토을ᄯᅥ나려할ᄉᆡ사당ᄋᆡ드러가고ᄇᆡ
ᄒᆞ고부모양위ᄉᆞᆫ쇼ᄋᆡ이러러망극ᄋᆡ통으로고별ᄒᆞᆫ후인마ᄋᆡ몸을
의탁ᄒᆞ야여러날만ᄋᆡ진사ᄯᆡᆨ을당도ᄒᆞ니문득안으로써곡성이들
이여여러비복이분주ᄉᆞᆯ난ᄒᆞᆫ지라실푸다공ᄌᆞ는거익ᄐᆡᄉᆞᆫ이요설
상가상이라가삼이덜컥ᄂᆡ려안지며이것이ᄯᅩ웬일린가반다시이

집이상서롭지못한일이잇도다ᄒ고시심지아니하고외당에이르
니여러ᄉ람이둘너안ᄌ진ᄉ을축지박지ᄒ며공갈이무슈ᄒ난지
라공직황급ᄒ야방안읻드러가진ᄉ쎄빅현하고연고를무르니진
ᄉ답왈세상에이르흔일

P.18

이어ᄃᆡ잇시리요월젼익젼라병사의편지가왓기로바다보니병ᄉ
가즁년상처후에속현을못ᄒ야사방응로가합한신부를구ᄒ드니
맛ᄎᆷ드러니진ᄉ의령익가연기도과연ᄒ고아람다온틱도잇다ᄒ
니일노써쳥혼한다ᄒ엿기로임의졍한곳이잇심을회보ᄒ얏드니
병ᄉᆡ노ᄒ야출ᄉ을만히보ᄂᆡ여나를즙아노라ᄒ엿시니막즁병마
졀도ᄉ의명령이라사세가부득이잡히여가고야말터이니ᄂᆡ가아
모리죽씨로ᄌ식을엇지두ᄉ람이긔허혼ᄒ며여식이엇지순힝ᄒ
리요ᄒ고병ᄉ의젼일편지와금일빅지을공ᄌ의씌보이난도다지
금은문명이ᄎᆞᄎᆞ진보되고인지가졈졈긔발ᄒ야법률이쌔른시ᄃᆡ
라경츌이엄밀흔ᄌᆡ판이공평ᄒ야공후작녹을가진귀족권문이라
도법박게힝동을하지못ᄒ고여항만민이라도원억흔일을페이지

P.19

아니흠이업시나그씩로말ᄒ면여간미관말직이라도권리를람용
ᄒ야잔민을학ᄃᆡ흠이젹지아니ᄒ얏거날더고나병ᄉ로말ᄒ면흔
도에ᄒ나식빅치ᄒ야졀엄흔병권을위임ᄒ고사싱의권리를허락
한본의난국가에위란을방어ᄒ고민간에폭도를징치ᄒ야국민에

124 미인도

질서안령을유지코즈홈이어날엇드한병스난본직이칙임을아난
지모르난지다만셰력만포장ᄒ고한갓권리만람용ᄒ야병마절도
스의위풍을일쏘에썰치여듸소인민을학듸함을릉스로싱각ᄒ야
이목에조와하난바와심지의즐겨ᄒ난일을즈기마음과즈기쯧듸
로욕심을치와학정이무소불위ᄒ난서실에그밋틔잇난소위병방
호방이며슈교장교등언허다한불양에류를만히령솔ᄒ

P.20
고소위령문금포니절도스가문스이별별명칭을지여민간이악한
폭힝이이르지안이흔곳이업시나뉘가감히금지할능력도업거이
와안하익무인이되야형문장츠가흔변지나가난곳에난사람은고
스ᄒ고심지어계젼육축까지란도히를입난고로아모리죄가업난
스람이라도형시가여간조박석죽을졍졍아니ᄒ던지그러치안이
ᄒ면집안이나두둑흔스람은밤이라도단잠을즈지못ᄒ고수족과
기거을폐치못하야솔긔미지난곳이병아리사라가듯마음을놋치
못흔중의조곰만흔허무리잇든지그리치아니ᄒ면무죄히사문사
한변을만나면령문이잡히여가기전의장교츠스의에치을무러늬
기에법의업난사민도만이맛고근즈독지

P.21
로알쓸히모흔ᄌ손을기둥쑤리가쑥쑥바지도록톡톡써러밧치난
일이이루송까락을쏩아혜아리기어려운그써시졀이라김진스로
말ᄒ야도자기쌀혼인을자기가주장할굿이요더구나혼인을면약

ᄭᅡ지ᄒᆞ엿다ᄒᆞ면그만이지만은간활한협줍비가병ᄉᆞ이게아첨ᄒᆞ야김소저의자ᄐᆡ화용이며윤공자이혈혈고단함을귀가졋도록드른병ᄉᆞ의마엄은불삿반욕심을섯삽시못하야죄엄번호의초날ᄂᆡ여편지ᄒᆞ얏다가급기야김진사의거절얼당ᄒᆞ니노발이상승ᄒᆞ고분기충텬ᄒᆞ야사갈갓튼한ᄎᆞ를불너김진사을결박ᄒᆞ야성화창ᄂᆡᄒᆞ라ᄒᆞ엿스니무지ᄒᆞᆫ장ᄎᆞ들은큰수나싱긴다시억ᄌᆡ바롬에홍얼ᄂᆡ여홍사다룡두고랑을혀리에ᄎᆞ고빅구타랑을부려며서술잇게

달여드르역적죄인이나잡난듯이강도죄수나만난듯이김진사집사면으로풍우갓치달여드르김진사를포학ᄒᆞ야수족에홍ᄉᆞ를지우고신발갑족치를우려ᄂᆡ노라고축지박지로곤란을무수히당하든이ᄯᅡ라윤공ᄌᆡ이광경을보고아모리싱각ᄒᆞ야도모칙은망연ᄒᆞ고김씨이인연은임이끗친지라엇지나이박명한탄시아니리요ᄒᆞ고진사를위로ᄒᆞ며간절이권ᄒᆞ난말이라이제병ᄉᆞ의혼인을거절코자ᄒᆞ시건이와당금병마절도ᄉᆞ이분부를뉘가감히거역ᄒᆞ오며만일거역ᄒᆞ실진듸반다시독한형벌이몸이밋치여중듸ᄒᆞᆫ신싱명의ᄐᆡ가밋칠거시니자식을위ᄒᆞ야엇지부모가죽ᄉᆞ오며부모가죽은후이난소싱이엇지혼인을이

루어릿가모다소싱의박명한탓이오니아모리싱각ᄒᆞ여도달이난구처가업ᄉᆞ오니깁피싱각ᄒᆞ사병ᄉᆞ의기혼인을혀락ᄒᆞ난쯧어로

글을싹가보늬옵소서ᄒ고다시장차를향ᄒ야이른말이라그듸등
언병ᄉ쏘에엄영으로진ᄉ님을포착ᄒ얏시나모라혼인관저이라
진ᄉ님이승락ᄒᆫ글을바다병사전의올일진듸진사님을자바가난
굿보다더욱중ᄒ을어들것이요만일지금진ᄉ님게폭힝ᄒ엿싸가
일후에진ᄉ님이병ᄉ에장인이될ᄶ이난녀이계반다시보복이잇
실트니이아라서조쳐ᄒ여라ᄒ고장ᄎ를ᄒᆫ번으르고달늬여일장
셜유ᄒ니장ᄎ싱각이도진ᄉ를잡아간이보다혼인허락ᄒ난글얼
바다밧침이더욱공뢰가잇실줄노혜아리고진ᄉ도

P.24

싱각ᄒ니만일늑기잡히여가서혼인을거역ᄒ면필경은독한형별
이밋칠그시요늬늬거역ᄒᆞᄒ면응당죽얼지라형별을이긔지못하
야허락ᄒ면이도쏘한남이치소요아주죽은들윤공ᄌ이혼인이엇
지온전ᄒ리요이갓치싱각ᄒ니사기무가늬ᄒ라마지못ᄒ야혼인
을허락ᄒ난글을싹가장ᄎ이게주엿더라장ᄎ등은저이욕심을다
치우지못ᄒ고여간돈빅이나밧앗스나진ᄉ님이허혼서를밧앗스
니미구이병사이장인이될지라발서붓터권리이눌니여허리랄굽
실굽실ᄒ며유공불급ᄒ야하직ᄒ고가드니불과십일이못되여순
천부사가진ᄉ썩이이르러병사의서간을드리그날바다보니전일
이실례함을발명ᄒ엿고쏘한ᄉ주와퇵일이왓거날ᄌ

P.25

서히보니릭월십팔일은젼아니라ᄒ엿드라자시보기를맛치고부

사를되접ᄒ야보닌후에닉당에드르가스세여ᄎ흠을말ᄒ고혼인
을준비ᄒ니슬프다윤공즈난아무리진퇴유곡이되얏시나ᄉ이도
ᄎ에일시인들들그집익머물러잇실이요마는진ᄉ의관권흠을괄
시치못ᄒ야아직머물너잇시나미구에진ᄉ익집얼쓰나천지로집
을슴고사희로방을붓처정처업시써날작정이라잇씌익김소저난
이모양을당한후로난참식을달기아니ᄒ고이리저리아모리싱각
ᄒ야도죽을밧게아모수가읍난지라사람이셰상에삼겨남민엇지
여즈되엿시며불힝이여즈되엿기로일부종ᄉ못ᄒ고일신양역이
웬일인가윤공즈난말이랄가도나익가군이요나난

P.26

죽어혼빅이라도윤공즈의가인이라닉가ᄉ라잇고병ᄉ익혼인을
거역ᄒ면우리부모익게환이밋칠거시요만일목숨이아조죽을진
딘즈식까지일흔우리부모익게무신욕얼밋칠이요실푸다우리부
뫼무남독여나ᄒ나랄금옥갓치귀히길너영화볼가바라시드니조
물이시긔ᄒ지귀신이즉히ᄒ지당상익학발양친영결ᄒ고죽기되
니죽난나도서르려니와불상한우리부모그아니절박ᄒ가가련한
윤공즈도혈혈무의슬푸도다이광경을목도ᄒ고마음이온전할까
미구익집을쓰나종적이모망할것이니그아니분하리요그러나닉
외마음은윤공즈가아지못ᄒ고박병ᄉ익혼인을순종할줄노싱각
ᄒ야우리부친을권고ᄒ

얏시니만일에닉가죽기전이공자가쎠난직공ᄌ에마음은닉가죽
을줄아지못ᄒ고분명이박가의혼인을순종할줄노알쎠시니죽은
혼인들엇지원통치아니ᄒ리요ᄒ고필연을당긔여먹을갈고섬섬
옥수로붓을잡아죠회를필쳐드니눈물이먼져쎠러져압흘가릴너
라딕강슈졍을긔록ᄒ야시비계향을불너가만히이러되이편지를
초당에가공자의게드리라ᄒ딕계향이편지를밧아품이품고야슘
경깁흔밤이초당이나아ᄀ문틈으로바라보니공ᄌ홀노쵹불을발
히고초연이안잣거날계향이가만히문을열고공ᄌ의게엿ᄌ오되
소비난이딕소져시비계향이옵긔이라소져의명으로이에이러릇
나이다ᄒ고품안어로서

일봉서을닉여주거날공직황망히밧아보니기뇌에ᄒ엿시되규즁
쳐여의신분으로외람이몬저글월을올니오니례의손상홈이이갓
치심ᄒ오나조검아한혀모를구이ᄒ야엿지큰딕의에유감을씻치
릿가바라옵건딕광면ᄒ신지긔와너그러온마암으로무례홈을용
서ᄒ옵소서쳡은본딕용열흔아녀자로셩현이도를뷔우지못ᄒ야
명ᄒᆡᆼ숙득이업ᄉ오나약간고서를보와신의를짐작ᄒᄂᆞ는바충신은
두임군을셤기지아니ᄒ고렬여난두지아비를셤기지아니흔딕ᄒ
엿시니쳡이비록고인의졀긔을효측지못ᄒ오나엇지두번몸을언
약ᄒ리요삼년젼즁당이서비로소부모의명으로피차면약홀시에
발

가잇든월식이지금도오히려변치아니할뿐아니라시부모상사에
만천리원정인고로분상은ᄒ지못ᄒ엿ᄉ오나삼연거상에소복은
벗지아니ᄒ얏싸오나아모리권문셰가에서위협강방ᄒ오나여ᄌ
의일편고심을엇지변역ᄒ오릿가사이도ᄎ에ᄆᆨ게무칙이라할일
업서잔명을ᄭᅳᆫ어이비의자치를싸로고져결심하얏ᄉ오니여ᄌ절
기를위하야싱명을칼날에붓침운ᄌ고로숭사오니온즉바라옵근
ᄃᆡ유유ᄒ세월이귀체를보중ᄒ시고후텬타일이나다시만나이세
상에미진ᄒ남은한을풀으볼까그만긋치나이다ᄒ엿드ᄅᆨ공직보
기를다ᄒ고문득양안의누수나림으로ᄭᅵ닷지못ᄒ다가인ᄒ야지
필을익그러회답ᄒ야계향을주어보ᄂᆡ드라소제공ᄌ의게편지를

보ᄂᆡ고비월ᄒ심회고집ᄒ야창연이눈물을 흘그니계향이드러와
답서를올이그날바다보니즁당이서멀이앙모ᄒ옵던화용을다시
비온듯심회반가온즁쏘한놀납고두려옴을이긔지못ᄒ엿나이다
아람다온인연이ᄭᅳᆫ어짐은윤싱이박명ᄒ죄악이심즁홈이요악ᄒ
언연니드라옴은인력으로가히면키어려운일이라이제랑ᄌ기옵
서비루ᄒ윤싱을위ᄒ야안금갓튼목숨을ᄭᅳᆫ코ᄒ시나우흐로부모
양위이신셰를싱각ᄒ시고다시김씨의후ᄉ를도라보와ᄒ쪼각불
근마음으로너그러히도리키여옥보왕신을천만보중ᄒ시면이세
승이남아잇난김흔ᄒ을후텬타

일익에서로만나우리부모삼년거상에고심으로집승ᄒ신ᄒ날갓
흔은혜를풀을ᄆᆫ즉갑스옵고세세승봉부부되야원을풀가바리나
이다할말숨만스오나붓을드러쇼회를임ᄒ니흉중이답답ᄒ야이
만굿치나이다ᄒ엿드라소제보기를다ᄒ지못ᄒ고스스로쏘다지
난눈물을잠지못ᄒ야수건으로얼골을가리우고침금이업드지며
소릭업시체입ᄒ다가수건으로목을ᄆᆯ여죽고저ᄒ난모양을게향
이가아라보고소져를붓들고만단으로위로위로ᄒ며쏘한체읍ᄒ
야왈만일아씨가죽으시면쇼비도쏘ᄒ죽을것이요지체를안보ᄒ
시고우리두리도망ᄒ야화를면흠이엇더ᄒ오리가소저답왈닉가
만일도망ᄒ면목숨은보존한다할지라도우리부모에게악인에화

가밋칠그시니아모리싱각ᄒ여도죽난우에난다른모칙이업다ᄒ
니게향은일시도소저의겻흘써나지아니ᄒ니죽고즉ᄒ야도능치
못ᄒ고셰월은점점흘너박병스의혼일이ᄒ로밤을격ᄒ엿드라그
세익윤공즉난진스의집을멀이힝코즉ᄒ다가다시싱각ᄒ니닉가
이근처에언신ᄒ얏다가박병스의혼인이ᄒ회를슬펴보리라ᄒ고
근처익두류ᄒ엿더라김소저난아모리싱각ᄒ여도계향을속이고
죽을틈을엇지못ᄒ야오날까지스라잇시나만일날이발그면할일
업시몸에욕이밋칠지라천만스렴ᄒ여도오날밤이난긔여히목숨
을쓴코야말이라ᄒ고계향을불너이르ᄂᆫ말이라오날까지닉목숨
을쓴키로결심ᄒ엿

더니다시싱각혼직빅발양친이느하나를사랑ᄒ수이지중지ᄒ시
그날절기만싱가ᄒ고늬목숨이죽어면우리부모에졍승이장ᄎ엇
드ᄒ리요도리혀큰불효의죄를면치못할그시니혼갓절기만위ᄒ
고엇지부모를겨바리리요이졔마음을임의다시졍ᄒ여죽을쯧을
파ᄒ얏스나명일은혼인이라한변가면잇쩌이다기이르기용이티
아니할지니너난나을위ᄒ야저동ᄉ넘어화영이모친을좀간다려
다줄진듸부탁할말도잇고쏘한화영이소식도듯고져ᄒ노라계향
이듯고십분은의심ᄒ나소져가평일이허언혼일이업섯난고로계
향이듸희ᄒ야좀간다여오기를고ᄒ고문얼열고나가드라슬흐다
소져난일싱의말혼마디를허언홈이업서시나사세급ᄒ니할일업
서거진말노계향으속이고급히이러나부모기시난방을향하야ᄉ
비하직ᄒ고셥셥옥수로수건을들고혼ᄯᅳᆺ흔말고지에잡으미고혼
ᄯᅳᆺ은옥ᄀᆺ흔목이미여느러저죽웃시니밤은적적ᄉ경이요인적은
고요혼듸후원별당깁흔방이목을미여죽으시니그부모도응당감
동홈이잇섯실듯ᄒ나종일홀에준비이분주ᄒ다ᄀ인하야쳣줌이
깁히드러실분아니라소져의긔쳐ᄒ난방과상거ᄀ초원ᄒ고평일
이소져이긔색을슬허보아도그다지근심ᄒ난모양이외면이낫타
나지아니ᄒ고쏘겸ᄒ야계향이잇시니무신염여ᄒ엿시리요그러
나숙여가인이명운은은ᄒ날이잇난지라엇지

텬도무심ᄒ엿시리요소져이실낫ᄀᆺ흔목숨이거의다자진할지경

이라ᄒ 날이소져이불슝한목숨을가련이역이ᄉ활인을맛치예비
ᄒ여둔둧갓치엇드한여지문을열고드러오다가소져이모양을보
고되경질식ᄒ야급피달여드러목미인수권을ᄉ러고코를쌜며슈
족을주무러니이윽ᄒ야회싱흔후그녀ᄌ를바라보드니얼마나반
가운지와락달나드러목을안고흘흘넛기며싱젼이다시만나니참
씀갓도다ᄒ고밋쳐말을못기젼이시비계향이쳔방지축드러와몬
져그여ᄌ이손얼줍고일변소져이기고흔다소비과연앗씨의말숨
을신종치못ᄒ엿ᄉ오니죄를용서ᄒ소서소비쳐엄은앗씨말삼을
밋ᄉ옵고힝ᄒ압다가맛춤동순이오러고져ᄒ드니문

P.35

둧가숨이놀나고마음이쓸이여아씨이계속은줄노씨닷고다시회
정ᄒ야급히도라왓ᄉ오니죄를용서ᄒ압소서흔되소져난되답치
아니하고그여ᄌ가소져이광경을이러니계향이낙누ᄒ면소져를
원망ᄒ고그녀ᄌ를치한ᄒ더라그녀ᄌ난별ᄉ람이아니라소져이
모친홍씨부인이김진ᄉ이씨출가할시이다리고온몸종금연이쌀
화영이라홍씨소져를잉퇴할씨이금연도또한수틱ᄒ여홍씨난ᄉ
월십오일이소져를싱슌하고금년은ᄉ월십율일에화영을나은난
되ᄒ로가틀인동갑일분아니라그얼골과자틱그동이며심지어음
성까지서로ᄎ착이업시갓튼고로진ᄉ늬위사랑ᄒ야일홈은춘영
이라ᄒ고화영이라하야친형제나진빈업시갓치공부

를시기며화영의모여를속양ᄒ야형우제공으로지ᄂ드니화영이
십오시의화순으로출가ᄒ엿드니화영도ᄯ한명운이긔험ᄒ야그
남편이이셰상이다시도라오지못한멸모면황천길을힝한지라화
영은청상이과부가되어추우춘풍과화조월석이눈물을ᄲ리고일
편고싱으로송죽갓탄절긔를직혀오던터이라이날밤이천만덧밧
기소저의침방이이러러소저를구원함은무ᄉ연고인고소저화영
이손을줍고그간지난일을위로도ᄒ고ᄌ긔당한소조를설화도ᄒ
니화영이듯고눈물을나리며왈소제가군을ᄉ별ᄒ고근근이지ᄂ
옵더니마춤본읍현령이나의소문을듯고잉첩을ᄉᆷ고ᄌᄒ야누ᄎ
ᄉ람을보ᄂ여달ᄂ옵기로거리칙지ᄒ야보ᄂ

엿드니현연이진노ᄒ고나를모함에너어관부의줍아다가관비의
일홈을박고수청들나ᄒ압기로거짓허락ᄒ고마음을눙친후의즉
시죽기로결심ᄒ온직싱전의형님을뵈옵지못ᄒ고죽어면죽어혼
빅이라도원혼이될지라즉시몸을도망ᄒ야이곳의이러러ᄉ오나
지금ᄉ셰를드란즉화가박두ᄒ엿시니형은지금으로남복을변착
ᄒ고즉시몸을피ᄒ야목숨을보존ᄒ엿다가윤공ᄌ를차ᄌ싱전의
ᄒᆫ을풀고원수를갑기ᄒ압소서소제난형이옷을밧구어입고여기
잇다가혼인을디힝ᄒ고목숨을ᄉᆫ혀후환을업기ᄒ오리다소저ᄯᅳᆺ
고가라디네말은기특ᄒ나만만불가ᄒ도다엇지형이죄에아우를
디힝ᄒ리요ᄒ고거절ᄒ난지라화영

이다시간왈나의형편얼싱각ᄒ소서지금형얼보고문밧기만나가
면더러운세ᄉᆼ의일시도머물지못ᄒ고고속절업시목숨을ᄯᅳᆯ을것
이니임이죽을목숨이라엇지형이죄를딘신ᄒ릿가ᄒ고죽기로써
권ᄒ난지라소저할일업서의ᄉᆼ을버서화영을주고전일에윤공ᄌᆞ
을위하야지여둔ᄉᆼ하남복을기ᄎᆞᆨᄒ고서로작별할시정처업시ᄯᅥ
나난춘영소저의마음은얼마나비ᄎᆞᆼᄒ얏시며소저를ᄒᆞᆫ변이별ᄒ
면싱전이다시보지못할화영의마음과소저도싱별ᄒ고화영도ᄉᆞ
별ᄒ게되난게향이마음이얼마나창망ᄒ엿시리요화영은게향어
로부터약속ᄒ고침금으로몸을호위ᄒ야누어잇시며밤ᄉᆞ이이몸
이불평흠을가칭ᄒ고얼골을더러늬

지아니ᄒ난지라진ᄉᆞ늬위난황망ᄒ야쌀이엽히안ᄌᆞ근심ᄒ얏시
나화영의얼골을보와도얼는아라보지못ᄒ려던ᄒ물며얼골을더
러늬지아니하니엇지아라보리요히가오정이되락마락ᄒ니박병
ᄉᆞ의힝ᄎᆞ더러오난딘위의를엄숙히ᄎᆞ리고권마성과말근풍유난
동부원이진동ᄒ드라김진ᄉᆞ집이ᄂᆞᆫ빅포ᄎᆞ일을둘너치고경화하
난빈ᄀᆡᆨ이구람모히듯한가운딘병ᄉᆞ난ᄉᆞ모관딘를차리고이셕의
이려려시난나신부난종시긔동치아니ᄒ고신음고통ᄒ난소릭쑨
이로다진ᄉᆞ늬위난민망ᄒ여쌀이방이드러와만단으로달늬근만
ᄂᆞᆫ화영의목안이음성으로겨우ᄒ난말이륙예라ᄒᄂᆞᆫ것이한낫례
절이지나지못ᄒ니적당ᄒᆞᆫᄉᆞ고잇서례졀을감당

P.40

치으니흔들무신큰허물이라ᄒ며쏘한오날시집감이쯧쯧한정도
가아니여든무신낫으로여려빈긱의가온듸례를힝하리요늬일리
란도족금츠도잇시면금피우지ᄒ라ᄒ옵소서진싯마지못ᄒ여병
스의기그뜻어로전흔듸병싯늬렴이난소저의절힝이송죽갓다ᄒ
기로과연근심업지아니ᄒ드니속히우귀홈을쳥흔다ᄒ그날십분
다힝ᄒ야형식어로젼안을필ᄒ고진스의인도홈을싸라소저방이
더러갈식진싯화영을헌들며신병을인ᄒ야례난폐ᄒ엿시ᄂ소텬
되ᄂ신랑이입방하엿시니즘시만몸을기동ᄒ엿다가다시누어라
간절이말슴ᄒ난지라화영이할일업서침금을두루고졔우몸을이
러안ᄌ고기를숙이고외면ᄒ엿난듸잠시도지팅ᄒ기어려운거동
갓더라병스난

P.41

화영을슬피보니비록단중은아니ᄒ고병중의잇시나화용월틱가
션연작약ᄒ야만단추수의일타부용이반기ᄒ야말근향늬를토ᄒ
며흘비를먹음언듯ᄒ고슘오양소의일륜명월이부운의가리여말
근광칙를감초난듯ᄒ야도화양협은춘식이무르ᄒ고팔ᄌ춘순은
열열흔기운을쎄엿더니진짓텬향ᄌ싴이라병스ᄂ덧든말보다오
히려지남을탄복ᄒ야늬렴의만심희ᄒ드니화영이다시침금을무
릅시고계향어로하야곰병든몸이라능히인스를츠리지못할쑨아
니라홀노편이병을치료함이안안흔뜻어로고하라하니병스난속
마음어로안모리병중이잇시나즘시도겻흘쎠날싱각이업시되다

만염치를싱각ᄒ고큰싱싞이나ᄂᆞ난듯이진ᄉ로ᄒ야곰외당어로
침실을정한이라그날밤을

P.42

그ᄃᆡ로지나고화영은몸이죽음나을얼말ᄒ이그닐ᄃᆡ우귀할식미
양화영은라삼으로얼골을가리우니진식ᄂᆡ위도ᄯᅩ한화영인줄을
몰나거든ᄒ물며초면무지병ᄉ야엇지아리요시비게향과한가지
로치힝ᄒ야ᄂᆡ더라슬푸다소져난규중이서곱기ᄌᆞ문박게락고난
나가보지못ᄒ엿시니엇지보힝어로원힝을하리요마난사세ᄯᅩ한
위급ᄒ니밉고찬마음이바리부럽터고다라가압흔줄도모러고밤
식도록십칠얼식벽달이한업시도망ᄒ다가ᄒᆞ곳에당도하야날이
발ᄼᆞ날ᄃᆡ로를바리고소로로힝하야지향업시발길나가난ᄃᆡ로마
음당기난ᄃᆡ로힝ᄒ야가기진도하거이와비가곱하촌보를옴기지
못ᄒ고반송정ᄌᆞ아릐줌시쉬여안ᄌᆞᄯᅳ니엇더한여인이ᄎ환하나
를다리

P.43

고지나가다가소저를보고ᄯᅩ한수여안년지라소저는그여인을ᄌᆞ
시히보니전일이보든방물장수여인이라소져난그여인을짐ᄌᆞᆨᄒ
얏시나그여인은남복흔소저를엇디아라보리오이노파난다른ᄉ
람이아니라짐부역발근처이ᄉ난황소ᄉ라일직가군얼여희고다
만흔ᄯᆞᆯ을의지ᄒ야지ᄂᆡ난ᄃᆡ그ᄯᆞᆯ이일홈은강ᄎᆞ심이라얻금이구
에얼골이절식이요ᄌᆞ질이민첩ᄒ야시서빅가를통달ᄒ엿난ᄃᆡ황

소ᄉ난일구월심에옥심과갓탄ᄉ회를구코ᄌᄒ야방물짐을하여
가지고가가호호방방곳곳이두로다이며순천동부원김진ᄉ쪅을
만히다니엿시나그소저난녀인이라도외인얼딕하기를질그아니
흠으로김소저이얼골을ᄌ서시알지못ᄒ엿이나소저난ᄆ양노파
를만이보왓드

P.44

라황소ᄉ소저를흔변봄이화려한용모와청수한틱도가보든바처
엄이라닉렴이싱각ᄒ되저르흔공ᄌ를엇어ᄉ외를정ᄒ엿시면여
한이업시리라싱각ᄒ고갓가이안ᄌ친근히문난말이라공ᄌ난어
딕기시며어딕로힝하나잇가소제남ᄌ에엄성을지어며나난팔ᄌ
기박ᄒ야일직부모를여희고조고여싱으로의지할딕업서ᄉ희팔
방에정처업시다이나이다로파딕렴이딕희하야점점갓가이안지
며다졍흔음셩으로딕답흔다말ᄉ얼드러니가긍ᄒ로소이다닉집
이이곳이서머지아니ᄒ오니수일유ᄒ야감이엇드하오잇까소저
난로파이딕답이이와갓치온화다정함을은근히감탄ᄒ고다시문
만말이라부인은무ᄉ일노어딕로가난길이온잇가로파답왈동부
원김진ᄉ익

P.45

쌀춘영소저혼일이금일이온딕소문이ᄒ도굉즁ᄒ기로구경코ᄌ
가난길이로소이다소지마암이혜아리되닉가화영이흔ᄉ결단ᄒ
고권고흠을마지아니ᄒ야도방은ᄒ엿시나ᄒ회를몰나궁금ᄒ더

니저로파가우리집혼인구경을간다ᄒ니닉가이제로파익집이서
류홀진딕우리집소식을더러리라이갓치싱각하고로파를치수하
고정처업난스람을이갓치말유ᄒ시니감수무궁ᄒ오이다로파난
발서서희락ᄒᆫ쯧어로아라듯고의면익히싴이낫하나며다리고간
는차환을불너안동ᄒ야보닉드라소저츳환을싸라로파익집익니
러니이곳은검부역말리슨밋친딕심회조용ᄒ고쏘한번화한긱실
이안이라다만큰방과건너방뿐이라츳환이건너방을소지ᄒ고

P.46
거처를정ᄒ요주엇더라소저난이와갓치조용ᄒᆫ곳은돈얼주고구
ᄒ려ᄒ여도심히어려운터이라십분다힝으로싱각ᄒ나소저익일
편심수난첩첩이근심이이러난다자기가남복을변측ᄒ고남ᄌ로
힝셰을하근마는눈치쌔른셰승익본싴이탈노될가염여흠과동서
남북익지향업난신시가어딕가서무신욕을당할난지이러ᄒᆫ근심
도적지아니ᄒ지마는이른근심은둘직가되고졔일크고큰근심걱
정은화영의일과ᄌ긔부모스셰라박병수가ᄒ마우리집을당도ᄒ
여실터이니화영익힝싴이요힝어로탈로되지아니ᄒ더라도화영
익꼿다운목숨을원통히싄을것시니엇지졀통치아니ᄒ며우리부
모난화영인줄짐즉ᄒ더라도원통히싱각ᄒ려든ᄒ물며닉몸이

P.47
화영으로더부려서로밧구어잇심을모러시난우리부모난분명히
닉가죽은줄로짐작할거시니우리부모난가슴을얼마나어이시고

마음언얼마나이통ᄒ실소그러나일이긔갓치될진ᄃᆡ오히려반힝
이지만은마일화영이힝식이드러나면불승ᄒ신우리부모난박병
ᄉᆡ이혹독ᄒ흔위염을당ᄒ실거신이우리부모난분명히보즌치못ᄒ
리로다슬히다화영은제가죽난것선죽음도과렴치아니ᄒ고ᄂᆡ몸
을ᄃᆡ신ᄒ야ᄉ지익당도ᄒ엿시니죽으도편히죽지못ᄒ고본식을
감추고저ᄒ면저마음이얼마나괴로와시며화영이모친인들오즉
불승ᄒ흔가세상이팔ᄌ가기박흔ᄉ람도업지아니할트이지마는ᄂᆡ
신세와갓튼ᄉ람은다시보지못ᄒ리

P.48

로다이갓치근심ᄒ흔난춘영은간간히놀나고간간히두리난모양은
만일뉘가젓히서볼지경이면이심할만치되엿도다춘영소저익지
금광영은정이차차변ᄒ야놀나고쓸니기난다른ᄉ정이아니라지
금은혹시화영익본식이탈노되엿난가지금은화영익목숨이쓴치
연난가이러한싱각을할씌익난가슴이덜컥덜컥놀나고전신이문
득쩔이님을씌닷지못ᄒ난쏘다그러ᄒ나그날치가지고인일이되
여도로파난아직도오지아니ᄒ고이ᄉ음일이되여도로파ᄂᆡ소식은
적막ᄒ니소저익마음은근심걱정가온ᄃᆡ더욱더욱근심과걱정은
깁혀가난도다춘영소저난이갓치일시일각이라도마음을놋치못
ᄒ고근심과걱정에쓰이여

P.49

잇나니얼골인들오즉초초ᄒ엿시리요마은그ᄅᆡ도옥갓탄화용월

틱난감초지못ᄒ엿든지어너여가이소저이고흔용모난발서거집안방아리목이침ᄌ질ᄒ고잇난웃든낭자이눈동ᄌ속이불변ᄉ식ᄉ진으로녁녁히박히여잇다그랑ᄌ난별ᄉ람이아니라주인노파이ᄱ딸운심이라연광은당금십팔시요얼골이텬하졀식이라십오셰이부친을여히고모친을위로하며지나엿시니처음듯난ᄉ람은아모것고비우지못ᄒ엿시리라싱각ᄒ지마난옥심랑직칠세부터부친의계학문을공부ᄒ야총명이문일지십ᄒ드니십셰젼이니칙과녈여젼소학등을통달ᄒ고십오셰이칠서를능히ᄒ엿난듸옥심랑ᄌ이아람다

P.50

온틱도와ᄭᆾ다온일홈은ᄌ연원건에랑ᄌ함을밋치아름다운즉약이잡풀속이감추어잇시나그향니난감추지못함과갓치소문이ᄎᄎ전파되야청혼ᄒ난ᄌ ᄭᅳᆫ치지아니ᄒ나그간은부친의ᄉᆷ연거ᄒ이잇셧을분아니라지금은희ᄉᆼ은ᄒ얏시나랑ᄌ의마음은다만그모친을싱각하야츌가할ᄯᆺ은ᄭᅮᆷ에도싱각지안이ᄒ고근마은그모친은방방곡곡으로두로다니며옥심과갓탄ᄲᅢ ᄯᆰ구ᄒ든터이라모친은김진ᄉ집혼인을구경ᄎ로써난후이ᄎ환이도로와서젼후말을이러고엇더흔공ᄌ를인도ᄒ야건너방이유하기ᄒ난지라처음은별노의심치아니ᄒ얏드니ᄎᄎ싱각흔즉갓튼여ᄌ도아니요이팔공ᄌ를다려다가둠이무ᄉᆷ ᄯᆺ인고이리싱각저리싱각ᄒ다가공ᄌ츌

립ᄒ난씨를엇어추파를열어공ᄌ을줌간보왓난듸랑ᄌ난칠셰이
후로타인남ᄌ의얼골은본적도업지만은유명ᄒ여ᄌ라도그ᄌ티
거동은가히밋치지못하리로다이와갓치탄복ᄒ얏심의그얼골은
ᄌ연눈의셔써나지아니ᄒ고마음까지신신ᄒ기되엿도다이러한
싱각을만일타인을알고보면옥심랑ᄌ를비루한비평이잇실넌지
도아지못할지나다만옥심랑ᄌ도공ᄌ를ᄉ모홈이풍정이서나오
난마음이아니라시사로싱각ᄒ기를저공ᄌ저와갓치화려ᄒ니문
ᄌ지질은응당유여ᄒ러이다ᄎ한이전하난말을듯건듸부모와정
쳐가십시ᄉ희로두로다인다ᄒ엿시니닉가만일평싱듸ᄉ를저공
ᄌ의기의탁할진듸닉집의서

평싱을동거ᄒ냐우리모친을모실거시니혼처난가장맛당ᄒ도다
그러나ᄉ람의명운은아지못할지라저러ᄒ풍치로엇지조실부모
ᄒ고무의무탁ᄒ야로로방황이되엿시며닉집의이럼이쳔정불시
가안인가이려ᄒ싱각어로이리저리싱각이 쳡쳡ᄒ엿도다이것설
싱각ᄒ야볼진듸황소ᄉ집두방안의각각잇난절듸가인춘영옥심
두소저난쳡쳡수심이심중의가득ᄒ건마난춘영의는심도남을씨
ᄒ야말할수없고옥심의근심도쏘한누구럴듸ᄒ야설화ᄒ리요이
러무로춘영소졔이집의온지발서ᄉ일이라춘영소저우연문을열
고후원을힝ᄒ다가옥심랑지홍도화한가지를썩거손의들고지나
가난굿설보니진지텬향국식이

P.53

라즈기변복홈은싱각지아니ᄒ고두어거럼을나아가다가옥심낭
즈와서로눈이마조침이옥심은수괴ᄒ여고기를쉬기거날춘영이
그지야즈기힝식을싱각ᄒ고뒤허로믈너나며싱각ᄒ다저러혼숙
여가인이엇지이집이인난고그녀즈난나를남즈로알고수괴ᄒ난
곳설보니일변우습도다그녀즈의즈티거동이유한정정ᄒ고은화
안순ᄒ니만일늬가본쇠을드러늬야여즈로서파할진되응당반겨
ᄒ야서로친구가되리로다그러나늬가지금남복을변측홈만아니
라울홈이안이라윤공즈를ᄎ즈복중의한을풀고원수를갑고즈함
이어날엇지본쇠을더러늬야이곳에오릭유ᄒ리요이갓치싱각ᄒ
드니

P.54

문득방문이열이고차한이더러오더니일봉서를더리며고ᄒ난말
이라이글은우리되중소저지은비라우리되소저난일저이문쩌럼
학십ᄒ엿ᄉ오나미양시를지음미놉혼선싱의평판을엇지못홈을
평일이흔탄ᄒ압든바라금일도춘흥을싸라일수시를지엿엇기로
소비가소저를속히고가저왓ᄉ오니오즉공즈난고명ᄒ신문중어
로혼변평판을익기지말어소서이와갓치고ᄒ난말은춘영소저난
고지든난지도아지못ᄒ거니와ᄉ실상시비가옥심낭즈를속이고
가저옴이안이오옥심낭즈의일평싱되ᄉ를공즈의게의탁코즈ᄒ
난쯧어로글얼지여ᄎ한으로ᄒ여곰보늬엿시나춤아남즈의게글
을보늬난곳언여즈의썻썻흔힝실이아임으로

P.55

추환을거와갓치씩임이러라거러나춘영은주인인낭즈를보고갓
흔여즈라도말흔마듸호여보지못호고함정이토호난일이섭섭호
고익달나호든츳익맛춤랑즈익글이라호며올이거날엇지반가지
안이호리요긔탁호여보니호엿시되원유난풍정록이요장화난우
후긔라원군근응익하스이수향양직호소서호엿드라소저보기를
다호지못호여우심빗치잠간양협익빗치이며차환을향호야필법
이정묘홈과문즁이탁월홈을칭춘호난또다춘영소저익가슴익쓰
여인난근심은이흔칼노넝히씬치못할그시요밍열흔불로도넝히
스로지못할거시어날장소저익글을보고엇지즐거익우심빗철찌
엇든고직긔본식

P.56

을아라보지못호고남즈로싱각호아일평듸스를도리혀늬기의탁
코즈호엿난가이르한싱각을할쩍익는자기가슴속익근심이변호
야웃난을골을지엿도다처음익는옥심낭즈의심상흔시부일줄알
고그수단을한변보고자호난마음으로차한이주난글을반가히보
왓더이지금은거글쓰졀짐즉하미근심가온듸근심을더호엿시니
차소위설상가사이아닐가그러나늬가퇴각흔직주인소저가락심
홈은물논이요어직붓그러호며만일혀락흔직그듸익조처할도리
가엇지군심되지아이하리요늬가지금거짓흐락을호고몸을옴겨
다른곳을향하야종적을감추울진듸나난이저바리이다호

려이와저소저야엇지이절이요닉가지금윤공주를위하야고싱흔
긋과갓치저소저도쏘한나를의하야오월비상익함원하난눈물을
쑤일그시니차역난피역난이로다이와갓치근심ᄒ다가무엇을황
연히씨다름과갓치금시익묘한계칙을연구하엿더라닉가지금허
락ᄒ야후긔를졍흔후익아무조록윤공주를ᄎ자저소저와가연을
밋기ᄒ미상칙이라즉졍하고그즉시걸을ᄎ운ᄒ야차한을주어보
닉이라이쎅익쟝랑ᄌ난빅이사지ᄒ다가부득이글을지어보닉고
괴송함을익이지못ᄒ더니차한이드러와회보를젼한지라반겨기
탁ᄒ니하엿시되화류가시상조ᄒ야함춘구비@

에일치지라하야@@쟝낭지보기를다하고공주익소단이고명흠
을탄복ᄒ며허락ᄒ난쯧으로후긔를졍ᄒ야시니엇지반갑지아니
ᄒ리요그공주를잠관보왓시나풍졍만탐ᄒ야무신할사람이아니
라그러나모친이오시면이말을고하고언약을굿게ᄒ리로다이갓
치싱각ᄒ드니오일만익황소ᄉ난동부원으로좃차오더니몬저춘
영소저거처하난방으로드러오며쎈이손을두고이갓치녀졋ᄒ오
니무례흠을용셔ᄒ소셔ᄒ고다시그간젹막흠을위로ᄒ고김진사
집혼인역ᄉ를뭇기도젼익몬저이약이흔다셰승익불승ᄒ고춤혹
흔즁익갸륵흔일은오십평싱익처음보왓

나이다김진스틱소저난로신도간혹보왓스온ㅂ진실노요조슉여
라도그소저를밋지못ㅎ게싹이업시현슉ㅎ든터이옵드이다그말
을드럴쩐에난춘영소저이고기난점점숙으러지고로파를바로보
지못ㅎ난쏘라로파난춘영소저의힝동은유심히보지아니ㅎ고입
일이침잉업시이약이ㅎ다그런듸그틱소저십육세되야실쩍이로싱
윤스간의아들과정혼하야난듸그후로윤공즈난연첩부모숭을당
ㅎ야혼인이즈연너젓난듸전라병스씌옵서협권위세ㅎ야그로인
을강제로류정ㅎ듸그소저난속죽갓튼절기를직히고듸레석이로
나오지아니ㅎ더니익일이치힝하여보늬여난듸그소저난흔연

이교즈를타고중노이가다가빙설갓탄마음으로윤공즈를위ㅎ야
결항ㅎ여교즈속이서죽으난듸박병스난윤가를위하야죽언신치
가늬기무스관기잇시리요ㅎ고교즈속이시치를너혀그시로도라
보늬엿써이다소저난이말얼치듯지못ㅎ야더운눈물이압헐가라
난거설억지치못하고늑끼여소릭읍시쳬읍ㅎ며가라듸그소저이
신시가참가궁ㅎ나이다남이일이말만듯고도이갓치마음이비창
ㅎ그든ㅎ물며목도ㅎ여본스람은오직비충하엿시며그부모되난
김진스늬외난더고나얼막콤이통ㅎ하얏시릿가로파난이약이럴
다맛치지못ㅎ고소저의우난그설보고칭츤한다공즈난다정ㅎ남
즈로소이다남이일이엇

P.61

지면저와갓치슬허ᄒ시릿가공ᄌ서이러던바와갓치거부모김진
ᄉᆡ외난죽은ᄯᆞᆯ릐신체를붓들고실셩통곡ᄒ시며구경ᄒ난ᄉ람
이모다낙누ᄒ야난듸교ᄌ속의그소져혈서가잇섯난듸그혈서인
젹부모양외이씨부탁ᄒ난썻으로다만만고열여윤경열지쳐김춘
영시구라영졍의써달나난부탁인고로그부모난죽은달의부탁듸
로거와갓치영졍의시고삼일즁얼지늬여난듸묘하기도비를셰워
열여춘영지묘라ᄒ여난듸허다한ᄉ람이모다동졍을포하야실혀
눈물을ᄲᅮ리드이다소제로파이일쟝셜화를듯고화영이불승ᄒᆞᆫ형
ᄉᆞᆼ은눈으로보난닷부모의이통은귀로듯난듯아모리춤소자하야
도춤지못ᄒ고진진히늣기며쳬읍ᄒᆞᆷ을마지아니ᄒ엿시

P.62

나로파난ᄌ긔눈으로김진ᄉ의ᄯᆞᆯ신체를보와실분아니라분명히
장ᄉ까지지닌것셜보와시니넛기기난고ᄉᄒ고듸셩통곡을하드
라도엇지소져의본심을의심ᄒ리요다만위로ᄒ고치ᄉ할분이드
라쟝랑ᄌ난그모친을보고공ᄌ와서로글을늬왕ᄒ든말을이러니
로파도쏘한유의하야다러온말을셜화ᄒ며소져방의건너와히식
이만안ᄒ며소져의손을 잡고분분히치하한다하날이공ᄌ를인도
하야오날이에이러러ᄉ오며겸하야금수문쟝으로후약을졍하야
시니여식의빅연듸사와로신의말연신체난모다공ᄌ의게달여인
난이다ᄒ고극진이공듸하난지라소져난헌열이혀락하야감ᄉ한
ᄯᅳᆺ어로ᄉ리ᄒ며명연춘간의혼인을이루어기로

P.63

작정하고아모쪼록몸을쌔처다른곳으로향코자하드니일일은맛
참여싱하나히노파이집이이르럿난듸용모청신하고거지안상한
지라소졔여싱을향하야문왈존사난어느졀이잇나잇가여싱이합
장비례하고고듸답하되쳔싱은동복유마사이잇삽나이다소제다
힝이싱각하여싱의기간청하난말이라사즁이죠용한방하나를빌
이여쥬선시면이사람이미진한공부를맛치고자하나이다손사난
한변싱각하야보소서이와갓치간졀이청구하난도다여싱과노파
난임이젼면만잇슬쓴안이라미우친졀한사이라소저의말을일너
노파도간권하며자기사외라이르이노싱이노파의말을드러머소
저를살펴

P.64

보니진짓남즁호걸이나힝동이유슌하고언어유법함을짐작하고
갈아듸우리졀은다만여싱쑌이라남자가유하기피차불편할쯧하
오나공자아직어리시고쏘한쥬인의사외라한이웃지괄시하리요
하고부득이허락ㅎ이소졔여간서칙을쥰비ㅎ야가지고노싱을짜
라갈싀로파난아무조록즈긔사외가평안이유숙ㅎ도록노승의이
부탁ㅎ며은즈를후이주어보낼싀로파와소저쎠나난졍도섭섭하
다하지만은비록셩례젼이라도쟝랑즈난언건히멀이바라보며연
연흔마음을칭양치못ㅎ드라소저와노승은황소스의집을더나숨
일만에유마스를당도ㅎ야후원별당을슈쇠ㅎ고공부를시즉ㅎ니
모든여승들도모다황소

수이서량으로짐즉ᄒ야시니소저이본색은의심아이ᄒ난도다쇼
져난유마수이온후로난변화치아니ᄒ야드옥안심하야시나윤공
ᄌ와셔로만날기한은졍ᄒ날이업고ᄯ한졍한곳업난지라젹막ᄒ
공손즁이숑풍라월과운손여슈로벗을슴아무졍ᄒ광음을훌훌이
시름업시보닉드라화셜윤공ᄌ난김진수이집을써나근쳐이두루
ᄒ며하회를기다리드니대례를순셩치못하얏다난말을듯고닉렴
이싱각하되소져만일고집ᄒ면그부모ᄋ기히가밋칠지라이갓치
근심ᄒ드니익일이우귀를순죵ᄒ다ᄒ야십분다힝이싱각ᄒ엿더
니그미구이소져즁노이셔결항치수하고혈셔로유언하얏다ᄒ난
말을듯고치업한탄함을을지아니ᄒ

며여러구경ᄒ난수람이틈이셔즁수함얼멀이바라보고시수로써
르지난눈물을금치못ᄒ드라밤을타셔소져이무덤얼차자원혼을
위로ᄒ고다시 싱각ᄒ니분심이팅즁ᄒ야그길노바로병영얼득달
ᄒ야듸칼이병수를쥭이며소져이원슈를갑고저ᄒ나츠소위독불
즁군이요강약이부동일분아니라고등관작인이수수혐의와일기
인이원슈로엇지국가즁임을슬히ᄒ야나라이죄인이되리요맛당
히혼을만드러나라이상소ᄒ야쇼져이신원을ᄒ야보리라즉졍ᄒ
고그길노바로경셩어로향ᄒ드라슐푸다츈영소져난남북변측ᄒ
든그날부터 일홈을 변ᄒ야김만슈라ᄒ고아모조록남ᄌ이틱도
와남ᄌ이엄셩을자여늬건마는그요조ᄒ식틱가엿시업시리요그

러나ᄒᆞᆼ낭주

의모여난분명히남ᄌᆞ로만알고종종ᄒᆞ인을울유마ᄉᆞ이보나여지
필묵과이복절ᄎᆞ를극진이공겁ᄒᆞ난그시혈혈단신소자이고싱만
위로될분아이ᄅᆞ남ᄌᆞ괴난징거가츙분ᄒᆞ야누가감히녀ᄌᆞ로의심
할ᄉᆞ람이업기되엿시니엇지천힝이라아니ᄒᆞ리요그러나소저이
공부하난별당안이ᄒᆞ로숩ᄉᆞ츠식은의례히다여가난ᄉᆞ람이잇섯
난듸그ᄉᆞ람은별ᄉᆞ름이아니ᄅᆞ유마ᄉᆞ유마암이양법ᄉᆞ라ᄒᆞ난여
승이로듸저이양법ᄉᆞ난소저이힝싴이슈숭ᄒᆞ야이갓치ᄃᆞ이며비
밀히동정을슬펴봄인가소저외로온회포를알고위로코ᄌᆞ홈인가
미양소저이방을드그올적마다소저를유심히슬펴봄을소저난적
지안이근심을ᄒᆞ여기로만일양법ᄉᆞ난드르오면더욱남ᄌᆞ이

틱도를강죽ᄒᆞ난도다양법ᄉᆞ이왕늬ᄒᆞ며유심히슬펴보난연고난
소저를여ᄌᆞ로의심ᄒᆞᆫ바도아니요소저이회포를위로할싱각도아
이요법ᄉᆞ난본늬그림을즐그리난일등화공으로서절이잇실듸난
양법ᄉᆞ라ᄒᆞ고속가이나아가면모다일어기를양손슈라칭ᄒᆞ더이
소저동별당이이른후로난하로도ᄉᆞ오ᄎᆞ례싴은의례히가서소저
이얼골과틱도를유심히보와다가그림으로족ᄌᆞ이그리난듸슌전
ᄒᆞᆫ남ᄌᆞ로그리지아니ᄒᆞ고녀ᄌᆞ로변측ᄒᆞ야그려늬그화숭을볼진
듸양법ᄉᆞ난츈영이본싴을아난모양이라할쯧하지마난양법ᄉᆞ가

츈영의근본을알고남ᄌ로그리지아니ᄒ고녀ᄌ를그린듯ᄒ지마
넌ᄉ실이그럿치아닌흔연고가잇난도다그연고난다련연고안

이라츈영소저가ᄒ야곰빅연흔얼씌닷치고화영으로하야곰원귀
를되기ᄒ면윤공ᄌ로하야곰원한얼품게ᄒ고김진ᄉᄂᆡ외로ᄒ야
곰싱젼ᄉ후의깁흔원슈를믜처쩌든박병ᄉᄉᆞ의소청이라박병ᄉ로
말ᄒ야도츈영소저가동북유마ᄉᆞ의잇심얼알고양볍ᄉ로하야곰
그화승을그려오라함이아니로다박병ᄉ난양볍사의그림즐거리
난슈단을놉히듯고양볍ᄉ를쳥ᄒ야슈복어로현이인난지본을ᄂᆡ
혀쥬며이지본가온ᄃᆡ미인도화승ᄒ나를긔려오라쳔향국싁으로
긔절ᄎ모흔틱도잇실진ᄃᆡ쳔금으로갑히리라ᄒ고위션치단을만
히쥬어보ᄂᆡ여난ᄃᆡ양ᄉᆞ긔유마암이도라와고급화보와승속인물
을만히렬람ᄒ며고심연구시불철

쥬야ᄒ나가히박병ᄉ의마음이힙쪽흔지료를구ᄒ지못ᄒ야슈심
으로지ᄂᆡ드이맛참츈영소저를흔변보니아리싸운용광과슈력흔
틱도가남여간보든바쳐엄이라양볍시싱각ᄒ되져공ᄌ를모방ᄒ
야녀ᄌ미인도로변화할진ᄃᆡ가히현하절싁이될지라고믜양동별
당을왕ᄂᆡᄒ며소저를위로도ᄒ고칭츈도ᄒ야아모조록친근히츌
립ᄒ난동안의츈영소저의교틱화용은발서양ᄉᆞ슈죡ᄌᆞ가온ᄃᆡ옴
겨노와도다양ᄉᆞ슈난미인도를그려벽승의걸고보니비록ᄌᆞ긔슈

단으로그러노와시나홍군취삼이빅옥픠를츳고계슈나무를의지
ᄒ야ᄒ손이난반도를가라쥐고천연히섯난거동은록슈부용이말
건향니

P.71
를토ᄒᆫ듯츄천명월이셤운을힛칫듯단순을열고향기러운말을일
을듯연보를옴기여향기러온바람을헛칠듯춘영소저와ᄒᆫ곳이거
러둘진디엇든미인이ᄉ람이며엇든미인이화ᄉᆼ인지분별치못할
만치되여시니만일그미인도를츈영소저가볼진디 ᄌ기본식을양
볍ᄉ가아난가두러운ᄉᆼ각도업지아니할거시요만일그미인도를
김진싀외가볼진디ᄌ긔쌀이환ᄉᆼ한듯반겨할거시요만일거미
인도를박병ᄉ가볼진디김진ᄉ쌀이지금도ᄉ라난가의심도할그
시요만일그미인도를황소ᄉ가볼진디ᄌ긔ᄉ외가둘인쥴로의심
도ᄒ기ᄅ만일그미인도를윤공

P.72
ᄌ가볼진디춘당이서면약ᄒ든ᄌ긔이빅연ᄀ우를다시만난듯즐
겨할거시요만일그미인도장랑ᄌ가볼진지명연으로후약을두고
문즁을화답ᄒ든ᄌ긔남편될공ᄌ를다시본듯슈괴홈을마지아니
ᄒ리로다그러나이미인도난여려ᄉ람이소망을응하야모다화영
을밧고모다위로를밧고모다귀이를바들거시어날혀다ᄒᆫᄉ람가
온디제일원망ᄒ난박병ᄉ에게로가기되여시니만일이박병ᄉ가
만일미인도를보고츈영인쥴을몰나보면다힝ᄒ지만은화영을디

강보고비록죽어업서저시나지금도아람드운틱도를잇지못하야
제욕심을치와보지못함을흔탄ᄒ고잇난박병사마암이의심을품
고

P.73

그림도모러고잇난춘영소저난불칙흔화를당하기되엿도다양볍
ᄉ난미인도를금보이ᄊ서힝중의간슈ᄒ고유마ᄉ를더나바로병
영으로힝코ᄌᄒ다ᄀ다시싱각ᄒ니슌천송강ᄉ반야암이ᄌ긔ᄉ
님월강듸ᄉ를ᄎᄌ보고ᄌ긔슈단을흔변ᄌ랑홀ᄎ로슌천으로힝
ᄒ더라쓸퍼드춘영소저난빅발양친을리별ᄒ고혈혈단신으로유
마ᄉ깁흔절예무정한광음을속절업시보닉며곳픤안줌과달발근
밤이술픠우난두견소릭예혼은거의ᄉ라지고의난거이싯츤되복
즁의깁흔한은싱전의부모를다시보지못ᄒ고윤공ᄌ의거취난망
연ᄒ야쎼예삭인원통훔과절치부심흔마음으로천신만고를격거
오기난모다박

P.74

병ᄉ로말믜암아이갓치되야시니어너썬이박병ᄉ를원망치아니
ᄒ야시며어너날박병ᄉ를분긔치아니ᄒ엿시리요오월이승으로
ᄉ시즁천원망ᄒ야오난박병ᄉ의기춘영소져의화승이이르러더
러운손어로춘영소저의화승얼만지기되면비록말못ᄒ난미인도
모골이송연ᄒ고슈각이전율ᄒ야연화갓흔입을버리고되호일셩
이원민질ᄒ리로다그러나양볍ᄉ난춘영소저와방병ᄉᄉ잉에엇

더흔원흔이잇난쥴얼엇지싱각ㅎ여시며츈영소저도양법ᄉ가이
와갓치ᄌ긔화ᄉ을그리여가지고박병ᄉ의게로간쥴을엇지듯ㅎ
얏시리요양법ᄉ가미인도를가지고바로병영으로갓시면

P.75

ㅎ마거이당도하여시련마넌츈영소저의ᄉ정을짐즉흔것갓치길
얼얼만큼도라가며순헌을힝ㅎ여도다양법ᄉᄂ미인도를가지고
반야암을전신할ᄉ이하날이인도함이든지ᄌ긔ᄆ암이감동흠이든
지동부원이쌀을일코쥬야즁천울고인난김진ᄉ집얼당도하얏드
ᄅ김진사ᄂᆡ외난금옥갓치ᄉ랑ㅎ든무남독여쌀얼일코시시쩍쩍
로쌀의무뎜을향ㅎ야손어로싸흘힛치며츈영아부르고여광여최
ㅎ나너동은목석이라도함누할만ㅎ도다시월은유파갓치쌀흘이
른지발서육속이오쩍난오죽구추상풍이라쩔압히국화쩔기난말
근향ᄂᆡ를토하고담아릐ᄆᆡ화가지난꼿봉오리

P.76

가움죽이난굿얼김진ᄉ너ᆡ외난유심이보고문득거쌀춘영소저를
싱각ㅎ야슘연이눈물을헐이며ᄂᆡ외서로한탄ㅎ난말이라슬허다
지각업난초목도쩍를일치아니ㅎ고낫낫치넷가지와녜쌱리익넷
얼골을낫타ᄂᆡ난듸우리쌀춘영이난호성도유다러고신의도잇근
마는황천이가난길은몃말이몃철인가ㅎ변가고아니오니부모ᄉ
정싱각ㅎ면쑴이라도오련마는형용이망연ㅎ니가련코슬혀도다
이갓치탄식ᄒᆞᆯ듸엇더흔노승이두손으로합즁ㅎ며나무아미타블

소싱문안드림이다ᄒᆞ고혀리을구푸리며공순이져를ᄒᆞᆫ다김진ᄉᆞ
ᄂᆡ외난노승을보니과이상업지아니할ᄲᅮᆫ안이라본ᄃᆡ수심이만흔
사람은여승을보면의례히반겨ᄒᆞ야무신ᄌᆞ미잇난이약이나드를
가ᄒᆞ고조아ᄒᆞ

P.77

난법이라진ᄉᆞᄂᆡ외난노승을쳥ᄒᆞ야자리에인도ᄒᆞ니양법사드러
가다시졀ᄒᆞ고힝장을엽혜노흐며ᄒᆞ로밤유숙ᄒᆞ기을쳥ᄒᆞᆫ지라
진ᄉᆞᄂᆡ외난노승이만일가고져ᄒᆞ야도말유할마암이잇난터인ᄃᆡ
더구나슈가기를ᄌᆞ창ᄒᆞ니엇지허락지아니ᄒᆞ리요홍씨부인왈보
슬은어ᄃᆡ기시며어ᄃᆡ로가난길린잇가젼나도풍족에양반인부인
은여승을보면이례히하ᄃᆡ를ᄒᆞ굿마는홍씨난원ᄂᆡ겸손ᄒᆞᆫ마음이
셧부할ᄲᅮᆫ안이라불가불드옥존숭ᄒᆞᆫ성질이잇서로승을이와갓
치공ᄃᆡ흠이러라양법ᄉᆡ고두ᄒᆞ며답왈쳔싱은동북유마ᄉᆞ의잇습
고서명은양법ᄉᆞ라ᄒᆞ옵든니소승이약간화법을아난고로시속이
시속이이르기를양ᄉᆞᆫ수라ᄒᆞ압고지금ᄀᆞ난길은박병ᄉᆞ를ᄎᆞᄌᆞᄀᆞ
난길이로소이다김진ᄉᆞᄂᆡ외난로승을보고반겨ᄒᆞ

P.78

기난ᄌᆞ기서룬정도을말ᄒᆞ고로승이지미잇난이약이드러ᄒᆞ로밥
슈회를이실가홈이러니일ᄉᆞᆼ원망ᄒᆞ난박병ᄉᆞ를ᄎᆞ자간다ᄒᆞ니졸
지익얼골이변ᄒᆞ야지며방병ᄉᆞ를원망ᄒᆞ난마암이즉발ᄒᆞ야처음
보난로승까지미운싱각이것즙을ᄉᆡ업시일시도보기ᄀᆞ슬큰마는

III. 〈미인도〉 원문　**155**

무신일노박병ᄉ이영문을ᄎᄌ가난가알고십흔마암도업지안ᄒ
야다시문난말이라박병ᄉ이기난무슨겁흔일이잇서로릭익슈고
를싱각지아이ᄒ고가노며병영을가라ᄒ면바보살ᄀ시지엇시길
을도라슌천으로오난잇가양법ᄉ딕왈박병ᄉ가미인도화승을날
을부탁ᄒ옵기로이지야그려ᄀ난길이오나즁강ᄉ반야암은소승
이선싱

P.79

월광딕ᄉ가잇습기로잠시보고갈가ᄒ야가난길이로소이다김진
ᄉ난월닉거림을조와ᄒ난성벽이라한변보기를쳥ᄒ야더라양슌
슈난김진ᄉ가쳥ᄒ지아이홀지라도한변귀경을식히여ᄌ늬슈단
을자랑할마음인딕진ᄉ가보기를간쳥ᄒ니엇지마다ᄒ리요양슌
슈가즉시힝즁을쓰러고미인도를늬여노왓드라김진ᄉ와홍씨부
인은미인도를보드니처음은눈이둥거릭지다가와락달여드러미
인도를쎠라안고춘영야한변울부러드니성음을이루지못ᄒ고딕
성통곡ᄒ난도다양슌슈난어너영문인지도모리고눈이쏘한둥거
릭지드니갓치달여드러화승을잡아당기며여봅시요남익족ᄌ익
눈

P.80

물이쎠러지면즁보라도허ᄉ가될터이니어서이리즙시요아모리
ᄉ정을흔들진ᄉ와홍씨난양슌슈익말은드럿난지못더럿난지도
모지딕답지아니ᄒ고춘영아춘영아우리츈영이가엇지여긔잇난

야이갓치통곡ᄒ며양법ᄉ를ᄭ짓난말이라여보ᄃᆡᄉ난우리와무
슴원슈가젓기에우리츈영이ᄀ방병ᄉ로인ᄒ야불슝히쥭은난ᄃᆡ
우리ᄯᅡᆯ화슝을그려다가박병ᄉ를주고저ᄒ난잇가천검이라도천
곰이라도ᄂᆡ가슬것이요만금이라도ᄂᆡ가슬거시니나ᄂᆞᆫ우리츈영
을다시ᄃᆡᄉ이기쥴싱각은업난ᄃᆡ엇지박병ᄉ에게ᄭᅡ지보ᄂᆡ리요
ᄒ고김진ᄉᄂᆡ외가서로화상을안고낫도ᄃᆡ여보며통곡ᄒ난모양

P.81

은아모속을모르난양법ᄉ라도ᄎᆞᆷ아보지못할ᄂᆡ라양법ᄉ난어디
가업서간간절이이결ᄒ다여봅시요말이나좀ᄌᆞ서히ᄒ시고츈영
이라난곡졀을가라치즙시요진ᄉᄂᆡ외난겨우울럼을진정하엿시
나우럼반말반으로ᄌᆞ긔달츈영을사랑ᄒ고귀이ᄒ엿든말과윤공
ᄌᆞ와정혼ᄒ얏든말이며박병ᄉ이위협강박으로륵혹ᄒ엿다가쥼
로이서쥭은말을ᄃᆡ강설화ᄒ여미인도화슝이자기ᄯᅡᆯ츈영과일호
ᄎᆞ격이업심을이르고갑을후이쥴것이니팔고가기를청ᄒ난지라
양ᄉ슈난진ᄉ이말을더러이정곡이심히불슝ᄒ고사셰그러할듯
ᄒ나족ᄌᆞ그리난지본이보통으로씨난지본이라든

P.82

지그러치아니ᄒ면갑실치드라도슬슈인난지본갓트면미인도를
다시그려박병ᄉ를속히고무ᄉ타쳡이되면마는그미인도를그린
지본은은혈노슈복이라삭삭인그신ᄃᆡ흔즁을졀반이나노와좌편
은병ᄉ가주고우편을쥬며이르난말이미인도ᄒ나를기졀ᄎᆞ자ᄒ

기그려올진듸그슈달을시험호여좌편폭이천호호걸남즈를그리거시싸호엿시니만일이곳서팔고갈진듸박병스이계잇난좌편지본도무용이요쏘혼무엇이랴듸답할말업시니팔자호야도팔지못할거시어나김진스의거동을보니용히이미인도를닝여놀가십호지아니한이이일를즁츠엇지하면조헐가

P.83

그러나이승시러온일도만토다늬가미인도를글일듸이고금화보를모방혼ㅂ도아니요늬이의근으로자작혼바도아니라우리절이서공부호난황소사이스외를보고그리연난듸그공즈가엇지김진스늬외의말을드르니즈기쌀은아쥬쥭웃다하그이와늬싱각갓히서난츈영소저가쥭지아니호고남복을변측호고종적을언휘홈힌가그도그럿치아니한곡절이잇도다여즈갓허면엇지황소스외가되엿시리요그러고지금김진스늬외의그동을볼진듸자기쌀이쥭기ㄱ분명혼듸그공즈이용모자질이츈영소저와협스하고김진

P.84

스의스질인가그공자이성명을덧근듸김만슈라하여시니즈세회ㄴ무러보리라싱각호고김진스이늬외의게은근히문난말이라츈영소저난임의쥭어업서젓시니하일업거이와다런즈질이몃치이나리난잇가김진사왈우리쌀츈영은무남독여이라다런즈식이엇지잇시리요양슨슈난다시싱각호야본다세승이흡스혼스람이아쥬어다고만은할슈난업지마는지금김진스늬외이거동과말을더

를진딘적학히일호츤착이업난모양이로구나거러나미인도를춧
지못ᄒ고그저가면박병ᄉᆡᄋᆡ게무엇시라딘답을할고이갓치근심
ᄒ다가

익결복결ᄒ며천ᄉᆞ만언으로ᄉᆞ정을ᄒ극마는김진사늬외이난미
이도를점점깁히간슈ᄒ고천검을늬여쥬난지라양ᄉᆞ슈할일업서
족자갑얼밧든후익잇튼날조발ᄒ야본야암을향하다가다시싱각
ᄒ니미인도가업섯시니선싱을춧진들무엇ᄒ리요박병ᄉᆡᄋᆡ기도
라가이일을무ᄉᆞ타첩ᄒ난긋시제일겁선무로다ᄒ고박병ᄉᆡᄋᆡ게
딘답할말을이리저리싱각ᄒ며여러날만익병영을당도하야박병
ᄉᆡᄋᆡ게문안하엿더라박병ᄉᆞ난양ᄉᆞ슈를보고미인도를가저온쥴
로아랏지반겨영접ᄒ그날양ᄉᆞ슈병ᄉᆞ가뭇기

전익미리발명부터시즉ᄒ다소승이미인도를그려가지고오난길
익도적을맛나힝장을모다견실ᄒ옵고하마싱명도위틱할변ᄒ엿
사온딘요힝어로몸을ᄉᆞ라왓ᄉᆞ오니지본을드시ᄒ송하시면한달
전익미인도를다시거러밧치리라병ᄉᆞ가처엄은그려히역이더이
이억히싱각ᄒ다가무신이심이잇난더시ᄒ구히말이업고양ᄉᆞ슈
를노려보더니눈익서불이쑥쑥더를만치부릅더고호령을츄ᄒᆞᆼ갓
치ᄒ다그딘익말이분명히허언이로다저르ᄒ여승이무신지물을
가지고다이싸고도적이침히하리요분명히다른ᄉᆞ람이기즁가를

밧고파라시리로다거러치아니ᄒᆞ면

P.87

분명히무신곡절이잇난그시니바른말을하면이언니와만일일향
속할진ᄃᆡ그ᄃᆡ이리롭지못한일이잇시리라양ᄉᆞ슈난거짓말노ᄶᅮ
며ᄃᆡ다가병ᄉᆞ이거동을보니ᄌᆞ긔ᄒᆞ고온흥ᄉᆡᆨ을아난것갓치못나
니서술이예일향그ᄃᆡ로ᄃᆡ답은ᄒᆞ엿시나ᄌᆞ긔양심으로소소나오
ᄂᆞ두러옴이발ᄉᆡᆼᄒᆞ야어럼어럼ᄒᆞ난ᄃᆡ답이점점분명ᄒᆞ지못하야
지난도다박병ᄉᆞ난발서눈치를아라보고하닌으로하야곰형구를
ᄎᆞ리난묘양이민우위험ᄒᆞ더라양ᄉᆞ슈난ᄉᆡᆼ각ᄒᆞ니만일ᄂᆡ가일향
기망ᄒᆞ다ᄀᆞ난필경악형얼당할지라엇지미리직고함이다힝할비
아이리요ᄒᆞ고

P.88

미인도ᄂᆡ력을ᄌᆞ시ᄒᆞ난ᄃᆡ아모ᄶᅩ록사죄를엇고ᄌᆞ함으로그러ᄒᆞ
엿던지병ᄉᆞ가뭇지도아니한말까지저저히ᄉᆡᆼ각ᄒᆞ야당초이공ᄌᆞ
를보고미인도로변화하든말이며ᄌᆞ긔선ᄉᆡᆼ을ᄎᆞᄌᆞ가난길이동부
원김진ᄉᆞ집을더러가서당하든전휴소조를일일이고빅ᄒᆞ엿더라
박병ᄉᆞ난양ᄉᆞ슈의말을더러며눈쌀을찝푸리고고기를기우리며
한춤을연구ᄒᆞ야보드니쥬먹을더러서안을치며간흉ᄒᆞᆫ김진ᄉᆞ난
저의ᄌᆞ식을노와보ᄂᆡ고다른ᄉᆞ람어로혼인을ᄃᆡ힝케하엿다가그
녀식이변복ᄒᆞ야유마ᄉᆞ이셔은피ᄒᆞ난모양인ᄃᆡ양ᄉᆞ슈이미인도
를보고ᄂᆡ게뵈일진ᄃᆡ제이쌀종적이드러날가영여홈인이

P.89

그런간흉한인물이어딕잇시리요ᄒ고텰동갓턴호령이츄ᄉ갓치
나린다도집ᄉ와수교부르라ᄒ마딕가쑥쎠러저노으니좌우익서
긴딕답이연속부절ᄒ더니일시익당딕하얏드라병ᄉ난얼골을이
푸러락불거락ᄒ며노발이상승ᄒ야염밀히분부ᄒ다슈교너난장
교슈인을거나리고사령슈십명을영솔ᄒ야동복유마ᄉ휴원별당
익서공부ᄒ난ᄉ람을남여를물논ᄒ고결박하야차림ᄒ고병방너
난장교슈인과군로십여인을이영솔ᄒ고슌천동부원김진ᄉ닉외
를결박ᄒ고미인도를안동ᄒ야족불이지잡아오딕만일나리더딕
그나그러치아니ᄒ면죄인을온포ᄒ엿다난

P.90

너희등언물고처츔할것이니각별거ᄒ라이갓치분부ᄒ니슈교병
방이분부듯고벌쎄갓흔사령을영솔ᄒ야양처로갈여가며쥬야비
도ᄒ난도다잇딕에츈영소저난이러ᄒ연고를도모지모르고유마
ᄉ뒤방속익서밤이깁도록왕ᄉ를싱각ᄒ고전정을연구ᄒ다가슴
경휴익야비로소잠간줌이드럿더니비몽ᄉ몽간익로성윤ᄉ관이
드러와헌드러씌우며오날밤익이절익서딕변이날쎠시니급히몸
을도망ᄒ야동편으로가면ᄌ연구할사람이잇시리라ᄒ거날소저
듯고딕경하야다시뭇고저ᄒ더니말근달서리츤바람익울고갈위
기력이소릭익놀닉씌다러니즁당익뵈옵든윤ᄉ

간의얼골이눈이암암하고간절이하시든음성이쏘한귀이그저잇
난지라급히문을열고동ㅅ이올어니발서ㅅ문에악인이이름을본
직시도망ᄒ야관엄봉지쟝암바외아릭이러러긔진ᄒ여누엇잇던
터이라이억ᄒ다다시정신을진정ᄒ고압길을싱각ᄒ니동서남북
이어듸를가리요쟝낭ᄌ의집얼가ᄌᄒ니나이소종늬를칙극하야
발서악인이이러럿설거시요ㅅ박걸나갈진ᄃ아모리남복은ᄒ여
시나엇지염너업시리오그러나이일이윈일인ᄀ박병ㅅ가나이종
적을알고줍어려훔인가다런ㅅ람이나이본싁을알고겁욕코ᄌ함
인가만일시부모님이몽교가아니더면중차엇

지될변ᄒ엿나아모커나시부모님이몽교가분명하시니동방으로
힝하라ᄒ니ㅅ으로좃ᄎ동방으로전진ᄒ더라긔갈이심한사람이
죠흔음식을보면더욱갈징이나난법이라김진ㅅ늬외난그쌀춘영
을못보와한탄ᄒ다가쌀이화ㅎ을볼이싱각이드욱간졀ᄒ야두늬
외비둘키갓치마주안ᄌ눈물이듯쎠이밋쪄니할지음이시비계향
이드러오며소져이화본을보고화상을안고소자츌을무러며방성
통곡함이진ㅅ늬외이서못지아니하며계향은늬렴이짐쪽이잇서
우리앗씨가분명히유마ㅅ로갓기에양ㅅ슈가보고거러넘이라그
러나남복은엇다두고이와갓치ᄎ복을

ᄒ 엿난가이갓치싱각이심즁의교집ᄒ고진ᄉ니외난서로말하되
이거시무슨일이요양슌수가젼알이우리츈영얼ᄌ서히보와실가
요셜혹이보왓다할지라도이갓치ᄎ측이업시엇지거러여시며보
지아이ᄒ고무심이귀린화승이야엇지이와갓치텬연ᄒ리요양슌
슈난아마도도승이라우리가딸을일코눈물노지니난쥴을미리알
고귀려다쥼인가이ᄀᆺ튼말노서로돌이여가며뭇거이잠즐쥬도모
르고밤몍을쥴도모르고일희일비로지니더니ᄒ로난밤이슴경이
라김진ᄉ니외와계향이며화영의모친까지모여안ᄌ미인도를벽
승의글고이리졀이말할지염이동즁의기짓난소리요

란ᄒ고동학이짓쓸터니이윽하야디문ᄯᅡ다리난소릭병역이나린
듯ᄒ더니수다ᄒ ᄉ람이불문곡젹ᄒ고니당으로돌입ᄒ거날진ᄉ
ᄂ 외난도젹이더러오난가ᄒ고수각이황망하야두서를ᄎ리지못
ᄒ고망지소조ᄒ더니여러ᄉ람이안방문열고진ᄉ니외를결박
ᄒ며미인도화승을안동ᄒ야풍우갓치모라가난지라실허다김진
ᄉ니외난빅슈풍진의쌀을일코ᄌ진하야지니드니쳔만몽믹이이
지경을당하엿시니엇지아니한심할가오륙일만의강진병영의당
도하엿더라김진ᄉ니외를문간의며무르고관ᄎ가더러가드니긔
무ᄒ의긴디답소릭가연히들니고여러ᄉ

령이달여드러불숭흔김진수를며줍거니등밀거니족불이지ᄒ야
구정썰너런마당에휘둘너스러다가게하이업드린다잇ᄯᅦ의박병
수난져의부모를죽인원슈나지은드시장지문얼열치더니동헌이
쓸쓸울이도록츄숭갓치호령흔다너난소외된인명식으로막중병
마절도수를속이여네쌀을유인ᄒ야다른ᄃ로로보내고다른연을된
신ᄒ야흉게를부려양반이우수를식히고완연이안즈슬기를바랏
더야사실을이실직고ᄒ면이어니와만일일향긔망ᄒ면당중의물
고를할거시니바른ᄃ로아뢰라병수의입이서이와갓탄말이둑써
러지니청계의형이

집수와청영급충이며좌우익너러선난슴빅명나졸드리일시의청
영하야아뢰여라하난소릭션하당이진동흔다김진수늬외난이러
흔광경은평싱의처엄일분아니라천만부당흔 말노이갓치공괄ᄒ
니분심이팅충ᄒ고어안이벙벙ᄒ야이윽히말이업다가간신히입
얼여러말한마딕를된답ᄒ난딕아모리병마절도수의좌권이라도
두려운싱각과어려운마음은추호도업고박병수얼골를된ᄒ니자
긔쌀원통이죽은일이드욱분하야당중의죽인딕도눈도감즉아니
할싱각이라엇지된답이온공ᄒ리요여보당신은우리와무슴 원수
가젓기의금옥갓탄우리쌀을원통이죽

P.98

계ᄒ고오히러부족ᄒ야자식일코널근뭄을이다지위협ᄒ야싱트
집이웬일이오이제ᄂᆞ게ᄒ난말은나난진정모로오니죽이거든죽
이고슬이거든살니고마암ᄃᆡ로ᄒ여보오박병ᄉ가이말을듯더니
쥬먹으로서안을치며장교가압영ᄒ야온미인도를진ᄉ압히쓴지
면다시호령한다네ᄌ식이쥭웃시면이화승은뉘를보고그럿실까
ᄒ인을호령ᄒ야형구를ᄎ리며당즁이쥭일쯧이좌불안싴하난ᄎ
이유마ᄉ이갓던증ᄎ현신ᄒ며말을ᄒ다소인등이유마ᄉ를가온
바후원동별당이서칙제구를별여노코ᄉ람은간ᄃᆡ업습기로ᄉ방
으로슈싴ᄒ되종적이망연ᄒ와녀쏭싸려무러니

P.99

짐부역말에황소ᄉ이라ᄒ옵기로그리쏫ᄎ황소ᄉ를줍아ᄃᆡ령ᄒ
여나니다ᄒ고반빅로파을쓸아릭꿀여놋난지라방병ᄉ난김진ᄉ
이형별을즁지ᄒ고황소ᄉ를ᄭᅮ지저왈유마ᄉ이공부하난소위네
ᄉ외라하난아히난분명여ᄌ가변복하미아니며김진ᄉ이부탁으
로다려다둠이아니야자초지종을직고ᄒ면이언이와그럿치아니
ᄒ면쥭고남지못ᄒ리라이갓치분부하니황소ᄉ난영문이줍혀올
ᄶᅥ즁차이말을듯고ᄌ긔ᄉ외가무신큰죄나지연난가의심하엿드
니천만쩟밧기여ᄌ로변복흠을질문하난지라황소ᄉ졍신을ᄎ리
어김진ᄉ집이혼인구경가난길이로

P.100

즁의서공주를만나다려다가주긔쌀과졍혼한말이며유마수로공부ᄒ려보닌말을ᄎ례로고하난지라박병수듯고딕분ᄒ야직시김진수닉외와황소수를쥬리로국문하나엇지다른말이잇시리요다만이만북북갈고어서쥭여달나난말쑨이드라병수난오히려분을이기지못ᄒ야크고큰젼칼을슘인을시이고엄슈후로다시장ᄎ를보닉여황소수쌀옥심낭ᄌ를즙히엿더라화셜츈영소져난지즁암의서동편얼바라보며한업시ᄀ다가문득ᄒ곳이당도ᄒ니이곳은학구졍이라미양변화ᄒ곳을당ᄒ면디로를바리고소로로힝ᄒ야시나학구

P.101

졍은본닉유명ᄒ도방일분아이라두로로틱손이즁하고압히난암록진으로흘너가난물이잇서다른길노난갈곳지업난지라할일업서학구졍동즁으로지나오며힝쇡은틱연하나마엄은조민ᄒ드니귀썰이즘시들니난말이이슝ᄒ드라여러즙유빈ᄀ모와안ᄌ춘영소져를보고공논하난말이라거공ᄌ난즐도슘겨엿다붓즙바노코셩명이나무러볼가한ᄉ람이쏘답ᄒ다거럼거리와눈민싱긴것시남ᄌ갓지아니하니아모커든ᄒ번시흠할리라ᄒ고츈영소져를부러며ᄉ람수십인니뒤를좃ᄎ오난지라춘영소져난하날의서빈락이나린듯남복을변착ᄒ

166 미인도

P.102

고긔지에난지발서칠팔식이되엿시되쳔힝으로단변도봉욕홈이
업더니이지난움치고쎨수도업고수각이황망ᄒ야방비할말을싱
각ᄒ다ᄀ얼픗마음이싱각ᄒ기를올치이곳언광양싸히라윤공ᄌ
의외조부졍부ᄉ가계신곳이라아모커나긔듸을빙ᄌᄒ면졍부ᄉ
난ᄉ부쎡이라저의가엇지침측ᄒ리요ᄒ고바로서실잇기듸답ᄒ
다무신일노급히가난ᄉ람을말유ᄒ나잇가그ᄉ람드리문왈너난
어듸슬며우ᄉᆷ일노어듸를그리급히가난다소저답왈이고을졍부
ᄉ영감이외손ᄌ요로셩윤ᄉ관이아달이드니급ᄒ편지가왓기로
지금졍부ᄉ쎡우리외가을가난길이로다ᄒ

P.103

니엇든ᄉ람은손을홰홰늬두러며고만노와보늬여라일젼이졍부
ᄉ가곡셩을가시드니하마오실쎠도되여간다ᄒ면말유ᄒ굿마는
엇든ᄉ람은너털우심을우시며이이졍부ᄉ의외손ᄌ면뉘가거리
무서워할ᄉ람이잇나야앗다그이졸도싱겻ᄃᄒ고와락달여드러
소저이셤셤옥수를덤셕쥐엿더라소저난발연변싴ᄒ며손을쌔리
치고준졀이꾸짓넌다아모리무지막지ᄒᆫ숭놈덜인들이갓치무례
ᄒᆫ가ᄒ며노기덩덩ᄒ나손을붓즙든ᄉ람은도리여썰썰우시며사
늬씨리손좀만지보기로무신큰허물될것인나아ᄆ도싴싴신가보
다엄셩도쳔싱여셩갓턴듸소저난이말을듯고가슴이덜컥늬려안
지며이갓치서실잇기

P.104

ㅎ든말솜시난금시이비거서양풍ㅎ고얼골이츳츳불거지며공손
흔말노ㅅ정을ㅎ니쪄놈들은발서수상히아라보고더욱더욱달여
더러흔팔식붓줍고엇던놈은등을미르학구정쥬점으로가드니문
득북편으로인마소릭분분하며정부ㅅ힝츳이러신다하니여르놈
이모다정신을이른것갓치틈틈히여지지고구경ㅎ든ㅅ람들도저
의기침측이나잇실가두러워뒤로점점물너저난지랴소저난잇딕
를당ㅎ야엇지거서잇시리요정부ㅅ지닉가난힝차엽희가업딕려
더라정부ㅅ난비록시골양반이나벼슬도만히ㅎ고형세도유여ㅎ
야정부사이말이라면뉘가감히거역할죽업실쑨안이라당시자

P.105

긔아달이곡성현감으로잇난고로정부ㅅ의일분부이황복지아니
할이업난터이라맛츰곡성얼갓다도라오난길익학구정을당도하
니혀다한ㅅ람드리엇더흔공ㅈ를츅지박지ㅎ난모양을정부ㅅ난
멸이바라보고마음이이승ㅎ여흔변무러볼죽정인딕소저가몬저
압희업딕리니정부ㅅ가갓가히안치고자서히문난다너난어딕슬
며엇지ㅎ야여러ㅅ람이기골란얼당하야나요소저왈자서흔말솜
은딕익도라가서ㅈ서히상달ㅎ릿ㅅ오나지금소동은회피부득이
온즉소동을구원ㅎ와갓치가기ㅎ여쥬시기를바라나이다흔딕정
부ㅅ이이승히싱각ㅎ야급히말흔필구ㅎ여소저를틱우고본딕으로
도

라왓더라츈영소저난거의외티흔욕을천힝으로피ᄒ고정부ᄉ틱을당도하여난틱정부ᄉ난소저를여ᄌ로난싱각지못흔빅라외당어로인도ᄒ거날소저난싱각ᄒ니이곳은곳나이시틱외가로다본식을엇지속이리요ᄒ고바로닉정으로드러가니정부ᄉ난십분괴히역엿시나정부ᄉ이아달닉외난곡성이부임ᄒ고다만두널근닉외쑨인고로별노허물될것이업다싱각ᄒ여더니소저난서심지아니ᄒ고닉당이더러가복지통곡ᄒ며이몸은과연남ᄌ가아니오이다슌천동부원김진ᄉ의무남독여오며노성윤ᄉ간이ᄌ부로소이다ᄒ고ᄌ긔본식과자긔당하든소조를저저히고하며옥갓튼얼골이눈물이헐너옷깃

에점점쩌러지난도다정부ᄉ닉외일경일희하야소저이손을줍고ᄌ기외손자나다시맛난듯ᄌ긔쌀과ᄌ긔ᄉ외를싱각ᄒ야빅수이눈물를쏀리며소저이고싱한거슬싱각ᄒ고박병ᄉ이불법힝위를무수통탄ᄒ시더니겹히남복을벗기고여복을가라입힌후이소저를만단으로위로하야머물기ᄒ고갈아틱너이종적이텬로되면너이부모말연이박병ᄉ의독희를다시볼거시니아즉슴가종적을감초와은신할진틱나난이길노동부원을츠ᄌ가서너이부모이게암통하리라너이부모난화영이죽음을모르고지금까지네가죽어업서진줄노싱각하시리니그근노오즉슬허하여짓나냐ᄒ시고직시인마를ᄌ촉ᄒ야동부원을쩌나가더니오릭지

(이 쪽은 필사자 2의 글씨로, 109쪽과 착장되었음)

병영으로당할난지라츈영은통곡ㅎ며날갓흔불호여가어딕가씃잇시리요ㅈ식의덕으로부모가영화를보시기난고스ㅎ고ㅈ식으로ㅎ야곰악독흔형벌을당ㅎ시며비명긱사을ㅎ시게되야스니세숭에나난스라무엇ㅎ오릿가나도이제영문으로가셔부모와흔가지로죽어부모의혼빅을싸라갈까ㅎ나이다ㅎ고기절통곡ㅎ난모양은스롬이야엇지차마보리요부인이소저를안위하여아직안심ㅎ라미구의무스히박면하스서로딕멸ㅎ리로다이갓치위로ㅎ며정부스회환ㅎ기을기다리난소져와부인은시시각각으로마음이송구ㅎ며오날은엇던악형을당ㅎ시며오날은사형을당ㅎ시난가이러흔싱각으로쥬야즁텬울고잇난소져의졍곡은졍부스의부인도간즁이모다녹아업셔진덧ㅎ난도다쩍난오죽모춘스월이라스산방초난곤곤히푸러러파란광식을쒸어잇고만가양유난젹젹이느러저번울긕기을지엇난딕호졈은편편ㅎ야화간에춤을추고두건은쳐ㅎ야공스에

아니ㅎ야즉시도라와서이러난말에츈영가슴은찌여지난덧혼빅이헛터지난듯소릭업시진진히넉씨여울긔만하다가츈영소져난겨우진졍ㅎ며어서말슴이나ㅈ서히일너줍시요우리부모가도라가시기되엿시면이몸은스라무엇하오릿가졍부스난소저를달닉며서서히ㅈ세흔말을다시이러난도다너의집을가서보니너희부

모난어듸로가시고다만비복만잇서통곡ᄒ기로ᄌ히무러니미인
도라ᄒ난족ᄌ로ᄒ야곰너이부모난박병ᄉ의기즙혀여가서무수
ᄒ악형을당ᄒ시고미구이ᄉ형을당ᄒ신다ᄒ니나난이길노발병
영을당도ᄒ야너이부모를구원할거시니그동안안심할지어다ᄒ
고부인의게소저를단속하야밋기고ᄉ인교의몸을붓쳐

P.110
실피울제순천부동부원건너편송님속이만고열여춘영지모라싹
엿넌비석아릐엇더ᄒ절문소연이의포도남누ᄒ고힝싈이수승한
듸ᄉ소반일빅쥬의례업통곡ᄒ고잇난쳥연남ᄌ난뉘가보는지걸
인이아니면남민집찬법신세만히지운과긱이라할이로다이소연
언별ᄉ람이아니라이즉고인ᄒ야황쳔긱되야잇난윤사간의무민
독신귀동ᄌ요병영옥즁이서명즤경각ᄒ야잇난김진ᄉ의서량이
요졍부ᄉ집뒤방이서의원쳬쳠으로탄식ᄒ난츈영소저의빅연가
우윤경열이로다혈혈무이ᄒ경열은김진ᄉ집을써난후로난응당
힝싈이초최ᄒ고의포가남누ᄒ윤공ᄌ난김진ᄉ집을써난후로박
병ᄉ의혼인결과순성치못ᄒ야소졔

P.111
가원통히죽음얼보고바로북향ᄒ야경셩이당도하야난듸그ᄯᅥ난
맛츔영종듸왕즉위초라인직를구코ᄌᄒ ᄉ별과를보니실시윤공
ᄌ도ᄯ또한걸을올니쩌니다힝이츔방ᄒ야할님에로제수되엿더라
궐하에ᄉ언ᄒ고할임원이도라와갈셩튼덕으로임군을섬긴이젼

하스랑ᄒᆞ야민양윤할님을입시ᄒᆞ야사국스를의론ᄒᆞ시고성치를
말슴하실ᄉᆡ할임이박병스ᄋᆡ불법힝정을통분히싱각ᄒᆞ야복디쥬
왈고셕ᄋᆡ제왕이ᄂᆞ라다사리난도를명스ᄋᆡ기부러신닉빙스갈아
스되어진정스를널이베푸시되빅셩을스랑ᄒᆞ시멀먼저하라ᄒᆞ시
고쏘가아딕민유방본이라ᄒᆞ신고로ᄌᆞ고로명군성왕이빅셩을져
ᄌᆞ갓치스랑ᄒᆞ섯스오며메

P.112
하ᄉᆡᆸ서도빅셩을지극히스량ᄒᆞ시니치국지도가이익서지남이
업스오나제일유감되온바난각도각업이방빅슈령이셩의를봉힝
치아니ᄒᆞ고스스로권리만람용하야빅셩의직산을침어ᄒᆞ고불승
ᄒᆞᆫ창싱을더욱되기ᄒᆞ야빅셩술히ᄒᆞ기를초기갓치역이오니서로
원망ᄒᆞ난소리가럴연ᄒᆞ여긋치지아니ᄒᆞᆸ고참담ᄒᆞᆫ광경은가히
형언할슈업스오니셩은이엇지민간익보급ᄒᆞ오며빅셩이엇지싱
활ᄒᆞ오릿가징ᄒᆞᆫ긋방빅슈령익학정이요불승ᄒᆞᆫ긋도탄에든빅
셩이라국가에급선무난오즉됴정익강명적직ᄒᆞᆫ사람으로방빅슈
령을틱출ᄒᆞ야불상ᄒᆞᆫ충싱을건지시면나라익

P.113
공고ᄒᆞ야승하익원망이업실진딕셩딕틱평을일울까ᄒᆞ난이다ᄒᆞ
고위선 박병스ᄋᆡ불법힝위를저저히승주ᄒᆞ엿더라전ᄒᆞ드러시고
이억히싱각ᄒᆞ시다가황연이기다르시고됴정익각명병직ᄒᆞ야명
망이잇난ᄌᆞ를갈히여팔도익암행을어스를틱출할닉전날난박병

스이불법힝위를통분히싱각ᄒ스윤할님으로절나어스를제수하
시며봉서를늬여주시니어싀스언ᄒ고마픠와슈의를밧은후이편
하끠하직숙비ᄒ고궐문밧긔나와봉서를써여보니절나병스난봉
고파직후이임의로처단ᄒ라하시엿더라어스직시서리즁방청비
역쫄을지휘하야전나도로발힝할식남듸문밧늬

P.114
달아동작강얼넌건너수원와서숙소ᄒ고쎅전거리요기후이진위
역말가라타고칠원평틱얼넌지나쳔안식술막숙소ᄒ고텬안슴거
리얼넌지나정의역말가라ᄐ고광정궁원얼핏지나공주금강얼넌
것너산성드러숙소ᄒ고로성을당도ᄒ니이곳언어스의고틱이라
선슌이소분하고부모양위묘하이통곡직비한연후의다시길을직
촉하야논산강령을당도하이이곳서전나도초읍이지쳑이요쏘ᄒ
길이두가지라함열임믜김제만경으로ᄀ면박병스잇난곳언컨길
이요여스젼쥬님실남원으로가면김진스쎅을가난탄탄듸로라분
ᄒ고겁흔마음으로ᄒ면바로병영을츌도ᄒ고

P.115
박병스를봉고파직후이김진스이흔을풀고김소저이원수를 갑헐
마음이불연듯ᄒ근마넌그간이김진스가귀이ᄒ든쌀을일코이통
ᄒ야지늬난가마음이조급ᄒ야서리역쫄을단속ᄒ야약속을정ᄒ
후이다각히분발ᄒ야병영으로보늬고어사ᄂ모양을번즉ᄒ야걸
인의모양으로촌촌젼진하야관장이치불치와만민이션악질고를

녁녁히염문ᄒ며여러날만의슘슌을당도ᄒ오니이곳은슌쳔초입
이라쥬암장과쌍암즁을지닉고두평신졀을당도ᄒ니이곳이셔동
부원이지쳑이라고ᄉ를싱각ᄒ니슬흔심회ᄀ교집ᄒ야춘영소져
의무덤을ᄎᄌ가니만고열여춘영지묘라ᄉᄂ그시어지본듯완영ᄒ
다일편든

심썩은간즁구비구비ᄉᆞᆫ어진닷졈졈이나린눈물동풍의셰우되야
쓸쓸히안ᄌ치업다ᄀ졔물을장만ᄒ고졔문을지언휴의혼빅을위
로ᄒ니졔문의하엿시되유셰ᄎ긔히슴월십ᄉ일의박명ᄒ윤경열
은일빅쥬로춘영소져의혼빅을산ᄆᆼ히셔아람ᄃ온연분이일즁춘
몽이되여잇고게향편의보닉든일봉셔찰이영결종쳔이되단말가
ᄒ쏘각불근마음이졀긔를쫓침이여화려ᄒ옥안을다시보지못ᄒ
리로다박명ᄒ윤경열을위홈이여아람다온싱명얼칼날의붓치엿
도다영발ᄒ문즁으로혈셔를씸이여ᄎ싱ᄎ시의유한이면면ᄒ도
다녀ᄌ만으로곤곤히허른넌물이쥬야쉬지아니함이여유

(7행부터 필사자 2의 글씨임)
유ᄒ니ᄒ이져물과갓치가이업도다이목숨을한번바려소져의원
혼을싸루지못함이여지긔를저바리난박정낭을멸치못ᄒ리로다
쳥ᄉᆫ부초의빅골만ᄌ탄홈이여두결실흔소릭가시시로호상ᄒ난
도다화류동풍의구진비를ᄲᅦ림이여양인의실푼원한을동군이감

응하야난도다오열ᄒᆞᆫ음셩으로수ᄒᆡᆼ졔문을듣긔미여홍즁이답답
ᄒᆞ야진졍을모다이루지못ᄒᆞ노라인ᄒᆞ야졔문을마치고슬피안ᄌᆞ
낙누ᄒᆞ다가박병ᄉᆞ의악ᄒᆡᆼ이통분ᄒᆞᆫ마음을것잡지못ᄒᆞ야급히소
져의무덤을이별ᄒᆞ고동부원김진ᄉᆞ딕을당도ᄒᆞ니집안이공혀ᄒᆞ
고다만시비등만가스을살피거날어ᄉᆞ딕경ᄒᆞ야시비을불너연고
를무르니이인도로인ᄒᆞ야진ᄉᆞ늬외목숨이경각에잇다ᄒᆞ며시비
등이어ᄉᆞ을붓들고소져을싱각ᄒᆞ야딕셩통곡ᄒᆞ며진ᄉᆞ늬외에젼
후소포당ᄒᆞᆫ일

P.118
(필사자 1로 돌아옴)
을일일히이러난지라어ᄉᆞ난분긔츙쳔ᄒᆞ고마음이시급ᄒᆞ야조흔
말을구하야타고규야비도ᄒᆞ야병영을당도하여난딕슘문밧긔ᄉᆞ
람이결진ᄒᆞ야겹히더러셧난지라구경군싸려무른직뒤ᅵ션ᄉᆞ람
은무신일인지도모르며구경ᄒᆞ난딕어ᄉᆞ난구경쑨틈얼힛치고보
니엇더흔쳥춘여ᄌᆞ를장ᄒᆞᅵ쑬이고문초ᄒᆞ난딕그여ᄌᆞ넌비록죄
인어로잇스나안싴이틱연ᄒᆞ고언어졍졍ᄒᆞ며인물이턴하졀싴이
요문장이탁월함은언어숭이더러나난도다어사난ᄌᆞ긔일이총급
ᄒᆞ야어너ᄒᆞ가이다란ᄉᆞ람이일을슬필여가업시나박병ᄉᆞ의학졍
을싱각ᄒᆞ니져여ᄌᆞ도필경춘영소져와갓치억원이나아닌가ᄒᆞ고
의심ᄒᆞ엿난딕박병ᄉᆞ이분부ᄒᆞ난말을드러니소위네남편이라ᄒᆞ
는ᄉᆞ람이

P.119

(없음. 영인 과정의 실수로, 내용은 120쪽에서 이어짐)

P.120

군이춘영소저라가정ᄒ올진딘소녀아모리무식ᄒ오나여ᄌ로엇
지가장을정ᄒ온이가잇ᄉ오며녀ᄌ춘영이가엇지소녀로실닉를
정할릿까춘영소저의죽언일언어ᄉ도기서만목도할뿐아니라그
시의남여빈긱이목도ᄒ흔바이며소녀의모친도목도ᄒ흔바로소이다
ᄌ고로ᄉ람이ᄒ흔변죽어면다시슬지못ᄒ흔그선만고의정한이치가
아니오이까김진ᄉ닉외로말ᄉᆷᄒ오면쌀과갓턴화ᄉᆼ을보고반겨
ᄒ심도ᄉᆼᄉ요귀의ᄒ심이괴이치아니할거시어날싸를일코다죽
어가난김진ᄉ를무수악형으로ᄉ형을이론ᄒ흔다ᄒ오니오정ᄒ심
이엇지이갓치심ᄒ시난잇가미인도화ᄉᆼ이춘영소저와갓다할지
라도세ᄉᆼ의협ᄉᄒ흔ᄉ람이업다고단언할진

P.121

딘이난무험ㅇ식의지나지못ᄒ흔바로다잇ㅇ의공부ᄌ의딘성인도
얼골이양화와갓튼고로양화의익을공부ᄌ가입은일얼병ᄉ쏘난
아지못ᄒ나잇가셰ᄉᆼ의갓턴얼골이잇슴은ᄉᆼᄉ언이와죽언ᄉ람
이다시잇다ᄒ심은덧지못ᄒ흔바로이다셜영춘영소저가ᄉ라잇고
혼인을거역할지라도병ᄉ쏘난민지부모시라임ᄌ잇난혼인을위
협강박으로병ᄉ쏘욕심만치우고저ᄒ심이엇지올타ᄒ오릿가병
ᄉ라ᄒ난칙임이일기인의용망이절딘적잇지아니ᄒ고국가전톄

예잇스오며금일병스난즈긔욕망만치우고저하시나나라이서병
스를보닉시난본뜻이여긔굿치지안이ㅎ엿나니다나라이위란을
방어ㅎ고국민이치안을아니ㅎ면싱민을스랑ㅎ고싱민을건지

P.122
(전반 8행 정도가 필사자 2의 글씨임)
스어지신인군의거록ㅎ신뜻을빅셩에계젼ㅎ랴ㅎ시미요병스의
욕심만치우고스스로운일노빅셩을쥭이랴ㅎ심은졀딕젹안이올
시다츈영소저의혼인거역ㅎ난이리국가에무신관계잇스오며범
율에무신져촉이되얏난잇가일긔인의일에지닉지못할쑨안이라
만고에열졀을포숭함이올커날그부모을악형ㅎ야쥭긔예이르계
ㅎ오며소여모녀을악형ㅎ오니어데빅셩은누구을밋고스라나오
릿가우리셩군은빅셩을젹ㅇ갓치스랑ㅎ시거늘벙스난빅셩을스
갈갓치박멸ㅎ오니잔약흔빅셩은누구을밋고스오릿가셧셧흔신
의와명명흔의리을직히난츈영소저가무신죄가긔더지극중ㅎ오
잇가이제병스쏘계옵셔빅셩을스량치아니ㅎ미시고셩스를션으
로비풀지아니ㅎ시면이는곳이나라를속임이니긔국망숭은딕억
무도라흔말이두렵지아니ㅎ오며이제소녀가거짓말노주즉부언
할진딕김진스닉외가쥭난굿도불숭ㅎ지

P.123
만은소여이모친쥭스올겼시니빅친종타난극약ㅇ가엇지두렵지
안이ㅎ오릿가소녀가지금고ㅎ난말숨이병스쏘를위ㅎ고빅셩을

위ᄒ난충고이오니오월이서리가부리난원한을짓기마르시고죄업난빅셩을쇽히슬녀보니소서이와갓치폭포수가써러지듯일시도쇠지아니ᄒ고폭빅ᄒ난도다낫밧기구셩ᄒ든남여노소난모다혜를휘휘ᄂ도러며좌우의나졸들도정신업시간담이서널ᄒ고병ᄉ난아모말도디답지못ᄒ며즉시녕즁을청ᄒ야명일남즁디좌기ᄒ고김진ᄉ늬외와즁낭ᄌ모여를쥭일터니이그디로준비ᄒ라분부ᄒ고장낭ᄌ를옥의가두난지라이광경을보고잇던어ᄉ의마음이얼마나분하고얼마나원통하엿시리요장낭ᄌ의말얼듯고야비로소미인도곡졀을디강짐작ᄒ엿

P.124

시나분한마음으로ᄒ면바로출도를ᄒ고병ᄉ를봉고파직ᄒ야분얼풀고십허나명일이동졍을예지미잇기튤도를ᄒ리라ᄒ고셩외셩니로단이며슬퍼보니서리역졸은발서뎡디ᄒ야여게저게히여저잇시나눈치ᄲᅡ른서리역졸이엇지어ᄉ를몰나보리요어시황혼에즁방을눈주어죠용ᄒ곳이로다리고가서은건히분부릴ᄒ다녀힝등은멀이가지말고모다지휘하엿싸가명일이난일시이남즁디익등디ᄒ며눈치를보와가며거힝ᄒ라예그리ᄒ오이다어ᄉ난도라와긱관에유숙ᄒ고날이발그미모양을더욱굿기ᄒ고장디이나아가이잇씍익박병ᄉ난역적죄인이나쥭일드시좌긔초를츠리고남즁디에좌긔ᄒ야난디죵게이난이십사집ᄉ가드르서서군영칙

를손들고명금이ᄒᆡ되취타를부러며급충형이청영소릭슌악을진
동ᄒ고긔치층금은남중되너른쎠릭팔공슌초목갓치빈텀업시버
러시고빅명나졸뎡은주장곤장둘너집고젼후로너러섯다당상을
바라보니위풍잇난박병ᄉ난호피도듬안셕ᄒ여한가온되젼좌ᄒ
고좌편이난즁군이요우편이난영즁이라각방비즁옹외ᄒ고육방
관속시위ᄒ야위풍이넘넘ᄒ고호령은추ᄉᆞᆼ이라졀염흔슉졍픠를
좌우에버러시고빅모황월과롱졍봉긔난일월얼희롱ᄒ다방포일
셩이고각이진동터니죄수를줍아드러셜압히안처놋코각기다짐
바든후익ᄉ형되익올여안처검광을춤추이실흐다김진ᄉ난홍씨
를붓줍고가련흔옥심낭ᄌ난황소ᄉ를부여줍고졍신

은비월ᄒ며혼빅은상텬이라병ᄉ쏘분부ᄒ되종소리세변나그든
일시익쳐참ᄒ라이갓치분부흔다이쎡익어ᄉ쏘난인슌인희ᄒ난
구경쑨틈익서서김진ᄉ늬외와황소ᄉ모여를역여보고열쯰잇난
서리역죨은육모방망이를허리익ᄎ고여긔저긔거미줄을느러노
왓더라원건읍빅셩들셩외셩늬빅셩들은ᄉ람쥭이는구경이보기
조와모인바난아니지마는 김진ᄉ늬외와황소ᄉ모여인춤혹흔쥭
금이남익일갓지아니ᄒ야셔로면면이도라보며서로눈물을ᅇᆈ리
여인슌인희를이루원난되엇더흔빅발로인이구경ᄒ난ᄉ람을헛
치고숨이턱예닷게드러오며바로되ᄉᆞᆼ을향ᄒ며불ᄉᆞᆼ흔ᄉ람얼쥭
이지말나고소릭소릭지르넌다병ᄉ난좌우를호령ᄒ야뎡밀어쫏

츠닉이잇딕익

어스난의심이만복ᄒ야갓가이가서보니광양이게시난즈긔외조
부정부스이로다어스반가온마음으로ᄒ면압히나아가외조부를
모시고즈긔본싁을말ᄒ련마넌일이쏘한경각이잇난지라몸을피
하야동정을슬피더니딕ᅙ이도집스의군영치가흔변을번쯧ᄒ니
방포일셩이들이드라구경ᄒ난스람이그총소릭를듯고깜쪽논릭
여소름이직직씻쳐거든김진스닉외와황소스모여익마음은즁츠
엇더ᄒ리요만은일이진두익다달을쑨아니라분한마음과원통흔
마음이복발ᄒ야무서운마음은ᄒ나도업고어서죽여주면말근혼
이둥둥써서옥황ᅙ제씌원졍ᄒ야ᄒ나임이능역으로원수를갑푸
시게ᄒ리라ᄒ난싱각쑨이라졍부스난주야비도ᄒ야오노라왓건
마는이

와갓치만도하야시니만일몃칠젼이도측ᄒ야병사에씌간청ᄒ더
릭도병스드럴이만무ᄒ러든ᄒ물며이지경이이러럿시니엇지졍
부사이말을신용ᄒ리요박병스난졍부스를바이모러넌바가아닌
언마는윤공즈의외조부인쥴을짐즉ᄒ난터이라더욱미운싱각이
발싱ᄒ야하인으로밀처쏘친바이라졍부스난총소릭나난것얼덧
고쏘다시달녀드러가며밋처말을못ᄒ고여광여최ᄒ난모양은다
죽어가난네스람도이ᅙ이싱각ᄒ엿지만언터다흔구경쑨도모다

그노인이힝동을유심이본다방병ㅅ난분얼닉여장교를호령ㅎ야
졍부ㅅ를결박ㅎ녀장ㅎ이꿀여노왓더라되승이서도집ㅅ이군영
치가쏘번쎳두루드니총소릭쏘한변덜여시니마음이약흔구

경쑨언도라서난ㅅ람도잇고혹흣터저가던사람도잇더라네ㅅ람
의실낫갓탄목숨은이와갓치박두ㅎ엿난되칼을춤추고검광은여
러ㅅ람이안광얼놀닉난도다이쩌어ㅅ난쏘한구경군가온되로좃
츠쒸여드러간다죽어가난김진ㅅ닉외이엽허로드러간다남중되
이모와잇난수만명ㅅ람도이심ㅎ엿지만은되승에서호령이추승
갓치쎠러지니겁난중교난어ㅅ이압흐로쏫초오난서실은모든구
경쑨싱각이난무죄흔ㅅ람이쏘하나죽난줄노모다싱각이드러모
다황망ㅎ든그쩍이라어ㅅ난맛치에비ㅎ여잇든마픽를바른손에
힘잇기쥐고섯다가풍우갓치오넌금난장교를한변바라보며달갓
턴마픽를희갓치드러메고비락갓치싸리며암힝어ㅅ출

도야소릭가둑더러젓다좌우이서동졍만슬피난서리역졸쳔동갓
탄호령으로암힝으ㅅ출도야소릭가숀쳔이진동ㅎ여더라남중되
이결진ㅎ야이든구경쑨도졍신을츠리지못ㅎ엿지만은되승이잇
든병ㅅ난중츠어너지경이되엿시리요황급중이도망ㅎ난것얼좌
우이거미줄너르잇던서리역졸은육모방망이로병ㅅ이덩을치며
병ㅅ난닷지말나ㅎ난소릭병ㅅ난혼비빅슨ㅎ야싸이업더러젓드

라긔품잇고열긔잇난서리역졸이리저리도망ᄒ난즁군영즁과육
방관속을어나신이이모다결박ᄒ고어ᄉ를모시여듸슝의안치고
금고함셩으로육방관속과 슴빅나졸을부러난소릐부즁이뒤ᄭᅳᆯ코
슌쳔초목이모다ᄯᅳᆯ이난듯ᄒ난즁의어ᄉ급히역

P.131
(6행 후반에서 필사자 2의 글씨임)
졸을호령ᄒ여졍부ᄉ의결박을ᄭᅥ러고김진ᄉ늬외를붓덜어부러
지져통곡ᄒ며졍신을진졍ᄒ와윤경열보옵소서잇ᄯᅥᆨ의김진ᄉ늬
외와황소ᄉ모여ᄂᆫ이셰슝의다시살기를엇지바라시리요혼몽ᄒ
야쥭기만기리더니막막ᄒ귀결의암힝어ᄉ출도소리가들이그날
ᄶᅡᆨ반겨눈얼ᄭᅥ보니검광은간듸업고마픽가휘황ᄒ며관속은간
듸업고셔리역졸ᄲᅮᆫ이더니쳔만ᄯᅳᆺ밧계윤병열이왓단말을듯고염
왕의ᄭᅮᆷ을ᄭᅵᆫ듯벌덕이러나어ᄉ을붓들고이것이ᄭᅮᆷ인가싱시인가
여광여취ᄒ난즁에댱소져와황소ᄉ모여가어ᄉ을붓들고죵시출
ᄒ여ᄯᅡ으로소ᄉ난잇가죵뎐강ᄒ야ᄒ날오늬여난잇가경각에쥭
을목숨을아갓치ᄉᆞᆯ이시고ᄯᅩᄒ박병ᄉ을결박ᄒ노앗시니쳔신이
오신잇가귀신이오신잇가이럿텃질긔젹에귀경ᄒ난만빅셩도츔
추고노릐ᄒ야만셰을부르난소릐쳔지진동ᄒ더라어ᄉ급히옥문
을통긔ᄒ고죄업

P.132
난빅셩을무죄방면ᄒ고졍부ᄉ와김진ᄉ늬외며황소ᄉ모여ᄭᅡ지

모다당승에모시고병수을결박ᄒ야정ᄒ에쓸여시며궁군영즁과
육방관속을모다결박ᄒ여시며무슈흔셔리역졸좌우에시위ᄒ야
위풍이늠늠ᄒ니경각에스싱이박구어잇난굿듸광경이쏘흔엇더
ᄒ리요남즁듸에모혀잇난스람의마음은모다제각금회포와소원
을싸라비회와우낙이셔로교집흔다김진스늬외와윤어스가속에
쳡쳡이싸여잇난무근근심과싀격졍이교집되야잇난신구젹쳬와
갓치막혀잇던주먹갓튼불뎅이가쳥보명단이나만이먹은것갓치
답답흔가삼이심심풀이여졍신이승쾌ᄒ야싱젼스라도이갓치승
쾌흔일은다시어더보기어려울모양이라금시에울고잇던얼골빗
치깃거운모으로우슴빗칠쒸여잇고황소스모여는어더운밤에길
을힝ᄒ다가깁흔물에싸지여몸을물속에줌기여발리짱에닷치아
니흔듸간신이언덕에풀을더위잡앗씨나풀쑤리가약ᄒ야졈졈싣
어져가난듸문득동쳔에명월이교교ᄒ며언인을만나손널줍고구

P.133

(필사자 1로 돌아옴)

원흔굿갓치씀썰갓튼마음이졍신이암암ᄒ고졍부스난밋친긔이
쫏겨가다가스싱이경각이달엿난듸다힝이궁시를가진스람을만
나밋친긔를싸려줍고즉긔목숨이스라난것갓치한숨을후후씨며
벌득이러난마음이아직도안심치못흔모양이요귀경ᄒ든빅셩덜
언쳥쳔빅일이흑운이펴만ᄒ며뢰셩벽역이텬지를흔드러모다졍
신을일코발얼멈추며눈이둥거릿지고몸을의탁할곳업다가명낭
흔바람이흑운을씨러바리고쳥쳔빅일이졍신이상쾌흔굿갓치다

시정신으로활동ᄒᆞ는모양이요병ᄉᆞ난뜻밧긔머리를기동이싸리
고천근철퇴로몸을누런굿갓차아모정신업시ᄉᆞ싱이미판ᄒᆞ는모
양이요 중군영즁과육방관속이며무슴

P.134
흔나졸덜녹음방초무성ᄒᆞ든만슌초목이번화흔헝치를ᄌᆞ랑ᄒᆞ다
가ᄒᆞ로밤독한서리이일시이병드러모다풀기가업시황낙흔것갓
치소쇄처량흔모양이요옥즁이갓처잇든모던죄수드른궁황설이
이치위를견디지못ᄒᆞ야황낭흔초목이세우동풍이양츈세기를만
난듯쳥츈시기이활동ᄒᆞ넌즁란이라모던ᄉᆞ람이마음이각각이와
갓치변ᄒᆞ야졋난듸수운이만천ᄒᆞ든검은구름은웃난낫과갓치쳥
풍을모라일시이쫓츠바리고명낭흔천기를이루엇드라어ᄉᆞ난역
졸을호령ᄒᆞ야병ᄉᆞ를쓸여안치고서서히분부흔다녀난소외병마
절도ᄉᆞ로나라이본의를어기고네욕심만치우고저ᄒᆞ야무죄흔창
싱을이갓치어육이되게ᄒᆞ야김진ᄉᆞ늬외와황소ᄉᆞ모여를쳐츰코
ᄌᆞᄒᆞ엿시나네욕심만치

P.135
우랴는병ᄉᆞ가아니라죄로이론할진듸맛당히죽일거시로듸아직
은임수ᄒᆞ건이와일후이조령으로쳐치ᄒᆞ리라분부ᄒᆞ고직시인병
부를그둔후이봉고파직ᄒᆞ야옥중이가두고다시중군영즁을수죄
ᄒᆞ야정ᄉᆞ를맛친후이어ᄉᆞ일힝이긱ᄉᆞ이좌긔ᄒᆞ야왕ᄉᆞ를말ᄉᆞᆷ할
ᄉᆡ사람이용망은흔정이업난법이라김진ᄉᆞ늬외난모든근심을다

쓰려바릿시나즈긔쌀춘영이쥭인일이원통ᄒ야낙누ᄒ니정부ᄉ
김진ᄉᄂᆡ외와어ᄉ를위로ᄒ며춘영소져이즈초지종을일일이말
숨하니김진ᄉᄂᆡ외와어ᄉ는환천희지ᄒ야밤이라도어서가셔즈
긔쌀을반가히만날마음이라그러나황소ᄉ난항승싱긱ᄒ든즈긔
ᄉ외가춘영소져가되얏시니낙심쳔만할쑨아니라장낭즈는눈물
을쑵리며춘영소져르

남즈로알고즈긔평싱듸를의탁코즈하야일싱이미망되엿든자긔
남편이분명춘영소져가되여시니황소ᄉ이락심보다일칭드간절
ᄒ나다시춘영소져를보고왕ᄉ를말숨코저ᄒ나변괴흔마엄도측
양읍난굿갓치함구무언할쑨이라어ᄉ넌잇튼날젼후ᄉ연을기록
ᄒ야나라이즁긔ᄒ고인마교군을갓추어일힝을모시고순천동부
원김진ᄉ퇵을당도할싴이쎡이춘영소져난광영이잇서졍부ᄉ를
병영이보늬고마음이조밀ᄒ야ᄒ인을노와병영으로보늬엿써니
그미구이도라와어ᄉ출도ᄒ든말을이르난듸뒤밋쳐졍부ᄉ의편
지왓난듸윤공즈가어ᄉ되야부모를모시고순쳔고퇵으로도라간
말을선춍ᄒ여드라이소숙을드른소져난엇지

일시나지쳐하리요졍부ᄉ이부인과팔픽교군을모라순쳔동부원
소져이본가를도라오난듸엇지면그리긔회를맛치엿든지소져이
일힝과황소ᄉ일힝흔날흔시이진ᄉ이집을당도ᄒ야셔로붓들고

통곡ᄒ난모양은만고이희흔한일이라서로면면히도라보며왕사
를말할시즁낭ᄌ는소저이손을붓들고소저난나를보소서전ᄉ를
싱각ᄒ온이ᄯ흔면괴ᄒ오니다엇지면거리련연ᄒ기남ᄌ이모양
으로ᄉ람을거다지속이엿난잇가소저ᄯ흔옥심낭ᄌ를붓들고전
일이글짓든말을이러며나도역시ᄉ람을속이고저홈이아니라사
셰부득흔사실일ᄲᆞᆫ아니라라늰마음은임의정흔일이잇기로쎳쎳
이혼일얼경정홈이요일호도낭ᄌ를속이미아니라ᄒ며미인

P.138

도화승과전일짓던글얼늬여노코가라디만일저가황소ᄉ집을가
지아니ᄒ엿시면마사를엇지며유마ᄉ를안이갓더면미인도가엇
지잇시리요미인도로ᄒ여금모다흔곳디단최ᄒ고소원을이루웟
도다ᄒ며지금도미인도를벽승이걸고보니천연흔틱도가말은아
니할시언정김진ᄉ의쌀은두리라ᄒ여도과흔말이안이로다김진
ᄉ난불복일노틱일ᄒ야ᄌ기쌀혼인얼지닐식천향국식춘영소저
와일세기남윤경열이서로교빅석이나아가진퇴업양ᄒ난긔동은
서왕모요지연이반도진승ᄒ난긔동이엇지여긔당할손야신랑신
부교빅을파ᄒ고신방이드러가동방화촉이금금수중으로운우를
꿈꾸이아람다움이무궁ᄒ여만고이처엄이라춘영소저

P.139

부모씌고ᄒ고어ᄉ를간장낭자를어사이부시를슙고저하니모다
허락ᄒ난지라다시틱일ᄒ야장랑ᄌ를성예에ᄒ니월틱화용도춘

영소저와별노ᄎᆞ등이읍고정ᄋᆡᄯᅩᄒᆞᆫ밀접ᄒᆞ야춘영소저ᄋᆡ서못지
아니ᄒᆞ드라진ᄉᆞᄂᆡ외와어ᄉᆞᄂᆡ외가모다화영ᄋᆡ무듬ᄋᆡ이러러화
영ᄋᆡ영혼을위로ᄒᆞ고비문을곳처화영지묘라ᄒᆞ고춘ᄌᆞ를화ᄶᆞ로
곤칠ᄲᅮᆫ이요만고열여라ᄒᆞᆫ그선그ᄃᆡ로잉존ᄒᆞ엿시나화영ᄋᆡ역ᄉᆞ
도ᄉᆡᆼ각ᄒᆞ면열여반녈에붓그럽지아니ᄒᆞ기되엿더라어ᄉᆡ다시도
라와ᄉᆞᆷ일ᄃᆡ연ᄒᆞ고모다안돈ᄒᆞᆫ연후ᄋᆡ어ᄉᆞ년국가ᄋᆡ몸이ᄆᆡ여ᄌᆞ
긔ᄉᆞ정으로오ᄅᆡ유하지못함을이르고즉시발ᄒᆡᆼᄒᆞ야전라도오십
삼관을두루단니며관민을선치ᄒᆞ고다시상경

P.140

ᄒᆞ야전ᄒᆞ쎼현알ᄒᆞ니전ᄒᆡ칭ᄎᆞᆫᄒᆞ시고박병ᄉᆞ를분히ᄉᆡᆼ각ᄒᆞᄉᆞ처
ᄎᆞᆷ코저ᄒᆞ시니어ᄉᆡ간ᄒᆞ야졔쥬도로종신안치ᄒᆞ고진심갈녁ᄒᆞ야
밧들ᄆᆡ명망이조야ᄋᆡ진동ᄒᆞ고벼ᄉᆞᆯ이날노승ᄎᆞᄒᆞ야원만한ᄏᆡ락
이무궁ᄒᆞ드라
당음야훌훌하편

P.141

장소져집이셔등초ᄒᆞ노라기묘낭월초칠일결단

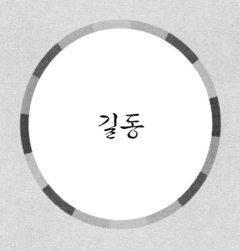

길동

Ⅰ. 〈길동〉 해제

　〈길동〉은 『김광순 소장 필사
본 한국 고소설 전집』에 수록된
474편 중에서 다시 정선한 〈김광
순 소장 필사본 100선〉 중 하나이
다. 앞의 전집 제66권에 수록되어
있다. 가로 26㎝, 세로 30㎝의 한
지에 한글 흘림체의 붓글씨로 총
138면을 채워 쓴 것으로, 분량은
각면 평균 11~12행, 각행 평균 19
자이다. 글씨는 전체적으로 달필

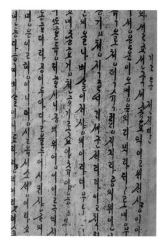

〈길동 권지단〉

이고 부드러우면서도 획의 삐침이 길게 늘어져 세련된 느낌을
주는 필체이다.

　〈길동〉의 내용을 요약하면 아래와 같다.

　길동은 재상 홍모의 집에서 노비 춘섬의 자식으로 태어나고,
호부호형 못함을 한하다가 서모 초란의 간계로 죽을 위기에
처하자 집을 나간다. 길동이 도적 무리의 우두머리가 되어 활빈
당 행수로서 조선 팔도를 횡행하지만 잡을 이가 없었는데, 상이
노하여 그 부친과 형을 패초하여 추궁하기에 이르자 스스로

나아가 잡히지만 매번 도술을 부려 빠져나간다. 그러다가 상이 길동의 소원대로 병조판서 벼슬을 제수하자 길동은 도적 무리를 데리고 조선을 떠난다.

길동은 조선에서 멀리 떨어진 곳의 여러 섬 중 하나를 정해 군사를 기르고, 지하국의 괴물 '울동'의 무리를 처치하여 납치되었던 세 여자를 구출해 모두 아내로 삼는다. 나라의 형편이 공고해지고 병사들의 사기가 충천해지자 길동은 율도국과 전쟁을 벌여, 덕화德化로 율도국의 70여 성에서 무혈無血로 항복받고 성주들을 포섭한다. 율도국왕과 세자는 길동에게 맞서 싸우다가 패하여 자살하고, 길동은 율도국의 왕이 된다.

그때 조선에서는 홍 재상이 노환으로 돌아가고, 길동은 중으로 변장하여 찾아와서는 명당이 있다는 말로 형을 설득하여 부친을 율도국에 미리 마련한 선릉에 모신다. 길동은 적모와 친모도 율도국으로 모셔와 극진히 봉양하고, 노환으로 돌아가자 마찬가지로 선릉에 모신다.

세월이 흐르자 길동은 세자에게 왕위를 넘기고 왕비 백씨와 함께 산으로 들어가 신선 수행에 몰두하였다. 그러던 어느 날 오색구름과 안개가 산을 두르더니 길동과 백씨의 자취가 사라졌다. 왕이 남은 옷가지를 수습하여 선릉에 허장하였고, 그 후 태평성대를 누렸다.

〈춘향전〉, 〈심청전〉, 〈흥부전〉, 〈유충렬전〉 등 고소설의 제목은 거의 모두 〈○○○전〉으로, 주인공의 이름에 '전傳'을 붙여 그 소설의 제목으로 삼았다. 판소리 〈수궁가〉가 소설로 각색되면서 〈토끼전〉이나 〈별주부전〉 같은 제목으로 바뀐 것이 당연하게 여겨질 정도이다. 그런데 이 '전傳'이라는 용어는 본래 『사기史記』 같은 역사의 기록에서 사용된 용어로, 한 인물의 행적을 기록하고 그 공과를 포폄褒貶하는 한문학 형식이다. 전과 소설의 관계에 대해 조동일 교수는 다음과 같이 규정하였다.

전傳이라고 위장해 출생신고를 하고 사람의 일생을 서술하는 방법을 표절해 사용하면서 전이 누리던 권위를 하나씩 뒤집어엎은 반역아가 소설이다.

소설은 본래 설화에서 비롯되었으나 '전傳'의 이름으로 신분 세탁을 한 후, 다양하고 복잡한 인간의 현실과 꿈과 희망을 핍진하게 반영하면서 세력을 확대하였다. 이는 소설이라는 문학 장르가 갖는 '사람을 감동시키는 힘'의 효과로, 서포 김만중은 스스로 『구운몽』이라는 불후의 소설을 남긴 데 이어 소설을 다음과 같이 평가하였다.

『동파지림東坡志林』에 이르기를, "골목집에서 아이들이 천박하고 용렬하여 그 집이 골치가 아프면, 돈을 주어 모여서 옛날 이야기를 듣게 한다. 삼국의 일을 이야기할 때 유현덕이 패한다는 말을 들으면 아이들은 찡그리며 눈물을 흘리기도

하고, 조조가 패한다고 하면 기뻐서 즐겁다고 소리치기도 한다"라고 하였다. 이것이 나씨羅氏의 『삼국지연의』의 시원일 것이다. 이제 진수의 『사전史傳』이나 온공溫公의 『통감通鑑』을 가지고 여러 사람을 모아놓고 이야기를 하여도 반드시 눈물을 흘리는 사람은 없을 것이다. 이것이 통속소설을 짓는 까닭이다.

그러나 서포의 의견은 예외적인 것이었으니, 오랜 시간이 지난 후에도 소설은 '실제로 일어난 일이 아닌데 실제처럼 꾸며 만든 이야기'라는 이유로 유학자들의 싸늘한 시선을 면치 못했다. '서치書痴' 곧 '책만 읽는 바보'라고 불릴 만큼 대단한 독서가였던 이덕무도 소설에 대해서는 인정하지 않았으니, 그가 남긴 수신서인 『사소절士小節』에는 다음과 같은 주의가 있다.

언번전기諺飜傳奇를 보아서는 안 된다. 가사의 임무를 폐廢하고 여홍女紅[1]을 게을리 버려두고 빚을 내어 그것을 빌리는 데 이르러도 침혹沈惑하여 그치지 못해 가산을 기울이는 자가 있다.

채제공은 소설과 그것을 읽는 독자 특히 여성에 대해 더 강하게 비판하였다.

부녀는 식견이 없어 혹은 비녀와 팔찌를 팔고 혹은 빚을

---

1) 여홍女紅 : 여공女工의 동의어. 여자가 하는 집안일을 말한다.

내어 다투어 서로 (소설을) 빌려와 그로써 긴 날을 보내니,
주식酒食 차릴 의무와 베 짜고 바느질할 책임이 있음을 알지
못하는 것이 모두 여기에서 온다.

이렇게 유학자들은 소설의 허
구성을 지목하여 가치가 없다고
규정하고 쓰는 것도 읽는 것도 사
갈시蛇蝎視하였다. 그러나 시대는
소설 편으로 기울었고 끝내 과거
의 주제로 소설이 제시되는 사건
까지 일어났다. 비록 그 소설이
『삼국지연의』이기는 했지만, '허
구'인 소설을 방외方外의 문학으
로도 인정하지 않고 박멸 대상으

〈길동 권지단〉

로만 여겼던 유학자들에게는 엄청난 충격을 던진 사건이 아닐
수 없다.

이쯤 되면 유학자와 소설의 대결에서 소설이 압승을 거둔
것이다. 딸깍발이 선비의 고집스러운 절개로 무장한 유학자들
은 소설에 대한 멸시를 그만두지 않았고, 이덕무나 채재공처럼
집안 여자들이 소설을 읽는 것을 엄격히 금지했지만, 과연 금지
가 통했을까?

어느 안동 종부의 회상에 의하면, 딸들의 외출을 아버지가

금지했지만 다들 몰래 울타리 구멍으로 빠져나와 이웃의 친구들을 찾아다녔고, 한글로 지은 가사를 서로 돌려 읽고 베끼며 어린 시절을 보냈다고 한다. 겸재 조태억의 어머니는 십수 권이 넘는 장편소설인 〈서주연의西周演義〉의 한 질 전체를 베껴서 읽기도 하고 빌려 주기도 하였는데, 그 중 한 권을 잃어버렸다가 되찾은 일에 대해 겸재는 〈언서서주연의발諺書西周演義跋〉이라는 글을 남겨 어머니를 기념했다.

유학자로서 할아버지와 아버지가 아무리 엄격하더라도, 이렇게 가사나 소설을 읽고 듣고 베껴 모으면서 즐거워하는 할머니, 어머니, 형수, 제수, 처, 며느리, 딸, 손녀를 끝내 외면하기는 어려웠을 것이다. '한문 배운 여자는 시아버지 머리에 칼자루 박는다'라고 하였을 만큼 여자와 학문을 떼어놓았으니, 어차피 한자를 가르치거나 경서를 읽히지 않을 바에야 한글을 깨우치고 소설을 읽는 것에 대해서는 못 본 척 넘어가기로 마음먹었을 수도 있다. 책표지에 〈○○○전〉이라고 하여 대놓고 소설의 제목을 적어 놓지만 않았다면 말이다.

〈홍길동전洪吉同傳〉도 〈율도국기_國記〉도 〈대도연의大盜演義〉도 〈홍길동행록洪吉同行錄〉도 아닌 〈길동〉이라는 간단한 제목은, 그 뒤에 이렇게 복잡한 사정이 숨어 있다. 이 땅에서 한글소설이 걸어온 힘겨운 길을 생각하고 진지한 마음으로 임해 주기를 바란다.

II. 〈길동〉 현대어역

화설.

조선국 세종조에 한 재상이 있었으니, 성은 홍이요 이름은 매[1]였다. 대대명문거족으로 성덕숙행지기盛德淑行之氣가 있으며 위인이 청렴하고 정직하여 세상에서 군자라 일컬었다. 일찍 청운靑雲에 올라 벼슬이 재상에 이르렀고, 물망物望이 높으며 충효를 겸전兼全하기로 조정이 추앙推仰하고 왕상이 또한 존중하였으니, 공의 위엄이 한 나라를 흔들었다.

공이 두 아들을 두었는데, 맏아들의 이름은 일형이니 정실인 주씨의 소생으로 소년등과하여 벼슬이 이조좌랑에 이르렀다. 둘째아들의 이름은 길동이니 시비인 춘섬의 소생이었다.

공이 길동을 얻을 때였다. 봄날을 맞아 몸이 자연히 노곤한지라, 공이 후원의 난간에 의지하여 잠깐 졸았다. 문득 공이 눈을 뜨니 짙은 안개와 구름이 자욱한 곳에 있었다. 한 곳에 다다르니, 산은 첩첩疊疊하고 물은 잔잔한데 버드나무는 봄을 희롱하고 꾀꼬리는 흥을 돋우었다. 공이 봄날의 풍경에 감탄하며 계속해서 나아갔는데, 길이 끊어진 곳에서 층암層巖이 하늘에 다다랐고 맑은 물은 사면四面으로 돌아들며 일만 길이나 될 석탑에

---

[1] 이후에는 '홍모'로 등장한다. 이것이 '홍 아무개'인지 실제로 이름이 '모'인지는 알 수 없다.

는 오색구름이 영롱하였다. 공이 바위 위에 앉아 그 경치를 구경하는데, 문득 우레가 진동하며 물결이 거칠어지고 푸른 구름이 일어나더니 청룡이 수염을 곤두세우고 눈을 부릅뜨고 주홍 같은 입을 벌리고는 공을 향하여 달려들었다. 공이 몹시 놀라 피하려다 문득 깨어나니 남가일몽南柯一夢이었다.

공이 마음속으로 크게 기뻐하여, 곧바로 내당內堂으로 들어갔다. 부인이 일어나 맞이하는데 공이 흔연히 부인의 손을 잡고 이끌어 친압2)하려 하자, 부인이 정색하고 말하였다.

"상공의 지체가 지금 중하시거늘, 나이 어리고 경박한 자들이 하는 더럽고 누추한 행실을 본받고자 하시니, 소첩은 저으기 이 뜻을 받들지 아니하겠나이다."

하고는 잡은 손을 뿌리치고 나가 버렸다. 공이 무안할 뿐이라 속마음을 말하고 싶었으나 천기를 누설할 수 없어, 아쉬움과 화를 참지 못하고 외당外堂으로 나와 부인의 헤아림 없음을 한탄하였다.

이때 마침 시비인 춘섬이 차를 올렸다. 공이 이를 받는데 마침 좌우가 고요하니, 인하여 춘섬을 이끌고 협실夾室에 들어가 친압하였다. 춘섬의 나이는 이팔이요 부끄러움을 모르지 않았으나, 공이 불시에 친압하고자 하니 어찌 거역하리오?

공에게 몸을 허락한 후로는 춘섬이 밖을 나다니지 않고 다른

---

2) 친압親狎 : 남녀의 교합.

남자를 취할 뜻도 없으니, 공이 그 절개를 장하게 여겨 인하여 잉첩勝妾으로 삼았다. 춘섬이 그달부터 잉태하여 십삭만에 한 옥동자를 낳으니, 기골이 비범하여 백옥이 어린 듯 가을 달이 떨어진 듯하여 진실로 영웅이었다. 공이 한번 보고는 크게 기뻐하였고 이름을 길동이라 하였다.

길동이 점점 자라면서 기골이 더욱 비상하고 총명함이 보통 사람보다 뛰어나, 하나를 들으면 백 가지를 깨달았다. 공이 내심으로 탄식하여 말하기를,

"하늘도 무심하도다. 이런 영걸英傑이 부인의 몸에서 나지 않고 천한 여자에게서 나다니."

라고 하였다. 부인이 웃으며 그 연고를 물으니, 공이 탄식하면서

"전날 부인이 내 말을 들었던들, 이 아이로 하여금 부인의 뱃속에 있게 하였으리라."

하고는 그때의 꿈 이야기를 하였다. 부인이 그 말을 듣고는 진심으로 후회하며,

"도시 하늘이 정한 것이라. 어찌하리오?"

라 하였다.

세월이 흘러 길동의 나이가 여덟에 이르렀다. 그 용모와 풍채가 더욱 준수하여 공이 깊이 사랑하고 귀중하게 여겼으나, 근본이 천하므로 매양 길동이 호부호형呼父呼兄을 하면 공이 직접 꾸짖어 못하게 하였다. 이리하여 길동은 열 살이 넘도록 감히

아버지와 형을 부르지 못하고, 비복 등이 천대함을 뼈저리게 한탄하였다.

이때는 가을 9월 보름 무렵이었다. 밝은 달은 검푸른 하늘에 고요하고 맑은 바람은 창가에 소슬하여 사람의 심회를 돋우었다. 길동이 서당에서 글을 읽다가 문득 서안을 밀치고는 탄식하였다.

"대장부가 세상에 나매 공맹孔孟을 본받지 못할 것이면, 차라리 병법을 외어 대장이 되어서 동쪽을 정복하고 서쪽을 토벌하여 나라에 공업을 세우고, 들어오면 재상이요 나서면 장군으로 세상을 편하게 함으로써 임금을 도와 요순堯舜의 치세에 이르게 하며 이름을 기린각麒麟閣에 빛내는 것이 장부가 할 일이라. 옛말에 이르기를 '왕후장상王侯將相에 진정 씨가 있다더냐'라 하였으니, 누구를 두고 이른 말인가? 세상 사람이 다 아버지와 형제를 부르거늘, 나는 어찌하여 아버지와 형제를 아버지라 형제라 하지 못하는고?"

길동이 말을 마치고는 슬퍼 마지않아, 뜰에 내려와 달빛 아래에서 검무劍舞를 추었다.

이때 공이 창을 밀치고 달을 구경하였는데, 길동이 뜰에서 검무를 추다가 창문 여는 소리를 듣고는 방으로 들어갔다. 공이 그 검무를 보고는 기뻐하여 시비를 보내어 부르니, 길동이 즉시 칼을 던지고 안으로 들어가 뵈었다. 공이 흔연한 기색으로,

"밤이 깊었는데 무슨 흥이 있어서 달 아래 배회하느냐?"

라고 물으니 길동이 엎드려 대답하기를,

"소인이 마침 달빛을 사랑하여 잠깐 방황하였습니다."

라고 하여, 공이 묻기를,

"네 무슨 즐거운 흥이 있느냐?"

라고 하니, 길동이 공경하여 대답하였다.

"하늘이 만물을 내시매 오직 사람이 귀한 것인데 소인이 대감의 정기로 사람이 되었사오니, 당당한 남자로서 이보다 큰 은덕이 없사옵니다. 다만 평소 서러운 것은 남들과 같지 못하여 호부호형呼父呼兄을 못하오니, 어찌 사람이라 하리이까?"

길동이 말을 마치고 눈물을 흘렸다. 공이 듣고 보니 길동이 십여 년간 겪은 세상의 고락苦樂을 짐작할 만하여 측은한 마음이 들었지만, 만일 그 마음을 위로한다면 길동이 더욱 방자해질 것이라 생각하고는 크게 꾸짖었다.

"재상가 천비賤婢 소생은 너뿐이 아니라. 네 어찌 교만하고 방자함이 이러한고? 차후에 다시 이런 말이 있으면 내 안전眼前에 용납하지 못하리라."

길동이 공의 말을 듣고는 다만 엎드려 눈물만 흘렸다. 공이 명하여 물러가라 하거늘, 길동이 침소에 돌아와서는 슬퍼하여 마지않았다.

그렇게 다시 몇 달이 지났다. 하루는 길동이 외당으로 들어가니 공이 홀로 앉아 있고 사위四圍3)가 조용하였다. 길동이 엎드려 묻기를,

"감히 묻잡나이다. 비록 천생이오나 글로 급제하면 정승에 이르고, 무예로 출세하면 대장이 됨에 이르리이까?"

라 하였다. 공이 이 말을 듣고는 어이가 없어 크게 꾸짖었다.

"네 감히 내 안전에서 방자한 말을 이렇듯이 하느냐?"

바삐 물러가라 하니 길동이 황공하여 어머니의 침소로 돌아왔다. 길동이 울면서,

"소자가 모친으로 더불어 전생의 인연이 중하여 지금 세상에 남자가 되었사오니 하늘을 우러러 망극하옵니다. 남자가 세상에 나면 입신양명立身揚名하여 부모의 이름을 빛냄이 당연하옵니다. 그러나 나의 팔자가 기박하여 향당鄕黨이 아래로 보고 친척이 천대를 하니, 일생에 품은 한이 깊사옵니다. 대장부가 세상에 처하되 자기 직분만 지키고 남의 휘하에 드는 것은 불가능하니, 마땅히 대사마大司馬의 인수印綬[4]를 차고서 나아가고 돌아가기를 뜻대로 하여야지, 그렇지 못하면 차라리 몸을 크게 떨쳐 이름을 세울 것이옵니다. 바라건대 어머니께서는 괘념掛念치 마시고 귀체를 보중하소서."

라 하였다. 그 어머니가 듣기를 마치고는 크게 놀라 말했다.

"재상가 천생賤生이 너만이 아니다. 무슨 마음으로 험한 말을 하여 어미의 간장을 어지럽게 하느냐? 네 장성하면 상공의 처분이 있을 것이니, 아직은 어미를 생각해서 천대를 감수하여라."

---

3) 사위四圍 : 둘러싼 사방의 자리.
4) 인수印綬 : 도장과 그 도장을 매는 끈.

길동이 대답하였다.

"상공이 천대하심은 내렴없거니와, 노복이 다들 업신여기는 것을 생각하오면 그 한이 골수에까지 미치옵니다. 옛날 장충의 아들 길산은 천생이었으나, 열세 살에 그 어머니를 이별하고 웅봉산에 들어가 도를 닦아서 아름다운 이름을 후세에 세웠으며, 그 간 곳을 아는 이가 없사옵니다. 소자 또한 그런 사람을 본보기로 삼아 세상을 벗어나려 하오니, 엎드려 바라건대 어머니께서는 안심하고 세월을 보내시면 훗날 반드시 모자의 정을 이을 것이옵니다. 더구나 요즘 곡산모의 행동을 보니 상공의 총애를 잃을까 걱정하여 우리 모자를 원수같이 대하는지라, 큰 화를 입을까 하나이다. 소자가 집을 떠나갈지라도 불효자라고 생각하지 마시고, 시세時勢를 살펴 조심하여 화를 얻지 마옵소서."

"네 말이 이치에 맞으나, 곡산모는 인후仁厚한 여자라. 어찌 그 정도로까지 하리오?"

"사람 마음은 알기 어려운지라, 어머니께서는 소자의 말을 허투루 알지 마옵소서."

어머니는 길동의 말을 듣고 슬픔을 금치 못하였다.

원래 곡산모는 곡산 기생으로 공의 첩이 되었으니, 이름은 초란이라 하였다. 공이 가장 총애하매 그 마음이 방자하고 교만해져, 집안의 위아래를 가리지 않고 조금이라도 거슬리면 공에게 참소하여 화를 당하게 하는 일이 무수하므로 집안 사람들이 모두 두려워하였다. 공이 용꿈을 얻고 길동을 낳은 후 혹시나 자기의 총애가 줄어들까 염려하는데 공은 매양 초란에게 이르기를,

"너도 길동 같은 아들을 낳아 나의 마음을 위로하라."

라고 하였다. 초란이 매일 애간장을 태우며 아들 낳기를 바랐으나 마침내 그 뜻대로 되지 않으니 그저 불안하기만 하였다. 길동이 점점 자라면서 집안의 위아래에서 칭찬하는 말이 파다하게 퍼지자 초란은 더욱 시기하였다. 그리하여 재물을 많이 뿌려 요악妖惡한 무녀와 음흉한 관상장이를 끌어들여서는 길동을 해칠 방법을 간절히 청했다.

"이 아이를 없애 나의 일생을 편하게 하면 이후 은혜를 갚으리라."

하니, 무녀들이 재물을 탐하여 흉악한 계획을 생각하고는 초란에게 일렀다.

"상공은 충효한 사람이라 나라를 위하여서는 사사로움을 돌아보지 아니하시는지라. 지금 흥인문 밖에 뛰어난 관상장이가 있어서, 사람을 한번 보면 곧 전후前後 길흉吉凶을 판단하오. 그 사람을 청하여 소원을 일러 준 후에 상공께 천거하여 전후사前後事를 본 듯이 고하면, 상공이 필연 혹惑하시어 길동을 죽일 것이니, 작은마님은 이러이러하게 하오."

초란이 이 말을 듣고는 한껏 기뻐하며, 은자 50냥을 주어서 청해 오라 하였다. 무녀가 승낙하고 그 관상장이의 집에 가서는

초란의 일을 이야기하고 은자를 주었다. 그 관상장이가 본래 욕심이 많은 사람이라, 은자를 보고는 즉시 무녀를 따라 홍부洪府를 찾아와서는 계획을 세우고 돌아갔다.

이튿날 공이 부인과 함께 길동을 칭찬하면서,

"이 아이가 비범하니 장차 크게 되려니와, 다만 천생임을 한하노라."

라고 하였다. 부인이 이에 대답하려는데, 문득 한 여자가 들어와서는 당하에서 뵙고 절을 하였다.

공이 묻기를,

"그대는 어떠한 여자이고 무슨 일로 왔느냐?"

하니 그 여자가 대답하기를,

"소첩은 흥인문 밖에 살고 있으며 약간 관상 보는 법을 배웠사오매, 사람의 상을 한번 보면 전후 길흉을 판단하옵니다. 그런 까닭으로, 상공의 슬하에서 재주를 시험하고자 왔나이다."

부인이 그 말을 듣고 자리를 주어 앉게 하였다. 공이 웃음거리 삼아 이르기를,

"네 관상을 잘 본다 하였으니 우리 집안 인물을 평하라."

그 여자가 마음속으로 크게 기뻐하며, 집안 위아래와 늙은이 젊은이를 살펴보고는 그 전후前後와 수말首末을 본 듯이 공에게 고하였다. 이에 공과 부인이 칭찬하고, 시비에게 명하여 길동을 불렀다. 공이 길동을 보이며,

"이 아이 상을 자세히 보라."

관상장이가 이윽히 보다가 문득 일어나 절하더니,

"이 공자를 보오니 천고영웅千古英雄이요 일대호걸一代豪傑이로되, 다만 애달프게도 지체가 조금 부족하니, 아지못게라. 부인의 소생이 아니오니까?"

"그저 천비 소생이라."

관상장이가 물끄러미 보다가 거짓으로 놀라는 체하고는 말이 없었다. 공과 부인이 그 모습을 보고 매우 괴이하게 여겨 물었다.

"무슨 불안한 것이 있는가? 바른 대로 아뢰라."

관상장이가 주저하다가 고하였다.

"소첩이 여러 집에 다니면서 재상가 귀공자들을 많이 보되 일찍이 이런 면목面目5)은 처음 보았사오니, 만일 사실대로 고하오면 크게 책망을 받을까 하나이다."

부인이 말했다.

"그대 관상 보는 것이 기특하니, 개의치 말고 바른 대로 이르라."

관상장이가 주위의 번거로움을 꺼리는 눈치를 보이니, 공이 몸을 일으켜 협실로 들어가서는 그곳으로 관상장이를 불러 다시 물었다. 관상장이가 그제야 가만히 고하기를,

"공자의 상을 보오니 만고영웅으로, 흉중胸中에 조화를 품고

---

5) 면목面目 : 얼굴의 생김새.

미간眉間에 산천 정기가 영롱하여 진실로 왕후王侯의 기상이옵니다. 이러하므로 곧바로 고하지 못하였나이다. 우리 조선은 작은 나라라 왕후의 기상이 있어도 쓸데없는지라, 만일 장성하오면 장차 멸문지화滅門之禍를 면치 못하리니, 상공은 살피소서."

라고 하였다. 공이 다 듣고는 잠시 생각하다가 말했다.

"만일 그대의 말과 같을진대 크게 놀라운 일이거니와, 본래 천생이라 선비의 무리에는 참여하지 못할 것이라. 또한 쉰이 넘도록 바깥 출입을 금한다면, 제 비록 맹분猛奮[6]의 용맹과 무후武侯[7]의 재주가 있다 한들 어찌하리오?"

관상장이가 웃고 말하였다.

"옛사람 말에 '왕후장상이 씨가 있다더냐'라 하오니, 이는 사람의 힘으로는 못할 바이옵니다."

공이 탄식하고는 관상장이에게 은자 50냥을 주며 일렀다.

"이 일은 내가 비밀에 붙이고 다스리는 데 달렸으니, 너는 결코 누설하지 말 것이라. 만일 누설함이 있으면 죽임을 당할 것이니 조심하라."

관상장이가 하직하고 돌아갔다.

이날부터 공이 길동을 엄히 다스려, 한 걸음 한 행동을 살피며

---

6) 맹분猛奮 : 춘추 때 위나라의 장사. 교룡과 호랑이를 두려워하지 않을 만큼 용맹하였다.
7) 무후武侯 : 제갈량의 칭호 중 하나.

글을 가르쳐 충효의 도리를 전하였다. 그러나 집안의 천대는 더욱 심해질 뿐이라, 길동이 서러움을 이기지 못하여 후원 깊은 곳으로 자취를 감추고는 육도삼략六韜三略을 공부하고 천문지리天文地理에 잠심하였다. 공이 몰래 사람을 보내 살펴보고 그 일을 알고는 크게 근심하여,

"이놈이 본래 재주가 뛰어난지라. 만일 범람泛濫한 의사를 두면 우리 집이 멸문지화를 당하리니, 어찌 통한치 않으리오? 저놈을 일찍 없애 일가가 화를 면함만 같지 못하리라."
라고 하였다.

공이 길동을 가만히 죽여 후환을 끊으려 하였으나, 부자父子는 천륜天倫이라 그 정이 깊어 차마 하지 못하였다.

이때 초란이 무녀와 관상장이를 시켜 공의 현순한 정을 의심케 하고는, 또 특재라 하는 자객을 불러 은자를 많이 주고 길동을 해치려고 하였다. 하루는 초란이 공에게 고하기를,

"천첩賤妾[8]이 듣기에 관상장이가 길동을 보고 왕기王氣가 있다 하였다니, 멸문지화를 당할까 두렵사옵니다."

공이 놀라 물었다.

"이 일이 매우 중하고도 크거늘, 네 어찌 입 밖으로 내어 큰 화를 일으키려 하느냐?"

초란이 낯빛을 고치고 대답하였다.

---

8) 천첩賤妾 : 부인이 남편에게 자신을 낮추어 말하는 지칭. 그 중에서도 기생이나 시비였다가 첩이 된 경우에 천첩이라 하였다.

"옛말에 이르기를 '낮 말은 새가 듣고 밤 말은 쥐가 듣는다' 하였사옵니다. 이 말이 점점 전하여 퍼지면 조정에 미칠 것인데 이 몸을 어찌 보전하리이까? 천첩의 소견으로는 저 애를 일찍 없애 버려서 후환이 없게 하는 것만 같지 못할까 하나이다."

공이 눈썹을 찌푸리며 말했다.

"이 일은 내 손바닥 안에 있으니, 너는 다시는 말을 꺼내지 말아라."

초란이 황공하여 물러갔다.

이 일로 인하여 공이 자연히 심사心事가 불편하고 마음에 괴로웠다. 부자의 천륜을 차마 끊지 못하니, 후원 으슥한 곳에 길동을 가두고 출입을 금했다. 길동이 이렇게 초란의 참소로 엄한 문책을 당하여 바깥 출입도 임의로 할 수 없게 되니 한이 맺혀 골수에 이르고 밤에도 잠을 이루지 못하였다. 그리하여 길동은 서안에 의지하여 주역周易을 연구하였는데, 육십사괘六十四卦와 둔갑술과 호풍환우呼風喚雨의 도술에 통하지 않음이 없었다.

공이 관상장이의 말을 들은 후로 생각하기를,

"내가 충성을 다하여 나라를 섬기다가 불효자로 말미암아 몸이 죽을 곳에 빠지면 큰 화가 미치리라. 차라리 저 애를 죽여 후환을 없애고자 하나, 부자의 정의情義로 차마 못할 바라. 이를 장차 어찌하리오?"

서서도 누워서도 마음이 불안하여 공의 형용이 날로 수척해

지더니, 끝내 병이 되었다. 부인과 좌랑이 크게 근심하여 가만히 의논하기를, 길동으로 인하여 공의 병환이 난 것이니 길동을 죽여 공의 마음을 위로하기로 하였다. 그러나 마땅한 계책이 없었는데, 초란이 문득 나아와 말했다.

"상공의 환후患候가 엄중하심은 오로지 지난번 관상장이의 말 때문이옵니다. 길동을 살려두고자 한즉 후환이 되고, 죽이려 한즉 차마 못할 바라, 결정하지 못하고 망설이시는 것이옵니다. 길동을 죽인 후에 상공께 그 연유를 고하면 가장 좋을 것이오니, 병환 중에 잠시 슬퍼하시겠으나 자연히 나으시리이다."

부인이 웃으며 말했다.

"네 말이 비록 이치에 맞으나, 죽일 계책이 없어 주저하노라."

초란이 대답했다.

"첩이 듣자오니, 동리에 특재라 하는 자객이 있사오되 용력이 보통 사람보다 뛰어나며 하늘을 나는 제비도 잡는다 하옵니다. 이 사람에게 천금을 주고 밤에 들어가 길동을 죽이라 하면 좋을까 하나이다."

부인과 좌랑이 눈물을 흘리며,

"인정으로는 차마 못할 바이되, 첫째는 나라를 위함이요 둘째는 상공을 위함이니, 어찌하리오? 바삐 그 계교를 시행하라."

라고 하니, 초란이 크게 기뻐하며 처소로 돌아왔다.

초란이 곧바로 특재를 불러 앞뒤 사연을 일러주고는,

"이는 상공과 부인의 명이라. 오늘 삼경에 후원에 들어가서 길동을 죽이고 자취를 없게 하라."

말을 마치고 은자를 주니, 특재가 크게 기뻐하며 은자를 받고
는,

"주둥이가 노란 어린것이라. 무슨 근심이 있으리오?"

하고 돌아가 밤을 기다렸다.

초란이 특재를 보내고 내당에 들어가 그 일을 고하니 부인이
듣고 탄식하며,

"사세가 부득이하나 어찌 집안에 화가 없으리요?"

하였다. 좌랑이 위로하여,

"어머님께서는 과히 염려치 마소서. 이 일이 이미 이루어졌으
니 후회가 막심해도 소용없사옵니다. 시신이나 찾아서 고이
염하여 묻고 그 어미도 입을 다물게 하면, 아버님께서 아시더라
도 이미 일어난 일인지라, 심려가 풀리시면 자연히 회복하실
것이옵니다."

라고 하였다.

부인이 밤이 새도록 마음이 흔들리고 괴로워서 잠을 이루지
못하였다.

차설.

이날 밤, 길동은 촛불을 밝히고 주역에 잠심하다가 정히 삼경
이 되어 밤이 깊음을 깨달았다. 서안을 밀치고 잠자리에 들려는

데, 문득 창 밖에서 까마귀가 세 번 울고는 북쪽으로 날아갔다.
길동이 이 소리를 듣고는 혼자 생각하기를,

"이 짐승이 본래 밤을 꺼리는 짐승이라. 울고 가다니 괴이하
구나."

이에 고금사古今事를 해독解讀하니[9] '까마귀 소리에 자객이
오리라'라고 하였다. 길동이 생각하되,

"어떤 사람이 무고한 나를 해치려 하는가?"

하고는 맞서 싸울 방법을 준비하였다.

방 가운데에는 둔갑법을 벌이고, 남방의 이허중離虛中을 응하
여 북쪽에 붙이고, 북방의 감중련坎中連을 응하여 남쪽에 붙이
고, 동방의 진하련震下連을 응하여 서쪽에 붙이고, 서방의 태상
절兌上絶을 응하여 동쪽에 붙였다[10]. 건방乾方 건괘乾卦는 손방
巽方으로 옮기고, 곤방坤方 곤괘坤卦는 간방艮方으로 옮겨, 동서
남북 방위를 각각 바꾸어 육정육갑六丁六甲을 가운데에 두고는
때를 기다렸다.

이날 특재는 비수를 품고, 몸을 공중에 솟구쳐 홍부의 후원
담장을 넘어서 길동이 있는 곳으로 나아갔다. 가까이 가서 보니
사창에는 촛불 그림자가 희미하고 인적이 고요하였다. 다들

---

9) 글자 그대로의 의미는 '옛날과 지금의 일을 읽어 이해하다'인데, 문맥상
   주역을 읽고 징조의 의미를 풀이한 것으로 보인다.
10) 주역에서 팔괘를 읽는 방법. 이離는 ☲이므로 허중虛中, 감坎은 ☵이므
    로 중련中連, 진震은 ☳이므로 하련下連, 태兌는 ☱이므로 상절上絶이
    라 한다.

잠들기를 기다려 행하려 하는데, 문득 까마귀가 창 밖에 오더니 세 번을 울고 날아갔다. 특재가 섬돌 아래에 숨었다가 크게 놀라,

"길동은 필연 비범한 사람이로다. 저 짐승이 무슨 앎이 있어서 천기天機를 누설하는고? 만일 길동이 이 징조를 알아듣는다면[11] 큰일을 자칫 그르치리라. 그러나 어린 아해가 무슨 지식이 있으리요?"

라고 하였다.

특재가 몸을 날려 방으로 들어가니, 한 옥동자가 촛불을 밝히고는 팔괘八卦에 응하여 진언眞言[12]을 외고 있었다. 문득 음산한 바람이 불어와 주위를 휩싸며 정신이 산란해지자 특재가 놀라 칼을 안고 탄식하였다.

"내 일찍이 이런 일을 당하매 겁낸 적이 없었는데, 오늘은 가슴이 절로 놀라고 두근거리니 괴이한 일이로구나. 그러나 내 어찌 두려워하고 달아나리오?"

특재가 손에 비수를 들고는 완연히 나아가 정녕히 길동을 해치려고 하였다. 그런데 길동은 간 곳이 없고, 홀연 찬바람이 일어나더니 뇌성벽력이 천지를 진동하고 방 안은 변하여 망망한 들판이 되었다. 무수한 돌이 굴러다니고 살기가 하늘을 찌르

---

11) 원문에는 '지음知音한다면'으로 되어 있다.
12) 진언眞言 : 본래는 불경을 중국어로 번역하지 않은 원어(산스크리트어)를 말한다. 이에 기반하여, 도술 등을 행할 때 외는 주문은 모두 진언이라 한다.

는데, 푸른 산은 겹겹이 싸이고 맑은 물은 잔잔히 흘러가며 늙은 소나무가 우뚝 서 있어서 그 풍경이 거룩하였다. 특재가 정신을 겨우 수습하고 생각하기를,

"내가 길동을 해치려고 방에 들어왔는데, 어찌 이런 산골짜기가 되었는가?"

특재가 몸을 돌려 나가고자 하였으나 어느 곳으로 가야 하는지를 몰라 동으로 서로 뛰어다니기만 하다가 한 시냇가에 이르렀다. 특재가 탄식하여,

"내 남을 가볍게 여기다가 이런 화를 불러들였으니, 누구를 원망하리오? 이것이 필연히 길동이 부린 조화로다."

특재가 비수를 감추고 배회하다가 한 곳에 이르니, 길이 끊어지고 층암절벽이 반공중에 솟아올라 계속 갈 수도 없고 물러설 수도 없어, 바위 위에 앉아 주위를 살펴보았다.

홀연히 옥피리 소리가 들려왔다. 놀라서 자세히 본즉, 한 동자가 검은 도포에 옥대를 띠고서 나귀를 타고 오고 있었다. 특재가 몸을 감추어 피하려 하는데 그 소년이 피리 불기를 그치고는 특재를 향해 꾸짖었다.

"무지無知한 도적은 나의 말을 들으라. 성인이 이르시기를, 나무를 사람 모양으로 만들어 죽여도 이는 죄악이라[13] 하셨다. 너는 어떠한 사람이기에 한낱 용맹을 믿고 금은을 탐하여 죄

---

13) 출전을 알 수 없음.

없는 사람을 해치고자 하느냐? 내 비록 삼척동자三尺童子이나 어찌 너 같은 필부를 두려워하리오? 옛날 초패왕楚霸王의 힘으로도 오강烏江을 건너지 못했고[14], 연경의 비수도 역수易水에서 울었거니와[15], 너 같은 소장부는 일러서 무엇하리오? 청천靑天이 두렵지 않더냐?"

특재가 황망히 바라보니 이는 곧 길동이었다. 이에 생각하기를,

"대장부가 차라리 한 번 죽을지언정 어찌 어린애에게 겁을 내리오?"

라 하고는 정신을 가다듬어 말했다.

"내 일찍이 검술을 배워 조선에 횡행橫行하였는데 대적할 자가 없었다. 네 부형의 명을 받아 너를 죽이러 왔으니, 너는 내 칼을 원망하지 말아라."

말을 마치고 특재가 칼을 휘두르며 달려들자, 길동은 크게 노하여 그를 죽이려고 하였으나 손에 아무런 무기가 없었다. 길동이 몸을 공중으로 솟구쳐 구름에 둘러싸여 진언을 읊으니, 문득 한 무리의 먹구름이 나타나 큰비가 쏟아붓듯이 오고 돌과

---

14) 초패왕 항우의 고사. 유방에게 패하고 오강烏江에 이르렀을 때, 뱃사공이 돌아가 권토중래捲土重來하기를 권하자 "강동 5천 자제를 이끌고 부귀를 약속하며 오강을 건너왔는데 모두 죽이고 돌아갈 수 없다"라 하며 부하들과 오추마만 배에 태우고 자신은 남아 자결하였다.

15) 형가荊軻가 연왕의 지시로 진시황을 암살하러 떠날 때, 역수易水에서 이별하며 '바람은 소슬하고 역수의 물은 차갑구나風蕭蕭兮易水寒, 장사가 한번 떠나니 돌아오지 않으리壯士一去兮不復還'라는 노래를 불렀다.

기와가 바람에 날아갔다. 특재가 겨우 정신을 수습하여 살펴보니 길동이 온데간데없어, 곧바로 도망가려 하였으나 갈 바를 알지 못하였다. 문득 길동이 크게 소리치기를,

"너는 재물을 탐하여 불의를 행하였으니 하늘이 어찌 그냥 두리오? 다만 흥인문 밖 관상장이에게 속은 것이 가엾도다."

라 하고는 공중에서 내려앉아 다시 말했다.

"내가 너와 더불어 본래 원수진 일이 없거늘, 무슨 이유로 나를 해치고자 하느냐?"

특재가 그제야 길동의 재주가 신기함을 알고는 항복하였다. 길동의 앞으로 나아가 애걸하기를,

"이는 진실로 소인의 죄가 아니옵니다. 상공 댁 소낭자小娘子16) 초란이 무녀와 관상장이를 매수하여 노야老爺께 공자를 참소하고, 소인으로 하여금 공자를 죽여 후환을 끊으면 천금을 주겠다 하기로, 무지한 마음에 재물을 탐하여 이곳으로 왔삽더니, 밝은 하늘이 그릇되다 여기고 끝내 일이 실패하고 드러나게 하였사옵니다. 바라건대 공자는 소인의 죄를 용서하여 잔명殘命을 잇게 하옵소서."

라고 하였다. 길동이 분기를 참지 못하여 특재의 칼을 빼앗아서는 큰 소리로 외쳤다.

"네가 재물을 탐하여 사람 죽이기를 좋게 여기니, 특별히

---

16) 소낭자小娘子 : '낭자娘子'는 처녀를 높여 이르는 말인데 기생첩인 초란에게 특재와 관상장이가 이 말을 쓰는 이유를 알 수 없다.

너를 죽여 후환을 없게 하리라."

길동이 칼을 휘두르며 나아가 특재의 목을 베니 한 줄기 무지개가 일어나면서 특재의 머리가 방바닥으로 떨어졌다. 길동이 칼을 들고 뜰에 내려와 하늘을 살펴보니, 은하수는 서쪽으로 기울어지고 달빛은 그저 밝아 사람의 마음에 근심을 더하였다. 길동이 차마 분함을 참지 못하여 생각하기를,

"어찌 관상장이를 그냥 두리오?"

라 하고, 곧장 홍인문 밖 관상장이의 집에 이르렀다. 길동이 진언을 염念하여 바람을 일으키니 문득 찬바람이 마주 불어오며 벽력이 천지를 뒤흔들었다. 길동이 관상장이를 잡아내어 풍운風雲 가운데 몰아와서는 특재가 죽어 있는 방에 던지고 크게 꾸짖었다.

"나를 능히 알겠느냐? 나는 이곳 홍상공 댁의 공자로다. 너와 더불어 원수진 일이 없거늘, 무슨 연고로 요악妖惡한 말을 꾸며 부자의 천륜을 끊게 하느냐? 어찌 네 죄를 용서하리오?"

관상장이가 풍운에 몰리느라 어디인지도 모르고 정신을 수습하지 못하다가, 길동의 책망을 듣고 그제야 일을 짐작하였다. 관상장이가 큰 소리로 애걸하기를,

"이는 다 소낭자小娘子 초란의 모함이요 천첩의 죄가 아니오니, 바라건대 죄를 용서하소서."

라 하였다. 길동이 노하여,

"초란은 상공께서 총애하는 가인家人이라. 네가 감히 요망한

말을 하느냐? 네가 한낱 요사스러운 여자로서 대신을 미혹迷惑하게 하고 사람을 죽이고자 하였으니, 어찌 하늘이 무심하리오? 나로 하여금 너를 죽여 훗날의 폐단을 없게 하신 것이니, 나를 원망하지 마라."

라 하고 칼을 들어 관상장이를 베니, 어찌 가련하지 아니하리오?

이때 길동이 두 사람을 죽이고 더욱 화를 이기지 못하여, 곧바로 내당에 들어가 초란을 죽이고자 하다가 돌이켜 생각하였다.

"ooooo이라[17], 제가 나를 저버릴지언정 내가 어찌 저를 저버리리오? 이미 두 사람을 죽이고도 일을 마치지 못하였구나. 이제 차라리 멀리 도망쳐서 속세俗世를 버리고 산간에 몸을 숨겨 세월을 보내리라."

길동이 표연히 상공의 침소에 나아가 하직하고자 하였다. 이때 공이 빈 뜰에 사람 기척이 있음을 이상하게 여겨 창을 열고 내다보니, 길동이 섬돌 아래 엎드려 눈물을 흘리고 있었다. 공이 매우 놀라,

"밤이 깊었거늘 네 어찌 잠들지 않고 이리 방황하느냐?"

길동이 대답하기를,

"소인이 대감의 정기로 사람이 되었사오니, 몸이 마칠 때까지

---

17) 원문에 '영인이부영건무아부안이라'라고 되어 있다. 출전과 의미를 알 수 없다.

아버지의 낳으신 은혜와 어머니의 기르신 은혜를 만분의 일이나 갚삽고자 하였사옵니다. 불행히 집안에 불의한 사람이 있어서 상공께 참소하여 소인을 해치려다가 오늘 밤에 결판을 내려하였는데, 소인이 겨우 명을 보전하였습니다. 이제 어쩔 수 없어서 목숨을 살려 도망하고자 하옵기로, 오늘 상공께 하직을 고하옵니다. 엎드려 바라건대 상공께서는 귀체를 보중하소서."

공이 크게 놀라,

"네 어인 말인가? 무슨 변고變故가 있기에 어린 아해가 집을 버리고 어디로 가려고 하느냐?"

길동이 대답하여

"내일이면 자연히 알게 되시리니와, 불효자를 유념치 마소서."

공이 이 말을 듣고 마음에 생각하기를, 이 아이가 범상치 아니하여 만류해도 듣지 않을 것임을 짐작하고는,

"이제 집을 떠나면 어디로 향하려 하느냐?"

길동이 대답하기를,

"소인의 신세는 뜬구름과 같사오니, 상공께는 버린 자식이라, 어찌 갈 곳을 정하리이까?"

하니, 공이 한동안 말이 없다가,

"너는 나의 기출己出이라. 비록 어디로 떠돌아다니더라도 범람氾濫한 마음을 먹고 문호門戶에 화를 미치지는 않게 하라."

라고 하였다. 길동이 다시 절하고는

"삼가 명을 받자올 것이려니와, 마음에 한이 되는 것은 열 살이 되도록 호부호형呼父呼兄을 못하였으니 세상에 나아갈 길이 없사옵이라, 어찌 애달프지 아니하리이까?"

하니, 공이 다시금 위로하였다.

"오늘부터는 너의 원을 풀어 줄 것이니, 조심하여 몸에 화를 취하지 마라."

길동이,

"야야爺爺[18]께서는 천한 자식을 생각하지 마시고, 어미를 가엾게 여기시어 외로운 한이 없게 하옵소서. 소인이 평생의 한 조각 한스러움을 오늘에 풀었으니 죽어도 다시 한이 없을 것이옵니다. 야야께서는 만수무강하소서."

라 하고는 두 번 절하여 하직하고 몸을 두리쳐 나갔다. 공이 마음으로는 측은하게 여기나 장래를 알 수 없어 또한 번민煩悶하여 마지않았다.

길동이 또한 어머니의 침소로 돌아가서는 이별을 고하였다.

"소자가 목숨을 살리고자 떠나온데, 천지를 둘러보아도 갈 길이 아득하옵니다. 바라건대 어머니께서는 한낱 불초不肖한 자식을 생각하지 마시고 귀체를 보전하여, 소자가 돌아오기를 기다리소서."

춘랑이 길동의 손을 잡고 눈물을 흘리며 말했다.

---

18) 야야爺爺 : 아버지의 존칭.

"어디로 향하여 가느냐? 모자가 다시 만날 날은 어느 때나 있겠느냐? 너는 나의 마음을 짐작하여 일찍 돌아와서 다시 모일 일을 생각하여라."

길동이 다시 절하고 하직하며 함께 슬퍼하였다.

문을 나서니 구름 가득한 산은 첩첩이 가리었고 돌아가는 물은 흉흉히 거칠어, 길동은 갈 곳 없이 그저 길을 떠났다.

차설.

초란이 특재를 보내고는 소식이 없음을 이상하게 여겨, 심복을 보내어 사정을 알아보게 하였다. 이윽고 보낸 이가 엎어지고 자빠지며 황급히 돌아와서 하는 말이,

"길동은 간 데 없고, 특재의 목 없는 시신과 계집의 시신이 방안에 거꾸러져 있더이다."

초란이 이 말을 듣고 혼비백산하여, 급히 내당으로 들어가서 부인께 고하였다. 부인이 또한 대경실색하여 좌랑을 불러서는 연고를 이르고 길동을 찾았으나 종적이 묘연杳然하였다. 놀라고 두려워 마지않아 좌랑이 상공께 고하기를,

"길동이 밤에 사람을 죽이고 도주하였습니다."

라 하니 공이 크게 놀라,

"길동이 밤에 와서 슬퍼하며 하직함을 그저 괴이하게 여겼더니, 이런 일이 있었구나."

좌랑이 감히 숨기지 못하고 사실을 고했다.

"야야爺爺께서는 근심치 마옵소서. 길동으로 말미암아 심려하시어 병환이 위중하시기로, 초란에게 명하여 어떤 계책이 없을지 의논하였삽더니, 초란이 몰래 자객을 보내어 길동을 죽여 없앤 후에 야야께 아뢰고자 하였다가, 도리어 길동에게 해를 입었는가 하옵니다."

공이 이 말을 듣고는 크게 꾸짖었다.

"네 그런 좁고 불측不測한 소견으로 어찌 조정에 참예參預하리오? 내 초란을 죽여 한을 풀리라."

공이 한편으로는 집안 사람들을 엄하게 책망하여, 만일 이 일을 누설하면 죽기를 면치 못하리라고 분부하였다. 초란 또한 죽이려 하다가 다시 생각하되,

"만일 길동의 어미가 알면 사단事端이 좋지 못할 것이며, 말이 누설되면 살인죄를 면치 못할 것이라. 가만히 내쫓아서 자취가 없게 하리라."

하여, 심복에게 명하여 초란을 멀리 쫓아내게 하였다.

차설.

길동이 부모를 이별하고 문을 나서니, 어찌 슬프지 아니하리오? 한 몸이 떠돌아 사해四海로 집을 삼고 정처없이 망망하게 다니다가 한 곳에 이르렀다.

산은 높고 물은 맑아 경치가 절승한 곳이었다. 길동이 그리로 들어가며 좌우를 살펴보니, 층암절벽은 반공중에 솟아 있고 신기한 꽃과 풀은 사면에 둘러 피어나고 자라나서 인간세상과는 또다른 곳이었다. 풍경에 탄복하며 계속해서 들어가니 경치는 더욱 절승絶勝한데, 나아가고자 하니 길이 끊어지고 돌아가고자 하니 또한 날이 어두워졌다. 길동이 주저하고 있는데 홀연히 난데없는 표주박 하나가 물에 떠내려왔다. 길동이 이를 보고 생각하였다.

"인가가 있거나, 없으면 반드시 사찰이나 도관道觀이 있을 것이다."

길동이 시내를 따라 몇 리를 더 들어가니 큰 바위 아래에 돌문이 숨겨져 있었다. 길동이 그 닫힌 문을 열고 들어가니 천지가 활짝 열렸는데, 평평하고 넓은 들은 둘러보아 거칠 것이 없었으며 수백 호의 인가가 즐비하였다. 그 가운데 한 집이 있어 길동이 그곳으로 찾아가니 여러 사람이 모여 바야흐로 잔치를 벌이고 술잔을 나누며 무슨 의논이 분분하였다.

원래 이곳은 도적의 소굴로, 길동이 다가가 들으니 서로 우두머리를 다투며 정하지 못하고 있었다. 길동이 가만히 생각하기를,

"내 망명亡命한 사람으로 의탁할 곳이 없었는데 하늘이 도와 이곳에 이르게 하셨으니, 가히 영웅의 뜻을 펼 곳이로다."

그리하여 곧바로 좌중으로 나아가서는 허리를 굽혀 예를 표

하고 말했다.

"나는 경성 홍 승상의 천첩 소생인 길동이라 하는데, 집안의 천대를 받지 아니하고자 스스로 집을 버리고 도망 나왔소. 사해일방四海一方을 정처 없이 다니다가 오늘 하늘이 지시하여 이곳에 이르렀으니, 비록 내가 나이는 어리나 모든 호걸의 으뜸이 되어 사생고락死生苦樂을 함께 하려는데, 어떠하오?"

사람들이 서로 얼굴만 돌아보며 말이 없다가, 그 중의 한 사람이 나서서 말했다.

"그대의 기상을 보니 짐짓 영웅이라. 그러나 지금 두 가지 일이 있는데, 그대가 능히 행할쏜가?"

길동이 물었다.

"그 두 가지 일을 알고자 하오."

그 사람이 대답하였다.

"그 하나는 이 앞에 있는 소부석이라는 돌이니, 그 무게가 천근이라. 능히 그 돌을 든다면 용력을 알 것이라. 둘째는 합천 해인사이니, 그 절 중이 수천 명이고 재물이 이루 거만이라, 우리가 쳐서 그 재물을 취하고자 하나 능히 칠 묘책이 없음이라. 그대가 이 두 가지를 행하면 오늘로 우리의 두목을 삼으리라."

길동이 크게 웃으며,

"남자가 세상에 나매 위로는 천문天文에 통하고 아래로는 지리地理에 밝으며 손자와 오자의 병서兵書를 해통解通하면서도 선비의 부류에 참여하지 못함이 평생의 한이라. 어찌 그 두

가지 일을 근심하리오?"

라 하니, 무리가 기뻐 말하기를,

"만일 그렇다면 시험하리라."

하고는 소부석이 있는 곳으로 갔다. 길동이 소매를 걷고 그 돌을 들어서는 위로 추켜들고 수십 리를 돌아다니다가 공중으로 던졌다. 이에 무리가 모두 칭찬하였다.

"과연 장사로다. 우리 수천 명 가운데 이 돌을 들 자가 없더니, 오늘 하늘이 지시하여 장군을 보내셨도다."

길동이 상좌上座에 앉아 술을 차례대로 돌리고는, 군사에게 명하여 백마를 잡아 그 피를 가져왔다19). 길동이 무리를 대하여,

"오늘 이후로 모두가 한마음으로 힘을 합하여 물과 불 속에서도 사생死生과 고락苦樂을 함께 하리라. 만일 이 언약言約을 배반한즉 죽음을 면치 못하리라."

라 하니, 무리가 일시에 응낙하여 온종일 마시며 취하고는 자리를 마쳤다.

이후 길동이 무리로 더불어 무예를 훈련시키니, 몇 개월 지나지 않아 군법이 정예精銳20)해졌다.

하루는 길동이 무리를 모으고 분부하였다.

---

19) 맹세를 할 때의 의식. 스스로 팔 등을 찔러 피를 내거나, 제물로 바치는 동물의 피를 모아서 큰 그릇에 담고 이를 돌려 마신다.
20) 정예精銳 : 썩 날래고 뛰어남. 그런 사람들로 구성된 부대. 사람됨이 우수하고 뛰어남.

"장차 해인사를 치고자 하니, 만일 명을 어기는 자는 군법으로 시행하리라."

무리가 머리를 숙여 명령에 따랐다. 길동이 나귀 한 필에 십여 명 종자를 데리고 나서며 말했다.

"내가 절에 가서 사정을 보고 오리라."

길동이 푸른 도포에 검은 띠를 띠고 나서니 완연한 재상가 자제였다. 종자를 앞서 보내어 전하기를, 경성의 홍 승상 자제가 공부하러 온다고 하였다. 이에 승려들이 기뻐하며,

"우리 절이 본래 대찰大刹이었으나 자취가 피폐疲弊해졌는데, 이제 재상가의 자제가 공부하러 온다 하니 그 힘이 과연 적지 아니하리라."

하고는 일시에 나와 맞이하며 합장배례하였다.

길동이 정색하고 말하기를,

"내가 듣기에 너희의 절이 유명하다 하여, 한번 구경하고 몇 달 공부하여 가을에 과거를 보려 한다. 절 안에 잡인雜人을 각별히 금하라."

라 하니, 모든 중이 분부를 받들었다. 길동이 흔연히 하례하고는 몸을 일으켜 법당을 살핀 후 노승을 불러 일렀다.

"내 인근 마을에 다녀올 것이니, 부디 잡인을 금하라. 이달 보름에 술과 음식을 많이 갖추어서 잘 대접하리라."

길동이 동구로 나오니 무리가 맞이하며 기뻐하였다. 이튿날 길동이 백미 스무 석을 실어 절에 보내니, 중들이 받아 창고에

넣고 기약한 날을 기다렸다.

그날이 되자 길동이 무리에게 분부하기를,

"내 오늘 절에 올라가 이리이리할 터이니, 모든 중을 결박하거든 너희는 이때에 응하여 이리이리하라."

라 하니 무리가 응낙하고 약속을 정하였다.

길동이 옷차림을 수습하고 종자를 데리고 해인사에 이르자 중들이 영접하여 들여보냈다. 길동이 노승을 불러,

"내가 백미白米를 보냈는데, 어찌하였는가?"

물으니 노승이 대답하기를,

"이미 주반酒飯을 준비하였습니다."

이에 길동이,

"들으니 이 절 뒤의 풍경이 좋다 하였다. 내가 종일 놀고자 하니, 이 절의 중은 한 명 빠짐없이 모두 모이라."

중들이 감히 거역하지 못하여 절 뒤에 자리를 정하고 상을 차려 올렸다. 길동이 술을 부어 먼저 마시고는 차례로 중들에게 전하는데, 이때 길동이 소매에서 가만히 모래를 내어서는 입에 넣고 씹었다. 모래 깨어지는 소리가 나자 중들이 모두 놀라 엎드려 사죄하는데, 길동이 거짓 노하며 꾸짖었다.

"너희들이 나를 업신여겨 음식을 부정不淨하게 다룸이 이러하니, 어찌 통한치 않으리오?"

길동이 종자들에게 분부하여 밧줄을 잘라 중들을 차례차례 결박하여 앉혔다. 중들이 비록 용맹이 있다 한들 어찌 항거하리

오? 이때 무리가 동구에 매복하고 있다가, 중들이 묶인 것을 알자 일시에 달려들어서는 재물을 마치 제 것인 양 실어냈다. 중들이 이를 알고는 포박에서 벗어나려 하였으나 할 수 없으니 그저 입으로 소리만 질렀다.

이때 절의 불목하니[21])가 주방에서 그릇을 씻고 있었는데, 불시에 도적들이 달려들어 창고를 열고 재물을 다 실어가는 것을 보고는 통분痛忿하여 뒷담을 넘어 도망쳐서는 관가에 고하였다. 합천 원이 이를 알고는 즉시 관군을 내어 도적을 잡으라 명하고, 수백 명의 백성을 불러모아 그 뒤를 따르게 하였다.

무리가 재물을 소와 말에 싣고 가다가 문득 바라보니 뒤쫓아오는 길에 먼지가 일어 하늘에 닿았다. 무리가 놀라 제정신을 잃을 지경이 되어 어찌할 줄 모르고 돌이켜 길동을 원망하니, 길동이 크게 웃었다.

"너희들은 그저 주둥이가 노란 어린것들이라. 어찌 나의 깊은 소견을 알리오? 너희는 두려워하지 말고 동구를 지나 남쪽 큰길로 가라. 내가 뒤에 오는 관군으로 하여금 북쪽으로 가게 하리라."

무리가 일시에 말과 소를 몰아 남쪽 큰길로 가니, 길동은 도로 법당에 들어가서 중의 장삼長衫을 입고 송낙을 쓰고는 동구로 나와 높은 곳으로 올라갔다. 그곳에서 관군의 오는 양을

---

21) 불목하니 : 절에서 지내는 속인으로 이런저런 잡일을 한다.

살피고는 크게 소리치기를,

"관군은 이곳으로 오지 말고, 북쪽 샛길로 가면 도적을 잡으리라."

하고는 장삼 소매를 들어 북쪽을 가리켰다. 관군이 비바람처럼 오다가 그 소리를 듣고는 북쪽 샛길로 가니, 길동은 가만히 몸을 숨겨서 먼저 동굴로 돌아갔다. 남은 무리에게는 술과 음식을 갖추게 하고 나갔던 무리가 돌아오기를 기다리니, 황혼 무렵에 그들이 수천 마리의 말과 소를 거느리고 돌아와 길동을 보고 그 신출귀몰神出鬼沒한 재주를 칭찬하였다. 이에 길동이,

"장부로서 이만한 재주가 없으면 어찌 무리의 우두머리가 되리오?"

라 하였다.

이후로 길동이 활빈당活貧黨이라 자칭하고 조선 팔도로 다니며, 만일 불의한 재물이 있으면 탈취奪取하고, 가난하고 곤란에 처하여 의지할 곳이 없는 사람이 있으면 재물을 주어 구제救濟하는데, 한 번도 그 자취를 남기지 않았다.

합천에서는 관군이 도적을 뒤쫓아 수백 리를 둘러 포위하고도 한 명조차 잡지 못한 채 그저 돌아가서는 관아에 고하였다. 합천 원이 이를 듣고는 놀라 즉시 조정에 상주하기를,

"난데없는 도적 수천 명이 대낮에 해인사를 치고 거만의 재물을 탈취해 가매, 관군을 발행하여 잡으려 하였으나 그 도적이 간 곳을 모르옵니다. 엎드려 바라건대 성상은 살피옵소서."

라 하였다. 상이 이를 보고는 팔도에 영을 내려,

"만일 이 도적을 잡는 자가 있으면 크게 상을 주리라."

하시니, 행관行官이 팔도를 돌아다니며 어떻게든 잡으려고 하였다.

차설.

길동이 무리를 모아 의논하기를,

"우리가 비록 도적이나 본래는 선량한 백성이라. 난세亂世를 당하면 시석矢石[22]을 무릅쓰고 나라를 위하려니와, 지금은 태평세월이라 산림에 은거하였다. 만약 백성을 침범하거나 여염여염에 폐를 끼치는 자가 있으면 군법으로 시행할 것이고, 진상하거나 상납하는 것을 탈취하면 이는 역적이니 죽임을 면치 못할 것이다. 다만 각읍으로 다니며 백성의 기름과 피땀을 앗아 자기 것으로 삼은 불의한 재물을 빼앗는다면 이는 의적이다. 이것이 우리 활빈당의 큰 법이니, 너희들은 명심하라."

라고 하니, 무리가 응낙하고 그 명을 따랐다.

이러그러 수 개월이 지나매, 길동이 무리를 불러 분부하였다.

"우리의 창고가 비었으니 함경 감영에 가서 창고의 곡식과 병기를 훔쳐오고자 한다. 너희들은 한 사람씩 흩어져 성에 들어

---

22) 시석矢石 : 돌과 화살. 제유하여 전쟁터와 그곳에서 날아다니는 모든 무기.

갔다가, 모모한 날 남문 밖에 불이 일어나거든 보고 응하되, 감사와 군사와 백성이 성 밖으로 나가고 안이 비는 때를 타 창고의 곡식과 병기를 훔쳐내어라. 그러나 백성에게는 추호도 침범하지 말아라."

길동이 또한 대여섯 명을 데리고는 변장하여 길을 떠났다.

약속한 날 밤 사경四更에, 길동이 감영 남문 밖에 이르러 섶과 지푸라기를 쌓아 놓고는 불을 질렀다. 불길이 하늘에 이르니 백성이 그 기세가 일어남을 보고 놀라며 당황하여 이리저리 뛰어다닐 뿐이었다. 길동이 재빨리 성으로 들어가 관문을 두드리며 소리치기를,

"화재의 기세가 급하니 바삐 구하소서."

감사가 잠결에 그 소리를 듣고 급히 일어나 바라보니 성 밖에서 불빛이 하늘에 이르렀다. 일변 군사를 지휘하여 내달으니 성중이 요란하여 남녀노소 없이 모두 나가고, 창고를 지키는 군사는 하나도 없었다. 이때 길동이 무리를 지휘하여 창고를 열고는 무기와 곡식을 실어내어 소와 말에 싣고는 북문으로 도망하여 축지법縮地法을 쓰면서 밤새 달아나니, 동틀녘에 이미 동굴에 도달하였다.

길동이 무리에게 이르되,

"우리가 불의한 일을 행하였으니 감사가 장계狀啓를 올릴 것인데, 곧 우리는 잡지 못할 것이어니와 백성 중에 애매한 사람이 잡혀 죄를 뒤집어쓸 것이다. 이 어찌 적악積惡이 아니리오? 곧

감영 북문 밖에 방을 써 붙이기를, 창고의 곡식과 군물軍物을 도적질한 자는 활빈당 괴수 홍길동이다, 라고 하라."

이에 무리가 놀라,

"장군은 어찌 화를 취하는가?"

길동이 웃으면서,

"너희들은 겁내지 말아라. 자연히 피할 묘책이 있으니 지휘대로 거행하라."

무리가 명을 거역하지 못하여, 밤이 되기를 기다려 감영 북문으로 가서 방을 붙였다.

이날 밤 길동이 지푸라기로 사람 모양 일곱 개를 만들고는 각각 진언을 염하여 혼백을 불어넣었다. 일곱 허수아비가 일시에 팔뚝을 걷어 뽐내며 크게 소리치고 한곳에 모여 요란하게 수작하는데, 어느 것이 진짜 길동인지 알 수 없었다. 무리가 모두 손뼉을 치며,

"장군의 신기한 재주는 귀신도 측량치 못하리라."

이제 여러 길동이 하나씩 흩어져 팔도로 떠나면서 무리를 오백 명씩 거느렸는데, 무리가 각각 행장을 꾸려 길을 떠나매 진짜 길동은 어디에 있는지 알지 못하였다.

차설.

함경 감사가 불을 끄고 돌아오니 창고의 곡식과 무기를 다

훔쳐간 후였다. 감사가 크게 놀라 급히 사방으로 포졸을 보냈으나 그 종적을 알 수 없었다. 그때 북문 지키던 군사가 달려와 고하기를,

"지난밤에 이러이러한 방이 붙었습니다."

감사가 그 방을 보고는,

"이는 천고千古에 희한한 일이로다. 함경도 내에 홍길동이라는 사람이 있느냐?"

좌우를 돌아보며 물어도 누구 아는 사람이 없었다. 감사가 무엇보다도 근심하여 일변 각읍에 관명을 내려서는 이 도적을 잡으라 하고 또 나라에 장계를 올렸다. 상이 또한 교지를 내려 팔도 각읍에 방을 붙여서 길동을 잡으라 하시고, 또한 각 군문에는 군사를 훈련시키고 잘 키운 군마軍馬를 지키라 하였다.

재설.

길동이 허수아비 일곱을 한 곳에 하나씩 보내고, 자신은 경상과 전라 양도의 각읍에서 봉송하는 것을 남김없이 탈취하면서 팔도를 돌아다녔다. 감사와 원들이 밤에도 잠을 자지 못하고 창고와 군물軍物을 엄하게 지켰으나 길동은 호풍환우呼風喚雨하는 술법을 익혔으므로, 대낮에도 비바람이 들이치고 돌과 자갈을 날려 사람이 눈을 뜨지 못하게 하고는 곡식과 군물을 종적 없이 가져가 버렸다. 이로 말미암아 팔도에서 위급함을 구하라

는 장계가 일시에 올라왔다.

"홍길동이라는 대도적이 능히 구름을 일으키고 바람을 불러 각읍 수령의 재물을 탈취하는데, 그 형세가 가장 호탕하고 커서 능히 막지 못하리로소이다."

상이 보시니 팔도에서 장계가 올라온 연월일시까지 같았다. 더욱 놀라 말씀하시기를,

"이 도적은 용맹과 술법이 옛날 치우蚩尤23)와 제갈공명이라도 미치지 못하리로다. 아무리 신기하다 한들 어찌 한 몸이 한날한시에 팔도로 다니며 어지러이 날뛰는고? 이는 보통 도적이 아니다. 누가 능히 이 도적을 잡아 국가의 근심을 덜리오?"

옥음玉音이 마치지 않았는데 문득 한 사람이 나와 아뢰었다.

"저놈이 자그마한 도적이라. 비록 술법이 있어 팔도로 날뛰오나 어찌 옥체의 염려하실 바이리오? 신이 비록 재주 없으나 정병精兵24)을 빌려 주시면 홍길동을 산 채로 잡아 나라의 근심을 덜까 하나이다."

모두가 바라보니 이는 포도대장인 이흡이었다. 상이 크게 기뻐하여 정예 군사 수백을 주시며,

"공을 이룸은 경에게 있으니, 이 창궐하는 도적을 잡으라."

이흡이 드디어 탑전榻前25)에 하직하고는 그날로 출발하였다.

---

23) 치우蚩尤 : 태고 삼황시대의 인물. '머리는 구리 같고 이마는 쇠 같다銅頭鐵額'라고 하며 무력에 뛰어나 군신軍神으로 일컬어졌다. 황제黃帝에게 정벌되었다고 한다.
24) 정병精兵 : 특별히 우수하고 강한 병사.

먼저 병사를 각처로 흩어 보내면서,

"문경으로 모이라."

라고 명령했다.

이흡이 홀로 금부를 나와 오십 리를 가니 날이 어두워졌다.
이흡이 주점을 찾아 쉬는데, 문득 한 소년이 나귀를 타고 들어왔
다. 이흡이 일어나 예를 표하고 좌정한 후 그 소년이 문득 탄식
하였다.

이흡이 묻기를,

"그대 무슨 근심이 있기에 이렇듯이 슬퍼하는가?"

소년이 대답하기를,

"하늘 아래 왕의 땅이 아님이 없고, 땅 위에 왕의 백성이
아님이 없다26) 하였으니, 내 비록 함곡의 옥생玉生이나 나라를
위하여 근심하는 바라. 이제 홍길동이라는 도적이 도처에 다니
며 어지러우매 각읍에 소동이 일어나고 상이 근심하사 도적을
잡으라 하시나 능히 잡을 자가 없으니, 그를 근심하노라."

이흡이 말하기를,

"그대의 기골이 장대하고 말이 충직하니, 내 그대를 따라
힘을 합해 도적을 잡을까 하노라."

소년이 말하기를,

---

25) 탑전榻前 : 임금의 자리 앞.
26) 『시경』〈小雅北山〉. 하늘 아래 왕의 땅이 아님이 없고普天之下 莫非王土,
땅 위에 왕의 신하가 아님이 없다率土之濱 莫非王臣.

"그 도적이 놀라운 용맹이 있다 하니, 그대와 더불어 힘을 합하면 잡으려니와 만일 그렇지 않으면 도리어 해로울까 하노라."

이흡이 말하기를,

"대장부가 한번 언약한 후 어찌 믿음을 버리리오?"

소년이 말하기를,

"내가 본래 그 도적을 잡고자 하였으나 용력勇力이 있는 사람을 얻지 못하였다. 이제 그대가 나를 따르고자 한다면, 조용한 곳으로 가서 재주를 시험하리라."

라 하고는 일어나 나갔다.

이흡이 그 소년을 따라가 한 곳에 이르니, 소년이 높은 바위에 올라앉으며,

"그대는 힘을 다하여 나를 발로 차서 떨어뜨리라."

하고는 벼랑 끝에 나가 앉았다. 이흡이 가만히 생각하기를,

"제 아무리 용맹이 있은들, 한번 차면 제 어찌 떨어지지 않겠는가?"

하다가, 평생의 힘을 모아 두 발로 매우 찼다. 그러자 소년이 문득 돌아앉으며,

"그대는 진정한 장사로다. 내가 여러 사람을 시험하여 나를 움직이는 자가 없었는데, 그대가 차니 내 오장五臟이 울리는도다. 그대가 나를 따라오면 길동을 잡으리라."

하고는 첩첩疊疊한 산곡으로 들어갔다.

한 곳에 이르자 소년이 돌아서며,

"이곳이 길동의 소굴이라. 내 먼저 들어가 탐지하고 올 것이니 그대는 여기서 기다리라."

"내 이미 그대와 더불어 죽고 사는 것을 함께 하고자 하였는데, 어찌 나를 이곳에 두어 늑대와 호랑이의 해를 당하라 하는가?"

"장부가 어찌 늑대와 호랑이를 두려워하리오? 그대가 실로 급하거든, 먼저 들어가 도적들의 동태를 수탐搜探27)하라."

"그대 말이 쾌활快闊28)하니 빨리 알아보고 오라. 이 도적을 잡으면 큰 공을 세우리라."

소년이 웃기만 하고 대답하지 않은 채 초연히 산곡 사이로 들어갔다. 이흡은 진퇴유곡進退維谷이라 할 수 없이, 큰 나무등걸을 안고 앉아서 기다렸다.

홀연히 산곡산곡 간에서 무엇을 두드리는 소리가 요란하더니, 수십 군졸이 내려왔다. 이흡이 크게 놀라 바라보니 군사들의 생김이 매우 흉악하였다. 이흡이 피하려 하였는데 그 군사들이 좌우를 둘러싸고 결박하면서 꾸짖기를,

"네가 포도대장 이흡이냐? 우리들이 지부地府 염라대왕의 명을 받아 너를 잡으러 왔다."

하고는, 쇠사슬로 묶고 비바람 치듯 몰아갔다. 이흡이 불시에

---

27) 수탐搜探 : 수사하고 탐지함.
28) 쾌활快闊 : 말이나 행동이 거침없고 자신감이 있다.

이런 변을 만나 혼이 몸에 붙지 못한 채 수 리를 따라가다가 한 곳에 다다라 성문을 넘어가니, 천지가 광대하고 경치가 절승하였다. 이흡이 생각하기를,

"내가 이곳으로 끌려왔으니 어찌 다시 세상으로 돌아가리오?"

이흡이 정신을 진정하고 눈을 들어 보니 그곳에 어이한 궁궐이 있어 넓고도 큰데, 무수한 군사가 누런 두건을 쓰고[29] 그 위의가 엄숙하였다. 이흡이 생각하기를,

"내가 살아 육신이 왔는가, 죽어 혼백이 왔는가?"

하며 그저 엎드려 있었다.

문득 명하는 소리가 길게 나매 나졸이 내달아 이흡을 잡아서 계단 아래에 꿇렸다. 전 위에서는 염라대왕이 남색 포의布衣[30]에 옥대玉帶[31]를 띠고 좌탁에 앉아 있다가 큰 소리로 꾸짖었다.

"네 요망한 일개 사내로서 외람되이 홍장군을 잡으려 하매, 산신이 진노하사 시왕十王[32] 전前에 고하여 그대를 잡아 죄를 묻고 외람猥濫한 죄를 다스려 책策하고자 한다. 좌우는 이 사람을 엄중히 다루어라."

군사들이 달려들어 이흡을 결박하였다. 이흡이 난간을 붙잡

---

29) 황건역사黃巾力士.
30) 포의布衣 : 베로 지은 옷.
31) 옥대玉帶 : 벼슬아치가 공복에 두르던 띠.
32) 시왕十王 : 열 가지로 구분된 저승을 각각 맡아 다스리는 열 명의 귀왕鬼王. 염라대왕은 이 중 하나이다.

고 크게 소리치기를,

"소인은 인간의 천한 사람으로서 무죄히 잡혀 들어와 죄를 당하오니, 엎드려 바라옵니다, 상부는 소인을 살리옵소서."

말을 마치자마자 이흡이 크게 우니, 길동이 꾸짖었다.

"이 못난 사람아, 나를 자세히 보아라. 나는 이곳 활빈당 행수 行首33) 길동이다. 그대가 외람한 의사를 내어 나를 잡으려 하니, 그대의 용력과 뜻을 알고자 하여 전날 내가 청포소년으로 행세하고 그대를 인도하여 이곳으로 와서 우리의 위엄을 보게 한 것이라."

길동이 말을 마치고는 좌우에 명하여 이흡의 묶은 것을 풀게 하고 좌상에 올려 앉혀 술을 권했다.

"그대 같은 장사는 십만이라도 나를 능히 잡지 못할 것이다. 그대를 죽여 없앨 것이로되 오히려 녹록碌碌34)함으로 살려 보내노라. 그대는 부질없는 뜻을 내지 말고 빨리 돌아가되, 나를 보고도 잡지 못했다 하면 필경 죄책罪責이 있을 것이니 아예 그런 말을 말라. 재생지은再生之恩을 생각하여 다시는 그대 같은 사람이 없게 하라."

길동이 또 누군가를 잡아들여 계단 아래 꿇리고는 꾸짖기를,

"너희를 다 죽일 것이나 오히려 내 십분 용서하니 차후는 조심하라."

---

33) 행수行首 : 어떤 무리의 우두머리.
34) 녹록碌碌 : 하찮고 연약함. 변변치 못하고 하잘것없음.

하고, 군사에게 명하여 묶은 것을 끄르고는 술을 먹였다. 그리고는 다시 이흡을 불렀다.

"그대를 위해 한 잔 술을 부어 정을 표하노라."

이흡이 그제야 놀란 정신을 수습하고 자세히 보니, 이는 곧 청포소년이었다. 이흡이 감탄하여,

"내 널리 듣고 본 것이 많으나 이런 사람의 재주는 전에도 후에도 드문 일이라. 도적의 무리 됨은 아까운 일이로다."

이흡이 다만 권하는 술을 받아 마시니, 길동이 담소하며 즐거워하였다. 이흡이 그 신기함을 탄복하다가 문득 취한 술이 깨어, 일어나려고 하나 홀연히 몸을 움직일 수가 없었다. 괴이하게 여기고 정신을 진정하여 살펴보니 몸이 가죽부대 안에 들어 있었다. 간신히 끌러 열고 나와 본즉 부대 셋이 나무에 걸려 있었다. 차례로 열어 보니 처음 떠날 때 데리고 갔던 하인들이었다. 서로 이르기를,

"이것이 꿈인가, 생시인가? 우리가 어제 문경에서 모이자고 약속하였는데 어찌 이곳에 왔는가?"

두루 살펴보니 다른 곳이 아니라 장안성 북악이었다. 네 사람이 어이없어 장안을 굽어보니, 봄날 낮잠에서 꿈을 막 깬 듯하였다.

"나는 청포소년에게 속아 이리로 왔거나와, 너희는 어찌하여 잡혀왔느냐?"

이흡이 묻자 세 사람이 고하였다.

"소인 등은 주짐에서 자옵더니, 홀연히 풍운에 싸여 어디인지 모르고 왔사옵니다. 어찌하여 이곳에 올 줄 알았으리오?"

"이 일이 매우 허무맹랑하니, 남에게 전하면 화를 입을 것이다. 너희들은 삼가 누설치 말아라. 그러나 길동의 변화불측變化 不測함이 이와 같으니 어찌 사람의 힘으로 잡으리오? 또한 우리가 지금 들어가면 필경 죄책이 있으리니, 몇 달을 기다려서 들어가자."

이흡이 세 사람을 데리고 하릴없이 돌아왔다.

차설.

나라에서 팔도에 관원을 보내 길동을 잡으라 하였으나, 길동의 변화가 불측不測하여 장안대로로 초헌軺軒35)을 타고 왕래하며 혹은 각읍에 노문路文36)을 놓고 혹은 쌍교雙轎37)를 타고 왕래하되 능히 아는 이가 없었다. 심지어 길동이 팔도에 순행하면서 각읍 수령 중 만일 청백淸白하지 못한 자가 있으면 문득 베어 죽이고는 장계를 올리는데, 그 계문의 내용이 이러하였다.

"팔도 각읍 수령 중에 혹 빙공영사憑公營私38)하고 준민지고택

---

35) 초헌軺軒 : 종2품 이상의 벼슬아치가 타는 외바퀴 가마.
36) 노문路文 : 벼슬아치가 공무로 지방을 여행할 때 각읍 지방관에게 도달하는 날짜를 미리 알리는 글.
37) 쌍교雙轎 : 두 사람이 메는 작은 가마.
38) 빙공영사憑公營私 : 공적인 일을 빙자하여 사사로운 욕심을 채움.

浚民之膏澤[39]하는 자를 가어사假御史 홍길동이 선참후계先斬後啓[40]하옵나이다."

상이 이를 읽은 후 크게 노하여,

"이놈이 각도에 다니며 이렇듯 어지러이 구는데 잡지 못하니, 장차 어찌하리오?"

그런 중에 도승지가 팔도감사의 장계를 올리는데 그 내용이 한결같았다.

"홍길동이라는 도적이 각읍마다 어지러이 날뛰니, 엎드려 바라옵건대 성상은 군사를 내어 길동을 잡아서 민심을 안정케 하소서."

상이 장계를 읽고는 좌우에게 묻기를,

"이놈의 근본이 어디서 난 놈인가?"

한 사람이 나와 아뢰었다.

"홍길동은 전임 우승상 홍 아무개의 서자요, 이부시랑 홍인형의 서제庶弟[41]오니, 사람을 죽이고 달아난 지 수 년이라 하옵니다. 이제 홍 아무개와 인형을 패초牌招하여 하문下間하시면 자연히 알게 되실 듯하옵니다."

상이 크게 노하여,

---

39) 준민지고택浚民之膏澤 : 백성의 피땀을 빼앗음. 고택膏澤은 고혈膏血과 같다.

40) 선참후계先斬後啓 : 죄인을 먼저 처단한 후 중앙에 장계를 올려 사연을 아룀.

41) 서제庶弟 : 서모가 낳은 동생.

"그런 말을 이제야 하느냐?"

홍승상을 금부로 나수拿囚하고 또한 선전관宣傳官으로 하여금 인형을 잡아오라 하였다.

금부도사禁府都事가 나졸을 데리고 홍부에 도달하여 어명을 전하니, 승상은 무슨 까닭인지도 모르고 다만 금부도사를 따라 금부로 갔으며 선전관은 인형을 잡아와 계하에 꿇렸다. 상이 진노하여,

"길동이 너의 서제라 하였으니, 이제 빨리 잡아들이라."

좌랑이 황공하여 머리를 조아리며,

"신의 천한 동생이 불효불충不孝不忠하여, 일찍이 사람을 죽이고 망명도주亡命逃走한 후 그 사생존망死生存亡을 모르온 지 수년입니다. 신의 늙은 아비는 이로 인하여 신병身病이 들어 명이 조석朝夕에 있사옵는데, 길동의 불충함으로 나라에 근심을 끼치오니 신의 부자의 죄는 죽어도 아깝지 아니하옵니다. 성상께서 부디 은혜를 내리시어 신의 아비의 죄를 사赦하사 집으로 돌아가 병을 다스릴 수 있게 하시면, 신이 죽기를 무릅쓰고 길동을 잡아 신의 부자의 죄를 속贖하올까 하나이다."

하였다.

상이 그 효의孝義에 감동하여, 홍승상을 사하여 우승상으로 복직復職하게 하시고 좌랑에게는 경상감사를 제수하고는 1년 기한을 정하여 길동을 잡으라 하였다. 감사가 숙배하고 하직한 후 돌아와서는 즉시 발행發行하여 밤낮으로 길을 재촉하여, 사

흘 만에 감영에 도임하고 각읍에 방을 붙였다.

"사람이 세상에 나매 오륜五倫이 으뜸이요, 오륜 중에는 임금과 아비가 가장 중하니, 군부君父의 명을 거역하면 이는 불충불효不忠不孝이다. 어찌 세상에 용납하리오? 길동은 오륜을 알거든 형을 따라와 사로잡히어라. 너로 말미암아 부친의 병이 골수에 들었고 나라에 근심을 끼치니, 너의 죄악이 대낮 같은지라. 성상께서 나로 하여금 이곳 백을 제수하시고 너를 잡아들이라 하셨으니, 만일 잡지 못하면 홍씨 집의 누대累代 맑은 덕이 하루아침에 멸할 것이다. 어찌 슬프지 아니하리오? 바라건대 너는 부형의 정상情狀을 생각하거든 일찍 자현自現하여 일문一門의 화를 면하게 하라."

감사가 각읍에 행관行關한 후, 공사公事를 전폐全閉하고 앞으로의 일을 생각하매 먹고 자는 것조차 불안하여 밤낮으로 근심하였다. 하루는 삼문三門[42)이 요란하더니 통인通引이 달려와 고하되,

"문 밖에서 한 소년이 나귀를 타고 하인 수십을 거느리고 와서 뵙기를 청하나이다."

감사가 괴이하게 여겨 들어오라 하였다.

그 소년이 들어와서는 당에 올라 배알拜謁하는데, 감사가 처음에는 누구인 줄 몰랐다가 눈을 들어 자세히 보니 이는 곧

---

42) 삼문三門 : 대궐이나 관청으로 들어가는 문. 정문, 동협문東夾門, 서협문西夾門의 셋이다.

길동이었다. 감사가 크게 놀라 좌우를 물리치고는 손을 잡고 눈물을 흘리며,

"길동아, 네가 한번 문을 나선 후로 죽었는지 살았는지조차 알지 못하였구나. 부친께서는 너로 인하여 침식寢食조차 편히 하시지 못하다가 병이 고황膏肓에 드셨다.[43] 너는 집안에 불효를 끼칠 뿐 아니라 국가에도 근심을 끼쳤으니 또한 불충이구나. 네 무슨 마음으로 밝은 세상에 도적이 되어 불충불효를 행하느냐? 네 죄는 만 번 죽어도 아깝지 않은 것이다. 이러므로 성상이 진노하시어 나로 하여금 너를 잡으라 하시니, 장차 어찌하느냐? 옛말에 이르기를, 하늘이 내리는 재앙에는 변명할 말이 있으나 스스로 지은 재앙에서는 살아날 수 없다 하였으니, 너는 죄를 생각하여 경사京師에 나아가 현명賢命[44]을 순순히 따르거라. 그리하지 않으면 우리 집이 멸문지화滅門之禍를 당할 것이다." 라고 호소하니, 눈물이 흘러내려 옷깃을 적셨다. 길동이 머리를 숙이고,

"천생賤生이 이곳에 찾아옴은 부형의 위태함을 구하고자 함이니, 어찌 다른 말이 있겠습니까? 대감께서 당초에 천한 길동을 위하여 부친을 부친이라 부르게 하고 형장을 형장이라 부르게 하였던들 어찌 이 지경에 이르렀으리오? 지난일을 이제 일러

---

43) 고황膏肓는 심장의 아랫부분이다. 황肓은 횡격막의 윗부분이다. 병이 이곳에 들면 편작(명의)도 고칠 수 없다고 하여, 뿌리가 깊고 완치시킬 수 없는 병이 들었다는 뜻으로 쓰인다.
44) 현명賢命 : 타인의 명령을 높여 이르는 말.

쓸데없으니, 내일 소자를 결박하여 경사로 올려보내소서."
라 하고는 다시 말이 없었다.

이튿날, 감사는 먼저 장계를 띄워 보내고 길동을 함거에 실어, 건장한 장교將校 십여 인을 뽑아 밤낮으로 길을 재촉하면서 압송押送하였다. 올라가는 길의 각 읍 백성들이 이미 길동의 재주를 들었으므로, 길동을 잡아온다는 말을 듣고는 나와 길을 메우고 구경하였다.

화설.

이때 팔도감사의 장계가 일시에 올라왔는데 내용이 모두 홍길동을 잡아올린다는 말이었다. 조정과 장안이 어찌된 일인지 몰라 그저 어느 것이 진짜 길동인 줄을 모르고 소란을 피울 뿐이었다. 수일 후, 과연 팔도 장교가 길동을 잡아 한날 한시에 장안에 이르렀으니, 여덟 길동의 신기한 변화를 누가 능히 알겠는가? 길동을 금부禁府에 가두어 단단히 감시하며 나라에 아뢰니, 상이 즉시 승정원承政院45)에 교지를 전하여 문무백관을 모으고는 친국親鞫할 준비를 하였다.

나졸이 여덟 길동을 잡아올리니 이들이 서로 다투어 이르기를,

---

45) 승정원承政院 : 왕명의 출납을 맡은 관아.

"내가 진짜 길동이니, 너는 가짜라."

마침내는 여덟 명의 길동이 한데 어우러져 싸우는데, 어느 것이 진짜 길동인 줄 모르고 다만 어리둥절할 뿐이었다. 이에 상이 홍승상을 명초命招하여,

"자식을 아는 것에는 아비보다 나은 이 없거늘, 경이 일찍이 한 길동이 있다 하였는데 이제 여덟 길동이 되었는지라. 팔도의 길동 중에서 어느 것이 경의 자식인지 찾아내라."

승상이 황공하여 땅에 엎드려 아뢰기를,

"신의 팔자가 무상하와 불충불효한 천생賤生으로 말미암아 이렇듯 어지럽게 하오니, 신의 죄는 만사무석萬死無惜이로소이다. 길동의 좌편 다리에 붉은 점이 있사오니, 전하는 살피오소서."

이어서 모든 길동을 꾸짖어,

"네가 불충불효하여 위로는 임금이 임하시고 아래는 네 아비가 있으매 이렇듯 심중에 근심을 끼치니, 너는 천고에 용납되지 못할 자라. 네 빨리 죄를 자복自服하고 죽기를 아끼지 말아라."

승상이 말을 마치지 못하여 무수히 피를 토하고는 땅에 거꾸러져 정신을 차리지 못했다. 좌우가 크게 놀라고 상이 또한 놀라, 시의侍醫46)에게 명하여 구완하라 하였으나 살아날 듯하지 않았다. 여덟 명의 길동이 이 정상情狀을 보고는 일시에 눈물을

---

46) 시의侍醫 : 임금과 왕족의 진료를 맡은 의원.

흘리며 주머니에서 대추 같은 환약을 두 개씩 내어 승상의 입에 넣으니, 과연 반 시간쯤 지나 정신을 차리고 일어나 앉는 것이었다.

길동들이 상에게 아뢰기를,

"신의 아비가 국은國恩을 입사와 부귀를 누리오니 신이 어찌 감히 범람泛濫47)한 일을 행하리까마는, 신의 죄가 중하여 천비賤婢의 배를 빌어 나온 탓에 아비를 아비라 못하옵고 형을 형이라 못하옴이 평생의 한으로 맺혔삽기로, 차라리 세상을 사절謝絶하고 산중에 은거하여 늙기를 밤낮 원하였삽나이다. 불행히 몸이 더러운 지경에 떨어져 도적의 일당이 되었으나, 일찍이 백성에게는 추호도 침범함이 없사왔고, 각읍 수령이 백성의 고혈膏血을 빨아먹은 재물만을 탈취하였사옵니다. 또한 임금과 아비는 일체라 하니, 그 나라 백성이 되어 그 나라 곡식을 먹사오매 이는 자식이 아비의 것을 먹는 것과 같사옵니다. 이제 십 년이 지나면 신이 또 경성을 떠나 스스로 갈 곳이 있사오니, 엎드려 바라옵건대 성상께서는 근심치 마옵시고 신을 잡으라는 명 또한 거두옵소서."

말을 마치자 여덟 길동이 일시에 넘어져 땅에 뒹구는데, 놀라고 의심스러워 자세히 보니 여덟 명의 길동이 다 허수아비였다. 상이 더욱 진노하여 용상을 치며,

___

47) 범람泛濫 : 바람직하지 못한 것들이 크게 나돌다.

"뉘 능히 길동을 잡아 죽일 것인고?"

만조백관이 길동의 변화불측함을 아는지라 누가 감히 대답하겠는가? 모두가 묵묵부답할 뿐이었다. 또한 그날 오후에 사대문에 방이 나붙었는데 그 내용이 이러하였다.

"요사스러운 신하 홍길동은 아무리 하여도 잡을 길이 없사올 것이나이다. 바라옵건대 성상께서 길동에게 병조판서를 제수하옵는 교지를 내리시면 나아가 잡히오리다."

상이 그 방문을 보시고 다시 조신을 모아 의논하였다. 여러 신하들의 의견이 분분한 중 고하기를,

"국가에 큰 공이 없는데 병조판서를 내리심은 불가하옵고, 또한 불충불효한 자를 잡는다 하였다가 어찌 그 뜻을 들어주어 나라의 체면을 손상케 하겠습니까? 다만 길동을 잡는 자가 있으면 신분 고하高下를 가리지 않고 등용할 것이라 명을 내리심이 마땅할까 하옵나이다."

상이 그 말을 옳게 여기시어 그대로 윤허允許하였다.

이때 길동이 장안으로 다니며 초헌도 타고 혹은 교자도 타고 완연하게 왕래하는데, 누구도 능히 알아보는 사람이 없었다. 하루는 경상감사가 장계를 올렸는데,

"길동이 관내의 산곡에 은거하여 어지러운 짓을 하되 사람의 힘으로는 잡지 못하여 각읍 수령이 길을 다닐 수가 없고, 무수한 길동이 도처에서 제멋대로 날뛰되 막을 수 없사오니, 바라건대 상은 일등 포수를 골라 뽑아서 빨리 길동을 잡게 하소서."

라 하였다. 상이 백관을 모아 의논하기를,

"이 역적 같은 도적을 누가 능히 잡아 과인의 분함을 풀리오?"
하고는 드디어 경상감사에게 엄중한 교지를 내렸다.

"경에게 응당 죄를 줄 것이로되 능히 짐작하나니, 빨리 진짜
길동을 잡아들여 삼족의 화를 면하라."

경상감사가 명을 받들고는 불승송구不勝悚懼[48]하여, 장차 비
복 등을 내보내어 잡으려 하였다.

그날 밤 선화당宣化堂[49] 뒤 들보 위에서 한 소년이 내려와
절했다. 감사가 자세히 살펴보니 이는 곧 길동이었다. 감사가
이에 크게 꾸짖었다.

"이 불초무쌍不肖無雙한 아해야, 위로는 왕명을 거역하고 아래
로는 부형의 교훈을 듣지 않아서 온 나라에 이런 소동이 일어나
게 하니, 네 죄는 만 번 죽어도 오히려 가벼우리라. 다시 생각하
여라."

길동이 대답하기를,

"형장은 조금도 근심하지 마시고 소제小弟를 결박하여 경사로
올려보내시되, 가족이 없는 장교만 가려서 압송해 보내시면
자연 여차여차할 도리가 있나이다."

감사가 의심하여, 이튿날 길동의 팔다리를 단단히 결박하고,
왼편 다리를 보아 붉은 점이 있음을 확인하고는 함거에 실어,

---

48) 불승송구不勝悚懼 : 두렵고 부끄러움을 이기지 못함.
49) 선화당宣化堂 : 각도의 관찰사가 업무를 보는 곳.

세 말내로 가족이 없는 장교를 가려 뽑아서 압송하였다. 비바람 치듯 서둘러 몰아가는데 길동은 안색을 조금도 변치 않고, 다만 술만 마시며 함거 안에 누워 있었다. 여러 날만에 경성 숙대문[50]에 이르렀는데, 좌우에서 포수들이 조총에 화약을 메겨 들고 함거를 겹겹이 에워싼 채 들어왔다. 궐문에 다다르니 길동이 문득 큰 소리로 장교를 불러 말했다.

"내 몸이 이곳에까지 이르렀음은 성상께서 이미 알고 계시리라. 너는 죽어도 나를 원망하지 마라."

길동이 말을 마치며 한번 몸을 요동하니, 쇠사슬이 끊어지고 함거가 일시에 깨어지며 길동은 공중에 솟구쳐 여러 길을 올라가다가 구름 속으로 들어갔다. 좌우가 모두 어찌할 수 없어 공중만 우러러볼 따름이었다. 장교가 사실대로 아뢰니 상이 크게 노하여, 우선 장교를 가두어 엄중히 감시하라[51] 하고는 만조백관을 모아 의논하였다. 백관이 아뢰기를,

"길동의 소원이 병조판서 됨이라, 교지를 내리시오면 조선을 떠나리라 하였으니, 이제 뜻대로 제수하사 패초牌招하시면 제 스스로 들어와 잡히리이다."

상이 옳게 여겨, 즉시 홍길동에게 병조판서를 제수하는 교지

---

50) 한양으로 들어가는 문은 동쪽에 흥인지문興仁之門, 서쪽에 돈의문敦義門, 남쪽에 숭례문崇禮門, 북쪽에 숙정문肅靖門이 있다. 어느 문을 말하는지 알 수 없음.

51) 길동이 달아나면 호송하던 장교가 문책을 당할 것이기에 처음부터 부양할 가족이 없는 장교를 골라 뽑으라고 한 것임.

를 내리고 사대문에 방을 붙였다. 이때 병조의 나졸들이 길동을 찾으려 사면으로 수색하였으나 찾지 못하고 있었는데, 홀연 흥인문 밖에서 한 소년이 붉은 포의布衣에 금대金帶를 띠고 초헌을 타고 완연히 들어오며 그들을 불렀다.

"국은이 망극하여 병조판서를 내리시매 사은숙배謝恩肅拜하러 오는 길이다."

병조 나졸들이 일시에 맞아 둘러싸고는 대궐로 나아갔다.

이를 보고 백관이 의논하기를, 궐 안에 도부수刀斧手를 매복시켜 놓았다가 길동이 나오면 찔러 죽이기로 하였다. 길동이 궐에 들어가 상에게 숙배하고는 아뢰었다.

"소신 홍길동이 나라에 불충을 끼치어 죄악이 깊고도 무겁거늘, 도리어 천은天恩을 입사와 평생의 한을 풀고 돌아가오니, 간뇌도지肝腦塗地[52]하여도 만분지일을 족히 갚을 길이 없사옵니다. 오늘 전하께 하직하옵고 고국을 떠나갈지니, 엎드려 바라건대 성상께서는 만수무강하옵소서."

말을 마치자 길동이 몸을 공중에 솟구쳐 구름에 휩싸이니, 그 가는 곳을 알 수 없었다. 상이 이를 보고는 돌이켜 차탄嗟歎[53]하여,

"길동의 신기한 재주는 고금에도 드물도다. 길동이 지금 조선을 떠나노라 하였으니 다시는 작폐作弊할 일이 없을 것이라.

---

52) 간뇌도지肝腦塗地 : 참혹하게 죽어 간과 뇌가 땅에 뭉개지는 일.
53) 차탄嗟歎 : 감탄하고 탄식함.

제 비록 수상하나 장부의 쾌快한 마음은 있음이라."

하시고는, 팔도에 사문赦文[54)]을 내려 길동을 잡는다는 명을 거두었다.

차설.

이때 길동이 본거지로 돌아가 무리에게 분부하였다.

"내 다녀올 곳이 있으니 너희들은 번거로이 출입하지 말고 내가 돌아오기를 기다려라."

길동이 즉시 구름을 타고 남경으로 향하였다.

한 곳에 다다르니 이곳은 율도국이었다. 길동이 그 나라의 경성에 들어가 사면을 살펴보니, 산천이 맑고 수려하며 인물이 번성하여 가히 몸을 편안히 할 만하였다. 마음에 흡족하여 새겨 두고는 또한 남경에 들어가서 두루 구경하였다. 돌아오는 길에도 여러 섬들 사이를 두루 다니며 산천을 살펴보았는데, 그 중 일봉산이 천하 명산이었다. 사면이 육칠백 리에 이르고 수화 水火를 끊음[55)]이 마음에 들어 생각하기를,

"내 다시는 조선에서 범람氾濫한 의사를 행하지 못하리니, 이곳에 와서 은거하였다가 장차 큰일을 도모하리라."

하고는 표연히 돌아왔다.

---

54) 사문赦文 : 나라의 큰 경사 등으로 죄수를 석방할 때 임금이 내리는 글.
55) 외국, 특히 중국과 교통하지 않음.

길동이 무리에게 이르기를,

"너희들은 필요한 돈을 가지고 양구와 양천에 들어가 배 수백 척을 지어서는 어느 달 어느 날에 경성 한강 어귀에 대령하여라. 나는 나라에 들어가 좋은 쌀 일천 석을 얻을 것이니, 기약을 어기지 말라."

하고는 문득 간 데 없었다.

차설.

길동이 조선을 떠나간 후로 그 소식을 모른 채 삼 년이 지났다.

9월 보름에 이르니, 가을 바람은 소슬하고 달빛은 명랑한데 상이 달구경을 하느라 내시 몇 사람을 데리고 후원을 배회하였다. 문득 일진청풍一陣淸風[56]이 일어나며 공중에서 옥피리 소리가 처량하더니, 한 소년이 뜬구름 사이에서 내려와 옥계에 엎드렸다. 상이 크게 놀라,

"선동仙童은 홍진세상紅塵世上의 사람이 아니리라. 어찌 인간에 내려와 무슨 일을 이루고자 하는가?"

소년이 엎드려 아뢰기를,

"신은 전임 병조판서 홍길동이로소이다."

---

56) 일진청풍一陣淸風 : 한 줄기의 맑은 바람.

상이 놀라 물었다.

"네 어찌 심야에 왔는가?"

"신이 전하를 받들어 만세萬世를 뵈올까 바랐으나, 한갓 천비의 소생이라 호부호형을 못하옵고, 육도삼략을 연습하나 선천先賤57)에 막히오며, 사서삼경을 통달하나 옥당玉堂58)에 오르지 못하올 터였사옵니다. 이러므로 세상일을 다 떨치고 팔방으로 돌아다니며 도적들을 이끌어, 미친 자의 미친 짓으로 세상을 어지럽게 하고 조정을 요란하게 하여 신의 이름이 탑전榻前에 이르렀더니, 국은이 망극하와 평생의 한을 풀어주셨사옵니다. 이러하여 옛날 용방龍逢59)과 비간比干60)과 같이 충은忠恩하고 효칙效則할 것이로되, 사세가 그리하지 못하여 전하를 하직하고 조선을 영영 떠나 한없는 길을 갔사옵니다. 엎드려 바라건대 성상께서는 자비로이 생각하시어 좋은 쌀 일천 석만 빌게 하옵소서. 서강으로 수운水運하여 주시오면 수천의 목숨이 전하의 덕택으로 명을 보존할까 하나이다."

상이 허락하고는,

"네 말대로 천 석을 주거니와, 네 어떻게 실어가려 하는가?"

---

57) 선천先賤 : 태어나기를 천한 신분으로 태어남.
58) 옥당玉堂 : 홍문관弘文館. 궁중의 경서經書 등을 관리하고 임금의 자문을 맡는 기관.
59) 용방龍逢 : 하나라 걸왕의 신하. 걸왕과 말희의 포악한 정치에 간언하다가 포락지형炮烙之刑을 받고 죽었다.
60) 비간比干 : 은 주왕의 신하. 주왕이 달기와 함께 포학한 짓을 하자 극구 간언하다가 심장을 꺼내는 형벌을 받고 죽었다.

길동이 기뻐하며 대답하였다.

"이는 소신의 하는 일이오니, 전하께서는 염려 마옵소서."

"과인寡人이 전일에 너를 자세히 보지 못하였으니, 얼굴을 들어 과인을 보라."

길동이 얼굴을 들었으나 눈을 뜨지 않았다.

"네 어찌 눈을 뜨지 않는가?"

"신이 눈을 뜨면 전하께옵서 놀라실까 두려우니 감히 뜨지 못하나이다."

상이 또한 억지로 권하지 않았다. 길동이 절하여 사례하고는 문득 공중으로 솟아올라 한 줄기 바람을 타고 옥피리를 불며 떠났다. 상이 즉시 선혜청宣惠廳[61] 당상堂上에게 전지하여, 좋은 쌀 일천 석을 날라 서강 강변에 쌓으라 하였다. 선혜청 당상이 군사를 풀어 천 석을 실어서 강변에 쌓았더니, 문득 물 위에서 수백 척의 배가 내려와 그 쌀을 실었다. 강변에 있던 사람이 묻기를,

"이 곡식을 어디로 가져가는가?"

배에 탄 사람들이,

"나라에서 능현군에게 하사하신 것이다."

하고는 배에 남김없이 실었다. 길동이 북쪽을 향하여 네 번 절하고는,

---

61) 대동미 등의 출납을 맡아보는 관청.

"전임 병조판서 홍길동이 천은을 입사와 쌀 천 석을 얻어 가나이다."

라 하였다. 이윽고 표연히 떠나가니, 선혜청 당상이 그 거동만 보고 곡절을 알지 못해 이유를 상달上達하자 상이 대답하기를,

"과인이 홍길동에게 내린 것이다."

라 하였다.

화설.

길동이 삼천 명의 도적들을 거느려 쌀 천 석과 가장집물家藏什物62)을 배에 싣고, 동부를 떠나 조선을 하직하였다. 망망대해를 무사히 건너 남경 근처의 제도諸島로 들어가, 일변 집을 짓고 농업에 힘쓰면서 여러 제도를 정하고 닦는가 하면, 남경에 들어가 장사를 하기도 하면서, 섬 안에 창고를 지어 군물軍物과 마초馬草를 보관하고 날마다 군법을 훈련하였다.

하루는 길동이 나졸을 불러,

"내 망탕산에 들어가 화살촉에 바를 약을 얻어 올 것이니, 너희는 잘 지키라. 내 차후로 타인이 들어오지 못하게 하리라."

하고는 그날 곧바로 출발하였다.

길동이 큰 바다를 건너 측지에 내려서 망탕산으로 향했다.

---

62) 가장집물家藏什物 : 살림살이에 필요한 일체의 물건.

수일을 가다가 낙천편에 이르니, 흠중에 만석꾼 부자가 있었는데 그 이름이 백용이었다. 일찍이 딸을 두었는데 인물과 자질이 비상하고 겸兼하여 시서詩書에 능통하고 검술이 또한 출중하니, 그 부모가 지극히 사랑하여 두목杜牧[63]의 풍채와 이태백의 문장을 갖춘 사위를 구하고 있었으나 아직까지 만나지 못하였다. 그러다가 하루는 홀연히 비바람이 어울려 몰아치고 천지가 아득하더니, 딸이 간 데가 없는 것이었다. 백룡 부부가 망극하여 천금을 흩어 사방으로 찾으나 끝내 종적을 알 길이 없었다. 부부가 밤낮 통곡하면서 거리로 다니며,

"아무라도 내 딸을 찾아 주면 만금 재물을 줄 뿐 아니라 마땅히 사위로 삼으리라."

라고 하였다.

길동이 지나가다가 이 말을 듣고는 측은한 마음이 들었으나, 어디로 가서 그 딸을 찾으리오? 그 일을 돌아보지 않고 망탕산에 올라갔다.

길동이 약초도 캐고 산천도 구경하면서 점점 깊이 들어가다 보니, 문득 해가 서산에 지고 새들이 둥지를 찾아들었다. 앞길을 볼 수 없어 그저 배회하고 있었는데, 어디선가 사람의 소리가 들리고 불빛이 비쳤다. 길동이 다행스레 여기며 그곳을 찾아갔다.

---

63) 두목지. 대단한 미남자였다고 한다.

그곳에서는 사람이 아닌 괴물 수백이 냇가에 앉아 이런저런 소리를 지껄이고 있었다. 길동이 의심스러운 생각이 들어 가만히 살펴보니, 그것들이 사람의 형용을 하고는 있으나 사실은 짐승이었다. 본래 이들은 울동이라는 짐승으로, 여러 해 동안 산에서 도를 닦으며 마음대로 비바람을 일으키는 조화를 익히게 되었다. 길동이 생각하기를,

"내 평생을 두루 다니며 보았으나 일찍이 이 같은 것은 보는바 처음이라. 이제 저것들을 잡아 세상이 보게 하리라."

길동이 몸을 수풀에 감추고 활을 당겨 울동들의 우두머리를 쏘자, 살이 시위를 응하여 날아가 우두머리에게 꽂혔다. 그놈이 소리를 크게 지르고는 수백 명 졸개를 거느리고 달아나니, 길동이 따라잡으려 했으나 밤이 깊고 간 곳을 알 수 없었다. 할 수 없이 큰 나무를 안고 의지하여 밤을 지냈다.

날이 밝은 후 길동이 내려와 보니, 그놈의 피가 도망간 길에 흘러 자취를 남기고 있었다. 길동이 그 흔적을 뒤쫓아 수십 리를 갔더니, 큰 석실 하나가 있는데 사뭇 웅장하였다. 길동이 문 앞으로 나가 문을 두드리자 문지기가 물었다.

"그대는 어떤 사람이기에 이 깊은 산중에 들어왔느냐?"

길동이 본즉 이는 어제 보던 그 짐승 무리였다. 가만히 생각하기를,

"아무렇게든 하는 짓을 보리라."

라 하고는, 팔을 들어 읍揖[64]하고 말했다.

"나는 조선국 사람으로서 의술을 배웠는데, 약초를 캐러 이곳에 왔다가 갈 바를 몰라 매우 곤란하다. 뜻밖에 그대를 만났으니 길을 가르쳐 다오."

그 짐승이 길동의 말을 듣고는 문득 기뻐하는 기색을 띠었다.

"그대가 의술을 안다 하니, 상처도 능히 고치느냐?"

"편작扁鵲65)의 재주가 내 뱃속에 들어 있으니, 어찌 상처를 못 고치리오?"

그 짐승이 길동의 말을 듣고는 크게 기뻐하면서 말했다.

"우리 대왕이 복이 무궁하여 하늘이 그대에게 지시하였도다."

길동이 짐짓 놀란 체하며 물었다.

"이것이 어찌된 사연인가? 그 연유를 알고자 하노라."

그 짐승이 말했다.

"우리 대왕이 부인을 새로 얻어서 어제 잔치를 벌이며 즐겼는데, 난데없이 날아온 화살에 맞아 지금 병세가 만분萬分 위독하시다. 그대의 좋은 약으로 시험하면, 어찌 우리 대왕의 복이 아니리오?"

하고 안으로 들어가더니, 이윽고 다시 나와 들어오기를 청하였다.

길동이 그 뒤를 따라서 후원後園을 지나 정전正殿에 들어가

---

64) 읍揖 : 상대에게 공손한 예를 나타내는 인사의 한 가지. 손을 맞잡아 얼굴 앞으로 들고 허리를 숙였다가 펴며 손을 내린다.
65) 편작扁鵲 : 전국시대의 명의.

보니, 오색이 영롱한 침상에 울동이 누워 신음하고 있었다. 그 옆에서는 한 미인이 비단 수건을 들어 목을 매려 하는데, 곁에 있는 두 여자가 눈물을 흘리며 붙들고 말려 죽지 못하게 하는 모습이 가련하기 그지없었다. 길동이 울동의 침상으로 나아가 상처를 살펴보고는 거짓으로,

"이는 심각한 상처가 아니고, 내가 가지고 있는 선약仙藥은 영험한 것이오. 대왕이 한번 먹으면 장차 나을 것이오."

울동이 크게 기뻐하며,

"내 병이 죽을 곳에 이르렀는데, 이제 그대를 만남이 다행이로다."

라 하였다. 길동이 즉시 약을 내어 물에 타서 울동에게 먹였다. 한 식경食頃66)쯤 지나자, 울동이 배를 두드리며 크게 소리를 질렀다.

"무슨 독한 약을 먹여 나를 죽이려 하느냐?"

그 자리의 모든 울동을 불러 모으더니,

"천만의외에 불의不意67)의 흉적凶賊을 만나 내가 죽게 되었으니, 너희는 저 놈을 놓치지 말고 내가 죽으면 원수를 갚게 하여라."

하고는 곧 죽었다. 이에 모든 울동이 통곡하며 일시에 칼을 들고 내달아오며 소리쳤다.

---

66) 식경食頃 : 한 끼 밥을 먹을 정도의 잠깐 동안.
67) 불의不意 : 미처 생각하지 못했던 판.

"우리 형공兄公을 해친 흉적을 베어 원수를 갚으리라."

길동이 노하여 꾸짖기를,

"내 어찌 저를 죽였겠는가? 제 천명天命이 그뿐이었다."

길동이 대적하려 하였으나 손에 한 치짜리 칼조차 없었다. 막을 수 없고 형세가 급하니 길동은 몸을 솟구쳐 공중으로 달아났는데, 울동들은 본래 수천 년간 도를 닦은 요괴라 또한 비바람을 부릴 수 있었다. 길동이 달아나는 것을 보고는 제각기 바람을 타고 쫓아오는 것이었다. 이에 길동이 급히 진언을 염하여 육정육갑을 불러내었다.

"요괴를 잡아라."

그러자 문득 공중에서 무수한 신장神將이 달려들어 모든 울동을 결박하여 땅에 꿇리는 것이었다. 길동이 울동의 칼을 빼앗아서는 모든 울동을 베어 죽였다. 이어서 석실石室로 들어가 그곳에 있던 여자들까지 다 죽이려 하였는데, 여자들이 슬피 울면서 말했다.

"소첩小妾들은 요괴가 아닙니다. 인간 세상의 사람인데 불행히 요괴에게 잡혀왔습니다. 죽으려 했으나 그러지도 못하고 있었습니다. 바라건대 소첩들을 구하여 고향으로 돌아가게 해주옵소서."

길동이 의심스러워 그 여자들의 거주와 성명을 물으니, 하나는 낙천현 백룡의 딸이고, 다른 하나는 조씨이며 또 하나는 정씨로, 과연 인간 세상의 여자였다. 길동이 세 여자를 데리고 돌아와 낙천에 이르러 백용을 만나 사연을 알리니, 백용 부부는 그 딸을 다시 보고 취한 듯 미친 듯 기쁨을 이기지 못하였다. 그리하여 크게 잔치를 벌이고 향당鄕黨과 친척을 모아 길동을 맞이해서는 사위로 삼았다.

다음날에는 또한 조씨 집과 정씨 집에서 길동을 청하여, 무수히 칭찬하고는 각각 그 딸로서 길동의 건즐巾櫛을 받들게 하였다[68]. 길동이 나이 스물이 넘도록 원앙鴛鴦의 재미[69]를 모르다가, 하루아침에 세 여자를 얻으니 권권拳拳[70]한 정이 비할 데 없었다. 인하여 세 집의 가산을 수습하고 모든 친척을 데리고 제도로 돌아왔다.

세월이 흘러 삼 년이 지났다. 하루는 길동이 밝은 달빛을 사랑하여 잠을 이루지 못하고, 술잔을 들어 마시면서 뜰을 배회하였는데, 홀연히 하늘을 보고 별을 살피고는 눈물을 흘렸다. 백소저가 묻기를,

"첩이 낭군에게 온 지 여러 해 동안 일찍이 슬퍼하심을 보지 못하였는데, 오늘 이렇듯이 슬퍼하심은 무슨 이유입니까?"

길동이 탄식하며 대답하였다.

"나는 천지간에 용납하지 못할 불초不肖한 자식이라. 내 본래

---

68) 두건巾과 빗櫛을 받들다. 아내가 남편을 모시는 모습의 제유로, 딸을 길동과 혼인시켰다는 뜻이다.
69) 원앙의 재미 : 남녀가 부부가 되어 즐기는 기쁨.
70) 권권拳拳 : 참되고 정성스럽게 지킴.

이곳 사람이 아니니, 조선국 홍승상의 천첩 소생이다. 집안에서 천대받음이 막심하고 선비의 무리에도 들지 못하니, 이것이 평생 한이 되고 장부의 기상을 펼 길이 없음이라. 그리하여 부모를 하직하고 이곳에 와서 몸을 의지하였으나, 밤낮으로 천기를 통해 부모의 안부를 살펴 왔다. 아까 하늘을 보니 부친께서 병환이 중하여 머지않아 세상을 버리실 것이다. 내 몸이 만 리 밖에 있어 미처 득달得達치 못하게 되었으니 이로 인하여 슬퍼하노라."

백소저가 그제야 길동의 근본을 알고, 슬퍼하며 위로하여 마지않았다.

다음날, 길동이 일꾼을 거느리고 월봉산 아래 이르러서 명당한 곳을 얻었다. 그날부터 일을 시작하여 그 무덤 좌우로 석물石物을 국릉國陵처럼 꾸미게 하였다. 그리고는 돌아와 동류同類를 불러,

"배 한 척을 준비하여 조선국 서강으로 몰아라. 내 이제 부모를 뵙고 돌아오리라."

하니, 모두가 응낙하였다.

길동이 백씨 등 세 부인을 이별하고는 작은 배로 길을 떠나는데, 머리를 깎아 중의 모습을 하고 조선국으로 향하였다.

화설.

홍승상이 나이 팔십에 홀연히 병을 얻어서는 점점 기세가 침중沈重하였다. 승상이 부인과 아들을 불러서는,

"내 나이가 팔십이라. 이제 죽은들 무슨 한이 있으리오마는, 길동이 죽었는지 살았는지 모르고 다시 보지도 못하고 죽으니 어찌 한스럽지 않겠느냐? 내가 죽은 후에도 길동의 어미를 각별히 잘 대하여 내가 살았을 때처럼 하고, 혹여 길동이 돌아오거든 적서嫡庶의 근본을 차리지 말아라. 부디 아비의 명을 어기지 마라."

또 길동의 어미를 불러서는,

"내가 길동을 다시 보지 못하였으니, 황천黃泉에 돌아가서도 눈을 감지 못할 것이다. 그러나 길동은 보통 인물이 아니니, 반드시 너를 저버리지는 아니할 것이다."

말을 마치며 승상의 숨이 다하였다. 안팎으로 발상하고 초종 初終71)을 극진히 다스려 성복成服72)한 후에는 명산名山으로 길 지吉地를 정하여 안장하려고 사방으로 지세地勢를 살피고 풍수를 알아보았으나, 마침내 명당을 얻지 못하였다. 이로 인하여 근심하고 있는데, 문득 문 지키던 종이 와서 알렸다.

"문 밖에 중이 와서 조문하고자 하나이다."

다들 이상하게 여기면서 들어오게 하였다. 그 중이 완연히 들어와 공의 영전靈前에 나아가서는 십분 애통해하여, 사람들이

---

71) 초종初終 : 초종장사初終葬事. 초상에서 졸곡卒哭에 이르기까지.
72) 성복成服 : 초상이 나서 상복을 입음. 보통 초상 나흘째에 입는다.

서로 속삭이기를,

"상공이 전날에 가까이 지낸 중이 없었는데, 어떠한 중이 저토록 애통해하는가?"

하였다.

그 중이 분향焚香 후 여막廬幕에 나아가 상주를 보고 다시금 일장통곡一場痛哭하다가, 이윽고 울음을 그치고는,

"형장이 소제를 모르시나이까?"

인형이 그제야 자세히 보니, 이는 바로 길동이었다. 기뻐하고 또 슬퍼하여 붙들고 통곡하면서,

"이 무지한 아해야, 그 사이에 어디에 있었느냐? 아버님 임종하실 적에 유언이 여차여차하였는데 너로 말미암아 눈을 감지 못한다고 하셨으니, 어찌 슬프지 아니한가?"

하고는 길동의 손을 이끌고 내당으로 들어갔다. 부인이 보고,

"이 어떤 중인가?"

물으니, 인형이 대답하였다.

"이는 바깥사람이 아니라 곧 길동이옵니다."

부인이 또한 놀라, 그 손을 잡고 일장통곡하고는 전후 거취去就73)를 물었다. 길동이 대답하기를,

"불초자不肖子가 세상에 있을 마음이 없사와 산중에 들어가서는 머리를 깎고 중이 되었습니다. 지세 보는 법을 공부하였으니

---

73) 거취去就 : 돌아다니는 움직임이나 행동 및 처하는 곳.

부모의 만년에 좋은 자리를 정하여, 불효를 만분의 일이나 면할까 바라옵니다."

부인이 시비를 시켜 춘섬을 불러오니, 춘섬이 길동을 붙들고 서로 통곡하다가 기절했다. 사람들이 구완하여 반 식경이나 지나서야 정신을 차리니, 길동이 위로하여 말했다.

"모친은 과도히 슬퍼하지 마소서."

이어서 인형에게 말하였다.

"타인에게 소제가 집으로 돌아왔다고 말을 전하면 문호에 화가 미칠까 하나이다."

인형이 그 말을 옳게 여겨 길동이 하라는 대로 하였다. 또한 길동이,

"소제가 명당 한 곳을 정하였사오니, 형장은 소제의 말을 들으시리이까?"

인형이 대답하였다.

"그곳이 좋다면 어찌 듣지 아니하리오?"

이튿날 인형이 수십 명의 종을 데리고 길동을 따라가 한 곳에 다다르니, 돌무더기가 첩첩이 쌓이고 절벽이 깎아지른 듯한 곳이었다. 길동이 그곳에 앉으며,

"이곳이 어떠하니이까?"

인형이 주위를 아무리 살펴보았으나 그저 돌뿐인 궁벽窮僻한 자리였다. 인형이 길동의 지식 없음을 탓하며,

"내가 아무리 식견識見74)이 없어도 이런 불길한 곳에는 부모

를 모실 마음이 없다. 너는 어찌 이곳을 명당이라 하느냐?"

길동이 거짓으로 탄식했다.

"이곳을 가질 복이 못 되니, 어찌 애달프지 않으리오? 형장은 이곳을 불길하다 하는데, 소제의 소견을 보소서."

길동이 즉시 장거를 가져오게 하여 바위를 깨트리니, 문득 붉은 안개가 가득해지며 백학 한 쌍이 날아가는 것이었다. 인형이 길동의 안목 밝음을 그제야 알고 마음속으로 감복感服[75]하여, 길동의 손을 잡고 물었다.

"이 명당은 못쓰게 되었지만, 이후부터는 네 말대로 믿고 따를 것이니 다른 곳을 정하지 않겠느냐?"

"이곳보다 갑절 좋은 곳이 있으나 길이 요원遙遠하오니, 형장이 능히 가시리이까?"

"네 말을 따를진대 어찌 천리를 멀다 하리오?"

"물길 수백 리를 가면 대대로 왕후공경王侯公卿이 끊이지 않는 곳이 있사오니, 내일 부친 상구喪具를 모시고 그곳을 찾아감이 어떠하니잇고?"

인형이 크게 기뻐하며 즉시 허락하고는 집에 돌아와 모친에게 그 사연을 고했다. 부인이 듣고 또한 기특히 여겨 허락하였다.

다음날이 되어 인형과 길동 형제가 행상行喪 기구를 준비하여

---

74) 식견識見 : 학문과 지식. 사물을 분별하는 능력.
75) 감복感服 : 마음 깊이 감동하여 진심으로 복종함.

발행하는데, 길동이 부인에게 청하였다.

"천한 자식이 어미를 떠난 지 십 년이 되옵니다. 지금 만나고 또 이별하니 사람의 정애情愛에 차마 어려운지라, 바라건대 몇 달 말미를 허락하시면, 어미를 데려다가 야야爺爺의 영위에 조석朝夕으로 제전祭奠76)을 받들고 또한 모자의 마음을 위로할까 하나이다.

부인과 인형이 즉시 허락하였다.

길동이 부인에게 하직하고 부친의 상구와 모친을 모시고는 인형과 함께 집을 떠나 서강으로 나아갔다. 강변에는 길동 휘하의 제장諸將들이 이미 모여 기다리고 있었으므로, 상구와 일행이 배에 오른 후에는 따라온 종들을 다 돌려보내고 서강을 떠났다.

망망대해에 순풍을 만나 돛을 달고 비바람처럼 나아가, 수개월 만에 한 곳에 다다랐다. 수십 척의 배가 모여 기다리고 있다가 길동의 일행을 맞이하여 좌우로 호위하면서 한 섬에 이르자, 모든 군사가 나와 조문弔問하고는 상구를 모시고 산으로 올라갔다. 그 산역山役하는 범절이 임금의 묘를 쓰는 것과 같으니 인형이 크게 놀랐다.

"이게 어찌된 일인가?"

"형장은 조금도 놀라지 마시고 소제의 하는 대로 하소서."

---

76) 제전祭奠 : 의식을 갖춘 제사와 갖추지 않은 제사를 통칭.

말을 마친 후 시간을 기다려 하관하고 봉분을 갖추고는, 중의 의복을 벗고 상복을 갖추어 인형과 모친으로 더불어 새로이 애통해하였다.

일이 끝나 집으로 돌아오니, 백씨 등 세 부인이 중당에 내려와 존고尊姑와 시숙媤叔을 맞이하였다. 예필좌정禮畢坐定 후 먼 길의 노고와 치상범절治喪凡節을 위로하니, 길동이 하는 일마다 기이함을 인형이 탄복하고 칭찬하였다.

그러그러 여러 날이 지났다. 인형이 고국에 돌아가고 싶은 마음이 간절하여 길동에게,

"이곳에 친상親喪을 모셨으니 어찌 떠나고 싶겠는가마는, 또한 태태太太[77]를 떠남이 오래되었다. 어찌 심회가 평안하리오? 태태의 의려지망倚閭之望[78]이 또한 간절하시리라. 산이 겹겹이고 물도 땅도 험난하니, 다시 만날 기약이 묘연杳然하구나."

말을 마치자 눈물이 비오듯 하니, 길동이 다시 위로하여 말했다.

"형장은 과히 슬퍼하지 마소서. 이곳은 대대로 정승이 끊이지 않을 곳입니다. 길이 요원함을 염려하시는데, 유명幽明이 다르나 형장은 야야爺爺의 생시에 이미 많이 모셨으니 야야의 사후에는 소제가 모시고자 합니다. 형장은 조금도 슬퍼하지 말고 본국으로 돌아가, 태태를 만나 태평으로 누리십시오. 소제는

---

77) 태태太太 : 어머니의 존칭.
78) 문에 기대어 바라보다. 어머니가 자식을 기다리는 마음을 말함.

이곳에서 사시四時 향화香火를 극진히 받들겠습니다. 또 일후 다시 만날 기약이 있을 것이니, 심회를 진정하소서."

인형이 마음을 다스리고, 마지못하여 다음날 돌아가는 길을 떠났다. 부친의 산소에 올라가 통곡하며 하직하고 춘랑과 길동을 이별하니, 서로 구슬픈 심회를 새로이 금치 못하였다.

"다만 두 형제가 만 리에 나뉘었으니 어찌 슬프지 아니하리오? 엎드려 바라건대, 형장은 무사히 득달하시어 태태를 모시다가 소제가 청할 때 상봉할 것이니, 그리 아소서."

인형이 길동의 손을 잡고 눈물을 흘리며,

"현제賢弟야. 부친의 분묘를 평안히 뫼시다가, 어느 날 우형愚兄으로 하여금 다시 이곳에 와서 부친의 분묘를 뵙게 해 주면 그것이 만 번 다행일까 한다."

라 하였다. 길동이 응낙하고 금은채단을 배에 많이 실어 보냈다.

인형이 길을 떠나 40일만에 본국에 도달하였다. 모부인을 뵙고는 명당을 얻어 안장한 연유와 길동의 전후사를 일일이 고하니, 부인이 또한 칭찬함을 그치지 않았다.

세월이 흘러 공의 초토草土[79]를 마치니, 길동이 새로이 슬퍼하였다. 길동이 제도에 사람들을 모아 농업에 힘쓰고 무예를 훈련하니 군사와 장정이 모두 풍족하였다.

---

79) 초토草土 : 거적자리와 흙베개. 상을 치르는 동안을 말한다.

원래 이 제도 근처에는 율도국이라는 나라가 있는데, 국경이 수천 리이며 도백道伯[80]이 열한 명이었다. 또한 중국과는 통상通商[81]함이 없고 율도왕이 대대로 왕위를 전하며 인정仁政을 숭상崇尙하는 곳으로, 인심이 순후하고 사면이 막혀 언필칭言必稱[82] 금경탕무지국禁境탕무之國[83]이었다.

화설.

길동이 장차 큰 뜻을 품고 군사를 모아 무예를 익히니, 마군馬軍이 10만이요 보군步軍이 20만이었다. 하루는 길동이 여러 장수들에게 말했다.

"내 당초로부터 천하에 횡행橫行하였으니, 어찌 조그마한 제도를 오래 지키고 있으리오? 들으니 이 근처에 율도국이라는 나라가 좋다 하는데, 한번 구경하고자 하오. 제군의 뜻은 어떠하오?"

장수들이 대답하기를,

"이는 소장 등이 평생 원하던 일입니다. 장부가 어찌 이곳에서 그저 늙으리오? 빨리 출사出師[84]하여 때를 어기지 마소서."

---

80) 도백道伯 : 관찰사觀察使.
81) 통상通商 : 외국과 교통, 교류하며 서로 무역함이 있음.
82) 언필칭言必稱 : 이른바. 말을 할 때마다 무엇을 칭함.
83) 국경을 엄하게 지키며 적의 침입을 받은 적이 없는 나라.
84) 출사出師 : 출병出兵.

라고 하니, 길동이 크게 기뻐하였다.

날을 정하여 군사를 발發하니, 돌통으로 선봉을 삼고, 마군으로 전군을 삼고, 보군으로 후군을 삼고, 길동이 스스로 중군장이 되어 군사를 거느려 나아가니, 이때는 정히 가을 9월 보름이었다. 길동이 대군을 지휘하여 제도를 떠나 군사와 군량을 배에 싣고 항해한 지 한 달만에 율도국에 다다랐다. 지나가는 길에 추호도 불법不法을 행함이 없으니, 모든 군현이 바람을 따르듯 귀순하여 몇 달만에 70여 성을 얻어 그 위엄이 율도에 진동하였다.

길동의 군마가 철봉 땅에 다다랐다. 철봉 태수 김현충은 본래 충효겸전忠孝兼全한 사람으로 정성껏 국사를 다스려 왔는데, 문득 성중이 요란하더니 군사가 급히 고했다.

"난데없는 도적이 여주 70여 성을 항복받고 승승장구乘勝長驅하여 지금 성 아래에 이르렀습니다."

태수가 크게 놀라 성문을 급히 닫고, 일변으로는 군사를 조발調發[85])하여 그 중 활 잘 쏘는 군사와 날랜 장수를 가려서 전군으로 삼고, 그 나머지 백성은 후군으로 삼아 다음날 출사出師하기로 하였다.

이때 길동이 철봉 근처에 진지를 배치하고 격서檄書를 성 안에 전했다.

---

85) 조발調發 : 가려 뽑아서 파견함.

활빈당 행수行首 홍장군은 한 장 편지를 철봉 태수에게 부치 노라. 내 하늘의 명을 받아 의병義兵을 일으키고 도탄塗炭에 빠진 백성을 건지매, 지나는 곳의 군현이 다 바람에 따르듯 귀순하거늘, 너는 어찌 나의 군사에게 항거하느냐? 성을 깨트 리는 날 너의 생명을 보전치 못할 것이다. 너는 모름지기 천의 天意에 순순히 복종하여, 바삐 나와 항복하여라. 그러면 부귀 를 함께 누리리라.

태수가 다 읽고는 크게 노하여 격서를 찢어 버리고 꾸짖기를,

"이름 없는 조그만 도적이 감히 나를 질욕叱辱[86]하는가? 내 당당히 힘을 다해 이 도적을 멸하여 이 분을 씻으리라."

하니, 좌우에서 말리며 아뢰었다.

"태수는 도적을 가벼이 여기지 마시고, 좋은 묘책을 생각하소 서."

태수가 그 말을 옳게 여겨, 이튿날 동이 트자 명을 내렸다.

"내가 본래 시골 서생으로 국은國恩을 많이 입었거늘, 이제 이름없는 좀도둑이 들어와 침범하거늘 어찌 앉아서 이를 기다 리고만 있으리오? 내 마땅히 진심갈력盡心竭力하여 도적을 물리 쳐 나라의 근심을 덜고자 하니, 제군은 나의 영을 어기지 말라."

여러 무리들이 다들 한번 출전하고자 하였다. 이에 태수가 군사를 모으는데, 늙은이와 어린이와 부모 있는 독자獨子와 형 제 중의 형을 골라내어서는,

---

86) 질욕叱辱 : 꾸짖고 욕함.

"너희는 집으로 돌아가 각각 부모를 봉양하라."

하니, 삼군이 모두 감격하였다.

이에 태수가 군사를 거느려 성 위에 진을 치고 양군이 접전接
戰하게 되었다. 태수가 진 밖으로 나와 길동을 꾸짖으며,

"이름없는 좀도둑이 어디 감히 우리 지방을 침범하느냐? 빨리
나와 내 칼을 받아라."

하고 내달으니, 길동이 크게 노하여 좌우를 돌아보며 말했다.

"누가 능히 저 도적을 잡겠는가?"

말이 마치자 한 장수가 소리치며 나섰다.

"닭을 잡는데 어찌 소 잡는 칼을 쓰리오?"

모두가 보니 이는 선봉장 돌통이었다. 이에 말을 타고 진
앞으로 나와서는 꾸짖어 싸움을 돋우니, 태수가 분기충천하여,

"너희는 어디에서 왔느냐? 나의 칼에 본래 사정私情이 없으니,
너는 빨리 항복하라."

돌통이 달려들어 삼십여 합을 싸웠으나 승패를 가리지 못했
다. 태수가 정신을 가다듬고는 크게 고함치며 창을 들어 돌통이
탄 말의 가슴을 찔러 거꾸러뜨렸다. 이때 길동이 돌통의 위급함
을 보고는 즉시 진언을 염하여 육정육갑을 불러서 돌통을 구하
게 하였다. 신장神將이 밝은 날을 가리고 바람과 구름을 일으켜
돌통을 구해 오니, 길동이 돌통을 위로하고 상의하였다.

"적장의 용맹에 미칠 자가 우리 진중陣中에 없으니, 솔연率
然87)히 쳐부수기는 어려운지라. 내 기이한 계교를 내어 철봉

태수를 사로잡을 것이니 그대는 두고 보라."

길동이 즉시 여러 장수들을 모아서는 오원대장五員大將에게 명하여 동서남북 중앙에 각각 매복시켰다. 다음날 양진이 다시 접전하니, 돌통이 크게 꾸짖기를,

"이 무지한 필부匹夫야, 바삐 내 칼을 받아 사졸을 괴롭게 하지 말아라."

달려들어 싸우다가 수 합이 못하여 돌통이 거짓 패하는 척하며 달아났다. 철봉 태수가 급히 뒤쫓아 산곡간에 이르렀는데, 문득 포 소리가 울리더니 복병이 쏟아져 나왔다. 태수가 놀라 살펴보니 한 대장이 황금투구에 황포를 입고 누런 옷의 군사를 거느려 내달아왔다. 태수가 놀라 동쪽으로 달아났는데, 또 한 대장이 청금 투구를 쓰고 청포를 입고 청총마를 타고 푸른 옷의 군사를 거느려 가로막았다. 남쪽으로 가니 또 한 대장이 적금투구에 적포를 입고 주작마를 타고 붉은 옷의 군사를 거느려 내달아왔다. 서쪽으로 가니 또 한 대장이 백금투구를 쓰고 백포를 입고 백호마를 타고 흰 옷의 군사를 거느려 가로막았다. 북쪽으로 달아나니 또 한 대장이 흑금투구에 흑포를 입고 현무마를 타고 검은 옷의 군사를 거느려 가로막아섰다[88]. 태수가 혼비백산魂飛魄散하여 어떻게 할 줄을 모르고 방황하는데, 문득 한 선관仙官이 공중에서 내려와 꾸짖었다.

---

87) 금세.
88) 동서남북과 가운데 방위를 각각 상징하는 색깔임.

"너 같은 필부가 감히 나의 의병에게 항거하느냐?"

신장神將을 호령하여 빨리 결박하라 하니, 난데없는 신장이 내려와 태수를 결박해서는 땅으로 내쳤다. 길동이 드디어 군사를 거느리고 본진으로 돌아왔다.

이때 철봉 군졸이 태수가 사로잡히는 것을 보고는 크게 놀라, 일시에 항복하며 성문을 열고 공손히 맞이하였다. 길동이 성으로 들어가서는 방을 붙여 백성을 안심시키고 관사에 들어앉아, 태수를 계단 아래 꿇리고 크게 질책하였다.

"이미 성이 깨어지고 군사가 항복하였으니, 너는 빨리 항복하여 죽기를 면하라."

태수가 눈을 부릅뜨고 꾸짖었다.

"내 일시의 간계에 빠져 네게 잡혔으니 어찌 살기를 도모하리오? 빨리 죽여 나의 충성을 온전케 하라."

길동이 하늘을 쳐다보며 탄식하였다.

"진실로 충신이라, 내 어찌 저런 사람을 해害하리오?"

길동이 친히 내려가 그 묶인 것을 끄르고 당에 올려, 자리를 주며 주찬酒饌을 권하여 놀란 정신을 진정케 하니, 태수가 그 의기意氣89)에 감사하여 하릴없이 항복하였다. 길동이 크게 기뻐하며 태수를 청봉성에 두어 지키게 하고, 이튿날 군사를 내어 성 아래에 이르니, 이는 왕도에서 멀지 않은 곳이었다. 성 아래

---

89) 의기意氣 : 무엇을 하려는 적극적인 뜻과 기개.

삼십 리를 물러나 진을 치고 율도왕에게 격서를 전했다.

　활빈당 의병장 홍길동은 삼가 한 글월을 율도국왕에게 올리
노라. 나라는 본래 한 사람의 그릇이 아니다. 그런 까닭으로
성탕聖湯이 걸왕傑王을 정벌하였고 무왕武王이 주왕紂王을 토벌
하였으니90), 이는 하늘의 떳떳한 일이다. 내 천명天命을 받아
삼군을 거느리고 한 번 북을 쳐서 칠십여 성을 항복받았으니,
율도왕은 재주가 있거든 나와서 자웅雌雄을 겨루고, 그렇지
않으면 빨리 문을 열어 항복하여 하늘 뜻을 어기지 말라.

수문장守門將이 격서를 거두어 왕에게 드리니, 율도왕이 다
읽고는 크게 노하여 문무제신文武諸臣을 모아 의논하였다.
　"난데없는 좀도둑이 이같이 창궐猖獗하니 장차 어찌 하리오?
그대들은 도적을 깨트릴 계교를 생각하라."
　신하들이 아뢰기를,
　"적병의 강약과 숫자를 알지 못하오니, 아뢰옵니다. 군사를
일으키되 사대문四大門을 굳게 지키면서 나가지 않고, 또한 군사
를 일으켜 나라의 군량이 있는 곳을 막고 세월을 보내면, 적은
스스로 양식과 말먹이가 다할 것이니 그때 기회를 보아 성문을
열고 삼군을 내어 급히 치면 좋을까 하나이다."

---

90) 상나라 걸왕이 미녀 말희와 더불어 음탕하고 포학한 일에 열중하자 탕왕
　이 그를 정벌하였고, 또한 은나라 주왕이 미녀 달기와 더불어 폭정을 저지
　르자 주나라 무왕이 그를 토벌하였다.

율도왕이 크게 노하여,

"도적이 성 아래에 이르러 국가 존망이 하룻저녁에 있거늘, 어찌 제 스스로 물러가기를 바라리오?"

율도왕이 군사를 일으켜 직접 출전하고자 하였다. 그때 문득 보고가 들어왔다.

"적병이 벌써 흑제성을 깨트리고 군사를 세 길로 나누어 온다."

율도왕이 크게 놀라 삼군을 이끌어서 양관에 이르니, 적병이 이미 사방에 진을 치고 있었다.

이때 길동은 양관에서 사십 리를 물러나 진을 치고 장수들을 불러 명령했다.

"내일 정오에 율도왕을 마땅히 사로잡으리라. 만일 영을 어기는 자가 있으면 참하리라."

선봉장 돌통을 불러,

"너는 일천 군사를 거느려 양관 남쪽에 매복하였다가 여차여차하라."

우익장 김영수를 불러,

"너는 삼천 군사를 거느려 산곡 오른쪽에 매복하였다가 여차여차하라."

좌익장 의경을 불러,

"너는 삼천 군사를 거느려 왼쪽에 매복하였다가 여차여차하라."

하니, 장수들이 각각 명령을 받고 물러났다.

이튿날, 길동이 한 무리 군사를 거느리고 진 앞에 나와서는 크게 소리쳐 말하기를,

"무도한 율도왕은 내 말을 들어라. 그대의 정치가 밝지 못하니 백성이 따르지 않고 원성이 하늘까지 닿았으니, 하늘이 무심치 아니하시어 나로 하여금 의병을 일으켜서 네 죄를 씻고 백성을 건지게 하심이다. 너는 빨리 항복하여 사졸의 괴로움을 생각하라."

라 하였다. 율도왕이 크게 노하여 청연검을 들고 싸우다가, 길동이 거짓 패하여 양관으로 달아나자 율도왕이 과연 뒤쫓아 왔다. 선봉장 돌통이 맞이하여 싸우다가 수십 합에 이르자 돌통이 또한 거짓으로 패하여 산곡으로 달아나니, 율도왕이 급히 뒤쫓아 양관을 지나 산곡으로 들어갔다.

율도국 장수들이 크게 소리치기를,

"대왕은 뒤쫓지 마소서. 그곳은 산천이 험악하오니 반드시 간계가 있는가 하나이다."

라 하니, 율도왕이 도리어 노하여,

"내 어찌 복병을 두려워하리오?"

군사를 재촉하여 맞받아 싸우라 하고는 말을 달려 양관 산곡 간으로 들어갔다.

문득 한 무리의 군사가 내달아 앞을 막으니, 율도왕이 맞아 싸워서 십여 합에 이르도록 승부를 가리지 못하였다. 또 산곡

왼편에서 한 무리 군사가 내달아 치니, 율도왕이 적병의 계교에 빠짐을 알고 급히 대군을 물리려 했다. 이때 또 한 무리 군사가 내달아오니, 이는 길동이었다. 길동이 손에 긴 창을 들고 크게 소리쳤다.

"율도왕은 도망치지 말아라. 활빈당 행수行首 홍길동이 여기 있노라."

율도왕이 화가 크게 뻗쳐 맞이하여 싸워 사십여 합이 되었으나 승부를 가리지 못하였다. 그때 돌통이 또한 군사를 돌이켜 쳐들어왔다. 율도왕이 어찌할 바를 모르는데 군사가 보고하기를,

"적병이 본진에 불을 놓고 쳐들어온다."

라 하였다. 율도왕이 황망히 말을 돌려 왼쪽을 바라보고 달아나는데, 앞길에 일진광풍一陣狂風이 일어났다. 이에 율도왕이 깨닫고 말하기를,

"내 도적을 가벼이 여기다가 오늘 이 화를 만났구나. 누구를 원망하리오?"

말을 마치자 칼을 들어 자결하였다. 율도왕의 세자가 부왕의 시신을 붙들고 통곡하다가 또한 자결하였다. 이에 율도국 백성과 군사들이 일시에 항복하니, 길동이 군을 거두어 본진으로 돌아왔다.

길동이 율도왕 부자의 장례를 왕과 같이 치르고, 그날로 장졸을 데리고 율도성에 들어가서는 소와 양을 많이 잡아 사졸을

위로하고 여러 장수들에게 각각 벼슬을 내렸다. 길동이 돌통으로 순무안찰사巡撫按察使를 삼아 율도국 삼백육십 주를 순행하면서, 창고를 열어 백성을 구휼救恤하고 방을 붙여 안무按撫하게 하였다.

십일월 갑자일에 길동이 율도국 왕위에 나아가니, 문무백관이 천세千歲[91]를 불러 하례賀禮[92]하는 소리가 원근에 진동하였다. 왕이 장수들의 봉작封爵을 각각 더하고, 부친인 승상을 추존追尊[93]하여 현덕왕으로 봉封하고, 백룡으로는 부원군府院君에 봉하고, 모친은 태왕비太王妃로 봉했다. 백씨는 왕비로 봉하고, 정씨로는 충렬좌부인을 봉하고, 조씨로는 숙렬우부인을 봉하여 각각 처소를 정했다. 부친의 산소를 선릉이라 칭하고, 승상부인으로는 현덕왕비를 봉하고[94], 제도에 그 소식을 알리고 실가實家를 데려다가 왕궁에 들어 안돈安頓하게 하였다.

차설.

왕이 즉위한 후, 안으로는 덕을 닦고 밖으로는 정사를 극진히

---

91) 천세千歲 : '만세萬歲'는 황제에게만 올리므로 그 이외의 사람에게는 '천세千歲'를 올린다.
92) 하례賀禮 : 축하하여 예를 차림.
93) 추존追尊 : 추숭追崇. 왕위에 오르지 못하고 죽은 사람에게 미루어 임금의 칭호를 주는 일.
94) 홍승상이 현덕왕이므로 승상부인이 현덕왕비가 되고, 길동의 생모인 춘섬은 따로 태왕비라 부르는 것임.

다스리니, 10년이 지나지 않아 국태민안國泰民安하여 교화가 위를 따라 행하고 풍속이 아래로부터 아름다워 요순의 다스림에 비길 만하였다. 하루는 왕이 조회를 마치고 신하들을 대하여 말하기를,

"과인에게 품은 것이 하나 있으니 경들은 자세히 들으라. 과인이 이제 왕위에 있으나 선릉은 조선국 땅에 있고, 겸하여 병조판서 교지를 받았으며, 또 좋은 쌀 일천 석을 내려주심에 이로써 군량을 삼아 오늘에 이르렀으니, 국은을 생각하면 죽어도 갚을 길이 없음이라. 신하들 중 가히 부림직한 사람을 얻어 사신으로 삼아 나라에 표문表文[95]을 올리고 선릉에 헌작獻酌하고자 하니, 누가 마땅히 이 소임을 받겠는가?"

신하들이 모두 주청하기를, 한림학사 정회가 사신의 임무를 맡을 만하다 하였다. 왕이 크게 기뻐하며 정회를 가까이 불러,

"경으로 사신을 삼아 조선국 왕상께 문안하고, 현덕왕비와 형공을 모셔 오고자 하니, 경은 한 번 수고를 아끼지 말라. 마땅히 중하게 갚으리라."

라 하니, 정회가 대답하였다.

"신하로서 임금이자 아버지의 명하시는 바는 비록 물과 불이라도 피하지 않을 것이어늘, 어찌 공을 의논하리이까?"

왕이 이 말을 듣고 더욱 기특히 여겨, 우선 상사賞賜[96]를 많이

---

95) 표문表文 : 임금에게 표表로 올리는 글.
96) 상사賞賜 : 임금이 공을 세운 사람에게 치하할 목적으로 금은채단 등을

하였다. 그리고 이튿날, 왕이 표문을 지어 금은보배와 재물을 함께 배에 싣고, 또한 좋은 쌀 일천 석을 실어서는 서강을 향해 보냈다. 정회가 왕에게 하직하고 율도성을 떠나 뱃길을 가니, 석 달만에 조선국 서강에 닿아 경성에 들어가 표문을 올렸다.

화설.

상이 길동을 보낸 후 그 재주를 탄복하고 또한 그 종적 없음을 괴이하게 여겼더니, 하루는 자사가 율도왕의 표문을 올렸다. 상이 놀라 봉인을 떼고 읽으니 그 내용이 이러하였다.

전 병조판서 율도왕 신 홍길동은 머리를 조아려 백 번 절하옵고 한 장의 표문을 올리나이다. 신이 본시本是 천한 몸으로 편협하온 마음을 먹사와 나라에 불충함을 많이 끼쳤으니 그 죄가 만 번 죽어도 아깝지 아니하거늘, 전하께옵서 하늘과 땅 같은 덕으로 불충한 죄를 용서하옵시고 대사마大司馬[97]의 교지를 내리시오며, 또한 좋은 쌀 천 석을 내리시오니, 그 성은이 망극하옵니다. 사방으로 떠돌아다니다가 이제 외람猥濫되이 왕의 자리를 누리고 있사오나 이는 모두 전하께서 주옵신 복이온데 옥체에 은혜를 갚을 기약이 없사온고로, 이제 방자하게 신하를 부려 성체만강聖體滿腔[98]하옵심을 알고저 하

내림.

[97] 대사마大司馬 : 조선에서 병조판서를 가리켜 주나라의 사마司馬에 빗대어 부른 말.

옵니다. 엎드려 바라건대 성상께서는 신의 외람한 죄를 사하
옵소서.

상이 이 표문을 보고 쌀 천 석과 금은 재물을 받은 후, 크게
놀라고 크게 칭찬하여 즉시 홍상서를 패초牌招해서는 율도왕의
표문을 보이고 칭찬하였다. 상서가 아뢰기를,

"이는 다 전하께서 주시는 홍복洪福이로소이다. 신이 율도국
에 나아가 외유外遊코자 하오니, 수년의 말미를 청하옵나이다."

상이 윤허하고 상서를 율도국 외유사外遊使에 임명하고는 화
의서和議書를 닦아 보냈다. 상서가 즉시 하직하고 집에 돌아와
서는 율도왕의 서신을 보고 반신반의半信半疑하나, 이미 외유사
에 임명되었기에 하릴없이 행장을 차려서는 모부인을 모시고
경성을 떠나 서강에서 배를 탔다. 뱃길로 석 달만에 율도국에
이르니, 율도왕이 먼 길을 나와 맞이하였다. 성중에 들어가니
백씨 등이 조고祖姑99)를 맞아 예필禮畢하였다.

태부인100)이 묻기를,

"상공의 산소가 어디에 있소?"

왕이 대답하여,

---

98) 성체만강聖體滿腔 : 임금의 체후體候의 건강하고 평안함.
99) 조고祖姑 : 본래 조부의 자매를 가리키는 말이나, 여기서는 시어머니의
     존칭으로 쓰인 듯하다.
100) 앞서 홍승상이 현덕왕으로 추숭되었을 때 승상 부인은 현덕왕비로, 춘섬
     은 태왕비로 봉해졌다. 여기서 태부인太夫人은 어머니를 존중하여 일컫
     는 말로서 승상부인을 가리킨다.

"월봉산 아래로소이다."

하고, 태부인을 모시고 선릉에 올라갔다. 태부인이 일장통곡一
場痛哭하다가 기절하니, 왕과 상서가 급히 구완하여 궁중으로
돌아왔으나, 태부인은 이로 인하여 병이 중해지다가 수 일만에
졸卒하니, 그 연세가 팔십이었다. 왕과 상서가 슬픔을 다하여
그 상을 치르고, 초종성복初終成服한 후 택일擇日하여 선릉에
합장하였다. 형제가 서로 위로하며 세월을 보내니, 어느덧 태부
인의 삼년상을 마치고 형제가 새로이 슬퍼하였다.

이때 홍상서가 고국 생각이 간절할 뿐 아니라, 봉명사신奉命使
臣으로 와서 오래 지체함이 불가하니 장차 조선으로 돌아가고
자 하여, 선릉에 올라가 통곡하고 궁중 상하 신하들과 이별하였
다. 상서가 또한 율도왕의 손을 잡고 눈물을 흘리며,

"부모의 분묘가 이곳에 계시니 돌아갈 마음이 없건마는, 임금
의 명을 받아 왔으니 마지못하여 형제를 이별하거니와, 다시
만날 기약이 망연하니 그를 슬퍼하노라."

하였다.

이튿날 율도를 떠나 여러 달만에 무사히 조선국에 도달하여
입궐봉명入闕奉命하였다.

재설.

세월이 흘러 왕의 생모[101]의 춘추春秋가 칠십에 이르렀다.

홀연히 병을 얻더니 경자 구월 초구일에 졸卒하였다. 온 나라가 발상發喪하여 슬퍼하고는 석 달만에 좋은 자리를 가려 안장하고 능호陵號를 현릉이라 하였다.

왕이 일찍 세 아들을 얻었으니, 맏이의 이름은 현으로 왕비 백씨의 소생이고, 둘째의 이름은 창으로 충렬부인 정씨 소생이며, 셋째의 이름은 석으로 숙렬부인 조씨 소생이었다. 셋이 다 문학이 출중하고 재모才貌[102]가 보통 사람보다 뛰어나 한 치의 어긋남도 없었다. 왕이 맏이인 현을 세자로 봉하였다.

왕이 등극한 지 삼십 년이 되었고 왕의 나이도 예순이 되었다. 언제나 적송자赤松子[103]의 자취를 따르고자 하였다. 하루는 문무대신을 한 곳에 모아 큰 잔치를 벌이고는 종일 즐기다가, 세자에게 왕위를 전하고 또한 각각 땅을 나누어 둘째 창과 셋째 석을 그곳에 봉하였다. 풍악을 갖추자 왕이 노래를 불러 화답하였다.

세상을 생각하니 인생이 풀 끝의 이슬 같도다.
백 년을 다 살아도 뜬구름과 한가지라.
부귀빈천富貴貧賤에 때 있으니 만나기가 어떠한가?
안기생安期生[104] 적송자가 본래 내 벗인가 하노라.

---

101) 춘섬.
102) 재모才貌 : 재주와 용모.
103) 적송자赤松子 : 신농씨 때 비를 다스렸다는 신선.
104) 안기생安期生 : 진나라 때 사람으로 신선이 되어 1천 살까지 살았다고

라고 추연惆然히 강개慷慨한 마음을 전하니, 모든 사람들이 눈물 흐르는 것을 막지 못하였다.

본래 도경都境[105] 근처 삼십 리쯤에 명산이 있었는데 이름이 영신산이었다. 봉우리가 높아 푸른 하늘에 닿았고, 물은 맑아 사면을 둘러 흐르며, 신기한 꽃과 희귀한 풀은 곳곳에 어지러이 자라났으니, 신선의 자취가 종종 왕래하는 듯하였다. 왕이 그곳에 한 정자를 정성들여 짓고 백씨와 더불어 그곳에 가서는 선도 仙道[106]를 닦았다. 속세를 끊어 일월정기日月精氣를 마시고 일절 벽곡辟穀[107]하면서, 때로는 춤추는 학과 세월을 보내니 장차 광견자狂狷子[108]와 서왕모西王母[109]를 찾아가고자 하였다.

하루는 문득 오색구름이 정자를 두루 감싸고 벽력이 진동하거늘, 왕이 놀라 산정山亭을 우러러보니 물색은 예전과 같은데 부왕과 모비母妃는 간 곳이 없었다. 왕과 형제들이 일장통곡하고,

---

한다.

105) 도경都境 : 도성의 경계.
106) 선도仙道 : 신선의 도.
107) 벽곡辟穀 : 화식을 먹지 않음.
108) 광견자狂狷子 : 『맹자』에 의하면 뜻이 크고 성급한 사람을 가리키는 말. 이 부분에서는 문맥상 신선의 한 사람이나 자유로운 사람을 말하는 듯하다.
109) 서왕모西王母 : 신선의 하나. 본래는 곤륜산崑崙山에 사는 반인반수半人半獸의 선녀로 여겨졌는데, 도가에서는 아름다운 부인의 모습이고 여자 신선들의 우두머리인 것으로 바뀌었다. 천도복숭아의 주인이며 선약을 만드는 여신으로 여겨져, 후예后羿가 서왕모로부터 불로불사약을 얻었다고 한다. 서왕모가 있는 요지瑤池에서 열리는 잔치西王母瑤池宴은 선계에서 가장 성대하고 호화로운 잔치라고 한다.

명당을 찾아 허장虛葬110)을 지내고는 능호를 영릉이라 하였다.

사적이 기이한고로 대강 기록하여 전하노라.

---

110) 허장虛葬 : 시신 없는 무덤을 만드는 것. 또는 그런 무덤.

Ⅲ. 〈길동 권지단〉 원문

화셜 죠션국 세죵죠의 일위 지샹이 이시니 셩은 홍이오 명은
외리 뫼라 디디로 명문거죽으로 쳥덕슉힝지괴라 공의 위인이
공검쳥직ᄒ여 기세군지러라 일칙 쳥운의 올나 벼슬이 지샹의
이라려 물망이 놉흐며 츙효검쳔ᄒ기로 죠야 츄양ᄒ고 왕샹이
쏘흔 듕디ᄒ시니 공의 위엄이 일극의 진동ᄒ더라 공이 두 아달
을 두어시미 쟝ᄌ의 명은 일형이니 뎡실 유시 소싱이라 쇼년등
과ᄒ여 벼슬이 니됴라량의 이랏럿고 ᄎᄌ의 명은 길길동이니
시비 츈셤의

쇼싱이라 공이 길동을 나을써의 츈졀을 당하여 몸이 피곤ᄒ미
우원난간을 의지ᄒ여 줌간 소으더이 문득 몽헌이 유유ᄒ여 ᄒ
곳의 ᄃ다라니 무득 ᄉ은 쳡쳡ᄒ고 물은 준준ᄒ디 양뉴ᄂᆞ 농츌
ᄒ며 황조난 흥을 도으니 명공이 츈싁을 ᄉᆞ랑하야 졈졈 ᄂᆞᄋᆞ가
니 길이 긋칫는 고디 초암은 히날의 다힛고 말근 물은 ᄉ면의
들너ᄂᆞᆫ디 ᄆᆞᆫᄌᆞᆼ셩하가의 치운이 영농ᄒ더라 공이 셕샹의 ᄋᆞᆫ자
경치를 구경ᄒ더니 문득 뇌졍이 지동ᄒ며 물결이 흉용ᄒ고 일
진쳥풍이 니난고디 쳥

눙이 슈념을 거스리고 눈을 불읍쓰고 쥬홍갓흔 입을 버리고
공을 향흐야 단러들거날 공이 실싴흐야 피흐다가 놀닉 씨치니
남가일몽이라 심즁의 뒤희흐여 즉시 닉당으로 드러가니 부인이
이러 뭇거날 공이 흔여히 부인 옥슈를 닛그러 친흡고져 흐니
부인이 정싁왈 샹공이 체위 금즁흐시거날 연소경박즈의 비루흔
힝실을 본븟고져 흐시니 첩은 그옥이 취치아니흐나이다 고흐
언파의 손을 썰쳐 나가거날 공이 가쟝 무흐여 심회를 셜화코져
흐나 틴기를 누셜흐미 불가흐여 분긔를

춤지 못하고 외당의 나와 부인의 혜으림 입스물 흔튼흐더니
뭇치 시비 츈셤이 초를 올니거날 공이 브든후의 좌우 고요흐물
인흐여 츈셤을 잇그러 협실노 드러가 치흡흐니 츈셤의 나히
십팔이오 좀간무연의싁을 년흐너라 공의 불시의 협겨흐니 엇지
거역흐리오 몸을 허흔후로 문의 나지 으니흐고 타인을 취흘
쓰시 업스니 공이 그 졀기를 쟝히녁여 인흐여 잉첩을 숨아더니
츈낭이 그달부터 잉틱하여 십삭만의 일기 옥동을 싱흐니 긔골
이 비범흐여

빅옥이 언긔는돗 츄월이 써러진닷 진짓 영웅이라 공이 흔번
보믹 크게 깃거흐여 일홈은 길동이라 흐다 길동이 졈졈 즈르믹

기골이 더옥 비상ᄒ여 총명이 과인ᄒ나 ᄒ나흘 드로면 빅을 통송ᄒᄂᆫ지라 공이 닉심의 탄왈 쳔되 무심ᄒ도다 이런 영길노 써 부인 몸의 나지 은코 쳔빅외게 ᄂᆺᄂᆫ고 ᄒ더라 일일은 공이 닉당의 드러가 갈동의 손을 잇그러 압헤 은치고 부인다러 왈 이 ᄋᆞ히 비록 영웅지풍이 잇나 범긔와 긔질이 크게 쓰이지 못ᄒ 리나 졀통ᄒᄉ 부인의 편협ᄒᆫ 투시로다 ᄒ니 부인이 우으며 그 연고를 문ᄅᆞ되 공

P.6

이 탄시 왈 젼일 부인이 닉 믈을 드럿던들 이 ᄋᆞ히로 ᄒ여곰 부인 복즁의 나리로다 ᄒ고 그 몽ᄉ를 이ᄅᆞ되 부인이 그 믈을 듯고 즁심의 후회왈 도시 쳔졍잉라 엇지ᄒ리오 ᄒ더라 광음이 여류ᄒ여 길동 팔세라 용모와 풍치 더욱 쥰슈ᄒᄆᆡ 공이 크게 익즁ᄒ나 그 본이 쳐칭이라 ᄆᆡ양 길동 호부형을 ᄒ면 공이 문듯 꾸지져 못ᄒ게 ᄒ낙 길동이 십세 념도록 금히 부형을 북ᄃᆞ지 못홀 비복등 쳔되ᄒ물 각골통ᄒᄒ더라 잇ᄃᆞᆫ 츄구월 뭉간이라 명월은 벽공의 죠요ᄒ고 청

P.7

붕은 ᄌᆞ츙의 소슬ᄒ여 ᄉ름의 심회를 돕는지라 길동이 셔당의 셔 글을 이ᄅᆞ다가 분듯 셔은을 밀치고 탄식왈 되즁뷔 세샹의 나ᄆᆡ 공맹을 본볏지 못홀진되 찰ᄒ리 병법을 외와 되장이 되여 동졍서별ᄒ여 국가의 ᄒ셔물 드러오ᄆᆡ 되음양쥰ᄉ시올야 남군

을 도와 요순의치의 이르계 ᄒ야 일홈 기린각의 빗ᄂᆡ미 장부의
캐흔일니라 고어의왈 왕후장상니 영유종호야 날을 두고 이른
말인고 세인이 ᄃ 부형을 부ᄅᆞᄃᆡ 나난 엇지ᄒ여 호부호형ᄂᆞᄅ
못ᄒ난고 말을 맛치미 슬픔을 ᄆ지안니ᄒ여 쓸회 나려와 월ᄒ
의 검무를 츄더니 공이 잇ᄶ 사ᄎᆞᆼ을 밀

P.8

치고 츄월을 구경ᄒ더니 길동이 처음은 쓸의셔셕 검무ᄒ다가
창여ᄂᆞ 소리를 듯고 제 방을 왕ᄂᆡᄒ여 춤츄무 보고 깃것ᄒ여
시뵈로 부ᄅᆞ니 길동이 즉시 칼을 더지고 드러가 뵈온ᄃᆡ 공이
흔연왈 이심운기ᄂᆞ 무슴 흥이 잇단ᄃᆡ 월울희 뫼리흘ᄂᆞ다 길동
이 부복ᄃᆡ왈 소인이 맛흠 월식을 ᄉ랑ᄒ여 즘간 방화흔미로소
이ᄃ 공이 문왈 ᄒ날이 만물을 ᄂᆡ시미 오직 ᄉ람 귀ᄒ오이 쇼이
ᄃᆡ감 경긔로 ᄉ름이 되여나미 당당ᄒ온 남ᄌᆡ오니 이만큼 낙이
업ᄉ오ᄃᆡ 다만 평식

P.9

셜운바난 남과갓 못ᄒ와 호부형을 못ᄒ오니 엇지 ᄉ름이라 ᄒ
리잇가 셜파의 눈물을 흘니거날 공이 심하의 비록 측은하나
십녀세소이 세숭고록을 짐작ᄒ니 만일 그 뜻을 위로ᄒ면 제
ᄆ음이 더옥 방ᄌᆞᄒ리라 ᄒ여 크게 ᄭ지저왈 ᄌᆡ샹가 소싱이
너쑨이니라 네 엇지 교문붕ᄌᆞᄒ미 이럿틋ᄒ요 추후 다시 이런
말이 이시면 ᄂᆡ 은젼의 용납지 못ᄒ리라 길동이 공이 믈을 듯고

다만 눈물만 흘니고 업듸엿더니 공이 명ᄒᆞ여 물너가라 ᄒᆞ거날 길동이 칩ᄂᆞᆫ의 도라와 슬허ᄒᆞ물 마지ᄋᆞ니ᄒᆞ더룰 그슈월이 되엿 후의

P.10

길동이 듸세현의 드러가니 공이 홀노 ᄋᆞᆫ줏기고 고요ᄒᆞ거날 부 복주왈 감히 뭇줍나이 비록 쳔싱이요나 문으로 급제하오면 졍 승이 니라읍고 무릭 무제후 군신ᄒᆞ고면 듸즁이 되고 니이순ᄒᆞᆫ 듸 공이 니말을 듯고 어히업셔 크게 ᄭᅮ지저 왈 네 감히 늬 안젼 의셔 방즈ᄒᆞᆫ 말을 이럿ᄒᆞ난다 ᄒᆞ고 밧비 물너가라 ᄒᆞ거날 길동 이 황급이 내침소로 도라와 울며 왈 소직 모친으로 더부러 쳔싱 이 년분이 즁ᄒᆞ여 금세의 모직 되오니 호쳔망극이라 남이 세ᄉᆞᆼ 의 늬민 업신양명

P.11

ᄒᆞ와 이형부모하옴이 당연하온지라 ᄂᆞ의 팔직 기구ᄒᆞ와 행당이 능모ᄒᆞ고 친척이 쳔듸ᄒᆞ니 일싱 품은 한니 깁사온디라 듸졍부 세상에 쳐ᄒᆞ여 직분을 직히여 남의 휘히 듸오미 불가ᄒᆞ온지라 맛당히 듸사마 인수룰 차고 자직진퇴을 임의로 하올거시오 그 럿치 못ᄒᆞ오면 차릭리 신이룰 ᄡᅳᆯ쳐 큰일홈을 세울지라 부릭건 듸 모친은 과렴치 말이시고 기체룰 보즁ᄒᆞ소셔 그 어미 쳥파의 크게 놀나 왈 직샹가 쳔싱이 너ᄲᅮᆫ 아니라 무슴 ᄆᆞ음으로 협ᄒᆞᆫᄆᆞ 음을 발ᄒᆞ여 어미 간ᄉᆞᆼ을 ᄉᆞ로나뇨 네 즁성ᄒᆞ면 샹공쳐분이

이시리니 오직 어미를 싱각ᄒ여 쳔ᄃᆡ를 감슈

P.12

ᄒ라 길동이 ᄃᆡ왈 샹공의 쳔ᄃᆡ는 기림업거니와 노복이 다 업슈
이 넉이오믈 싱각ᄒ오면 흔임골수ᄒ온지라 렛ᄂᆞᆯ즁즁의 알돌
길슌은 쳔싱이로ᄃᆡ 심슘의 그어미를 니별ᄒ고 웅봉산의 드러가
도를 닷가 아름다온 일홈을 후세에 세우ᄃᆡ 즁을 알니 업ᄉᆞ온지
리 소ᄌᆡ ᄯᅩ한 그런ᄉᆞᆷ을 효측ᄒ여 세상을 버셔나러 ᄒ오니
복망 모친은 안심ᄒᆞᄉ 세월을 보ᄂᆡ며 후일의 반다시 모ᄌᆞ지졍
을 이으리리다 ᄒ간 룩산모의 힝식을 보옥 승공의 춍을 일을가
저허ᄒ여 우리 모ᄌᆞ룰 원수ᄀᆞ치 ᄒ난지라 큰 화

P.13

란 이비을가 ᄒᆞᆸ나이다 소ᄌᆡ 집을 쩌나갈지으ᄅ도 불호ᄌᆞᄅ
싱각마르시고 치민룽급ᄒᆞᄉ 화사ᄅ 취치말소셔 에미일ᄅᆡ 네
마리 유리ᄒ나 곡산모는 인후ᄒᆞᆫ 여ᄌᆡ라 그ᄃᆡ로록 ᄒ리요 인심
은 난측이라 모친은 소ᄌᆞ의 말을 올히슉이아지ᄆᆞᆯ소셔 에미 길
동이 허다셜화ᄅ 듯고 비회ᄅ 금치 못ᄒ더라 원ᄂᆡ 곡산기싱을
공의 쳡이리여시니 명은 초난이라 공이 가장 춍이ᄒ니 ᄆᆞ음이
방ᄌᆞ교만ᄒ여 강즁상ᄒ의 곰불함ᄒ며 문득 공의게 춤소ᄒ야
폐한이 무슈ᄒ니 이러무로 가ᄂᆡ 다 두려ᄒ더라 공이 용몽을
잇고 길동을 나은후는 힝

혀 저의 동그을 저리ᄒ고 공이 미양 돈는다러 닐오디난 길동ᄀᆺ
흔 ᄋ들이 난ᄒ 나의 ᄆ음을 위로ᄒ고 돈난이 미일 앙앙ᄒ여
싱눕ᄒ기를 ᄇᄅ디 ᄆ춥니 여의치 못ᄒ니 ᄆ양 무류ᄒ여ᄒ더라
길동이 졈졈 ᄌᄅ미 가듕상회 기리는 소릭 파다ᄒ이 돈는이
더욱 시긔ᄒ여 은젼을 만히 흣터 요옥흔 무여와 흉협흔 숭ᄌ를
쳐결ᄒ여 길동을 히코져 ᄒ여 간게를 쳥훌시 돈난이 니라디
이 아히를 업시ᄒ여 나의 일싱을 편케ᄒ면 은혜를 후히 갑흐리
라 ᄒ니 무열든이 지물으 탐ᄒ니 흉

게를 싱각ᄒ고 돈난다러 일오디 샹공은 츙후군지라 나라를 위
ᄒ여 집을 도라보지 ᄋ이안이ᄒ시는지라 지금 홍인문 븟긔 일
등관샹에 이스니 스름을 ᄒ번 보미 젼후길흉을 판단ᄒ오니 이
스람을 쳥ᄒ여 소원을 일흔 후의에 샹공긔 쳥거ᄒ여 젼후스를
본드시 고ᄒ면 샹공이 필연 혹ᄒ스 길동을 죽일거시니 그쎄를
다하여 도도ᄒ라 ᄒ니 초는이 이 믈을 듯고 가장 즁묘타 ᄒ여
허락ᄒ고 승ᄌ의 집의 가서 돈는소유를 셜화ᄒ고 은ᄌ를 쥬니
이 스름은 본디 욕심이 ᄆ흔지라 은ᄌ를 보고 즉시 무녀를 ᄯᅡ라
홍부의 니ᄅ러 의논을 졍하고 도라가이라

잇트늘 공이 부인을 더부러 길동을 부기러 왈 이 아히 비범ᄒ니

즁촛 큰금다시되러니와 달쳔싱이물 흔노라 부인이 져히 듸둡고
져 흐더니 무득 일위 여지 드러와 당흐의 빅알흐거늘 공이 문왈
그듸는 엇더흔 여지완듸 무슨 일뇨 그녀지 왈 소쳡은 홍인문
붓긔 사압던니 양각 관샹하기를 빅화스오미 스람의 샹을 흔번
보오면 전후길흉을 판단흐거난고로 상공문흐의 니라러 지조란
시험코저 왓느이다 부인이 그믈을 듯 좌즁이 관듸흔 후 공이
웃고 완 네 관승을 잘흔다 흐

니 우리 가즁 인물을 평논흐라 그녀 지시 심즁이 듸의흐여 공으
로 상흐노라 살펴 젼후 수수말을 본다시 흐니 공과 부인이 칭춘
흐고 시비로 길동을 불너 보여 왈 이 ᄋ히 상을 자시 보라 흐니
상즈 이윽이 보다가 문득 일이 셜흐여 왈 이 공즈를 보옵 쳔고여
웅이오 일듸 호걸이로듸 다위탈은만는 지체 츠간 부족흐오니
아지못게라 부인소싱이라니잇가 과연 쳔비 소싱이라 샹쟈 이윽
이 보다가 거저 놀닉난 체 흐고 말이 업거날 공과 부인이 그
형샹을 보고 가즁 고이히 역여 무러왈 무슴 불은흠이 이슨뇨
바른듸로 이르르 승네 쥬져흐듯가 고왈 쇼쳡이 여러 가호

의 다니면 칭승가의 공즈를 만히 보와스오듸 일죽 이런 비목은
처음 보와스오니 만일 실스를 고흐오명 듸지승가지공즈를 만히
보와사ᄋ듸 일죽 이리면목을 쳐음 보와스오니 ᄆ일 실스를 흐

오명을 분들가 호나이다 부인왈 그되 샹법이 지특호여 긔이지
몰고 부른되로 이르라 샹네 좌듕이 번거호믈 혐의호는듯호니
공이 몸을 니러 협실노 도러가 샹녀랄 쳥호여 라시 무른되 샹네
그체야 가마니 고호왈 공ᄌ의 샹을 보오니 만고영웅이라 흉의
조화랄 품어사고 미간의손천졍긔 영웅라 호오니 진싯 왕후

긔샹이라 이럼로 부르고치 못호여스이다 우리 도션은 쇼국이라
왕후의 긔샹이 쓸되업난지라 문일 쟝셩호오면 즁츳 멸문지화롤
면치못호리니 샹공은 슬피소셔 공이 쳥파의 경으호여 묵묵반향
의 왈 만일 그되 말 갓흘진되 크게 놀날거니와 본되 쳔싱이라
스류의 춤녀치 못홀거시니 도 오십이 넘도록 츄입을 금호면
졔 비록 밍분의 용과 무후의 지죄 이시나 엇지호리오 샹네 웃고
왈 고인이 운호되 왕후쟝샹이 영유송호으호니 이는 일역으로
못호올빈니다 공이 탄식호고 은ᄌ 오십양을 쥬며 왈 이 일은
나의 금져호기의 이스니 너는

힝여 누셜치 말나 만일 누셜호미 이시면 스죄롤 듕홀 거시닌
조심호라 샹네 호고가니루 이날부터 공이 길동을 엄금호여 일
동일졍을 술피고 그를 가루쳐 츙효롤 권쟝호니 가즁쳔되는 유
옥 우심호니 길동이 졀음을 이기지 못호여 후훤심단의 ᄌ죄롤
감초와 주도삼양을 공부호여 쳔문지리롤 숨심호더니 공이 틈지

ᄒ여 왈고 크게 근심ᄒ여왈 이놈이 본듸 직죄 츌쥬ᄒ지라 만일
범놈흔 이ᄉ를 두면 우리 딥이 멸문지화를 당ᄒ니 엇지 통ᄒ치
ᄋ니리요 져를 일즉 업시일ᄀ ᄒ여

화를 면홈ᄆ 갓치 못ᄒ다 ᄒ고 가ᄆ히 죽여 후환을 싲츠러 ᄒ다
가 ᄌ연 털눈지졍이 즁ᄒ여 ᄎᄆ 힝치 못ᄒ리ᄅ 잇듸 초ᄂ이
무녀와 샹ᄌ를 교통ᄒ여 공의 털눈지졍을 의심케 ᄒ고 쏘 특ᄌ
라 ᄒᄂ ᄌ긱을 쳥ᄒ여 은ᄌ를 만히 쥬고 길동을 히코져 홀시
일일은 초난이 공게왈 쳔쳡의 듯ᄌ오니 숭ᄌ 길동을 보고 왕게
잇다 ᄒ오니 멸문지화를 당홀가 두러ᄒ나의다 공이 놀나 왈
이일이 가즁 즁듸ᄒ거날 네 엇지 구외네 늬여 듸화를 취코져
ᄒ나이다 초난이 념용듸왈 고어의 닐너시듸 주언은 믈로고
양언은 문셔흔다 ᄒ오니 믈이 졈졈

션파ᄒ오면 조졍의 밋초지라 일문을 엇지 보젼 쳡의 소견의ᄂ
져를 일즉 업시ᄒ여 후환을 업시홈갓지 몰홀가 ᄒ이라 공이
눈섭을 징긔여 왈 이일은 늬 쟝즁의 이시니 영등은 다시 벌결치
말나 초난이 황공하야 문너가이라 공이 일노 인ᄒ여 ᄌ연 심ᄉ
불흐ᄒ야 주야 비외ᄒ디라 부ᄌ륜기랄 ᄎᄆ 긋지못ᄒ고 후원
그윽ᄒ듸 길동을 가두와 츌입을 금ᄒ니 길동의 초난의 츰소로
엄칙을 당ᄒ여 츌입도 임의로 못ᄒ니 한입골수ᄒ여 밤의 능히

줌을 일우지 못ᄒ고 셔안을 의지ᄒ여 주역

을 슝샹ᄒᄆᆡ 뉵십ᄉ괘랄 문둔답지슐과 호풍환우지법을 무불통
지리라 공이 생ᄌ의 말을 드른후로 ᄌ연 마음이 번회ᄒ여 싱각
ᄒ듸 ᄂᆡ 츙성을 다ᄒ여 나라흘 섬기다가 불초ᄌ를 말ᄆᆡ음아
몸이 죽을 곳의 ᄲᅡ지면 큰죄습족의 밋츨지라 출ᄒ리 져를 죽여
후환을 업시코져 흐즉 부ᄌ 졍이에 츔ᄋ 못ᄒ리라 니를 즁ᄎᆞ
엇지ᄒ리요 ᄒ여 침식이 불은ᄒ여 형용이 날로 수쳑ᄒᄆᆡ 인ᄒ
여 병이 되ᄂ지라 부인과 좌랑이 크게 금심금여 가ᄆᆞ니 의논ᄒ
듸 길동으로 ᄒ여 ᄆ친병환이 나게시니 길동을 죽여야 마음을
위로ᄒᄆᆡ 도ᄒ나 계교

업ᄉ니 흐ᄒ니 돈난이 문든 나아가 고왈 샹공이 환휘 위듕ᄒ시
물 젼히 샹ᄌ의 믈노 조ᄎ 길동을 두고져 흐즉 후환이 되고
죽이러 흐즉 ᄎᆞᄆ 못흘 비라 유여미결ᄒ기미니 길동을 죽의고
샹공긔 그 연유를 고ᄒ면 즁이파의라 병ᄌ환충 졈간 슬허ᄒ요
시나 ᄌ연 회츙ᄒ시리이다 부인이 그왈 네 말이 비록 유리ᄒ나
죽이 게리 업셔 ᄎ져ᄒ노ᄅᆞ 쵸란이 듸왈 쳡이 듯ᄌ오니 길동니
의 틈지라 ᄒ난 ᄌᆞᆨ잇스오듸 용역이 다인ᄒ여 날겨비를 잡ᄂ
다 ᄒ이 이ᄉ름을 쳔금을 쥬어 밤의 드러가 쳔ᄒ오면 조흘가

P.25

ᄒᆞ나이다 ᄒᆞ나이다 부인이 좌름이 눈물흘면 왈 인졍의 ᄎᆞ마 못홀 빌로듸 ᄒᆞ나흔 나라흘 위급고 둘치난 샹공을 위ᄒᆞ미니 현ᄆᆞ 엇지ᄒᆞ리오 밧비 엇지 게교를 힝ᄒᆞ라 쵸난니 듸희ᄒᆞ여 침소로 도라와 틈지를 불너 젼후ᄉᆞ를 일너왈 이ᄂᆞ 샹공과 부인 의 영이라 금야 슴졍의 후원의 드러가 길동을 죽여 ᄌᆞ최를 업시 ᄒᆞ라 믈을 믓고 은ᄌᆞ를 쥬니 틈지 듸희ᄒᆞ여 은ᄌᆞ를 밧고 왈 남황굿그이라 무슴 근심 이시리오 ᄒᆞ고 드듸여 도라가 밤을 길다리이라 ᄎᆞ셜 쵸ᄂᆞᆫ이 틈지를 보늬고 늬당의 드러가 이 연유 를 고하니 부인이 듯듸고 툰식왈 ᄉᆞ세부류ᄒᆞ

P.26

기라 엇지 마혜 업시라오 좌름이 위로왈 모친은 과런치 마그셔 일일믜이 네기라리시니 후희륵급이라 졔 신체ᄂᆞᆫ 금의 명즁ᄒᆞ고 졔 어미를 ᄒᆞ오면 부친이 ᄋᆞ느셔도 이왕지ᄉᆞᆯ 심네 풀니시면 ᄌᆞ연 회ᄒᆞ시이다 부인이 밤이로그록 심회 번민ᄒᆞ야 ᄌᆞᆷ을 일우 지 못ᄒᆞ더라 이날 길동이 밤이 되믜 츄을 ᄇᆞ리ᄒᆞ고 주녁을 ᄌᆞᆷ식 ᄒᆞ더니 씨졍이 슴경이라 야심ᄒᆞ믈 씌다라 셔은을 밀치고 취침 ᄒᆞ더니 무득 창박게 가기리 세번 울고 가기ᄂᆞᆯ 길동이 소릐를 듯고 혼ᄌᆞ 일오듸 어이 즘싱이 본듸 붐을 거

P.27

리즘싱이ᄅᆞ울고가니 고이ᄒᆞ도다 ᄒᆞ고 글ᄌᆞ를 히득ᄒᆞ니 가마괴

소릭에 ᄌ긱이 오리ᄅ ᄒ니 엇지 사ᄅᆷ이 북그이 남을 히ᄒ런고 널젹 ᄒ리ᄅᆯ 쥰비ᄒ고 ᄉᆡ방쥰의 팔은둔갑ᄒᆞᆯ법을 버리ᄃᆡ 남방이 텨듕을 응ᄒᆞ여 북붕의 부치고 북방각듕연을 흥ᄒᆞ여 남방의 붓치고 동방진쳔을 흥ᄒᆞ여 셔방틱즁졀을 흥ᄒᆞ여 도방의 붓치고 건방건여난 손방의 음기고 곤방곤이ᄂᆞ 가망의 옥기고 손방소레 난 건방의 옴기고 간방간에ᄂᆞᆫ 건방의 옴겨 동셔남북위ᄅᆯ 각각 밧고와 뉵정뉵갑을 가온ᄃᆡ 두고 ᄶᆡᄅᆯ 기다리더라 이날 틈ᄌᆞ 비시ᄅᆯ 품고 몸을 공듕

P.28

의 쇼쇼아 홍부 후원을 넘어 길동 잇ᄂᆞ 곳의 나아가 보니 ᄉᆞ창의 총영이 히미ᄒᆞᆫᄃᆡ 인젹이 고요ᄒᆞ거늘 줌들기를 기다려 히코저 ᄒᆞ더니 문득 가마게 ᄎᆞᆼ붓긔 와 세번 울고 가거늘 틈ᄌᆞ 심하의 경ᄋᆞᄒᆞ여 닐오ᄃᆡ 길동을 피연 비법ᄒᆞᆫ 사ᄅᆷ일다 져 즘승이 무슴 ᄋᆞᄅ고이 이셔 텬긔ᄅᆯ 누셜ᄒᆞᄂᆞ 만일 길동이 지음ᄒᆞ면 ᄃᆡᄉᆡ ᄉᆞᆼᄎᆞᆺ 글리로다 그러나 어린이히 무슴 지식 이스리오 모을 날녀 방듕의 드러가나 일기 옹동이 쵹을 붉히고 팔레ᄅᆯ 응ᄒᆞ여 지언을 오이 문득 음풍이 슴슴ᄒᆞ니 젼신이 슬난ᄒᆞ거늘

P.29

틈ᄌᆞ 고이헤 넉겨 칼을 안고 탄식왈 ᄂᆡ 일즉 이런 일을 당하ᄆᆡ 겁하ᄆᆡ 업더니 오날 심회 ᄌᆞ연 경동ᄒᆞ니 고이ᄒᆞ도다 그려나 엇지 경도ᄒᆞ리요 ᄒᆞ고 손의 비슈랄 들고 완완히 나아가 정히

히코져 호더니 문득 길동 간듸 업고 홀연 음풍이 니러 랄면 되졍벽역이 천지지동호며 방듕변호여 믕믕한 슬디 되여 돌히 무슈호고 슐긔 듕쳔흔듸 쳥순은 쳡쳡호고 녹슈는 준준호면 댱 송은 날호여 풍경이 긔특호거늘 틈지 졍신을 게오 슈습호여 싱각호듸 늬 길동을 히호려 방의 드러왓더니 엇지 이런 스곡의 되엿난고 몸을 두루혀 나가코져 호나 이듸로 향홀줄

몰나 동셔를 불분호다가 시늬가의 니라러 탄식왈 늬 남을 경히 녁다가 이런 화을 취호니 눌을 원호리오 이거시 이거시 피런 길동의 조화로다 호고 비슈를 감초오고 흔곳에 나아니 길니 싣어지고 츙암졀벽이 방공의 소스시니 진퇴유곡이라 틈지 얼회 우히안주 스면을 살펴보니 호런 옥소소릭 들니거늘 고히 역여 슬펴본즉 일위 우동이 후포옥듸나귀를 타고 오거날 틈지 몸을 감됴와 피코져 호드음의 쇼연이 옥져를 긋치고 틈를 힝호여 꾸지왈 무지혼 직도난 나의 말 드라라 셩인니 일스

듸 스룸을 낭그로 밍그러 쥬여도 쏘흔 져옥이라 호시니 너난 엇더흔 스룸이환듸 한낫 용밍을 밋고 은금을 탐호야 무죄흔 스룸을 히코져 혼난다 내 비록 슘쳑동지나 엇지 너갓흔 필부를 두려호리오 녯날 쵸픽왕의 쟝녁으로도 오강을 못 것넛고 현경 의 비슈도 역이슈 으럿거든 너갓흔 소댱부야 일너 무엇호리오

청텬이 두러지 아니흔다 틈지 황망이 보니 이 곳 길동이라 싱각
흐딕 딕댱뷔 츌흐리 흔번쥭을지언졍 엇지 소ㅇ의게 굴흐리요
흐고 졍신을 가다듬아 닉 일즉 거우믈 빅와 죠션의 황힝흐딕
딕젹홀 쟈 업더니 네 부형의 명을

P.32
바다 너랄 쥭이리 왓나니 너는 닉 칼을 원치 말나 언파의 칼을
들고 다라들거날 길동이 딕로흐여 쥭이러 흐나 손의 촌셜이
업난지라 몸을 공즁의 소소와 풍빅에 환혀 딘언을 염하더니
큰비 펴붓다시 오며 시셕이 날이거날 틈지 겨우 졍신을 슈습흐
여 슬펴보니 길동이 간딕업거날 졍 동망코져 흐나 갈바롤 아지
못흐더니 문득 길동이 크게 외여 왈 너난을 탐흐여 불의롤 흐흐
이 흐늘이 엇지 그저 드리오 딕만 의달을 바는 홍인문 밋긔
ㅅ난 샹쟈의ㅆ 속앗도다 흐고 공즁의 흔셜혀 ㅇ즈며 왈

P.33
닉 뎔로 더부려 본딕 원슈 업거늘 무산 일노 날을 히코져 흐도랴
틈지 그지야 그 쟈로 신긔흐믈 항복흐여 니네ㄴ오가미 걸왈
이ㄴ 진실로 소인의 죄 ㅇ나라 상공딕 소낭쟈 죠ㄴ이 몬녀와
상자랄 쳐결흐야 노마씌 참쇼흐고 쇼인으로 흐여곰 공쟈롤 쥭
여 후환을 ㅊ치면 쳔금을 쥬맛 흐기로 무지흔 상놈의 직물을
탐흐야 이왓던니 명쳔니 무이 너기사 일이 탄노흐여ㅅ오니 바
롤 견딕 공쟈난 소인의 죄롤 용셔흐여구이소셔 흐거늘 길동이

분긔를 춤지못ᄒ여 틈직의 칼을 앗고 셩딕비왈 네 직물을 탐ᄒ여 스름 죽이기를 죠히 넉기니 특별이 후환을 업시ᄒ리를 하고

칼을 튭튜여 ᄂ오가 틈직의 머리랄 버히니 흔쥭 무지디 틈직의 머리 방듕이 ᄂ려지거날 길동이 칼을 들고 쓸히 ᄂ려 건슝을 살펴보니 은ᄒ슈는 서울로 기우러 월식은 명능ᄒ여 슈회ᄅ 돕는지돈 길동이 오히려 본긔랄 업지 못ᄒ야 싱각ᄒ디 엇지 상즈를 거져든리오 ᄒ고 브로 홍인문 밧 상즈의 딥의 니라혀 진언을 연ᄒ여 공빅을 보르니 문득 음풍이 되작ᄒ며 벽역이 쳔지진동ᄒ고 상즈랄 잡으늬여 움풍듕의 모라다가 틈직의 죽인 방의 쓰리치고 크게 꾸지저 왈 네 날을 올소냐 나난 홍슝공딕

공즈로로라 널노 더부러 원슈업거늘 무슨 연고로 요옥흔 믈을 쑤며 부즈텬륜을 싯게ᄒ니 엇지 네 죄를 용서ᄒ리오 샹즈 봄이 풍운의 스여 아므고진 쥴 모르고 정신을 슈습지 못ᄒ더니 길동의 칙언을 듯고 그제야 짐작ᄒ고 소리를 크게 ᄒ여 왈 이난 소낭즈 초난의 모히ᄒ미오 쳔첩의 죄 으니오니 브르건딕 죄를 용서ᄒ소셔 ᄒ니 길동이 분노왈 초는은 샹공의 죵익치인이라 네 감히 요언을 ᄒ 네 일긔 요믈노 딕신을 농낙ᄒ여 인명을 슬히코져 ᄒ니 엇지 ᄒ늘이 무심ᄒ리오 늘로 ᄒ여곰 너랄 죽일 흔례ᄅ 업게 ᄒ시니 ᄂ룰 환치말ᄅ ᄒ고 칼을

P.36

드려 버히니 엇지 가런칠니리오 잇써 길동이 양인을 죽이고
불긍분기ᄒ여 바로 닉당의 드러가 초난을 죽이고져 ᄒ다가 도
로혀 싱각ᄒ되 영인부부언졍 무아부인이ᄅ ᄒ니 져ᄂ랄져ᄇ릴
지언졍 닉 엇지 져랄 져바리호 임이 두 ᄉ름을 죽임도 ᄆ치못ᄒ
미ᄅ 이제 측ᄒ리 ᄆ명도싱ᄒ여 셰승을 직ᄒ고 ᄉ간의 모을
부쳐 셰월을 보닉리라 초연히 삼공침소의 나아가 ᄒ직고져 ᄒ
더니 잇딕 공이 챵회네 인젹이시믈 경오ᄒ야 챵을 열고 보니
길동이 게ᄒ의 업드려 읍읍ᄒ거날 공이 가쟝 고이히 넉여 무러
왈

P.37

봄이 깁허거날 네 엇지 ᄌ씨 아니ᄒ고 긔리 방황ᄒ난다 길동이
딕왈 소인이 딕감의 졍긔로 ᄉ름되여ᄉ오니 몸이 ᄆᆺ도록 묘욕
지은을 만분지일이나 갑습고져 ᄒ여습더니 가내불의지인이 잇
ᄉ와 샹공긔 춤소ᄒ여 쇼인을 히ᄒ러 ᄒᆸ다가 금야의 누셜ᄒ
오니 쇼인이 겨요 명을 보젼ᄒ엿ᄉ오니 이제 마시지 못ᄒ와
무슴을 도망코져 ᄒᆸ기로 김일 샹공긔 ᄒ직을 고ᄒ나이다 봉
ᄆᆼ 샹공은 귀체를 보듕ᄒ소셔 공이 크게 놀나 왈 네 어인 말고
무슨 번긔 잇관딕 어린 ᄋ희 집을 바리고 어딕로 가려 ᄒᄂ다
길동이 딕왈 명을이면 ᄌ연 ᄋ라시리이다 불효를 유럼치 마라
소셔

공이 이 말을 듯고 마암의 싱각하듸 이 아히 범샹치 으니하니
말유ㅎ여 듯지으니흘물 짐죽ㅎ고 이제 집을 쩌나면 어듸로 향
ㅎ리오난다 길동 소인의 진세난 부운긔 갓ㅅ오니 샹공 바린ㅈ
식이라 엇디 방소룰 졍ㅎ리잇가 공이 침음양유홀지라 범남ㅎ
마음을 먹어 문호의 화룰 밋게 으니케 ㅎㄹ 길동이 지비왈 슴가
명을 밧ㅈ오러와 시듕의 한듸난 일은 십여세 되록 호부형을
못ㅎ이 세상의 츌두ㅎ옵업ㅅㅁ 엇지 이답지 으니ㅎ리잇가 공이
지슴 위로왈 금일부터 네 원을 푸러

줄 거시니 조심ㅎ여 몸을 활룰 취치 말나 길동 듸왈 야야는
쳔ㅈ식을 싱각마라시고 어미를 긍칙히 역이ㅅ 공구의 흔이 업
게 ㅎ옵소셔 소인 평싱일쳔지흔을 금일이야 푸우오니 죽어도
흔이 업ㅅ리로소이다 야야난 만슈무강ㅎ소셔 두번 졀ㅎ여 ㅎ직
ㅎ고 몸을을 두루혀 나아가거날 곰이 짐듕의으 측은히 넉이날
내룰 취탁지 못ㅎ여 쏘흔 번민ㅎ물 마지못ㅎ더라 길동이 어미
침소로 도라가 니별을 고하여 왈 소지 망명ㅎ소ㅁ 단건쳔지의
갈길히 으득ㅎ온지라 바라건듸 모친은 흔낫 불초ㅈ룰 싱각마루
시고 귀체룰 부보듕ㅎ소셔 소지 집의 도라오기

룰 기다리소셔 ㅎ이 츈낭이 길동의 손을 잡고 통곡왈 어듸로

지힝ᄒ며 모즈 승봉ᄒ문 어난듸 이시리요 너난 나의 심회를
싱각ᄒ여 일즉 도라와 다시 모들 일을 도모ᄒ라 길동이 직비하
직홀ᄉ 모즈 셔로 울고 써나믈을나미 운순은 첩첩ᄒ고 희슈난
흉흉흔듸 지향업시 힝흐니라 ᄎ셜 초난이 틈지를 보ᄂ니고 소
식업ᄉ물 씹몬의아ᄒ여 신복인을 보ᄂ여 ᄉ긔를 탐지시ᄒ엿더
니 이윽고 젼도라왓니ᄅ듸 길동은 간듸업고 틈지의 목업ᄉ신다
게집의 시ᄉ 일방듕의 것구려졋더라 ᄒ이 초ᄂ이 ᄎ언을 듯고

P.41

혼비빅ᄉᄒ여 급히 ᄂ당으로 드러가 부인긔 고ᄒᄇᄃ 부인이 또
흔 듸경실ᄉᄒ여 좌랑을 불러 연고랄 일고 길동을 ᄎ즈니 종적
이 모연흔지라 경혹함을 ᄆ지ᄋ니ᄒ여 공셕 고왈 길동이 밤의
ᄉ람을 죽이고 도망ᄒ엿다 흔듸 공이 듸경왈 길동이 밤의 와
스스로 흐물 가장 고리리 여겻드니 이일이 잇도ᄃ 좌랑이 큰히
치 못ᄒ여 실로 씰왈 야야난 번퇴치 ᄆᄅ소시 져놈으로 말ᄆ암
야 심여ᄒᄉ 병환위듕ᄒ시기로 초난을 명ᄒ여 이런기를 이논
ᄒ엿습더니 초ᄂ이 가반의 자긕긔을 보ᄂ여 길동을 죽여 읍시
흔촌 야야 고코져 흠이러니 도로려 져의 히를 입을가 ᄒᄂ이ᄃ
공이 이말

P.42

을 듯고 듸즐왈 네 져런 협칙홀 소견을 가지고 엇 조졍에 춤예ᄒ
리오 ᄂ 죽여 흔을 푸리라 ᄒ고 일변간인을 입칙ᄒ여 만일 이일

을 누셜스면 죽기를 면치 못ᄒ리라 분부ᄒ고 초ᄂ을 죽이러문
다가 다시 싱각ᄒ디 만일 길동이 어미와 알면 스단이 조치 못홀
거시오 마리 누셜ᄒ면 술인지죄랄 면치 못ᄒ리라 가만이 니조
ᄎ ᄌ최룰 엉시ᄒ고 심부인을 명ᄒ여 초ᄂ을 명일 소초이라
지셜 길동이 부모랄 이별ᄒ고 문을 ᄂ뫼 엇지 슬푸질니리오
일신이 표박ᄒ여 사히로 집을 슴고 졍쳐업시 망망이 힝ᄒ여
ᄒ긋

P.43
의 이러니 순은 놉고 물은 말가 경기 졀승ᄒ니 길동이 순을
면ᄒ여 점점 드러가미 ᄌ우로 살펴보니 층암졀벽은 벽공의 소
사 잇고 긔화요초난 사면으로 드려시니 별유쳔지비인간니라
풍경을 탐ᄒ여 드러가 경기 더옥 졀승ᄒ지라 나ᄋ가고져 ᄒ젹
도로이 영운지포경회쥬려ᄒ더니 홀연 간디업슨 포ᄌᄒᄂ히 물
의 쪄오거날 심즁의 혀오디 인기 업시면 반다시 스찰이ᄂ 도관
이ᄂ 잇도다 ᄒ고 시니를 쌰라 수리랄 드러가니 큰 ᄇ회 밋히
돌문이 은고이 닷쳣거날 나가 돌문을 열고 드러가니 쳔디 긔활
ᄒ고 평원당야 일말무졔 슈빅호 인기 줄비ᄒ고 그 가온디 한
집 잇거날 그 집을 힝

P.44
하여 드러가니 여러 스람이 바야흐로 잔치를 빅셜ᄒ여 쥬듄을
날이며 무슨 의논이 분분ᄒ니 원니 동즁은 도젹의 구혈이리라

길동이 나아가 드르니 셔로 괴슈로 닷토와 정치못ᄒ난지라 가
마니 싱각ᄒ되 뇌 망명ᄒ 스름을 의탁홀 고지 업더니 ᄒ난이
도움이 금의리라리시니 가히 영웅의 지기ᄅ 펼티로ᄃ ᄒ고 와
연히 차쥼의 나아가 허리를 굽혀 에ᄒ여 왈 나난 경성 홍샹셔의
쳔쳡소싱 길동리니 가즁쳔티ᄅ 밧지 아니려 ᄒ여 스스로 집을
바리고 도쥬ᄒ여 사히팔방으로 경황업시 다이 금일 ᄒ날이 시
기ᄒ

P.45

서 이곳의 이라려시니 비록 연소ᄒ나 원컨티 모든 호걸의 웃듬
이 되여 ᄉ싱고락을 ᄒ가지로 ᄒ미 엇더ᄒᄂ뇨 즁인이 면면샹고
ᄒ여 말이 엄더니 그즁 ᄒ스름이 니러티 그뒤 기샹을 보니 진딧
영웅이라 그려ᄂ 여기 두가지 일이 니시니 그뒤 능히 향홀소이
길동왈 그 두가지 일을 알고져 ᄒ노로 스룸이 일오티 그늘은
이압회 스무셕이란 돌이 이시니 무기쳔근이라 능히 그돌을 들
며 그용역을 알거시오 둘디난 합쳔히난ᄉᄅ 쳔금지물을 취코져
ᄒ나 그결듕이 슈쳔명이요 지물이 누거만이로티 능히 칠 모칙
이 엄슨지라 그뒤 두가지ᄅ 그뒤 이 두가지ᄅ 힝ᄒ면 금일붓틈
우리

P.46

괴슈로 숨으리라 길동이 티소왈 남지 세샹의 동쳔문ᄒ며 하달
지리ᄒ며 소ᄋ병셔를 ᄒ동ᄒ며 츌쨩입승하여 일홈이 후세여

젼ᄒᆞ미 쟝부의 케흔 일이라 나는 시운불힝ᄒᆞ명되기굴ᄒᆞ여 스류
의 츔네치 못ᄒᆞ니 평싱 흔이라 엇지 두가지 일 금심ᄒᆞ리오 ᄒᆞ딕
도적이 ᄀᆞ거 이로딕 망일 그러ᄒᆞ면 시험ᄒᆞ리라 ᄒᆞ고 쇼부셕
인ᄂᆞᆫ 딕 나아가니 길동 ᄌᆞ미를 것고 그 돌을 들어 팔 우히 노코
써 심이랄 힝ᄒᆞ다가 공듕의 던진니 츔쳑이 칭츤왈 과연 쟝시로
다 우리 슈쳔 명 듕의 이 돌그 들 지 업더니 오늘 ᄒᆞ

P.47

날이 지시ᄒᆞᄉ 즁군을 보닉시도다 길동을 상좌 슈를 ᄎᆞ례로
며인 후 후의 군ᄉᆞ를 명하여 빅마를 츕이 피를 가져와 젹을
딕ᄒᆞ여 왈 ᄌᆞ금 이후로 동심흡역ᄒᆞ여 슈화불폐ᄒᆞ며 ᄉᆞ싱고락
을 흔가지로 ᄒᆞ딕 만일 어약을 비반흔즉 듁기를 면치 모ᄒᆞ리라
ᄒᆞ니 듕인이 일시의 응낙ᄒᆞ여 종일 진취ᄒᆞ고 파ᄒᆞ니라 이후로
길동이 제일으로 더부러 무에를 연놉ᄒᆞ여 슈월 지닉의 군법이
졍지흔지라 일일은 길동이 듕인을 모ᄒᆞ고 분부ᄒᆞ딕 즁ᄎᆞᆺ 히인
ᄉᆞ를 치려 ᄒᆞ나니 만일 위령ᄌᆞᄂᆞᆫ 군법시힝ᄒᆞ리라 즁인이 고두
쳥녕ᄒᆞ거날 길동이 이에 흔필 나기

P.48

와 수심 종ᄉᆞ를 다리고 나아가며 일노딕 나졀의 가셔 동졍을
보고 우리라 ᄒᆞ고 쳥녀를 탄딕로 ᄂᆞ으가니 와연흔 지승ᄌᆞ졔러
라 우션 셔문은을 보닉딕 경셩 홍승상의 ᄌᆞ졔 공부ᄒᆞ러은다
ᄒᆞ니 졔승이 깃거왈 우리 졀 본딕 딕찰이로딕 큰닉 가즁 피려ᄒᆞ

넛더니 이제 지승가 주제 공부호로 은다 호니 그 힘이 다녓
적지 아니호리라 호고 일시의 나와 마주흠중빈레호니 길동이
정식왈 닉 드러니 너희 졀이 유명타 호미 훈번 구경도 호고
수월 공부호야 가을다리 보려 호니 스듕의 죱인을 각별금단호
라 모든 즁 분부를 듯고 쥬효를 오

이기날 길동이 흔년왈이호져호고 몸을 니려 법당을 살민 후
노승을 불너 니로딕 닉인 읍듕의 단녀온거시니 부딕 죱인을
금호라 닉일의 빅미 이십셕을 본단으로셔 보딜거시니 금월 망
밤의 쥬효를 문히 가초딕후호라 하고 너히들과 흔가지로 즐긴
후 공부를 시죽호리라 호고 동구를 나오니 제인이 마주 깃호더
라 명일의 길동이 빅미 이셕을 시러보닉니 제승이 그의에 넛코
디양한 날을 기다리더라 이날 길동이 즁인을 분부호여 왈 네금
졀으 가 여추여추호여 모든 듕을 결박호거든 여등은 이써를
응호여 응변호라 호니 제인이 응답호고 약속

을 졍호니라 길동이 슈십 동주를 다리고 희인스의 나라니르니
제승이 영쳡호여 드러가니 길동이 노승을 불너 니라딕 내 빅미
로 보닉엿더니 엇지호엿나뇨 노승이 딕왈 입의 쥬반을 준비호
엿다 호거늘 길동왈 드러니 이 졀 듕 흐르도 썰나지 말고 이제히
모히라 제승이 감히 거역지 못호여 졀 뒤히 주를 졍하고 반승을

드리거날 길동이 슐을 부려 면저 먹은 후 ᄎ레로 제승을 권홀ᄉᆡ 길동이 가마니 ᄉᆞ믜로셔 모릐ᄅᆞ 닉여 입의 여흐니 모릐 지난 소릐ᅵ 제승이 날나 ᄉᆞ흐거늘 길동이 딕ᄭᅮ지져 왈 너희 등이 날을

P.51

업슈히 넉여 음비 부졍ᄒᆞᄆᆡ 잇간듸 잇지 통흔치 아니리오 동ᄌᆞ를 분부ᄒᆞ여 노를 근허 제승을 ᄎ레로 결복ᄒᆞ여 은치니 제승이 비록 용녁이 이ᄉᆞ언저 항거ᄒᆞ리오 잇ᄯᅥ 제젹이 동구의 믜니규ᄒᆞ엿다가 제승 결박ᄒᆞ물 알고 일시에 다라드런 완연히 져것갓치 가져가니 제승이 이 말을 듯고 ᄋᆞ모릐 버서날져하나 할슈업시 닙으로 소릐만 ᄒᆞ더라 잇ᄯᅥ 그 졀 불무ᄒᆞ이 쥬방의셔 그릇ᄉᆞ싯로 ᄒᆞ다가 불의예 딕젹을 만나 충고를 열고 다 슈탐ᄒᆞ여 가믈 보고 불승불승분흔ᄒᆞ여 후쟝을 넘이 도망ᄒᆞ여 관가이 의보ᄒᆞ니 흡쳔원이 듯고 즉시 관군을 발ᄒᆞ여 도젹을 줍으

P.52

ᄅᆞ ᄒᆞ고 빅셩을 무리 슈비 즁교를 뒤흘 쳡응ᄒᆞ이 즁괴과군관민 부를 영솔ᄒᆞ여 나아ᄀᆞ나 모든 도젹이 우마의 직물을 싯고 졍히 힝ᄒᆞ다 들든블로 보니 틱산이 ᄒᆞ늘의 달ᄒᆞ거늘 제젹이 충황실도ᄒᆞ여 ᄋᆞ모릐 홀쥴모라고 도로혀 길동만 원망ᄒᆞᄂᆞᆫ디라 길동이 딕쇼왈 네등은 황구소ᅵ라 엇지 나이 깁흔 소견을 울니오 너희난 두러워ᄒᆞ지 말고 동구를 지닉 늠편딕로로 가면 면뒤희오난

관군으로 ᄒ여곰 분편으로 가게 ᄒ리라 ᄒ니 졔적이 일시의
우마를 모라 남편디로로 가고 길동이 도로 볍당의 드러가

즁의 즁습을 입으면 숑댝을 쓰고 동구의 와 놉흔 디로 관군의
오난 양을 보고 위여 왈 관군은 이곳으로 오지 말고 북역ᄉ로로
가면 도졍을 즙으라 ᄒ고 쟝슴ᄉ미를 드러 분역을 가라친니
관군이 풍우갓치 오다가 듕의 가르치믈 듯고 북편소로로 가거
늘 길동이 가마니 은신ᄒ여 몬져 동부의 도라가 졔적으로 ᄒ여
금 쥬식을 가초와 졔적을 기를 기다리더니 황혼시의 졔적이
슈쳔 우마를 거나리고 도라가 길동을 보 신츌귀물흔 직조를
칭ᄉᄒ거날 길동왈 쟝부 의만 직분의 업스면 엇지 듕인의 게슈
되리오 ᄒ더라 이후로 길동이 활빈당이라 ᄒ여 조션팔도로 단
니여 만일 불

의에 직물 이시면 탈취ᄒ고 지빈모의흔 직 이시면 직물을 쥬어
구져ᄒ디 일졀 셩명을 통치 으니ᄒ더라 잇디 흡쳔관군이 도적
을 ᄯᆞ라 슈빅리를 ᄯᆞ라 에우디 하나도 잡지 못ᄒ고 그져 도라가
관가의 고ᄒ니 흡쳔 원의 노라 즉시 나라히 쥬문ᄒ니 ᄒ여시디
난디업슨 도적 슈쳔 명니 빅쥬의 히인ᄉ를 치고 누거만흔 직물
을 탈취가오미 관군을 볼ᄒ여 즙으리ᄒ오나 그 도적 간곳슬
보ᄅ오니 복걸 셩ᄉᆞᆼ은 슬피소셔 ᄒ엿더라 샹의 쥬문을 보시고

팔도의 힝단ᄒᆞᄃᆡ ᄆᆞᆫ일 도적을 줍는 ᄌᆡ 이시면 즁ᄉᆞᆼ을 쥬리라 ᄒᆞ시니 이

P.55

힝단이 팔도의 나라ᄆᆡ 모ᄃᆞ 줍으려 ᄒᆞ더라 ᄎᆞ셩 길동이 제져으로 이논왈 ᄋᆞ등이 비록 젹당이나 본ᄃᆡ 향민이라 난시ᄅᆞᆯ 당ᄒᆞ면 시셕을 무릅쎠 나라흘 위ᄒᆞ려니와 당금은 티평시라 ᄋᆞ직 슨님의 은거ᄒᆞ여시니 만일 빅셩을 침범ᄒᆞ거ᄂᆞ 녀념죡폐ᄒᆞᆫ ᄌᆡ 이시면 구법을 시힝하고 진ᄉᆞᆼ관ᄉᆞᆼ닙쳔 곳 탈취ᄒᆞ면 이난 역젹이라 ᄉᆞ죄ᄅᆞᆯ 면치 못ᄒᆞᆯ거시니 당만 가읍듕 민치고틱ᄒᆞ여 비윤공연ᄉᆞᄒᆞᆫ 분의에 ᄌᆡ물을 이ᄉᆞ면 이난 의젹이ᄅᆞ 이졔 우리 활빈당의 큰근법이니 졔인은 명징ᄒᆞ리ᄒᆞ니 져 졔인이 음낙뉴병이리ᄅᆞ 이려구려 슈월이 지나ᄆᆡ 길동이 졔인을 불너 너 부분왈

P.56

우리 ᄎᆞᆼ리 비여시니 함경 감영 가셔 ᄎᆞᆼ곡과 병기ᄅᆞᆯ 도적ᄒᆞ고져 ᄒᆞ니 그ᄃᆡ 등은 일인식 훗터 셩의 드러가난 날 난문밧긔 불ᄂᆡ러나ᄆᆞᆯ 보아 응변ᄒᆞᄃᆡ 감ᄉᆞ와 관속이 빅셩이 셩밧긔 나가거든 셩즁의 빈쩌ᄅᆞᆯ 타 ᄎᆞᆼ고의 곡셕과 벙기ᄅᆞᆯ 슈탐ᄒᆞᄃᆡ 빅셩을 츄호도 침범말나 ᄒᆞ고 쏘 오뉵인을 병복ᄒᆞ야 다릴고 길흘 ᄶᅥ나 긔약ᄒᆞᆫ 날 밤 ᄉᆞ경의 감영 남문밧게 니랄 시초ᄅᆞᆯ 싸고 불을 지라니 문득 화광이 즁쳔ᄒᆞᄂᆞᆯ 관과가며 빅셩등이 화셰급ᄒᆞᄆᆞᆯ 보고 ᄎᆞᆼ황분쥬ᄒᆞᄆᆞᆯ 볼는지

P.57

라 길동이 셜니 셩듕의 드려가 관문 두다리니 에여 왈 화세 급ᄒ니 밧비 구ᄒ소셔 ᄒ니 감ᄉ 즘결의 이 소리를 듯고 급히 이려 바라보니 화광이 즁천이라 일변 군ᄉ를 지휘ᄒ여 ᄂ다라니 셩듕이 요란ᄒ야 노소업시 다가니 ᄎ고 직휘엿던 군시 하나도 업ᄂ지라 길동이 졔적을 지휘ᄒ야 창고를 열고 간슈탐ᄒ여 우마의 싯고 북문으로 ᄂ다ᄅ 츅지법을 ᄒᆡᆼᄒ여 죵야야토록 다라나 동부의 니리니 동방이 겨요 발갓더라 길동이 졔인다려 이로ᄃᆡ 우리 불의지ᄉ를 ᄒᆡᆼᄒ오여시니 필년 감시 즁계ᄒ면 우리ᄂ 줍지 못ᄒ려니와 그듕 익ᄆᆡᄒ니 줍퍼 졔ᄅ

P.58

당ᄒᆞᆯ 거시니 엇지 져옥이 아니리오 이졔 감영 북문붓게 방을 써붓치ᄃᆡ 츙곡과 군기 도젹ᄒᆞᆫ ᄌᆞᄂᆞᆫ 활빈당 ᄒᆡᆼ슈 홍길동이라 ᄒ니 졔적이 이이말을 듯고 놀나왈 즁군은 엇지 활롤 ᄌᆞ취ᄒ나요 길동이 웃고 왈 녀등은 겁ᄂ지 몰나 ᄌᆞ연 피ᄒᆞᆯ 모칙 이시니 지회ᄃᆡ로 거ᄒᆡᆼ하ᄅ 졔적이 영을 기역지 못ᄒ여 밤들기를 기다려 북문의 가 방을 붓치니라 이날밤의 길동이 초인 일곱을 만드라 각각 진언을 염ᄒ여 혼빅을 붓치니 일곱 초인이 일시의 팔을 뽐ᄂᆡ며 크게 소ᄅᆡᄒ고 한곳의 모다 난만히 슈죽ᄒ니 어ᄂᆡ 거

P.59

시 졍 길동인쥴 ᄋ지 못ᄒ더라 졔적이 모다 소벽쳐 글오ᄃᆡ 즁군

의 신괴흔 지조난 귀신도 으지 못흐라 흐더라 이제 여러 길동이
팔도로 흐느식 분슌흐여 도적 오빅인식 거나려 가게 흐니 졔적
등이 각각 힝즁을 차려 길흘 쩌나미 졍길동이 어늬 곳의 잇는
줄 으지 못흐더라 추셜 흠경감시 불을 구흐고 오니 창곡과 군게
를 다 도적흐가난지라 감시 딕경흐여 급히 스면으로 발군흐여
그조적을 으지못금흐더르 북문군시 보흐딕 거야의 여츠여츠흐
온 방을 붓첫더라 금시 그 방응ㄹ 보고 왈 이는 쳔고의 히흔흔
일이로다 흐고 르우다려 문왈 흠경도 닉외 홍길동이라 흐는
스룸이 잇나냐 즈외 아모도 업

P.60

거날 가즁 근심흐여 일별 각읍의 말과흐여 이 도적을 줍으르
흐고 쏘 나라히 즁문흐니 샹이 쏘흔 흐고흐스 팔도 각읍의 방붓
길동을 잡으라 흐시고 각문의 군용을 년슈흐고 거즁흔 군마를
쌔직히라 흐시다 지셜 길동이 닐곱초인을 흔 곳에 흐나식 보닉
고 즈거는 쳔라 경상 양도의 이셔 각읍의셩 봉송흐난 거즐 일이
히 탈취흐니 팔되 스요흐여 밤의 능히 줌을 즈지 못흐고 창고와
군기를 엄희나 윈닉 길동이 호풍환우흐난 술법이 잇난지르 빅
쥬의 풍우와 스셩을 날녀 스룸의 문을 드지 못흐게 흐고 창곡과
군긔를 종적

P.61

업시 가져가니 일노 됴츠 발미 도록의 년속흐여 팔도의 즁문이

일시의 오라니 딕강 ᄒ여시딕홍길동이 딕적이 능히 구름을 지
며 바룸을 불너 각읍 슈렴의 직물을 탈취ᄒ오니 그 형세가 쟝ᄒ
딕ᄒ와 능히 제어치 못ᄒ리로소이다 ᄒ엿더라 샹이 보시믹 팔
도 즁게 년월일시 ᄀ거날 더옥 놀나사 ᄀ오ᄉ딕 이 도적이 용믹
과 슐법이 엣날 치우와 공믹이라도 밋지 못ᄒ리로다 아모리
신괴ᄒ들 엇지 ᄒ몸이 ᄒ날ᄒ날 팔도로 단니며 죽난ᄒ난고 이
난 숭ᄒ 도적이라ᄅ 뉘 능히 도적을 줍니 국가의 근심을 들니오
옥음이 맛지 못하야 문득 일인니 츌반쥬왈 이난 소적으로 비록
슐

법 에서 팔도로 팔도록 작난ᄒ오나 엇지 옥체 염녀ᄒ실 빅리요
신이 비록 무직ᄒ오나 일긔병을 빌이시면 홍길동을 싱금ᄒ여
국가의 근심을 들가 ᄒ나이다 모ᄃ 보니 이난 포도딕쟝 이흡니
ᄅ 샹이 크게 깃거ᄒ고 졍예ᄒ 균사랄 슈빅을 주시면 왈 공니의
난 경이 임쳐결ᄒ여 도적을 줍으라 ᄒ시니 이흡이 드듸여 탑젼
의 ᄒ직ᄒ고 즉일 발힝ᄒ여 각쳐로 홋터 보닉며 왈 무경으로
모으라 ᄒ고 홀노 힝ᄒ여 금포오십니와 날이 어덥거날 쥬졈을
ᄎᄌ 쉬더니 문득 일위 소연이 나귀를 타고 드러오거날 니포즁
이 무러왈 니려 네ᄒ

P.63
고 좌졍위 그 로년이 문득 탄식ᄒ거날 포즁이 무러왈 그딕 무슨

III. 〈길동 권지단〉 원문　**319**

근심이 잇단되 이럿탓ᄒᆞ나요 쇼년왈 보텬지회 막비황토으 솔통 지만이 막비왕신이라 ᄒᆞ니 내 비록 흠곡유싱이ᄅᆞ 국가를 위ᄒᆞ 여 근심ᄒᆞ나이 이졔 홍길동이란 도적이 도쳐의 다이며 쥭난ᄒᆞ 민 각읍이 소동ᄒᆞ고 샹이 근심ᄒᆞ샤 도적을 줍으라 ᄒᆞ시나 능히 줍을 지 업스니 그를 근심ᄒᆞ노라 니포쟝이 왈 그ᄃᆡ 긔골이 쟝ᄃᆡ ᄒᆞ고 말슴이 츙직ᄒᆞ니 ᄂᆡ 그ᄃᆡ를 ᄯᆞᄅ 협역ᄒᆞ여 도적을 줍을가 ᄒᆞ노라 쇼연왈 그 도적이 십인지용이 잇다 ᄒᆞ니 그ᄃᆡ로 더부러 합녁ᄒᆞ면 줍으리니와 말

일 그러치 아니ᄒᆞ면 도로혀 히를 취홀가 ᄒᆞ노라 니포쟝이 왈 ᄃᆡ즁븨 ᄒᆞ번 어약ᄒᆞ후 엇지 실신ᄒᆞ리오 쇼년왈 ᄂᆡ 본ᄃᆡ 줍고겨 ᄒᆞ나 용역 인난 ᄉᆞ람을 엇지 못ᄒᆞ여더니 이제 그ᄃᆡ 날을 ᄯᆞ로코 겨 홀진ᄃᆡ 그윽ᄒᆞᆫ 곳의 가 ᄌᆡ조를 시험ᄒᆞ리라 ᄒᆞ고 ᄂᆞ려 나가거 날 니포쟝이 쇼년을 ᄯᆞ라 ᄒᆞᆫ곳의 니ᄅᆞ니 그 쇼연이 납흔 바회의 올낭 낭즈며 일오ᄃᆡ 그ᄃᆡ 힘을 다ᄒᆞ여 날을 블노 ᄎᆞ나리라 ᄒᆞ고 낭긋ᄐᆡ 나가 안거날 포즁이 ᄀᆞ마니 싱각ᄒᆞᄃᆡ 제 ᄋᆞ모리 용밍이 이신들 ᄋᆞᆫ번 ᄎᆞ면 제 엇디 ᄋᆞᆫ ᄯᅥ려지리오 ᄒᆞ고 평

싱 힘을 다ᄒᆞ야 듀 발오 미오 ᄎᆞ니 그 쇼년이 문득 도라도오은즈 며 왈 그ᄃᆡ 진짓 쟝ᄉᆡ로다 ᄂᆡ 여러 ᄉᆞ름을 시험ᄒᆞᄃᆡ 날을 요동ᄒᆞ ᄂᆞᆫ 지 업더니 그ᄃᆡ게 ᄎᆞ이녀 오쟝이 우리난도다 그ᄃᆡ 날을 ᄯᆞ라

오면 길동을 줍으리라 ᄒ고 첩첩ᄒᆫ 순곡으로 드려가다가 도라
셔며 왈 이곳의 길동이 굴혈이라 닉 먼져 드러가 탐지ᄒ고 드러
올 거시니 그ᄃ닌 여기다리라 니포즁이 왈 닉 그ᄃ로 더부러
ᄉ싱을 ᄒ가지로 ᄒ고져 ᄒ거날 엇지 날을 이곳 시랑의 희를
당ᄒ라 ᄒ고져 ᄒ거날 엇지 날을 이곳의 시랑의 희를 당ᄒᄅ
ᄒ나요 그ᄃ 실포 겁ᄒ거든 몬져 드러가 도적활궁이 불니올

고 오라 이 도적을 줍으면 ᄃ공을 세우리라 ᄒ니 쇼년이 이부답
훈 초연히 순곡간으로 드러가거날 포장이 진퇴유곡이라 홀일업
서 큰 남글 은고 은ᄌ 기다리더니 홀년 순곡간으로셔 두고돈소
ᄅ 요른ᄒ면 슈십 군졸이 나려오난지라 니포즁이 ᄃ경ᄒ여 보
니 군ᄉ의 샹ᄆ 흉옥한지라 졍이 피크져 ᄒ더니 그 군식라 우로
쓰고 결박ᄒ며 ᄭᅮ지져왈 네 포도ᄃ장 니홉인다 우리 등이 지부
왕 명을 바다 너를 줍으러 왓다 ᄒ고 철쇡으로 읍오 풍우가치
몰오가니 포쟝이 불의변을 만나 혼불이제ᄒ여 슈리를 나오가

흔 곳의 다다ᄅ 셩문을 넘어 텬지당ᄃᄒ고 경기졀셩흔지라 싱
각ᄒᄃ 닉 몸이 이곳의 왓시니 엇지 다시 셰샹의 도라기리오
ᄒ고 졍신을 진졍ᄒ여 눈을 더러 보니 의의흔 궁이 당ᄃᄒᄃ
무슈한 군식 환간을 쓰고 위의 억숙ᄒ거날 포즁이 깅각ᄒᄃ
ᄉᄅ 육신니 왓ᄂᄀ 쥭어 혼빅이 왓ᄂᄀ ᄒ여 업드럿더니 문득

소릭 길게 느며 느졸이 닉다라 즙아 계ᄒ에 굴이니 젹싱의셔
흔 왕지 남포옥틱로 좌락의 안ᄌ 소릭ᄒ여 왈 요마빌본로 의람
의 홍중군을 즙오려 ᄒ미 슌신이 진노ᄒ샤 십왕젼의 고ᄒ여
그틱를 즙ᄋ 문죄ᄒ고 의람흔 죄락 다ᄉ러 즙기게고져 ᄒ

P.68

느니 주우는 이 ᄉ롬을 엄슈ᄒ라 ᄒ이 군슈 다라드러 결박ᄒ거
날 포즁이 이러느 난간을 즙고 크게 위여 왈 소인은 인간의
쳔흔 사람으로서 무죄히 즙혀 드러와 죄락 당하오니 복걸 명부
난 살피소서 언필의 크게 울거날 길동니 ᄶ지져 왈 이 못된
사람아 나을 자셰히 보라 나난 이곳 활빈당 힝슈 홍길동이라
그틱의 살인한 의ᄉ락 말하여 날을 잡으며 그 용역과 ᄯ을 알고
져 작일의 닉 형초소연으로 그틱를 인도하여 이곳으로 오문
우리 치엄을 보게 하미라 하고 언타의 좌우로 며여올여 민 거슬
그리 올여 안치고 슐을 권ᄒ여 왈 그틱갓탄 탐ᄉ난 십여만이라
도 나을 능히 잡지 못할

P.69

거시이 그틱를 죽여 업시할 거시로틱 오히려 녹녹함으로 살여
보닉노이 그틱난 부졀업산 의ᄉ를 닉지 말고 ᄲᅡᆯ이 도라가 날을
보앗ᄃ 말라 죄칙이 이시리이 이련 말을 말고 지싱지은을 싱각
하여 ᄃ시 그틱갓탄 ᄉ람이 업게 ᄒ라 ᄯᅩ한 ᄉ람을 잡아드려
게ᄒ의 ᄭ울이고 ᄶ지져 왈 여등은 ᄯᅩ 죽일 거시로틱 닉 십분

용셔ᄒ나이 차난 조심ᄒ라 ᄒ고 군사를 명ᄒ여 민 거살 그라고
슐을 먹인 후의 포장을 불려 왈 그ᄃ를 위ᄒ여 한잔 슐을 부어
졍을 포ᄒ노라 이포장이 그제 졍신을 슈습ᄒ여 ᄌ시보이 이곳
졍포소연이랄 자탄왈 ᄂ 박남이 만ᄋ민 이련 ᄉ람의 지조난
젼후의 드문지라 젹담듸기 앗갑도ᄃ 하고 ᄃ만 권ᄒ난 슐을
바다 먹ᄋ이 길동이 담소ᄒ여 즐기거날 이포장이 그 신긔ᄒ물
탄복ᄒᄃ가 문득 취한 술이 ᄭ여 이러나고져 ᄒ나 ᄒ여 사지요
동치 못ᄒ더라 고이히 너겨 졍

P.70

신을 진졍ᄒ여 살펴보이 가쥭부ᄃ 소옥의 드렷거날 간신이 열
고 나와 본즉 부ᄃ히 남게 걸엇거날 ᄎ례로 글너보이 최엄 ᄊ날
제 ᄃ리고 가던 ᄒ인이라 셔도 머려ᄃ 이거시 ᄭ움인가 싱신가
우리 어제 문경으로 모히ᄌ 약속ᄒ엿더이 엇지 이곳의 왓나요
ᄒ고 두루 살펴보이 ᄃ란 ᄃ 아이요 이곳셩북암이어날 ᄉ인이
어이업셔 장용츄보이 춘몽을 쳐엄 ᄭᄃ ᄒ더라 포장이 이로ᄃ
나난 쳥포소연의게 속아 이라 왓거이왈 너희들은 엇지ᄒ여 잡
혀왓나요 삼인이 고왈 소인등이 쥬졈의셔 ᄌ압더이 홀연 풍운
의 ᄊ여와 오ᄃ 줄 모라고 왓삽더이 엇지 ᄯᆺᄒ여 이곳의 올
줄 알이요 니포장이 왈 이 일이 가상 허무밍낭ᄒ이 남의게 젼셜
ᄒ면 화랄 취하리이 너희등은 삼가 루셜치 말나 그러나 길동이
번홰불

P.71

측ᄒ니 엇지 일럭으로 시슴으리오 우리든 등이 이제 드러가면
필경 지칙 이시리 오직 숙월을 기다려 드러가ᄌ ᄒ고 나려오더
라 시셜 나ᄅ ᄒ셔 팔도이 힝관ᄒ여 길동을 ᄌ으ᄅ ᄒ시ᄃ 길동
의 변히 불측ᄒ이 샹은ᄃ로로 초현을 타고 왕ᄂ ᄒ ᄃ 능히 울이
업더라 길동이 팔도의 슌힝ᄒ여 각읍 슈령 즁의 만일 즙지 못ᄒ
지 이시면 문득 션춤후계ᄒ니 그 비분의 ᄒ여시ᄃ 팔도가읍
슈령 즁의 혹 빙공영ᄉᄒ고 쥰민지고칙ᄒ난 ᄌ를 가어ᄉ 홍길
동이 션춤후계ᄒ나다 ᄒ엿거날 셩이 남필의 ᄃ로ᄒᄉ 갈오ᄉᄃ
이놈이 각도의 다니며 이릿타 쟝

P.72

난ᄒᄃ 잡지 못ᄒ이 쟝ᄎ 엇지ᄒ리오 ᄒ시더니 못듯 길동이른
도적이 각읍마다 쟝ᄂᄒ니 복결 셩숭은 구ᄉ를 발ᄒ야 길동을
즙ᄋ보시기ᄅ 마ᄎ시ᄆ 좌후다러 문왈 이놈의 근본이 어ᄃ셔
난 능인고 ᄒ시나 일인이 츌반주왈 홍길동을 젼님우승샹 홍모
의 셔ᄌ오이 부시랑 홍인형ㅟ미 쇼졔요 ᄉ름을 죽이고 다라는
지 슈연이난 ᄒᄋ더니 ᄂ제 홍모와 인형을 픽로ᄒ셔 ᄒ문ᄒ시
면 ᄎ연 ᄋᄅ실 듯ᄒ와이다 숭이 리로ᄒᄉ 갈오ᄉᄃ 이렬 말을
이ᄌ야 ᄒ난다 ᄒ시고 홍모를 금부로 나슈ᄒ시고 ᄯ 션견관으
로 ᄒ여

곰 이형을 줍으오라 ᄒ시니 금돔부도시 나조을 다리고 홍모의
집의 가이 명을 견ᄒ니 승샹이 으모연딘쥴 모르고 다만 도스를
싸라 금부르 가고 션견과은 인형을 줍으 옥폐복미홀디 샹이
진노ᄒ스 왈 길동이 너의 셔계르 ᄒ니 이제 쌀이 줍으오리라
ᄒ신디 좌랑이 황공돈슈왈 신의 쳔ᄒ온 동싱이라 불츙불효ᄒ와
일즉 스름죽이고 망명도쥬ᄒ오후 스싱됴망을 모라온 지 슈연이
라 늘근 으비 일노 ᄒ화 신병이 복발ᄒ여 명직소싁이온즁 길동
의 불츙ᄒ모로 군가의 근심을 기치오니 신의 부직 죄 만스무셕
셕이오ᄂ 션승은 ᄌ비지칙을 드리옵셔 신 으비 죄를

스ᄒ스 집의 도라가 조병케 ᄒ시면 신의 죽기르 다ᄒ와 길동응
ᄅ 줍아 신의 부ᄌ의 죄롤 슈ᄒ올가 ᄒ나이다 샹이 그 효의롤
듯고 가롱ᄒ스 홍모롤 샹ᄒ스 우승샹으로 복쥬ᄒ시고 좌랑을
겸승감스롤 제슈ᄒ스 일연흔을 졍ᄒ여 길동을 줍으르 ᄒ셔 감
시 인ᄒ여 ᄒ직슉후의 도라 즉일 발힝ᄒ여 쥬야 비도ᄒ야 슴일
만의 감영의 도님ᄒ고 각읍이 방을 붓쳐 ᄒ여시되 스름이 세샹
의 나미 오륜이 읏듬이요 오륜 즁의 님금으비 가쟝 즁ᄒ이 군부
의 명을 격ᄒ면 이난 불츙불효라 엇지 세승의 용납ᄒ리오 길동
은 오륜을 올

거든 형을 싸르와 스로줍히라 널노 말밍ᄒᄆᆡᆸ이 붓친니 병입
골슈ᄒ시고 국가의 근심을 긔치니 네 죄악의 관영ᄒ지르 셩승
이 날노 ᄒ여곰 이도빅을 제슈ᄒᄉ 너랄 즈ᄋ드리라 ᄒ시니
ᄆᆞ일 줍지 못ᄒ면 홍가의 누듸 쳥덕을 조의멸ᄒ리니 엇지 슬푸
지 ᄋ니ᄒ리오 바라나니 너난 부형의 경생을 싱각ᄒ여 일즉
ᄌᄅ린ᄒ여 일문의 화를 면사ᄒ리 ᄒ엿더르 감시 각읍의 힝관ᄒᆫ
후 공ᄉᄅ 젼펴ᄒ고 늬두ᄉ를 싱각ᄒᄆᆡ 침식이 불은ᄒ여 쥬야
번민ᄒ더니 일일은 슴문의 요른ᄒ며 군시 보ᄒ듸 문밧게 ᄒᆫ
소연이 나기를 타고 종ᄌ 슈십을 거나려 와서 뵈아지르 쳥ᄒ나
이다 감

식 고히이 넉여 드려오라ᄒ니 그 소년이 드러와 당생의 올나
빅왈ᄒ거날 감시 쳐쳐엄은 ᄋ민쥴 모로다가 눈을 드러 자시히
보니 이난 곳 길동을라 듸경듸희ᄒᄉ여 좌우를 물이치고 손을
줍고 ᄋ열유체왈 길동ᄋ 너 ᄒᆫ변 문을 나믜 ᄉ싱도망 ᄋ지 못ᄒ
여 부치게셔 널노 말믜음ᄋ 침식이 불평ᄒᄉ 병이 입고향ᄒ시
거날 거난 가지복 불효를 깃칠 분 ᄋ니라 네 무사ᄆ음으로 붉은
세승의 도적이 되야 불츙불효를 힝ᄒ니 네 제 만ᄉ유경이라
이러모로 셩승이 진노ᄒᄉ 날노 ᄒ여곰 너를 줍으르 ᄒ시니
장ᄎᆞᆺ 엇지ᄒ리오 고어이왈 청족얼은

P.77

유가위어니와 조쟝디일은 불가활이라 호이 너는 죄를 싱각 경소
의 나아가 텬명을 슌슈호라 불연즉 우리집이 멸문지화를 당호
리라 말노 조츠 쳥뉘활연호여 금죠를 적시거날 길동이 머리를
슉이고 갈오디 쳔싱이 이에 니라문 부형의 위틱호믈 구코져
호미니 엇지 다른 몰이 이리오 디감게셔 당죠의 쳔혼 길동을
위호여 부친을 호부호고 형장을 호형게 호엿던들 엇지경의 이
르리시리오 왕스를 이제 일너 쓸디업스니 명일 소졔를 길박호
여 경스로 올여보뇌시쇼셔 호고 다시 몰이 업거날 잇튼날 각시
먼져 중기를 씌워 보뇌고 길동을 흠거의 시러 건중혼 중고 십여
이

P.78

을 쌔혀 겨스로 아연호여 쥬야 빅도호고 올나가 역도의 각읍빅
셩들이 홍길동의 직조를 드럿난지라 좁아온다 말을 듯고 걸이
에 나여 구경호더라 직셜 이쩍 팔도 각스의 쟝졔 일시의 올니
다 홍길동을 좁아올니난 년유라 조정관중은인민등이 망지소호
여 어느 거시 졍 길동인 쥴 몰날 소동호더니 슐일 후 팔도 중교
길동을 거나려 장안의 니라이 여듭 길동을 신긔호 변화를 뇌
능히 알리오 금부의 엄슈호고 나라의 알왼디 승이 쥬승졍원의
젼차호스 문무빅관을 보호시고 친국직구를 찰힐시 나졸이 여답
길동을 좁아올

리니 저의 서로 다토와 이로디 네 정길동이 날 아니리 이리
탓ㅅㅎ다ᄀᆞ 경 여답 길동이 ㅎ디이우러져 싸호니 어ᄂᆡ 거시
정길동인줄 모ᄅᆞ고 다만 의아하난지라 승이 우승샹 홍모를 명
초ㅎㅅ 갈아ㅅ디 ᄌᆞ식 알기난 ᄋᆞ비밧긔 업스니 경이 일즉 ᄒᆞᆫ
길동이 잇다 ㅎ더니 이제 여답 길동이 디엿ᄂᆞᆫ지라 팔도 길동
중 어ᄂᆡ 거시 경의 ᄌᆞ식인고 ㅊᄌᆞ닌라 ㅎ시니 승샹이 황공복디
왈 신의 팔지 무승ㅎ와 불츙불효ㅎ은 천싱으로 말미약아 이럿
탓 소요ㅎ오니 신의 죄 만ㅅ무석이로그이다 길동이 좌션다리메
불그혈젹이 잇ㅅ오니 젼ㅎ는 속피로서 ㅎ고 ᄇᆞ든 길동을 구지
져 왈 네 불츙불

효ㅎ여 우흐로 님군이 님ㅎ시고 ᄋᆞ릭로 네 ᄋᆞ비 이셔 이럿탓
심우를 깃치니 너난 천고의 용납시 못ㅎ지라 네 쌜니 죄를 ᄌᆞ복
ㅎ여 죽기를 ᄋᆞᆺ기지 말나 말을 맛지 못ㅎ야 무슈히 토혈ㅎ고
싸회 걱구리져 불셩인ᄌᆞㅎ거날 좌우 디경ㅎ고 향이 쏘한 놀나
ㅅ시신을 명ㅎㅅ 구ㅎ디 싱되업난지라 여둛길동이 이 경승을
보고 일시의 눈물을 흘니며 낭듕으로셔 디초갓흔 환약을 두기
식 ᄂᆡ여 입의 드리오니 반향의 정신을 ᄎᆞ리 이려 ᄋᆞᆫ거날 길동
등의 샹긔 쥬왈 신이 ᄋᆞ비 국운을 입ㅅ와 부기를 누리오니 신
엇지 감히 남ㅎᆞᆫ 일을 힝ㅎ리잇가난

P.81

신의 죄 즁ᄒᆞ와 쳔비의 ᄇᆡ를 비려 나와 ᄋᆞ비를 못ᄒᆞᄋᆞᆸ고 형을 보ᄒᆞ오니 평ᄉᆡᆼᄒᆞᆫ이 ᄇᆡ쳐ᄉᆞ기로 출ᄒᆞ리셰ᄉᆞᆼ을 ᄉᆞ졀ᄒᆞ고 ᄉᆞᆫ님의 은거ᄒᆞ여 늘기를 원이ᄋᆞᆸ더니 불힝이 몸이 더려온 곳의 ᄶᅥ러져 졍당이 되오니 일즉 ᄇᆡᆨ셩을 추효 침범ᄒᆞ오니미 업ᄉᆞᆸ고 각읍슈령의 듄민지고틱ᄒᆞ여 올니난 ᄌᆡ물을 탈취ᄒᆞ여 오면 ᄯᅩᄒᆞᆫ 님군과 ᄋᆞ비난 이체ᄅᆞ ᄇᆡᆨ셩 되여 그 나랄 시셕을 먹ᄉᆞ오기 ᄋᆞ비 것 먼난 ᄀᆞᆺ시오니 이제 십년이 되오면 신이 됴션을 더낫 ᄌᆞ로 갈 ᄉᆡᆼ지 잇ᄉᆞ오니 복걸 셩샹은 근심치 말나시고 신을 ᄌᆞᆸ난단 ᄌᆞᄅᆞ 거두ᄋᆞᆸ소셔 ᄒᆞ고 말을 마츠며 여ᄃᆞ 길동이 일시의 너머지니 션샹 젼히ᄅᆞ 경

P.82

혹ᄒᆞ여 ᄌᆞ시 ᄉᆞᆯ펴보니 여ᄃᆞᆲ 길동이 다 초인이어날 샹이 더옥 신로ᄒᆞᄉᆞ 용샹을 치시면 갈오ᄉᆞᄃᆡ 뉘 능히 길동을 ᄌᆞᆸᄋᆞ 쥭이고 ᄒᆞ신ᄃᆡ 만조ᄇᆡᆨ관이 길동의 번해불측ᄒᆞ물 ᄋᆞ난지라 뉘 감히 ᄃᆡ답ᄒᆞ리ᄋᆞ 다 묵묵언이러니 이날오후에 ᄉᆞᄃᆡ문의 ᄇᆼ을 붓쳐시ᄃᆡ 홍길동을 ᄋᆞ모리 ᄒᆞ와도 ᄌᆞᆸ을 길이 업ᄉᆞ올 거시니 바라건ᄃᆡ 셩ᄉᆞᆼ은 길동의게 병ᄒᆞ편셔를 제슈ᄒᆞᄋᆞᆸ시난 교지를 나리ᄋᆞᆸ시면 나아가 ᄌᆞᆸ히리라 ᄒᆞ엿거날 샹이 그 방문을 보시고 죠신으로 의논ᄒᆞ신ᄃᆡ 제신의 공논이 분분ᄒᆞ여 고ᄒᆞᄃᆡ 제가 군가의 은십 공이 업ᄉᆞ

온되 병흐판셔를 홈이 불가흐읍고 쏘흔 이제 불츙불효흐는 즈
를 즙으리흐읍다가 엇지 쓰즐 조츠 국가체면을 글샹케 흐리니
고 다만 길동을 즙난 지 이시면 적국판셔공호와 일제로 쓰일
쥴노 영을 나리읍시며 맛당흘가 흐읍나이다 샹이 올히 넉이스
그되로 이유흐시다 잇되 길동이 즁은으로 단이믜 초헌도 타며
오후 교즈로 타고 완연히 왕니흐되 뉘 능히 올 니 업더라 일일은
경숭감시 쟝계흐여시되 길동이 동니손곡의 은거흐여 즉난흐되
일역으로 즙지 못흐오믜 각읍슈령이 길회 단일 슈 업숩고 무수
흔 길동이 도적 즉난이 비경흐오

니 바르건되 성샹은 일등포슈를 퇴츌흐스 쌜니 즙게 흐쇼셔
흐엿더라 샹이 빅관을 모호시고 글으스되 이 반적이 뉘 능히
즙으 과인의 분흐믈 풀이오 하시고 드되여 경상감시의게 엄지
를 나리와 글오스되 경을 소당 제를 즙 거시로되 으직 짐쥭흔나
니 쌜니 졍길동을 즙으올여 숨쥬의 화를 면흐르 흐시니 감시
업지를 붓즙고 불승송구흐여 쟝춧 미복으로 츌힝흐여 즙오려
흐더니 이날밤의 션화당 뒤히 들보은 흔 쇼연이 나리와 절흐거
날 감시 즈시 보니 이 곳 길동이라 크게 구지왈 이 불초무숭흔
으히야 우흐로 왕명을

P.85

거역ᄒ고 으릭로 부형교훈을 듯지 으니ᄒ여 일국의 소동케 ᄒ
니 네 죄 만단의 닉여도 오히려 경ᄒ니 너도 지슴 싱각ᄒᄅ
길동왈 형당은 조곰도 근심치 ᄆᄅ시고 쇼제ᄅ 결박ᄒ여 경ᄉ
로 올여보닉시딕 가속 업ᄉ 즁교ᄅ 갈히여 읍영ᄒ야 보닉시면
ᄌ연 처치홀 도리 잇나이다 ᄒ거날 감ᄉᆡ 의혹ᄒ여 명일 불근
겸을 상고ᄒ고 흠거의 싯도 제의 ᄆᆯ딕로 가속 업슨 쟈교ᄅ 갈히
여 읍영ᄒ여 풍우가치 몰나가딕 길동의 은식이 조곰도 번치
으녀 다만 먹고 흠거의 누엇더라 여러날만의 경성 슝펴문의
다다라난 차우로 포슈등이 도통의 약을 페워 드고 여릭 겹으로
에외

P.86

드러오더니 궐문의 다다라난 길동이 문득 소릭ᄒ여 즁고ᄅ 불
너 왈 닉 몸이 이곳의 이려믄 셩슝이 이믜 올게시난지라 너난
쥭어도 날을 흔치 말나 ᄒᄂᄆᆯ을 ᄆ치면 ᄒ번 몸을 요동ᄒ니
철식이 근허지고 흠게 일시의 ᄊᆡ여지니 몸을 공중으로 소소으
여 릭길동을 으라가며 소릭지라고 구름 소유으로 드러가니 좌
우 홀슈업셔 공즁만 우러볼 ᄯᅡ름이리 쟝교이 ᄯᅳᆺᄉ로 쥬문ᄒ니
샹이 진노ᄒᄉ 우션 즁교ᄅ 여슈홀 ᄒ시고 만조ᄅ 모화 이논ᄒ
신딕 빅관이 쥬왈 길동의 원이 병조판셔 교제ᄅ 나리시면 죠션
을 ᄲᅥ나리라 ᄒ오이 이제 전교로 제슈ᄒᄉ 픠ᄎᄒᄉ면 제 스스
로

드러와 즈히리리 스이 올히 넉이스 즉시 홍길동을 병조판셔를
제슈ㅎ시고 교지를 나리오 샹슈듸문의 방을 부치니라 잇쩌 길
동이 병조ㅎ슈이 츠즈려 스면으로 심방ㅎ듸 츳지 못홀 지음의
호연 홍인문 박그로셔 일위 소연니 홍포금듸로 초헌을 타고
완히 드러와 불너 일오듸 국은이 망극하여 병조판셔를 ㅎ여시
믜 스은츅빅ㅎ로 온다 ㅎ거날 벼조ㅎ속이 일시니 마즈 호위ㅎ
에 궐ㅎ여 나으갈식 빅관의근ㅎ듸 궐ㅎ의에 도보슈를 믜복ㅎ엿
다가 길동이 궐늬외 드러가 슉빅ㅎ고 쥬왈 죠션 홍길동이 국가
의 불츙을 기치리 욱이 심즁ㅎ거날 두려 텬을 닙스와 평싱 흔을
푸옵고 돌느가오니 간뇌

도지ㅎ와도 만분지일도 갑흘길이 업다ㅎ소이다 금일 젼ㅎ쯰
ㅎ직ㅎ옵고 조국을 써나올지라 부원 셩승은 만슈무강ㅎ옵소셔
ㅎ고 말을 뭇츠믜 몸을 공즁의 소스와 구름의 스혀 가 그 가난
곳을 으지 못ㅎ더라 샹이 보시고 도로 탄왈 길동의 신긔흔 직조
난 고금의 회흔흘노다 길동이 지금 조션을 써나노라 ㅎ여시니
다시난 즉폐궁일이 업슬거시 제 비록 슈승ㅎ나 일일당즁의 쾨
흔마음이 잇난지라 ㅎ시고 팔도의 스문을 나리와 길동 즙난
공스를 환슈ㅎ시니라 츠셜 길동이 제곳의 도라가 제젹을 분부
ㅎ듸 늬 단여올 거시니

P.89

여등은 변거히 츄입말나 늬 돌오기를 기다리라 ᄒ고 즉시 구름
을 타고 남셩으로 햐하가 ᄒᆞᆫ 곳의 다다라니 이난 률도국이라
구경셩 드러가 ᄉᆞ면을 술펴보니 ᄉᆞᆫ천이 슈ᄒ고 인물이 번셩ᄒ
여 가히 은신홀 곳이ᄅᆞ 마음의 흠션불이ᄒ고 ᄯᅩ 남셩으로 드려
가 두루 구경ᄒ고 도라오난 길의 제도라 ᄒ난 셤듕을 두루 다이
며 ᄉᆞᆫ천을 술본즉 일ᄉᆞᆫ이 천ᄒ명ᄉᆞᆫ이라 ᄉᆞᄃᆞ면 늌칠빅이오 슈
회극히 조흔지ᄅᆞ 심즁의 에오되 늬 다시 조션의난 점남흔이
ᄉᆞᄅᆞ 힝치 못ᄒ리니 이곳의 와셔 ᄋᆞ직 은거ᄒᆞ엿다가 즁츠 되ᄉᆞ
ᄅᆞ 도모ᄒ리라 ᄒ고 포현히 도라와 제젹다려 일오ᄉᆞ되 여등은
물역을

P.90

가지고 양구얌쳔에 드러가 슈빅션쳑 디어 모월모일의 경셩 흔
강어구의에 되령ᄒ라 뉘 나라히 드러가 경조일천셕만 구홀 거
시니 긔약을 엉기지 말나 ᄒ고 문득 간 되 업더라 셜 길동이
조션을 쩌나간 후로 소식을 모ᄅᆞᆯ넌의 삼연 후 츳구월 근망간의
금풍은 ᄉᆞ슬ᄒ고 월싴만당홀 되 샹이 월싴을 ᄯᅳ녀 환즈 슈인을
다리시고 후원의 비회ᄒᆞ시더니 문득 일진쳥풍이 이러나며 공즁
으로 옥셔소리 쳥낭ᄒᆞ며 ᄒᆞᆫ 소년이 부운간으로 조츠 나려와
옥계ᄒᆞ이 빅왈ᄒ거날 샹이 되경ᄒᆞᄉᆞ ᄀᆞᆯ오ᄉᆞ되 선동은 홍진ᄉᆞ럼
이 ᄋᆞ니라 엇디 인간

의 강굴ᄒ여 무ᄉ 일을 이라고저 ᄒ나뇨 소년이 복지쥬왈 신은 젼임 병조판셔 홍길동이로소이다 샹이 놀나ᄉ 골ᄋᄉ되 네 엇지 심야의 온다 소연이 되왈 신이 펴하를 밧드려 만세를 뵈올가 바라오나 흔ᄀ 쳔비소싱이락 호부호형을 못ᄒ고ᄋ 뉵도샴약을 연습ᄒ오나 옥당통쳡을 못ᄒ올이리오민 아릭므로 세ᄉ를 다 털치고 풀붕으로 오유ᄒ여 부파지당으로 관부의 죽폐ᄒᄋ고 조졍을 요란케 ᄒ와 신의 일홈이 답젼의 뭇ᄉ고져 ᄒ엿습더니 국은이 망극하와 평싱원을 푸오니 녯날 용방비간의 츙은효츄이 ᄒ올거시로되 ᄉ세 그려치 못ᄒ와 젼ᄒ를 ᄒ직ᄒᄋ고

조션을 영 써나 흔업ᄉ 길을 가오니 복길 셩ᄉᄋᆼ은 ᄌ비디심을 드려오ᄉ 졍조일쳔셕 빌니ᄋ셔 셔강으로 슈은ᄒ여 쥬ᄋ시면 슈인명이 젼ᄒ 덕틱으로 몸슘을 보젼ᄒ올가 ᄒᄂᆞ이다 샹 허락 ᄒ시고 골오ᄉ되 네 말되 쳔셕을 주려와 엇지 슈은ᄒ려 ᄒ난다 길동이 짓거 되왈 이난 쇼신의 슈준이오니 젼ᄒ난 염여 마라소 셔 샹이 갈오사되 과인이 젼일 너날 ᄌ세히 보디 못ᄒ여시니 얼굴을 드려 과이을 보라 ᄒ시니 길동이 얼굴을 드나 눈은 눈을 쯔지 ᄋ니ᄒ거날 샹이 갈오ᄉ되 네 엇지 눈을 쯔지 ᄋ니ᄒ나요 길동

이 디왈 신이 눈을 쓰오면 젼흔게옵셔 놀나실가 흐와 감히 쓰지 못흐나이다 샹이 쏘한 강권치 우니흐시닐 길동이 빅스흐고 문 듯 공즁의 소소와 일진청풍을 타고 옥겨를벼 가거날 샹이 즉시 혜청당샹의게 젼지흐스 정쵸일쳔셕을 슈은흐여 져샹샹변의 쏜 흐란 흐시니 혜당이 군을 푸려 쳔셕을 시려 강변의 쏜더니 문득 물우흐로셔 션젹이 나려와 그 졍조를 싯거날 강번스룸이 이무 려 왈 이곳셕이 어듸로 가나뇨 흔듸 션인이 왈 나라히셔 능턴군 의게 스급흐신 거시라 흐고 빅의 시련 후 길동이 북향스왈 쳔님 병조판셔 홍길동이 텬은을 닙스와 졍조 쳔셕을 어더

가나이다 흐고 표현의 가거날 션혜당졉이 그 거동만 보고 곡졀 을 몰나 이 연유를 샹달흐온듸 샹이 갈오스듸 과인이 홍길동을 스겁흔 거시라 흐시더라 화셜 길동이 습쳑당을 거나려 졍조쳔 셕과 ㄱ장즙물을 빗싯고 동부를 써나 조션을 하직흐고 망망듸 히의 무스히 건너 남셩그체 제도 셤듕으로 드려가 일번 지으며 농업을 힘쓰며 가싞의 챵고를 지어 군긔와 냥초를 제겸흐고 날마다 군법을 년습흐더러 일일은 길동이 스졸을 블너 ㄱ오듸 늬 망당산의 드려가 살쵹의 바를 야을 어

더올거시니 여둥은 졸 닥히르 늬 좌우로 타이를 드러오지 못흐

게 ᄒ리 ᄒ고 즉일 블견ᄒ여 디히를 건너 튝디 나러 망당순을
향홀ᄉ 수일을 가다가 남천현의 니르려난 읍즁의 만셕군 부지
이시디 셩명은 빅룡이니 일ᄉ 쌀을 두워시니 인물과 지질이
비샹ᄒ고 겸ᄒ여 시셔를 능히 통ᄒ며 김술이 ᄯ한 츌즁ᄒ니
그 부모 극히 ᄉ랑ᄒ여 두목지 풍치와 니티빅 ᄀᆺ탄 문당ᄉ회를
구하나 맛ᄎᆷ니 만ᄂ지 못ᄒ엿더니 일일은 홀연 풍운이 디ᄌᆨᄒ
고 텬지 ᄋᆞ득ᄒ더니 빙용의 쌀이 간디업슨지르 빅용 부모 박극
ᄒ여 텬금을 훗텨 ᄉ면으로 ᄎᄌ리 마ᄎᆷ니 종젹을 ᄋ올길이
업슨지르 그 부모

쥬야로 통곡ᄒ여 걸리로 단이며 왈 ᄋᆞ모르도 니 쌀을 ᄎᄌ쥬면
만금지물을 쥴분ᄋᆞ니라 맛당히 ᄉ회를 숨으리라 ᄒ거날 길동으
디디다가 이 일을 듯고 심듕의 츄은ᄒ나 어디로 향여 ᄎ즈리오
ᄒ고 망망당ᄉ의 드러가 약도 키며 순천도 구경ᄒ여 졈졈드려
가니 문득 일낙손하고 슉제듬리이라 길히 희미ᄒ여 졍히 빅회
ᄒ더니 문득 ᄉ름소리 들니며 화광조요흔지르 심즁의 다힝ᄒ여
그곳으로 ᄎᄌ가니 ᄉ름은 ᄋᆞ니요 괴물 슈빅이 뫼가의 횐화ᄒ
거날 이심ᄒ야 ᄀ만니 여어본즉 그것들이 비록 ᄉ름의 형용이
시나 필경은

즘싱의 무리르 원디 이 짐싱은 울동이를 즘싱이 여려 히 ᄉ듕의

셔 득도ᄒ여 능히 호풍환우ᄒ난 변화를 가졋더라 길동이 싱각
ᄒ디 니 평싱 두루 단니면 보으시나 일즉 이갓튼 거슨 본바
쳐음이ᄅ 이제 져거슬 즙으 세승을 보게 ᄒ리라 ᄒ고 몸을 수풀
의 감초와 화을 다히여 그 웃듬놈을 소니 슬이 시위를 응ᄒ여
웃듬놈을 맛친지ᄅ 그놈이 소리 크게 지ᄅ고 슈빅 소손을 거나
려 다라나거날 길동이 싸라즙고져 ᄒ다가 밤이 깁고 간곳을
몰라 큰남글 의지ᄒ여 봄을 지니고 붉은 흑 나려가니 그놈이
피흘너 간곳이 머늘 그 흔젹을 ᄎᄌ 슈십니를 드려가니 큰 셕실
이

P.98

이시디 즁웅즁혼지라 길동이 문읍히 나으가 문왈을 두드리니
문직희난 스름이 무려왈 그디 엇던 스름이완디 이 깁흔 슨즁의
드려완나뇨 길동이 본즉 다연이 어제 보던 무리라 싱각ᄒ디
으모커나 시종 보리ᄅ ᄒ고 팔흘 드려 읍ᄒ고 왈 나난 조션국
스름으로셔 의슐을 위법ᄒ여 약을 키려 이곳의 와 갈바를 몰나
졍히 민망ᄒ더니 이외 그디를 만나니 쳥컨디 길을 굴치ᄅ 그거
시 길동의 말을 듯고 문득 깃분 기식이 잇셔 문왈 그디 의슐을
ᄒ다 ᄒ니 츙쳐도 능히 곳치나냐 길동이 왈 펴즉 쳔낭이 니
복듕의 드

P.99

려시니 엇지 창셔를 못 곤치리오 그거시 길동의 말을 듯고 디희

왈 우리 딕왕이 복녹이 무궁ᄒ여 ᄒ날이 그딕를 지시ᄒ시도다
길동이 짐짓 논나난 체ᄒ고 무려 왈 이 엇진 말이뇨 그유를
올고져 ᄒ노라 그거시 이로딕 왕이 부인을 식로 졍ᄒ고 직일이
식로 ᄒ쳐를 빅셜ᄒ여 즐기더니 난딕압손 술이 들어와 마ᄌ
지금 만분위즁ᄒ지라 그리의 조흔 학을 시험ᄒ미 엇지 우리
딕왕의 복이 으리니오 ᄒ고 은흐로 드려가더니 유고 다시 나와
쳥ᄒ거날 길동이 ᄯᅡ라 후원을 딕니 명뎐의 드려가 보니 오쇠이
녕농ᄒ 좌탑의 울동이 누어 신음하여 ᄒ 미인이 깁슈건을 흘여
고 그것

틱 두 여지 이셔난 눈물을 흘니고 듭디 각각 붓드러 죽지 못ᄒ난
형숭이 가궁ᄒ더라 길동이 울동의 탑ᄒ의 나으가 충쳐를 슬펴
보고 속여 이르딕 이ᄂᆞᆫ 즁히 숭치으니ᄒ엿스니 내 낭즁의 션약
이 영험ᄒ지ᄅᆞ 딕왕이 흔범 머의면 충체 나으리라 울동이 딕희
왈 복의 병의 죽을 곳의 밋쳣더니 이제 그딕를 만나믹 득힝ᄒ도
다 ᄒ거날 길동이 즉히 약을 닉여 물의 타 멱이니 식경 후 빅을
ᄯᅳ다려 쇼리딜너 왈 무슨 득약을 먹여 죽이려 ᄒ나 호도 모든
울동을 불너 이라딕 천만의외 불의흉져 만나 닉 죽게 되니 너히
등

은 져놈을 쫏치말고 나 죽은 후 원슈를 갑게 ᄒ라 인ᄒ여 죽으니

모든 울동이 통곡ᄒ며 일시의 칼을 드려 ᄂᆡ다라 구지왈 우리 형공을 히흔 흉젹을 버혀 원슈를 갑흐리라 ᄒ고 들거날 길동이 ᄃᆡ로왈 ᄂᆡ 엇지 져를 죽겨스리요 제 쳔명이 그만이라 ᄒ며 ᄃᆡ젹 져ᄒ니 손의 초쳘이 업난지라 엇지 막으리요 형제 급ᄒᄆᆡ 몸을 소소와 공즁으로 올나 다라나니 모든 울동이 본ᄃᆡ 슈쳔년 도를 닷근 요괴라 ᄯᅩ한 풍우를 부리난고로 길동이 다라나물 보고 ᄇᆞ람을 타 ᄶᅩᄎᆞ거날 길동이 할일업셔 급히 진언을 념ᄒ여 늌졍늌갑을 불너 요괴를 즙으리 ᄒ니 문득 공즁으로서 문슈ᄒ 신

P.102

당이 다라들어 모든 울음을 결박ᄒ여 굴니니 홍싱이 그놈의 칼을 ᄋᆞᄉᆞ 모든 울동을 다 버히고 바로 셜실노 드려 그 여ᄌᆡ 슘인을 다 죽이려 ᄒ니 여ᄌᆞ들이 슬히 울며 글오ᄃᆡ 쳡등은 요게 ᄋᆞ이요 인간ᄉᆞ롬으로 불ᄒᆡᆼ이 요괴의게 즙ᄒ여 죽으러 ᄒ나 시려곰 둧과 ᄀᆞᆺ지 못ᄒ엿난지라 ᄇᆞ라건ᄃᆡ 쳡등은 구ᄒ여 고향의 도라가게 ᄒ여 조소셔 길동이 이심ᄒ여 그 셋녀ᄌᆞ의 겨쥬셩명을 무르니 흔낙쳔현 빅룡의 ᄯᆞᆯ이오 둘은 뎡시 됴시니라 연양가 여ᄌᆞ로 길동이 셰여ᄌᆞ를 다리고 낙쳔의 니ᄅᆞ려 빅농을 보고 그 ᄉᆞ연을 니ᄅᆞ니 빅농 그여ᄋᆞ를 보

P.103

고 여취영광ᄒ야 희츌망의ᄅᆞ 드ᄃᆡ여 연을 빅셜ᄒ여 향당친쳑을

모호고 홍싱을 마자 스회를 숨고 잇튼날 뎡조양가의셔 또한
홍싱을 청ᄒ여 무슈칭ᄉᄒ고 각각 그 여ᄋ로써 건즐을 붓들게
ᄒ니 길동이 나히 이십 넘도록 원ᄋ의 ᄌ미를 모라가 일조의
숨인을 어더 견권흔 졍이 비홀 ᄃ 업더니 길동이 인ᄒ여 셋집가
ᄉ 슈습ᄒ고 모든 츤척을 거나려 제도 도르오미 세월이 여류ᄒ
여 이미 숨연 되엿난지르 일일은 길동이 월딕풍청ᄒ물 ᄉᄅᄒ
여 능히 좀을 니루지 못ᄒ여 죽빅를 ᄂ와 통읍ᄒ고 셜션히 비희
ᄒ더니 호년 쳔샹셩든랄 슬펴보고 듣물을 흘리거날 빅소제

문왈 쳡이 낭군의게 드려온 ᄒ 여러히로ᄃ 일즉 슬허ᄒ시미
업더니 금일의 져혓랏 슬허ᄒ시믈 무슴 년괴오 길동이 탄왈
나난 쳔지간의 용납지 못할 불초지라 ᄂ 본 이곳 ᄉ름이 아니라
죠션국 홍승승의 쳔쳡소싱으로 가ᄂ챤ᄃ 막심ᄒ고 겨ᄉ니 츔에
치 못함을 평승흔이 되여 즁부의 지긔랄 펼 길히 업난고로 부모
랄 ᄒ직ᄒ고 이곳에 와 몸을 의지ᄒ엿으ᄂ 부모의 안부랄 쥬야
셤드로 슬피더니 앗가 건승을 부즉 부친쎄셔 병환니 츙ᄒ야셔
불근의 세승을 바리 ᄂ 몸니 만리밧게 잇 밋쳐 득달치 못ᄒ게
되니 일로 인ᄒ여 슬허ᄒ노르 빅

쇼제 그제야 그 근보을 알고 비감ᄒ여 위로ᄒ믈 마지아니ᄒ더
라 명일 길동 일군을 거나려 월봉ᄉᄒ의 니라 빅명승지르 어더

그날부터 시역ᄒᆞ되 좌우셕물을 국능ᄀᆞᆺ치 ᄒᆞ라 ᄒᆞ고 도르와 등류를 불너 이로되 비 ᄒᆞᆫ 쳑을 쥰비ᄒᆞ여 죠선국 서강으로 디후ᄒᆞᆯ 니 이제 부모의게 뵈옵고 도라오리ᄅᆞ ᄒᆞ니 제인이 응낙ᄒᆞ더ᄅᆞ 길동이 ᄎᆞ일 빅시 슘인을 이별ᄒᆞ고 져근 비로 발힝홀ᄉᆡ 머리를 ᄭᅵ가 듕의 모양을 츌히고 죠선국으로 향ᄒᆞ이ᄅᆞ 화셜 홍승상이 년만팔슈의 홀연 득병ᄒᆞ여 점점 침듕ᄒᆞᆫ지라 부인과 장ᄌᆞ를 불너 일오되 ᄂᆡ 나히 팔십이ᄅᆞ 이제 죽으나 무슴 ᄒᆞᆫ이 이시리오마난 길동이

P.106

ᄉᆞ싱을 모르고 다시 보지 못ᄒᆞ고 죽으니 엇지 ᄒᆞᆫ이 업스리오 내 죽은 후 길동어미를 각별 후되ᄒᆞ여 ᄂᆡ 싱젼갓치 ᄒᆞ고 혹 길동이 드려오거든 젹셔긔분을 츌히지 말라 부되 부명을 어기지 말나 하고 ᄯᅩ 길동어미를 불더 니라되 ᄂᆡ 황텬의 도라가나 눈감지 못홀 바난 길동을 다시 보지 못ᄒᆞ미라 그러나 길동은 유유ᄒᆞᆫ 인물이ᄋᆞ니라 븐다시 너랄 져바리지 ᄋᆞ니ᄒᆞ리 ᄒᆞ고 말을 마츠며 명이 진ᄒᆞ니 ᄂᆡ외발상ᄒᆞ고 극진히 다ᄉᆞ려 셩복후 명ᄉᆞᆫ길디를 갈히여 은즁ᄒᆞ려 홀 ᄉᆡ ᄉᆞ붕디ᄉᆡᆨ 구름못듯ᄒᆞ여 구ᄉᆞᆫᄒᆞ되 ᄆᆞ츰ᄂᆡ 엇지 못하여

P.107

근심하더니 문득 보ᄒᆞ되 문붓게 ᄒᆞᆫ 듕이 와셔 조문코져 ᄒᆞ나이다 ᄒᆞ거날 모다 고히 넉여 드려오ᄅᆞ ᄒᆞᆫ되 그 즁이 완연히 드러와

공의 영귀의 ㄴ우가 십분 익통ㅎ난디라 제인이 셔로 니ㄹ디 숭공이 젼일의 친근흔 즁이 업더니 엇더흔 듕이 져듸도록 익통 ㅎ난고 ㅎ더니 만향후 연박의 나우가 숭인을 보고 일증통곡ㅎ 다가 이윽고 우름을 근치고 굴으듸 형당이 쇼제를 모ㄹ시나잇 가 숭난인이 그제야 ㅈ시보니 이난 길동이ㄹ 일희일비ㅎ여 붓 들고 통곡왈 이 무괴흔 아히야 그ㅅ이 어듸 갓더요 부공이 널노 말믜우ㅁ 동시 유언이 여ㅊ여ㅊㅎ시며 눈을 곰지 못ㅎ도다 ㅎ 시니 엇지 슬푸지 우니

P.108
ㅎ리오 길동이 손을 잇글고 늬당을 드려가니 부인왈 이 엇던 즁인우 디 샹인이 듸왈 이난 외인이 우니ㄹ 이곳길동이로소이 다 부인이 쏘 놀늬 손을 줍고 길즁통곡흔후 젼후게 거취를 무른 길동이 왈 불효ㅈ 세샹의 이실 마음이 업스와 슨즁의 드려가 슥발위승ㅎ웁고 긔술공부ㅎ와 부모의 만연졉복ㅎ여 불효를 만 분지일이나 면흘가 원이로소이다 시비로 ㅎ여곰 춘셤을 부라니 춘셤이 길동을 붓들고 셔로 통곡ㅎ다가 긔졀ㅎ니 모다 구ㅎ여 반향후 인ㅅ를 출혀 길동이 위로 왈 모친은 과도히 슬허 마ㄹ소 셔 ㅎ

P.109
고 형당게 고왈 타인다려 소제 집의 왓다 젼파ㅎ면 문ㅎ의 화 밋칠가 ㅎ나이다 숭이 이올히 넉겨 길동의 말듸로 ㅎ더ㄹ 길동

이 왈 소제 흔곳의 되지를 정흐여스오되 형당이 소제 말을 시청
흐시잇가 승이 인왈 그곳의 흡흐며 엇지 신청치 으니리오 흐고
잇튼날 승인이 슈십 가인을 다리고 길동을 싸라 흔곳의 다다르
니 셕각이 첩첩흔 졀벽이 층층흔 곳의 으즈면 굴오되 이곳이
엇더흐니잇가 상인이 좌우를 슬펴본즉 셕각지리르 길동이 직엄
스물 통흔이 너겨 갈오되 나난 으모리 식격이 업스나 이릴 불길
흔 곳의난 부모를 뫼실 길히 엄거날 너난 엇지 되디라 흐느뇨
길동이 거

P.110

잣 탄왈 이곳 가질 복이 못되이 엇지 외람지 아니르 형장은
이곳을 불길타 하시니 소제의 소견을 보소서 하고 즉시 종팔가
져오쇼여 바회랄 씨치이 문득 불근안기 가득흐며 딕옥흔쌍이
나라가는지라 길동의 소견이 명텽흔 줄 심듕의 항복흐나 홀일
업스디라 길동의 손을 줍고 굴오되 이곳은 증의파의르 이후난
네말되로 신청흔미 엇더흐나뇨 길동이 거줏 탄식왈 이곳셔 빅
승흔 되 니시나 길이 가증 요원흐이 형댱이 능히 가리잇가 승인
왈 네갓탈진되 엇지 쳘니를 머다흐리오 길동왈 슈로로 슈빅니
를 가면 되되로 왕

P.111

후공명이 긋치지 으니흐올 되 잇스오니 명일에 붓친 샹구를
뫼시고 그곳을 ᄎᄌ가미 엇더흐리잇ᄀ 샹인이 되희흐여 캐히

허륵ᄒ고 집의 도르와 모부인긔 이 ᄉ연을 고ᄒ딕 ᄯᅩᄒᆞᆫ 긋특이
억여 하륵ᄒ더라 이튼날 샹인형제 힝샹거구를 쥰ᄒ여 발힝홀ᄉᆡ
길동이 모부인긔 고왈 쳔ᄒᆞᆫ ᄌᆞ식이 어미 ᄯᅥ나온 지 심연니
되온지라 지금 만날민 ᄯᅩ 니별ᄒᆞ오미 졍이에 ᄎᆞ마 어렵ᄉ오니
바라건딕 슈삭 말민을 허락ᄒᆞ시면 어미를 다려가 조션양영위예
조셕 제젼을 밧들어 일편 모ᄌᆞ의 마음을 위로홀가 ᄒᆞ나이다
부인과 샹인이 즉시 허락ᄒᆞ거날 길동이 인ᄒᆞ여 부인긔 ᄒᆞ직ᄒᆞ
고 부친 샹구를와 모친을 뫼셔 형

댱과 ᄒᆞᆫ가지로 집을 ᄯᅥ나 셔강으로 나ᅌᅡ가니 강변의 길동제쟝
이 이뫼딕후ᄒᆞ엿난지르 이에 샹구와 일힝이 빈의 ᄋᆞ른 후 ᄯᅡ르
온 조ᄉᆞ를 다 도라보닉고 셔강을 ᄯᅥ나 망망딕희의 슌풍을 마난
도들 달고 풍오갓치 모르 슈일만의 ᄒᆞᆫ곳의 다다르이 슈십션젹
이 딕후ᄒᆞ여다가 길동의 일힝을 마ᄌᆞ 좌우로 호위ᄒᆞ여 ᄒᆞᆫ심가
의 니르려난 문득 군ᄉᆡ 나와 조문ᄒᆞᆫ 후의 ᄉᆞᆼ구를 뫼셔 상상의
올나가니 ᄉᆞᆼ녁범졀이 국능과 일체라 샹인이 딕경문왈 이일이
엇진 일고 길동이 왈 형댱은 조곰도 놀나지 마르시고 소제의
ᄒᆞ난 딕로 ᄒᆞ소셔 ᄒᆞ고 언파의 시각

을 기다려 ᄒᆞ관피력후의 길동이 즁의 이복을 벗고 샹복을 갓초
아며 형댱과 모친을 더부려 ᄉᆡ로 익통ᄒᆞ고 이에 제집을 도라오

니 빅시 등 슴인이 듕당의 나려 초고와 슉슉을 ㅈ 네필좌경후 원노힝역과 치슝범절을 위문ᄒ니 상인니 길동의 사사이 긔니ᄒ물 탄복치ᄉᄒ더라 이려그려 여러 날이 되믹 상인이 고국의 도라갈 ᄆᄋᆷ이 간졀ᄒ여 길동다려 왈 이곳의 친샹을 뫼셔시니 엇지 ᄻ려나고져싯부리오마난 ᄯ흔 티티를 ᄻ려난 지 오린지ᄅ 엇지 심회를 평안ᄒ겨 티티와 의려긔망이 간졀ᄒ실지ᄅ 단ᄉᆫ이 즁쳡ᄒ고 슈쇠 힉낭ᄒ니 다시 모들 긔약이 묘연ᄒ도다 언파의 눈물을 흘

P.114

니거날 길동이 ㅈ슴 위로왈 형당은 과히 슬허마ᄅ소셔 이곳은 틴틴 졍승은 ᄉᆞ치ᄋ니틴이다 길히 가쟝 요원ᄒ물 녁녀ᄒ며 ᄯ 유명이 다라나 형당은 야야 싱시의 임의 만어 뫼셔시며 야야 ᄉ후난 소졔가 뫼ᄉ실져ᄒ니 형당은 조곰도 슬허 마시고 본국의 도라가ᄉ 티티를 뫼셔 티평을 누리시며 초졔난 이로의셔 ᄉᄉ시향화를 극진히 밧들거시오 ᄯ 일후 다시 만늘 긔약 이실 것이니 심회를 진졍ᄒ소셔 승인이 마음을 억졔ᄒ여 마지못ᄒ야 잇튼날 발힝ᄒ올ᄉᆡ 부친ᄉ소의 올나가 통곡ᄒ고 츈낭과 길동이 니별ᄒ믹 셔로 심회를 식로의 금치 못ᄒ난지ᄅ 길동

P.115

이 왈 두낫기력이 말이에 뭇ᄉᆫ이 엇지 슬푸지 ᄋ니리오 북망 형당은 무ᄉ 달ᄒ쇼셔 티티를 뫼사다가 소졔의 쳥ᄒ난 ᄻ외

샹봉ᄒ올거시오니 그리 알소셔 샹인이 길동의 손을 줍고 쳬입
왈 현졔야 분묘ᄅᆞᆯ 평은이 뫼시다가 우형응로 ᄒ여곡 이곳의
와 부친 분묘ᄅᆞᆯ 다시 뵈옵긔 ᄒ면 문힝일가 ᄒ노라 길동이 응낙
ᄒ고 금은치단을 만히 시러 보ᄂᆡ이다 샹인니 발션ᄒ야 수십일
만의 본국의 득달ᄒ여 모분인씌 뵈옵고 딕지ᄅᆞᆯ 어더 은즁ᄒ
연유와 길동의 젼후ᄉ연 일일고ᄒ니 부인이 쏘한 칭춘우리ᄒ더
라 셰월이 여류ᄒ니 공이 초토ᄅᆞᆯ 무지미 길동이 식로이 슬허ᄒ
고 졔

P.116
인을 모와 농업을 심쓰고 무예ᄅᆞᆯ 연습ᄒ여 병졍냥슈홀지ᄅᆞ 원
ᄂᆡ 이 졔도 근쳐의 률도국이란 나라이 이ᄉ이 지방이 슈쳘이오
도빅이 이십인원이라 쏘 딕국으로 통신이 업고 률도왕이 딕딕
로 젼위ᄒ여 인졍을 슝슝ᄒ미 인심이 슌후ᄒ고 ᄉ면이 막혀
진젓 금셩탕무지국이러라 길동이 장찻 큰듯을 품고 군ᄉᆞᄅᆞᆯ 모
화 무예ᄅᆞᆯ 닉히니 마군이 심만이오 보군이 심만이ᄅᆞ 일일은
길동이 졔쟝다려 글오딕 내 당초로부터 텬의 힝횡ᄒ엿ᄂᆞ니
엇지 조고만 졔도ᄅᆞᆯ 오릭 직히여시리오 드르니 이 근쳐 률도국
이른 나ᄅᆞ히 좃튼ᄒ미 ᄒ번 구경코져 ᄒ

P.117
나이 졔쟝의 뜻은 엇더ᄒ뇨 졔인이 응셩 왈 이난 소쟝등의 평원
이라 즁비 엇지 이곳의 늙으리오 쌜니 츌ᄉᄒ여 썩ᄅᆞᆯ 어긔지

마르소셔 ᄒ거날 길동이 ᄃᆡ히ᄒ여 퇴일힝군홀ᄉᆡ 돌통으로 셤봉
을 슴고 ᄆᆡ군으로 져군을 슴고 보군으로 후군을 슴고 길동이
ᄃᆡ군을 휘동ᄒ여 제도를 ᄯᅥ나 군ᄉ의 군냥을 비회 올여 힝ᄒᆞᆫ
일ᄉᆞ만이 률도국의 다다라 지나난 ᄇᆡ의 률호를 불범ᄒ니 모든
군현이 망풍귀슌ᄒ여 슈월ᄂᆡ의 칠십여셩을 어더 위엄이 률도국
의 진ᄒ더라 길동의 군ᄆᆡ 쳘봉ᄯᅡ히 다다라ᄆᆡ 쳘봉ᄃᆡ슈 김현츙
은 본ᄃᆡ 츙효겸견ᄒᆞᆫ ᄉᆞ람이라 졍히 국ᄉᆞ를 다사려더니 문득
셩쥬이 요란ᄒ면

P.118
군ᄉᆞ 급히 보ᄒᄃᆡ 난입손 도젹이 여죽 칠십이셩을 황복밧고
승승자구ᄒ여 지금 셩ᄒᆞ의 니라렷다 ᄒ거날 ᄐᆡ슈 ᄃᆡ경ᄒ여 ᄉᆞ
문을 급히 닷고 일변으로 조ᄉᆞ를 조발ᄒᆞ야 그중 활쏠쏘난 조ᄉᆞ
와 날닌 쟝슈를 갈히여 젼군을 슴고 긔여빅셩을 후군을 슴ᄋ
명일 츌ᄉᆞᄒ려 ᄒ더니 잇ᄯᅥ 길동이 쳘봉 근쳐의 진세를 베풀고
격셔를 셩즁의 젼ᄒ니 ᄒ여시ᄃᆡ 활빈당슈 홍즁군은 잉뽕셔를
쳘봉ᄐᆡ슈의게 붓치노ᄅᆞ 내 ᄒᆞᆫ날의 명웅ᄅᆞ 바다 이병을 망풍거
슬ᄒ거날 네 엇지 나의 군ᄉᆞ를 항거ᄒᄒ나뇨 셩셩은 파ᄒᆞᆫ 날의
네 셩명은 보젼치 못

P.119
ᄒ리니 너난 모라미 쳔의를 슌슈ᄒ여 밧비 나와 황복하며 부귀
를 누리리라 ᄒ엿더라 ᄐᆡ쉬 보시기를 마츠며 분긔ᄃᆡ발ᄒ여 격

셔를 쓰려바리고 쑤지져왈 일홈엄슨 소젹이 감히 날을 즐욕ᄒ
리오 당당히 힘은 다ᄒ야 도젹을 멸ᄒ여 분을 쓰시리라 ᄒ니
좌우 발여왈 틱슈는 도젹을 경히 넉이지 마라시고 조흔 모칙을
싱각ᄒ라 틱쉬 그 말을 올히 넉여 잇튼날 딩명의 ᄒ령왈 닉
본딕 초야셔싱으로 국은을 만히 입어더니 이제 무명소젹이 디
방을 침이ᄒ거늘 엇지 파의틱ᄉᄒ리오 닉 맛당히 진심갈역ᄒ여
도젹을 파ᄒ여 나라히 근심을 덜고져 ᄒ나니 제군은 나의 영을
어기지

P.120

말나 한딕 졔인이 한변 츌젼ᄒ물 다 원ᄒᄋ시ᄅ 이에 틱슈 군ᄉ
를 모을시 늙유와 어린이며 부모 잇흔 득ᄌ와 형제듕 형을 갈히
여 날오딕 너히난 셩듕의 도라가 각각 부모를 봉양ᄒᄅ ᄒ니
슴군이 즐겨 감격ᄒ여 ᄒ더라 이에 틱쉬 군ᄉ를 거나려 셩외예
진치고 냐윤이 졉년홀시 틱쉬 진밧게 나와 길동 쑤지져 왈 일홈
업슨 소젹이 엇감히 오리 지방을 침범ᄒᄂᄃ 쌀니 나와 닉 칼을
바다라 ᄒ면 닉닷거날 길동이어 딕로ᄒ여 좌우를 도라 문왈
뉘 능히 이 소졉을 작을 언파의 흔 즁쉬 위여 왈 담ᄂ물 줌앗디
쇼졉난 칼흘 쓰리오 ᄒ거늘 모다 보이 이난 션봉즁

P.121

돌통이ᄅ 이에 말을 드여 진젼의 나와 쓰지져 ᄉ홈을 도ᄃ거날
틱쉬 분긔츌천ᄒ야 너히난 어딕로 조츠 오난다 나이 칼니 ᄉ즁

이 업스니 샐니 항복호라 하거날 돌통이 다라드려 스화 삼십여
흡의 불분승비로 퇴쉬 졍신을 가다듬ᄋ 크게 고함하고 충을
들어 돌통의 말을 가슴 질너 것구리치니 잇딕 길동이 돌통 위급
호믈 본즉시 진언을 념호여 뉵졍뉵갑을 불너 돌통을 구호로
호니 신장이 쳥병호고 풍운을 몡애호여 구호야 웃거날 길동이
돌통을 위로호고 샤의호여 왈 젹당의 용밍을 우리 진중의 맛즈
리 업스니 졸년히 피키 어려온지로 닉 그이흔 게교롤 닉여 쳘봉
퇴쉬롤 줍을 거시니 그딕난 보로 호고 즉시 졔장을 모화 오

P.122

원딕쟝을 굴히여 동셔남북즁아의 각각 믹복ᄒ 명일의 냥진이
졉젼호시 돌통이 딕즐왈 이 무지흔 필부야 밧비 닉 칼을 바다
스졸으로 리롭게 말로 호고 다라드려 쏘화 습합이 못ᄒ여 돌통
이 거즛 픠여 다라나거날 쳘보퇴쉬 급히 싸라 스곡간으로 니라
려난 문득 일셩 포희의 복병이 슬곡롤 ᄒ난지로 퇴쉬 놀나 슬펴
보니 일원딕쟝의 황금투구의 황포롤 닙고 황의군스롤 거나려
닉닷거날 퇴쉬 겨유 놀나 동을 바라고 다라나니 쏘 일원딕쟝이
쳥금투구롤 쓰 쳥포롤 닙고 쳥총말를 트고 쳥의군스롤 거나려
가로막거날 바리고 남을 향호여 ᄀ니 쏘 일원딕쟝이 젹금투

P.123

구의 젹포롤 닙고 쥬작을 타고 젹의군스롤 거나려 닉닷거날
남을 바리고 셔으로 가니 일원딕즁이 빅금투구롤 쓰고 빅호롤

타며 빅의군스를 거나려 가로막거날 셔을 브리고 북으로 다라
나니 쏘 일원디쟝이 후금투구의 후포를 닙고 현무랄고 후의
군스를 거나리 가로막으시니 틱쉬 혼비빅순ᄒᆞ여 으모리 홀 쥴
모ᄂᆞ 봉황ᄒᆞ즈은의 문득 ᄒᆞᆫ 션관이 공즁으로셔 나려와 ᄭᅮ지져
왈 너 가튼 필뷔 엇지 감히 ᄂᆞ의 병을 항거ᄒᆞ리오 ᄒᆞ고 신쟝을
호령ᄒᆞ여 ᄲᅡᆯ니 결박하라 ᄒᆞ니 난디입순 신즁이 나려와 틱쉬를
견막ᄒᆞ여 나라치거날 길동이 드되여 군스를 거나려 본진으로
도라오리라 잇딕 철봉군졸이 틱쉬의 스로즙히물 보고 딕경ᄒᆞ여

P.124

일시에의 항복ᄒᆞ며 셔문을 열고 단스호쟝으로 맛거날 길동이
드려가 방붓쳐 빅셩을 은무ᄒᆞ고 관스의 좌거ᄒᆞ여 틱쉬을 겨ᄒᆞ
의 굴니며 딕즐왈 너난 임의 셩니 파ᄒᆞ고 군스 항복ᄒᆞ여시니
릭히 항복ᄒᆞ여 죽기를 면하라 ᄒᆞ딕 틱쉬 눈을 드려 ᄭᅮ지져 ᄀᆞ로
딕 내 일시의 간네 ᄲᅡ져 내거 즙혀시ᄂᆞ 엇지 술기를 도모ᄒᆞ리오
ᄲᅡᆯ니 죽여 나의 츙셩을 은젼ᄒᆞ라 ᄒᆞ거날 길동이 앙텬탄왈 진짓
츙신이라 내 엇지 저런 스름을 히ᄒᆞ리오 ᄒᆞ고 친히 나려가 그
믹 것을 그르고 당의 올여 좌를 주며 쥬츈을 권ᄒᆞ여 놀난 졍신을
진졍캐 ᄒᆞ이 틱쉬 그 의긔를 강스ᄒᆞ여 홀일업

P.125

시 향ᄒᆞ난지라 길동이 딕희ᄒᆞ여 틱쉬를 철봉셩을 직희우고 잇
튼날 군스를 조발ᄒᆞ여 셩ᄒᆞ이 이르니 이곳은 왕되으인지라 셩

ᄒ 숙식니를 물너 ᄒ취ᄒ고 륜도왕의게 격서를 젼ᄒ이 ᄒ시ᄃᆡ
활빈등의병쟝 홍길동은 슘가 한월을 륜도국왕에게 올니나니
나ᄅᆞ흔 본ᄃᆡ 혼ᄉᆞ록의 그ᄅᆞ시 ᄋᆞ니라 그릴로 성탕이 별걸ᄒ시
고 무왕의 별쥬ᄒᆞ심이난 텬의것것흔 일이ᄅᆞ ᄂᆡ 쳔명을 받ᄉᆞ
군을 거나려 ᄒ번 칠부쳐 십여셩을 항복받나이 륜동왕은 ᄌᆡ죄
잇거든 나와 ᄌᆞ웅을 결ᄒ고 불년즉 발니 문을 여러 ᄒᆞ복ᄒ여
텬시를 어긔지 말ᄅᆞ 하여더라 슈셩쟝의 격셔를 거두워 왕긔
드린ᄃᆡ 륜왕이 보기를 ᄆᆞᆺᄎᆞᄆᆡ

P.126

ᄃᆡ로하여 문무제신을 모화 이논왈 난ᄃᆡ업슨 무명소적 이갓치
츙궐ᄒ니 즁ᄎᆞᆺ 엇지ᄒ리오 제신은 도적 파ᄋᆞᆯ 계교를 싱각ᄒᆞᄅᆞ
제신이 쥬왈 적의 강약 다소를 아지 못ᄒ오니 ᄋᆞ직 군ᄉᆞ를 븥ᄒ
여 ᄉᆞ문을 구지 직희여 견벽불츙ᄒᆞᆸ고 쏘 일월을 쳐연ᄒᆞ면
제 스ᄉᆞ로 냥초 진ᄒᆞ리이 그ᄃᆡ를 타 셩문을 열고 슘군을 ᄂᆡ여
슉히면 죠흘가 ᄒ나이다 륜왕이 ᄃᆡ로왈 도적이 셩ᄒᆞ의 니ᄅᆞ려
국가소망이 조셕의 잇거날 엇지 제 스ᄉᆞ로 물너가니오라 바ᄅᆞ
리오 ᄒ고 군ᄉᆞ를 발ᄒ여 친졍ᄒ려 홀시 문득 보ᄒᆞᄃᆡ 적병이
발셔 후제셩을 파ᄒ고 군ᄉᆞ를 슘로 논화 온다 하거늘 륜왕 ᄃᆡ경
ᄒ여 일셩포향의 슘군을

P.127

히동ᄒ여 양단니 의라니 적병이 이믜 엇지 ᄉᆞ즁의 두ᄒ엿더라

잇딕 길동이 양단수십니를 물너 진치고 제중을 불너 하령왈 명일 오시에 률왕이 뭇다히 수로줍으리니 만일의 령주는 참하리라 하고 선봉쟝 돌통을 불너 골오딕 난 일쳔 군수를 거나려 양단 남편의 미복하엿다가 여츠여츠하라 하고 쏘 우익쟝 김영슈를 불너 일오딕 너도 습쳔군수를 거나려 산두우편의 미복하엿다가 여츠여츠하라 하고 쏘 익즁 의셩을 불너 닐오딕 너난 습쳔군을 거나러 슌곡좌편의 미복하엿다가 여츠여츠하라 하니 제쟝이 각각 쳥영하고 물너나니라 잇튼날 길동이 이슌지군을 거나려 진젼의 나와 크게 외여 왈 무도한 률도왕은 닉 말을 드르라 그딕 졍

식 불명하여 빅셩이 불연하여 원셩이 능쳔하미 흡이 무심치 아이하수 날노 하여곰 의병을 이르혀 네 죄를 씨고 빅셩을 건지라 왓하니 너는난 샐니 항복하여 수졸의 리오물 싱각하라 하이 율왕이 딕로하여 쳔년검을 들고 수호다가 길동이 거즛 픽하냐 양단으로 다르는난디라 률왕이 졍히 싸라 양당지나 슌곡으로 드러가니 률국제쟝이 크게 외여 왈 오딕왕은 쓰르지 말소셔 그곳은 슌쳔이 혐옥하오니 바다시 간게 잇난가 하나이다 하거날 률왕이 분오왈 닉 엇지 복병

을 두로워하리오 군수를 지쵹하여 졉으하라하고 말을 치쳐 양

간스곡간으로 드려가더니 문득 일군이 닉드라 막난지르 륙왕이
ᄆᄌ ᄊ화 십여ᄒ의르ᄃ 불분승비리르 ᄯ ᄉ곡 좌편으로셔 일
시국이 닉랄거날 륙왕이 적병의게 ᄲ진 쥴 올고 급히 ᄃ군을
물니이니 ᄯ 일군이 츙돌ᄒ니 이난 길동이라 ᄉ의 즁츙을 고
ᄃᄒ왈 륙왕은 닷지 몰나 활당 힁슈 홍길동이 예 잇노르 ᄒ니
륙왕이 분긔ᄃ발하여 마ᄌ ᄊ화 ᄉ십여합에 승비업고 ᄯ 돌통
이 군을 도로혀 치난지르 륙왕이 졍히 ᄉᄉᄒ더니 군ᄉ 보ᄒᄃ
적벼이 본진의 불을 노ᄒ며 즁슬하ᄃ ᄒ거날 왕이 황망히 말을
두로혀 좌편으로 바라고 다라나더니 젼면의 일지신광풍이

이난지르 륙왕이 ᄋ쳔왈 닉 도적을 경히 넉이다가 오날 능히
화를 만나니 누륙 원ᄒ리오 언파의 칼을 드러 ᄌ문ᄒ니 륙왕의
세ᄌ 측이 부왕 시신을 붓들고 통곡ᄒ다가 ᄯᄒ ᄌ결ᄒ니 율민
과 군ᄉ 일시의 항복ᄒ이 길동이 길동이 군을 거두워 본진으로
도르와 륙왕부ᄌ르 왕의로 즁을 ᄒ고 니날 쟝종을 다리고 륙도
셩의 드러가 우양을 파히 즙ᄋ ᄉ졸을 호궤ᄒ고 제쟝을 각각
벼슬을 ᄒ일시 돌통으로 슈무를 ᄉ르ᄉᄋ 륙도국 습빅뉵십쥬를
슌해ᄒ에 츙고랄 여려 쥔흄메방부쳐 빅명을무ᄒ더라 십일월
갑자의 길동이 륙도국 왕위에 ᄂᄋᄀ 문무빅관이 쳔셔를 불너
ᄒ래ᄒᄂ 소릭 왼ᄌ의 딘동ᄒ더라

왕이 제쟝을 각각 봉죽을 더ᄒ고 부친승샹을 츄존ᄒ여 현덕왕
을 구봉ᄒ고 요용로 부원군을 봉ᄒ고 모친으로 튀왕비를 봉ᄒ
고 빅시로 왕비로 봉ᄒ고 뎡시로 츙영좌부인을 봉하고 조시로
슉열우부인을 봉ᄒ고 각각 쳐소는 졍ᄒ고 부친손소를 션능이ᄅ
칭ᄒ고 승샹부인을 현덕왕비로 봉ᄒ고 실가랄 다려두가 왕궁의
은돈ᄒ니라 츙셜 왕이 즉위ᄒ 후로 은흐로 덕을 닥그며 붓그로
졍ᄉ를 극진히 다ᄉ리니 십년지니예 국만은ᄒ여 교희으로 죠츠
힝ᄒᄂ 풍숙이 으리로부터 니 으름다와 셩강의 다ᄉ리믈 비길
너라 일일은 왕이 즈회를 마츠미 졔신을 디하여 굴오디 관인이
환희피이시ᄂ 션능은 죠션국지경이오 겸ᄒ여 병조판셔 교지를
어덧고 ᄯ 졍조 일쳔셕을 ᄉ급ᄒ시무로

군쟝을 슴아 니되경의 니라렷스니 군은을 싱각하면 죽어도 갑
흘 길이 업난지라 졔션 듕의 가히 부렴죽ᄒ 스람을 엇더 ᄉ신을
슴으 나라의 표문을 올니고 셩능의 현죡코져 ᄒ니 뉘 맛당히
이 소임을 당할고 졔신이 다 쥬쳥하디 흐님흑ᄉ 졍회 가히 ᄉ신
을 ᄒ염죡ᄒ다 왕이 디히ᄒ여 졍회랄 인견왈 경으로 ᄉ신을
슴으 죠션국왕 삼기 문안ᄒ고 현덕왕비와 형공을 뫼셔올져 ᄒ
나니 흔변 슈고를 앗기지 으니ᄒ면 공을 맛당히 듕히 갑ᄒ리라
흔디 졍회 디왈 신지되여 군부의 명ᄒ시난 바난 비로 슈희라
피치 아니할거시어날 엇지 공을 이논ᄒ리잇가 왕이 이믈을 듯

고 더옥의특이 넉이스 우선 샹스롤 만히 ᄒ고 잇튼날

왕이 포문을 지어 그옥보비지물을 ᄒ디 본ᄒ고 정조 일쳔셕을
비의 싯고 셔간을 봉ᄒ여 보닐시 졍회 왕게 ᄒ직ᄒ고 률도셩을
써나 불션ᄒ여 슘슉만의 죠션국 셔강의 다히고 경셩의 드러가
포문을 올니니ᄅ 각셜 싱각이 길동을 보닌신 후로 지조롤 탄복
ᄒ시고 쏘다시 죵젹 업스믈 고이히 넉니시더니 일일은 근시
률도왕이 포문을 올니거날 샹이 놀나 쓰더혀 보시니 ᄒ여시디
젼 병조파셔 률도왕 신 홍길동은 돈슈빅비ᄒᆞᆸ고 일봉셔롤 올
니나이다 신이 본디 ᄒ오복으로 편협ᄒ온 ᄆᆞ음을 먹스와 나라
히 불츙을 만히 깃치오니 그 죄 만스무셕이ᄋᆞᆸ거날 젼ᄒ계ᄋᆞᆸ셔
텬지 ᄀᆞᆺ트신 덕으로 불츙지죄를 용셔ᄒ소셔 디스마 교지롤 나
리ᄋᆞᆸ시고 쏘 졍조 쳔셕을 스급ᄒ시니 국

은이 망극ᄒᆞ온지ᄅ 스방으로 오유ᄒᆞᆸ다가 이졔 외롭히 왕죽을
누리오나 이난 다 젼ᄒ이 조신복이오ᄂ 옥폐예 스은ᄒᆞᆯ 기양
이 업스오니 이졔 봉즈히 비신을 브려 셩례 만강ᄒᆞᆸ시믈 아ᄋᆞᆸ
고져 ᄒᆞ오니 복걸 셩숭은 신의 외롬ᄒᆞ오 죄롤 사ᄒᆞᆸ소셔 ᄒᆞ엿
더라 샹이 포문을 보시고 졍조 쳔셕과 공허지물을 도시후 디경
칭춘ᄒᆞᆯ샤 즉시 홍샹셔롤 픠쵸ᄒᆞᄉ 률왕이 표문을 뵈시고 칭춘
ᄒ시니 샹셰 쥬왈 이난 젼ᄒ이 홍복이로소이다 신이 률국이

나아가 위유코져 ᄒ오니 슈년 믈믹를 쳥ᄒ옵나이다 율허시ᄂ니고
샹셔를 률도국 위유ᄉᄅ ᄒ니 샤화유계ᄅ 닥가 보ᄂ신이ᄅ 샹
셔 즉시 ᄒ직ᄒ고 집의 도라와 륭왕이 셔간을 보고 본신

반의ᄒ니 이미 위유ᄉ를 ᄒ엿난지ᄅ 할일업셔 희즁을 ᄎ려 모
부인을 뫼시고 경셩을 쩌나 셔강의셔 불션ᄒ여 슘슥만의 률도
국의 니라니 륭왕이 멀이 나와 ᄆᄌ 셩즁의 드려가니 빅시 등이
죠고를 마ᄌ 예린후 틱부인이 문왈 샹공 숀소가 어ᄃ로요 왕이
왈 월봉ᄉ희로소이다 ᄒ고 ᄃ부인을 뫼시고 션능의 올나가 부
인이 일쟝통곡의 게졀ᄒ난지라 왕과 샹셔 급히 구ᄒ여 궁즁의
도라와 인ᄒ야 병이 듕ᄒ여 슈일만의 졸ᄒ니 연셰 팔십이ᄅ
왕과 샹셰 의과망ᄒ여 초종셩복흔 후 틱일ᄒ여 션능의 흡즁ᄒ
고 형졔 셔로 위로ᄒ여 셰월을 보ᄂ더니 거연히 틱부인 슘연을
지난지ᄅ 형졔 ᄉ로의 슬허ᄒ더라 잇ᄃ 홍샹셔 고국 싱각이
간졀홀믈 ᄋ여 봉명

ᄉ신으로 쟝ᄎ 도ᄅ올시 션능의 올나가 통곡ᄒ직ᄒ고 궁듕샹ᄒ
를 니별홀시 륭왕의 손을 줍고 우쳬왈 부모의 분머 이곳의 게시
니 도라ᄀᆯ ᄆᄋᆷ이 업ᄉ나 님군의 명을 바다 와시며 ᄆ지ᄋ니못
ᄒ여 현데데를 니별ᄒ거니와 다시 모들 기약이 망년ᄒ니 그로
셜허ᄒ노ᄅ ᄒ고 잇튼늘 률도를 쩌나 여러달만의 무ᄉ두달ᄒ여

입궐봉명ᄒᆞ니라 ᄌᆡ셜 셰월이 여류ᄒᆞ여 왕의 ᄉᆞ비 츈취 칠십이
라 홀년 득병ᄒᆞ여 쳥ᄌᆞ우월초육일 졸ᄒᆞ니 일국이 발상거의ᄒᆞᆫ
후 ᄉᆞᆷ속만의 길지랄 갈히여 ᄋᆞᆫ즁ᄒᆞ고 능호ᄅᆞᆯ 현능이라 ᄒᆞ다
왕이 일ᄌᆨ ᄉᆞᆷ자ᄅᆞᆯ 두어시니 장ᄌᆞ의 명은 현이니 왕비 빅시 소샹
이오 ᄎᆞᄌᆞ 명은 챵이니 슉열부인 뎡시

P.137

소싱이오 ᄉᆞᆷ자의 명은 셕의니 츙열부인 조시 소싱이라 서히
다 문혹이 츌즁ᄒᆞ고 ᄌᆡ며과인ᄒᆞ미 일호ᄎᆞ측이 업난지ᄅᆞ 왕이
즁ᄌᆞ 현으로써 ᄌᆞᄅᆞᆯ 봉ᄒᆞ엿더니 왕이 등ᄒᆞᆫ년지 ᄉᆞᆷ십의 나이
늇슌이ᄅᆞ 미양 젹송ᄌᆞ의 ᄌᆞ최ᄅᆞᆯ ᄎᆞᆺ고져 ᄒᆞ여 일일은 문무제신
을 ᄒᆞ듯모화 ᄃᆡ연을 비셜ᄒᆞ고 죵일 즐기다가 세ᄌᆞ의게 왕위ᄅᆞᆯ
젼ᄒᆞ고 각각 ᄶᆞᆼ을 버혀 ᄎᆞ자 챵과 ᄉᆞᆷ군 셕을 봉ᄒᆞ고 풍욱을
갓초와 왕이 노ᄅᆡ불너 회ᄃᆞᆸᄒᆞ이 ᄒᆞ여시ᄃᆡ 세샹을 싱각ᄒᆞ니 인
샹이 초로ᄀᆞᆺ도다 빅연을 다ᄉᆞ려도 부인과 흔지ᄅᆞ 부긔비쳔이
ᄶᆡ 이시니 만시깅연ᄒᆞ오 ᄋᆞᆫ기싱 젹송ᄌᆞ난 본ᄃᆡ 내 볏잇난가
ᄒᆞ느ᄅᆞ ᄒᆞ고 츄연강기ᄒᆞ여ᄒᆞ니 제인이 막불뉴쳬라 원픠 도경
근쳐 ᄉᆞᆷ심니허의 명산이 이시ᄃᆡ 명왈 영신산이라 붕문이 놉ᄒᆞ
벽공이 다ᄒᆞᆺ고 각슈난 말갓

P.138

면의 들녀 잇고 긔화요초난 쳐쳐난만ᄒᆞᄃᆡ 신션의 ᄌᆞ최ᄅᆞᆯ 왕ᄂᆡ
ᄒᆞ더라난듯ᄒᆞ더라 왕이 그곳의 ᄒᆞᆫ 졍ᄌᆞᄅᆞᆯ 졍ᄃᆡ히 짓고 빅시로

더부려 그곳의 가 션도를 닷가 서렴를 긋고 일월졍긔를 ᄆ시고 일결벽곡ᄒ며 실로 학을 츔츄여 세월을 허비ᄒ여 즁찻 광셩ᄌ 셔왕모를 ᄎᄌ가려더니 일일은 문득 오ᄉ긔구름이 쳥ᄌ 두루고 니졍이 진동ᄒ거날 신왕이 놀ᄂ 슨졍의ᄅ려보니 물사긱은 의구ᄒ 디 부왕과 모비 ᄀ디업셔난지ᄅ 왕이 현데 일장통곡ᄒ고 쌀을 즙ᄒ 허쟝을 지니고 능호를 연능니ᄅ ᄒ이 ᄉᄌ젹이 긔이ᄒ기로 디강 긔록기록ᄒ여 뎐하노라

■ 〈김광순 소장 필사본 고소설 100선〉 간행 ■

□ 제1차 역주자 및 작품 (14편)

직위	역주자	소속	학위	작품
책임연구원	김광순	경북대학교	문학박사	진성운전
연구원	김동협	동국대학교	문학박사	왕낭전 · 황월선전
연구원	정병호	경북대학교	문학박사	서옥설 · 명배신전
연구원	신태수	영남대학교	문학박사	남계연담
연구원	권영호	영남대학교	문학박사	윤선옥전 · 춘매전 · 취연전
연구원	강영숙	경북대학교	문학박사	수륙문답 · 주봉전
연구원	백운용	경북대학교	박사수료	강릉추월전
연구원	박진아	경북대학교	박사수료	송부인전 · 금방울전

□ 제2차 역주자 및 작품 (15편)

직위	역주자	소속	학위	작품
책임연구원	김광순	경북대학교	문학박사	숙영낭자전 · 홍백화전
연구원	김동협	동국대학교	문학박사	사대기
연구원	정병호	경북대학교	문학박사	임진록 · 유생전 · 승호상송기
연구원	신태수	영남대학교	문학박사	이태경전 · 양추밀전
연구원	권영호	경북대학교	문학박사	낙성비룡
연구원	강영숙	경북대학교	문학박사	권익중실기 · 두껍전
연구원	백운용	경북대학교	박사수료	조한림전 · 서해무릉기
연구원	박진아	경북대학교	박사수료	설낭자전 · 김인향전

□ 제3차 역주자 및 작품 (11편)

직위	역주자	소속	학위	작품
책임연구원	김광순	경북대학교	문학박사	월봉기록
연구원	김동협	동국대학교	문학박사	천군기
연구원	정병호	경북대학교	문학박사	사씨남정기
연구원	신태수	영남대학교	문학박사	어룡전 · 사명당행록
연구원	권영호	경북대학교	문학박사	꿩의자치가 · 박부인전
연구원	강영숙	경북대학교	문학박사	정진사전 · 안락국전
연구원	백운용	경북대학교	박사수료	이대봉전
연구원	박진아	경북대학교	박사수료	최현전

□ 제4차 역주자 및 작품 (12편)

직위	역주자	소속	학위	작품
책임연구원	김광순	경북대학교	문학박사	춘향전
연구원	김동협	동국대학교	문학박사	옥황기
연구원	정병호	경북대학교	문학박사	구운몽
연구원	신태수	영남대학교	문학박사	임호은전
연구원	권영호	경북대학교	문학박사	소학사전 · 홍보전
연구원	강영숙	경북대학교	문학박사	곽해룡전 · 유씨전
연구원	백운용	경북대학교	박사수료	옥단춘전 · 장풍운전
연구원	박진아	경북대학교	박사수료	미인도 · 길동